Jess Winters zieht mit ihrer Mutter Maud in das verschlafene Nest Sycamore, irgendwo in der Wüste Arizonas. All ihre Einsamkeit verbirgt Jess in ihrem Tagebuch. Bis sie eines regnerischen Abends spurlos verschwindet. Achtzehn Jahre später werden vor der Stadt menschliche Überreste gefunden, und bei Maud wie auch den anderen Bewohnern von Sycamore kehren die bohrenden Fragen wieder: Was ist an jenem Abend, als Jess für immer verschwand, wirklich geschehen? Ein berührender Roman über Schuld, das Vergessen und die Geheimnisse einer Kleinstadt.

BRYN CHANCELLOR gewann mit ihrem Erzählungsband »When Are You Coming Home?« den Prairie Schooner Book Prize, ihre Kurzgeschichten sind in zahlreichen Publikationen erschienen. 2014 bekam sie den Maureen Egen Writers Exchange Award. Sie lehrt literarisches Schreiben an der University of North Carolina in Charlotte, wo sie auch lebt.

Bryn Chancellor

Wo niemand
uns sehen kann

Roman

*Aus dem Amerikanischen
von Eva Bonné*

btb

Für TW

We are tangled
We are stolen
We are living where things are hidden.

John Doe, »The Golden State«

Inhalt

Sie befinden sich hier

Januar 1991

Gleich an ihrem ersten Abend in Sycamore schlich sich Jess aus dem Haus. Ihre lila Stoffturnschuhe waren ausgefranst, die neue Daunenjacke, in der ihr Notizbuch steckte, leuchtete so rot wie eine Ocotilloblüte. Die Haustür quietschte in den Angeln. Jess hielt auf Zehenspitzen inne, aber ihre Mutter, die auf dem linken Ohr taub war, rührte sich nicht. Vorsichtig zog Jess die Tür ins Schloss. Nicht zum ersten Mal verließ sie spätabends das Haus, und auch nicht zum letzten. (Es würde ein letztes Mal geben, aber nicht an diesem Tag.) Vor ihr lag eine ganze Nacht, die erste in dieser Kleinstadt im Norden von Arizona, in die ihre Mutter sie verschleppt hatte. Sie ging die Einfahrt hinunter. Ihr Atem hing wie Rauch in der winterlichen Wüstenluft.

Sie trat aus dem Lichtkegel über der Veranda und blieb am Ende der Einfahrt stehen. Anders als in Phoenix gab es hier keine Straßenlaternen, kein Reifenzischen von der nahe gelegenen Seventh Avenue, kein Stimmengewirr an Bushaltestellen und Bars, kein Turbinendröhnen von den Nachtflügen über dem Sky Harbour. Die kalte, stumme Dunkelheit schien so endlos, dass Jess schwindelig wurde. Die Stille war unheimlich, sie war eine Unstille. Der Schweiß unter Jess' Achseln prickelte, sie riss die Augen auf und musste an die Eulen denken, die auf dem Grundstück ihrer alten Nachbarn in einer Esche gewohnt hatten. Wann immer sie die Umgebung abgesucht hatten, hatten sie mit dem Kopf gezuckt wie ein Boxer, der Schlägen ausweicht.

Jess schaute nach oben, und plötzlich war die Stille wie weggefegt. Der pechschwarze Himmel brach in Getöse aus, die Milchstraße zerbarst und entblößte ihr galaktisches Herz. Jess kniff die Augen zusammen, als hätte sie in Flutlicht geblickt. Ihre alte Nachbarschaft in Phoenix war nachts ins Grapefruitrosa der Straßenlaternen getaucht gewesen, einen schwarzen Himmel hatte es dort nie gegeben. Und selbst draußen in der Wüste, fernab der hellen Stadt, hatten die Sterne und Planeten sich zurückgehalten wie schüchterne Kinder. Die Luft roch nach Minze, Jess' Nasenflügel bebten, sie erschauderte und fühlte sich mit einem Mal wie im freien Fall. O Gott, dachte sie, ich bin Baby Jessica! Ich liege in einem Brunnenschacht! Hilfe! Es ist so dunkel hier! Dann lachte sie auf und wunderte sich im selben Moment über das Geräusch, ein kehliges Gackern. Es war das Lachen ihres Vaters.

Allmählich gewöhnten sich ihre Augen an die Dunkelheit. Die Konturen von Bäumen, Büschen und Hausdächern traten hervor, die Lichter in den Nachbargärten wirkten wie Stecknadelköpfe. Vor ihr erstreckte sich die neue Straße, der Mittelstreifen schien wie gemacht für einen Roadrunner. *Beep, beep* – sie dachte an den Vogel aus der Zeichentrickserie, und wie auf Kommando begann in der Ferne ein Kojote zu heulen. Unterhalb der mächtigen Silhouette der Black Hills – sie lagen im Westen, das wusste Jess, weil dort die Sonne untergegangen war –, blinkten die Lichter von Jerome. Ihre Nase, die Ohren und Füße waren taub vor Kälte. Sie hopste ein wenig auf der Stelle, um sich aufzuwärmen, und fragte sich, ob sie zurückgehen und sich eine Mütze und dickere Socken holen sollte. Aber dann trabte sie doch los, immer auf das eine Meile entfernte Stadtzentrum zu.

Sie hatte lange Beine und war groß; vor Kurzem hatte sie die eins siebenundsiebzig überschritten. Eine elegante Läuferin war sie nicht. Sie zog die Füße nach, schlenkerte mit den Armen und fühlte sich ganz allgemein wie ein Ast, der in der reißenden Strömung gegen Steine und Wurzeln schlägt und von Masse und Fliehkraft umhergewirbelt wird. Sechzehn war für sie das Jahr der Hüften gewesen. Inzwischen musste sie den Hosenbund mit einem Gürtel oder mit Sicherheitsnadeln zusammenraffen. Und die Füße erst – lächerlich. Ein Wunder, dass sie nicht ständig darüberstolperte. Mit dem Ballett hatte sie schon ein Jahr zuvor aufgehört, zu sehr hatte sie sich für ihren Körper in dem engen Gymnastikanzug geschämt, für ihre schweren Sprünge, unter denen der Boden des Tanzstudios erbebt war. Wie konnte die Evolution zulassen, dass der menschliche Körper zu etwas so Ungelenkem heranwuchs? Aber jetzt war sie draußen, machte große Schritte und atmete die kalte, klare Luft ein. Das Wohnviertel lag in einem Gebirgsausläufer, die Straßen führten steil auf und ab, bei Regen kreuzten Bachläufe die Senken. Wo es bergab ging, legte Jess an Tempo zu. Ihre schwingenden Arme erzeugten ein angenehmes Schlürfgeräusch auf der Daunenjacke, sie spürte das Notizbuch an ihrer Brust und wagte ein paar Sprünge, *jeté, jeté, jeté*. Für drei kurze Momente schien sie die Schwerkraft zu überwinden.

Schon als kleines Kind hatte es sie ständig ins Freie gezogen. Sie war aus dem Haus gerannt, die Treppe hinuntergesprungen und zum Spielplatz, in den Garten oder ins Schwimmbad gehüpft, damals, als sie noch klein genug gewesen war, um pausenlos zu tanzen und mit ausgebreiteten Armen ihre *chassés* und *pas de bourrée* zu vollführen. In Phoenix endeten ihre nächtlichen Ausflüge meistens im Garten hinter dem Haus, wo sie sich mit Taschenlampe und Buch auf einer Decke im Gras ausstreckte. Wenn die Rasensprenger losgingen und sie zurück ins Haus flüchtete, spürte sie die weiche, nachgiebige Erde zwischen den Zehen. Nach der Führerscheinprüfung hatte sie sich manchmal in den Pick-up ihres Vaters gesetzt, den Wagen lautlos bis ans Ende der Einfahrt rollen lassen und den Motor erst auf der Straße gestartet; nach der Trennung der Eltern hatte sie das Gleiche mit dem rostbraunen Kombi ihrer Mutter gemacht. Sie war nie weit gefahren, meist nur durch die rasterförmig angelegten Straßen des Viertels. Unterwegs hörte sie ihre Mixtapes, manchmal parkte sie auch unter einer Straßenlaterne, um Tagebuch zu schreiben oder ein paar schlechte Gedichte zu verfassen. Sie brauchte das einfach, um runterzukommen. Sie suchte nie Ärger und traf sich auch nicht heimlich mit anderen – na ja, nur ein Mal, mit dem Jungen, aber das war jetzt schon ein halbes Jahr her. Sie hatte ein Ventil für den Druck gebraucht, der sich tagsüber in ihr aufstaute – wenn sie ihre neuerdings kurvigen Hüften durch die Schulkorridore schob, wenn der Junge mit seinen Freunden über sie lachte, wenn ihre Eltern sich mal wieder stritten und verstummten, sobald sie das Zimmer betrat. Was sie hier in der neuen Stadt suchte, wusste sie noch nicht, sie wusste nur eins: Sie wollte raus.

Auf einer Kuppe blieb sie stehen, um zu verschnaufen. Vor ihr erstreckte sich die Straße bis hinunter ins Zentrum. Das weitläufige Phoenix hatte unablässig gezischt und gerauscht, wie um selbst nachts der glühenden Hitze zu trotzen. Sycamore hingegen wirkte märchenhaft verschlafen. Rechts und links der Main Street reihten sich kleine Ladengeschäfte aneinander, es gab ein College auf der einen und eine Highschool auf der anderen Seite. Die Stadt schien im Schlaf zu seufzen. Jess fand das kein bisschen zauberhaft, ganz im Gegenteil, sie musste an *Frankenstein* denken: »Der Regen klatschte heftig an die Fensterscheiben, als ich beim Scheine meiner fast ganz herabgebrannten Kerze das trübe Auge der Kreatur sich öffnen sah.« Sie verdrehte die Augen, musste über sich selbst lachen. Warum gleich so dramatisch? J-Bird, mach mal ein freundliches Gesicht, sagte ihre Mutter immer. Du bist sechzehn!

Inzwischen fast siebzehn. Sie wusste nicht genau, warum, aber der kommende Geburtstag schien irgendwie von Bedeutung zu sein. Er brachte sie dem Ziel, von anderen ernst genommen zu werden, einen Schritt näher. Einen Schritt weiter weg vom vergangenen Scheißjahr.

Am Nachmittag war sie mit ihrer Mutter zur neuen Schule gefahren. Während ihre Mutter mit den Anmeldeformularen beschäftigt gewesen war, hatte Jess an einer Säule gelehnt und ihre zukünftigen Mitschüler beobachtet, die durch die Flure geeilt waren, gelbe Spindtüren zugeknallt hatten und beim Schrillen der Klingel auseinandergestoben waren wie fallende Würfel. Sie hatte an ihre alte Schule in Phoenix gedacht, an all die Angeber, Sportskanonen, Cheerleader mit Haarsprayfrisuren. Hier in der neuen Schule hatte sie immerhin einen Morrissey-Fan und einen Jungen mit Sicherheitsnadel im Ohr und Misfits-T-Shirt entdeckt. Vielleicht war ja doch noch nicht alles verloren. *Mis*fit – *un*passend, wie ein zu enger Mantel oder zu kleine Handschuhe, wie ihre blöde, in der Taille zusammengeraffte Hose. Warum erkannte sie sich ausgerechnet in den traurigen Vorsilben wieder? *Ent*wurzelt. *Be*drückt. *Miss*gestaltet. *A*normal. *Ex*-Freundin. *Ex*-Tochter.

Zwei Jungs in Jeans und Flanellhemden trugen einen riesigen Pappkarton durch die Pausenhalle. Beide lächelten ihr freundlich zu, aber sobald sie vorüber waren, tuschelten sie über den Karton hinweg und drehten sich lachend um. War das ein Flirtversuch oder eine Warnung? Jess zupfte sich den Pulli über die Hüften und widerstand dem Drang, sich hinzukauern. Sie dachte an den Jungen, an den zu denken sie sich eigentlich verboten hatte. Seine Aufmerksamkeit hatte sie genossen wie einen Rausch, ihr war bei jeder Berührung heiß geworden. Jess presste sich an die Säule, kreuzte die Beine und verdrehte sich in sich selbst.

Danach waren sie für eine halbe Stunde ziellos durch den Ort gekurvt, die Main Street hinauf und wieder hinunter, durch die angrenzenden Wohnviertel und vorbei an der Sycamore High, dem Sycamore College und der Post, wo ihre Mutter zwei Tage später ihre neue Stelle antreten sollte. Sie fuhren über Haarnadelkurven zu dem winzigen Bergarbeiterstädtchen Jerome hinauf, wo die Straßen schmal waren und die Häuser sich an den steilen Hang schmiegten. Überall standen Warnschilder, die Bedeutung der meisten kannte Jess aus der Fahrschule: *Durchfahrt bei Regen verboten. Rutschgefahr bei Nässe. Einfahrt verboten. Vorfahrt gewähren. Stoppschild voraus.*

An einer Tankstelle im Zentrum drückte sich Jess die Nase an der Scheibe platt. Die Frau an der Zapfsäule nebenan trug unterschiedliche Ringelsöckchen und eine riesige gelbe Schleife am Pullover. Das Motel auf der gegenüberliegenden Straßenseite nannte sich Woodchute Motor Lodge und bestand aus aneinandergereihten Blockhütten, die durch eine einzige lang gezogene Veranda miteinander verbunden waren. Merkwürdigerweise ragte gleich dahinter ein schwarzer Fels in die Höhe, ein kleiner Berg mitten in der Stadt.

Ihre Mutter seufzte. »Dein Dauerschweigen zieht bei mir nicht mehr, J-Bird.«

»Was gibt es denn noch zu sagen?« Jess zuckte die Achseln. »Wir sind hier. Genau wie du es wolltest.«

»Es gäbe eine Menge zu sagen. Erzähl mir, was du denkst.«

Wie immer dachte Jess an alles gleichzeitig. In ihrem Kopf wirbelten das Banale und das Bedeutende durcheinander: Der Präsident erklärt einem fremden Land den Krieg, die Spinde in der neuen Schule sehen aus wie gelbe Zähne. Ist das Briefpapier des Motels gemasert wie Holz? Was ist die Wirklichkeit? Gibt es Wissen, gibt es die Liebe? Ihr Atem beschlug die Seitenscheibe, und Jess zeichnete ein X hinein. *Sie befinden sich hier.* Ja? Existiert das alles wirklich?

»Ich weiß, dass wir das schon besprochen haben«, fuhr ihre Mutter fort, »aber ich wiederhole mich gern. Es verändert sich einiges, und das wahnsinnig schnell. Viel zu schnell. Das ist mir klar, und es tut mir leid. Aber wir haben noch eine Menge zu regeln, wir zwei sind jetzt auf uns allein gestellt, und ich brauche deine Unterstützung, okay? Ich brauche dich …« Ihre Mutter zupfte sie am Ärmel. »Würdest du mich bitte ansehen, wenn ich mit dir rede?«

Jess zog den Arm weg.

Ihre Mutter schüttelte den Kopf. »Die Rolle des schmollenden Teenagers steht dir nicht.«

»Du musst es wissen«, erwiderte sie, »du weißt schließlich *alles*.«

»Genau.« Ihre Mutter lachte.

»Das ist nicht lustig«, sagte Jess. »Das war kein Witz.«

Ihre Mutter rieb sich energisch über die Stirn und kniff

sich in den Nasenrücken. Sie sprach laut und ohne Betonung weiter, als wollte sie sich über Lärm hinweg verständlich machen: »Hör mal, ich wollte dich eigentlich nicht damit belasten. Unsere Finanzen sind mein Problem, nicht deins. Aber die Wahrheit ist, dass wir nicht in Phoenix bleiben konnten, nicht einmal, wenn ich gewollt hätte. Ich musste das Haus verkaufen. Ich hätte deinen Vater niemals ausbezahlen können, außerdem habe ich Geld für einen Anwalt gebraucht, den ich überhaupt nicht wollte. Irgendwie redet niemand darüber, aber eine Scheidung ist teuer, darunter kann ein Mensch zerbrechen, nicht bloß in finanzieller Hinsicht.« Sie seufzte, zupfte sich am tauben Ohr und senkte die Stimme. »Aber ich hätte so oder so eine Veränderung gebraucht. Einen Neuanfang. Wir beide brauchen das jetzt.«

Jess ließ sich tiefer in den Beifahrersitz sinken und dachte an ihren Vater. Er lebte jetzt in Kalifornien, zusammen mit seiner neuen, blonden Frau und dem Baby. Der kleinen Prinzessin – so hatte er *sie* früher genannt. Mit der kleinen Schwester, die sie sich immer gewünscht hatte. Sie hatte ihre Eltern angebettelt (und nichts verstanden, als ihre Mutter entgegnet hatte: »Schätzchen, wir können keine Kinder mehr bekommen«). Sie schaffte es einfach nicht, die neuen Verhältnisse mit ihrer Vorstellung von Familie in Einklang zu bringen. Es war, als hätte man sie und ihre Mutter aus einem Foto ausgeschnitten und durch zwei Fremde ersetzt. Das Baby war nicht ihre Schwester, sondern ihre Nachfolgerin. Die neue Prinzessin. Manchmal kam ihr das alles vor wie ein böser Traum, dann sagte sie sich: Nein, das kann nicht wahr sein. War es aber. Und ihr Vater war derjenige, der dem Bild mit Schere und Kleber zu Leibe gerückt war. Sie hatte beschlossen, nie wieder mit ihm zu sprechen. Er wollte sie nicht mehr? Tja, dann sollte er sich zum Teufel scheren.

»Wir sind jetzt hier«, sagte Jess' Mutter. »Bis zum Schulabschluss bleiben dir doch nur noch anderthalb Jahre, danach kannst du aufs College gehen. Versuch, dich damit anzufreunden.« Sie starrte geradeaus, biss die Zähne zusammen und rang mit den Tränen.

Im Profil ihrer Mutter erkannte Jess sich wieder – das gleiche energische Kinn, die gerade Nase, die Lachfältchen in den Augenwinkeln und die wilden Locken, die ihre Mutter mit Einsteckkämmen zu bändigen versuchte. Sie sah aus wie der Schnappschuss einer zukünftigen Jess.

Sie streckte die Hand aus und tippte auf eine Sommersprosse am Handgelenk ihrer Mutter.

Die wischte sich lächelnd die Tränen aus dem Gesicht. »Ich hatte gerade einen verrückten Gedanken. Was, wenn es uns hier *gefällt*?« Sie schnappte nach Luft und fasste sich theatralisch an die Brust.

Jess verdrehte die Augen. »Um Gottes willen.«

Ihre Mutter grinste. Dann ließ sie den Motor an und tippte aufs Lenkrad. »Möchtest du fahren?«

Jess versuchte, nicht zu lächeln. Sie tauschten die Plätze, schnallten sich an.

»Spiegel einstellen nicht vergessen«, sagte ihre Mutter. »Mein Gott, ich kann nicht glauben, dass du größer bist als ich. Du bist sogar größer als dein Vater.«

Dein Vater. Auch das war neu.

»Ich freue mich jetzt schon auf die lustigen Sprüche in der Schule«, sagte Jess. »»Hey, wie ist die Luft da oben?‹« Sie schob sich einen Finger in den Hals und tat so, als müsste sie würgen. Sie dachte an die feixenden Jungen in der Pausenhalle und wie sie sich an die Säule gedrückt hatte und am liebsten verschwunden wäre. In der alten Schule hatte sie sich genauso gefühlt, vor allem nachdem der Junge sie hintergangen hatte. Sie hatte versucht, sich vor der Scham wegzuducken, die sie verfolgte wie ein dunkler Schatten. Sie schämte sich weniger für den Sex als dafür, abserviert worden zu sein und am Ende als die Dumme dazustehen. Sie hatte ihm vertraut. Ausgerechnet sie, die sonst alles hinterfragte. Liebe? Von wegen.

Ihre Mutter drückte kurz ihren Arm. »Los geht's. Okay? Tu es für mich. Komm, das wird ein Abenteuer.«

Sie verstummte, kaum dass sie es gesagt hatte. Es war einer der Lieblingssprüche von Jess' Vater gewesen, das Wort *Abenteuer* hatte er immer mit französischem Akzent ausgesprochen. Jess ließ den Motor aufheulen, warf einen Blick in den Außenspiegel und lenkte das Auto von der Tankstelle. Erst als sie den Blinker setzen wollte, dämmerte ihr, dass sie nicht wusste, in welche Richtung es nach Hause ging. Zu Hause, das war jetzt ein Haus an einer Straße, die sie nicht einmal wiedererkennen würde. Sie ließ die Stirn ans Lenkrad sinken und blinzelte angestrengt.

»Nach links, J-Bird«, sagte ihre Mutter und legte ihr eine Hand in den Nacken.

Die Hand war so warm wie Fensterglas in der Sonne. Auf einmal war es, als könnte Jess ein Geheimnis hören, als flüsterte ihr das Universum ins Ohr: *Nicht lange überlegen.*

Jess richtete sich gerade auf, zog die Schultern zurück und presste den Rücken in den Sitz. Okay. Sie würde sich nicht mehr verstecken. Von nun an hieß es: Brust raus.

Jess stand im Dunkeln, kam langsam wieder zu Atem und stellte sich ein großes X über der Stadt vor: *Sie befinden sich hier.* Sie lehnte sich an ein Stoppschild, zog das Notizbuch hervor und das Gummiband ab, unter dem der Stift klemmte. Sie schob sich das Gummiband in den Mund. Sie mochte das Gefühl zwischen den Zähnen, den sanften Widerstand. Sie schrieb ein paar Sätze, obwohl sie kaum die Hand vor Augen sehen konnte und die Wörter sich krumm und schief über die Seite zogen. Als sie fertig war, verschnürte sie das Buch wieder, steckte es ein und zog den Reißverschluss ihrer Daunenjacke zu. Dann trat sie auf die Straße und legte sich mitten auf die Fahrbahn. Der körnige Asphalt kratzte am Hinterkopf, scheuerte gegen Jacke und Jeans. Jess zeichnete ein X in den Himmel. *Sie befinden sich hier.* Aber wo um alles in der Welt war *hier* im Vergleich zum ganzen Rest? Was sahen die Soldaten im Irak jetzt in diesem Moment, was sahen die Iraker? Es wäre so einfach zu verschwinden. Falls überhaupt irgendwer existierte. Ja, dachte sie, wegen solcher Gedanken bist du in der Schule so beliebt. Wo ist dein Teamgeist? Hipp, hipp, hurra! Jess lachte; es war das einzige Geräusch in der Stille. Sie hatte das Lachen ihres Vaters geerbt und das Aussehen und den Humor ihrer Mutter. Das alles gehörte jetzt ihr.

Siebzehn. Wer würde sie mit siebzehn sein? Hier in dieser Stadt?

Sie riss die Augen auf, so weit sie konnte. Nicht lange überlegen, dachte sie.

In den Büschen am Straßenrand raschelte es, und Jess sprang auf. Für Schlangen und Eidechsen war es zu kalt. Ein Hase vielleicht? Ein Wildschwein? Oder ein Puma – waren Pumas nachtaktiv? Oder, dachte Jess und ging langsam rückwärts, ein Mensch? Sie drehte sich um und rannte mit langen, schlaksigen Schritten nach Hause. Sie war eine Naturgewalt, mit ihr war zu rechnen.

Jess schloss die Haustür auf. Ihre Turnschuhe quietschten auf den Fliesen. Zu Hause. Dasselbe abgenutzte Sofa mit Großmutters Häkeldecke auf der Rückenlehne. Im Regal dieselben grün verblichenen Buchrücken der Enzyklopädie, A–Z, quer darauf das aufgeschlagene rote Wörterbuch. Derselbe Schaukelstuhl mit dem einäugigen Teddy. Und gleichzeitig war nichts wie früher.

Ihre Mutter lag immer noch im Bett und hatte sich anscheinend nicht bewegt. Sie schlief auf der rechten Seite und hatte sich die Hände unter die Wange geschoben, ihre braunen Locken bedeckten das taube Ohr. In letzter Zeit schlief sie viel. Meistens legte sie sich gleich nach dem Abendessen hin, an freien Tagen blieb sie ganz im Bett. Sie schlief hoch konzentriert, nicht einmal klirrendes Geschirr oder Türenknallen konnte sie wecken. Jess kam näher heran. Die Wangen ihrer Mutter waren nass, sie wimmerte leise. Sie weinte im Schlaf, wieder einmal – die einzige Gelegenheit, da Jess sie weinen sah. Sie setzte sich auf die Bettkante, ihre langen Haare streiften den Arm der Mutter. Sie legte ihr eine Hand an die Schulter.

Ihre Mutter rührte sich. »Jess? Bist du das?«

»Ja«, sagte sie. »Ich bin hier.«

Ein Riss in der Erde

Obwohl es Ende Juni war und an die vierzig Grad warm, erkundete Laura Drennan die neue Stadt zu Fuß. Die Hitze drang von unten durch die Sohlen ihrer Turnschuhe. Sie hatte Sunblocker aufgetragen und trug den einzigen Kopfschutz, den sie in den Umzugskartons hatte finden können: einen riesigen, limettengrünen Mützenschirm, der mit einem Tequila trinkenden Frosch bedruckt war. Sie hatte ihn unter einem Haufen Schuhe entdeckt, auf dem Schirm war ein Sohlenabdruck zu erkennen. Das Ding hatte unter Garantie der Freundin mit den Jeansminiröcken und den schmalen Hüften gehört, wahrscheinlich hatte Charlie es während einer ihrer heimlichen Tijuana-Reisen gekauft. Laura trug den Schirm trotzdem. Warum auch nicht. Sie stampfte bei jedem Schritt fest auf, um die Klapperschlangen zu vertreiben, die hier überall im hohen Fuchsschwanzgras lauerten – das wusste sie genau, obwohl sie auf ihren Wanderungen bislang nur scheue Eidechsen und ein paar Grashüpfer gesehen hatte, dazu Stechmückenschwärme und winzige Wachteln, die sich unter Büsche flüchteten. Trotz der Sonnencreme hatten ihre Arme und Beine einen tiefen Terrakottaton angenommen. Selbst das weiße Band um ihren Ringfinger war verschwunden. Der Staub setzte sich an die Bündchen ihrer Socken und zeichnete Streifen auf ihre Fußgelenke, die an Gesteinsschichten erinnerten.

Ihr neues Viertel, eine Wohngegend mit großen Grundstücken und Bungalows aus den Siebziger- und Achtzigerjahren, lag gleich hinter der Highschool und dem Baseballfeld. Laura setzte immer einen Fuß auf den Randstreifen und den anderen auf den Asphalt. Sie prägte sich die Straßennamen ein: Rojo, Blanco, Yucca, Dry Run, Bottlebrush, Alameda. Ihre Straße hieß Arrowhead. Das mit weißen Holzschindeln verkleidete Häuschen mit den eitergelben Fensterrahmen hatte sie von einer alten Dame übernommen, die den Verstand verloren und nachts im Garten Löcher gebuddelt hatte – behauptete zumindest Maud, die Postbotin. Sie war ungefähr im selben Alter wie Lauras Mutter und blieb regelmäßig auf der Veranda stehen, um zu plaudern oder Laura auszufragen.

Laura bestaunte die Kuriositäten in den fremden Vorgärten: ein Schaufensterpuppenkopf mit geblümter Badekappe; in einen Maschendrahtzaun geklemmte Getränkedosen, die ein Z ergaben; ein dreibeiniger Hund, der sich in einem Kinderplanschbecken abkühlte; ein Mann auf einem Segway, der offenbar die Mülltonnen der Nachbarn inspizierte; ein Spielzeugfeuerwehrauto, das umgekippt auf einer Rollstuhlrampe lag.

Sie setzte ihren Weg fort, während ihre Gedanken in die Vergangenheit zurückkehrten. Sie hatte es immer noch nicht ganz begriffen: auf einmal Sycamore und Arizona statt San Diego; tausenddreihundert Meter Höhe statt Meeresspiegel; Schotterstreifen statt Gehwege; krumme Kakteen statt Mauerpfeffer, Wacholder statt Eukalyptus, buschige Kiefern statt schlanker Palmen in langen, schnurgeraden Reihen. Sie lebte jetzt im Jahr 2009, der Highschool-Abschluss war zwanzig Jahre her. Wenn sie spazieren ging, hatte sie keine salzige Pazifikluft mehr in der Nase, sondern warmen Staub und den Duft von Kiefernnadeln. Sie bückte sich und las Steine auf, wie sie früher Muscheln gesammelt hatte. In ihren Taschensäumen lagerte sich Schmutz ab. In den Häusern, an denen sie vorbeikam, wohnten nicht mehr ihre Eltern, ihr Bruder, ihre Neffen, Kollegen, Freunde oder der Mann, mit dem sie elf Jahre lang verheiratet gewesen war, sondern fremde Leute. Sie war auf unbekanntem Terrain unterwegs, trug eine alberne Schirmmütze und dachte: Drennan, du Heulsuse, reiß dich zusammen. Das Leben ist kein Ponyhof.

Wenn sie heimkam, setzte sie sich aufs Sofa und ignorierte die lange To-do-Liste: Kartons auspacken, Stundenplan für das Herbstsemester schreiben, eine mehrere Wochen alte E-Mail des neuen Dekans beantworten, für die nächste Publikation recherchieren und schreiben, sich bei den Nachbarn vorstellen (?), sich zusammenreißen. Stattdessen schaltete sie den Fernseher ein, schaute Baseball und studierte mit kritischem Blick und um einen imaginären Ball gekrümmten Fingern die Wurftechnik der Pitcher – Slider, Split Finger, Cutter. Abends kühlte die Luft sich so weit ab, dass man die Fenster aufreißen konnte, dann hörte Laura den Jubel und die Durchsagen vom Baseballfeld. Sie erinnerte sich daran, wie sie und ihr Bruder früher im Garten trainiert hatten. *(Drennan wirft einen raffinierten Slider, der Ball landet im Gras, oh, und jetzt rennt er los!)* Durch einen Schlitz in den Jalousien sah sie das Glühen des Baseballfelds über den Wipfeln der Platanen und Pappeln. Sie spielte mit dem Gedanken, einfach hinzugehen, tat es dann aber doch nicht. Stattdessen überprüfte sie ihr Postfach zwanghaft auf neue E-Mails, informierte sich in Foren über gefährliche Schlangen, Giftefeu und Schwarze Witwen, suchte nach einer Erklärung für das schmerzende Knie – Arthrose? Zyste? – und machte in sozialen Netzwerken alte Bekannte ausfindig, zu denen sie während ihrer Ehe den Kontakt verloren hatte. Sie versuchte, nicht an Charlie und die neue Freundin zu denken, stieß aber zwei Mal auf Fotos. Auf der Suche nach Pickeln klickte sie das faltenfreie Gesicht der Frau groß, entdeckte aber nur süße Sommersprossen. Die Freundin schaute mit vorgerecktem Kinn in die Kamera, und Laura dachte: Also wirklich. Posiert da in ihrem kurzen Jeansrock, als hätte sie alle Zeit der Welt.

Wenn sie nicht spazieren ging, rief sie ihre Eltern an und hinterließ wie gewohnt eine Nachricht auf dem Anrufbeantworter, manchmal sogar zwei. Anders als früher riefen ihre Eltern nicht mehr sofort zurück. Sie waren seit Kurzem in Rente und oft auf Reisen, außerdem hatten sie mit der Renovierung ihres Hauses, das sie demnächst verkaufen würden, alle Hände voll zu tun. Laura rief ihren Bruder an, erwischte meistens aber nur seine Frau, weil der Bruder selbst entweder wegen irgendeines Brückenprojekts Überstunden machte oder seine Söhne in die Musikschule, zum Schwimmunterricht oder zu Baseballspielen fahren musste. Sie hatte die Stimme ihrer Mutter im Ohr, die ihr seit Monaten dasselbe predigte: »Wenigstens bist du jung genug, um noch mal von vorn anzufangen.« Laura sah zu, wie die Padres *wieder mal* gegen die Giants verloren. Sie entfernte den Dreck unter ihren Fingernägeln und dachte darüber nach, dass sie selbst und ihre Eltern gerade einen vergleichbaren Prozess durchmachten: Alle Zeichen standen auf Neustart. Außer natürlich, dass die Veränderungen im Leben ihrer Eltern von langer Hand geplant gewesen waren. In zwei Wochen würden sie ihren vierzigsten Hochzeitstag feiern, Laura hingegen versuchte, mit der Vergangenheit abzuschließen. Sie hatte ihr altes Leben abgefackelt und versuchte jetzt, sich aus der Asche zu erheben. Sie und Charlie hatten sich getrennt und das hübsche Haus in der Nähe des Rose Canyon verkauft. Laura hatte den einzigen vielversprechenden Job angenommen, der ihr angeboten worden war, und die ganze Zeit hatte sie sich gesagt: Tabula rasa, verdammt! Doch wie sich gezeigt hatte, wusste sie nicht, wo das unbeschriebene Blatt endete und sie selbst anfing. Sie war erschöpft, hatte keine Lust mehr, sich selbst zu zerfleischen und ihre Persönlichkeit zu sezieren. Also ging sie spazieren. Sie ging spazieren, weil sie darüber nicht nachdenken musste; einfach einen Fuß vor den anderen setzen. Und die Sinneseindrücke waren unmittelbar: Hitze, Steine, Insekten, eine Mülltüte im Gebüsch, vielleicht eine Schlange. Sie ging spazieren, wieder und wieder.

Im Juli ging sie neue Wege. Sie war nur noch vormittags unterwegs, um den nachmittäglichen Regengüssen zu entgehen. Maud und die anderen sprachen vom Monsun, laut Internet nicht ganz die richtige Bezeichnung, immerhin zogen die Gewitter vom Golf von Mexiko auf. Aber wie man sie auch nannte – die Unwetter zerrissen den Himmel mit ihren Blitzen und schnitzten mit ihrem Wasser tiefe Rinnen ins Erdreich. Manchmal, wenn auch selten, stand Laura früh genug auf, um den Mann auf dem Fahrrad zu sehen, der morgens die Zeitung brachte. Er nahm sie aus dem Korb und warf sie in einer Plastiktüte auf die Veranda wie einen frischen Fisch. Laura ging die Main Street entlang und sah sich die Geschäfte an. Maud nannte die Gegend den »District«, eine Ansammlung von Läden und Restaurants rund um das College, wo Lauras neues Büro und die Studenten warteten. Der geklinkerte Gehweg führte am Friseursalon Snip and Clip vorbei, an einer Pizzeria namens Pie in the Sky und an einem Buchladen namens Wolf's Den. Laura hielt sich immer so dicht an der Hauswand, dass sie die Schaufensterscheiben hätte berühren können. Sie entdeckte das Patty Melt Diner mit den Sitznischen aus rotem Kunstleder, aus dessen Tür der Duft von Zwiebelringen wehte, den apfelgrünen Eingang des Casa Verde und die getönten Scheiben der Pickaxe Bar. Vor der Woodchute Motor Lodge blieb sie stehen, um ein mit Kronkorken und bunten Glasscherben beklebtes Auto zu bewundern. Sie winkte einem älteren Paar zu, das vor Zimmer 8 in einer alten, rot-weiß gestreiften Hollywoodschaukel saß. Im Alligator Juniper, dem einzigen Coffeeshop der Stadt, kramte sie ihr letztes Kleingeld heraus – gar nicht so einfach, wenn man die Taschen voller Kiesel hatte –, und bestellte sich einen Eiskaffee mit viel Sahne. In der Bäckerei nebenan gönnte sie sich eine Bärentatze. Sie fand einen Supermarkt und bezahlte Dosensuppen, No-Name-Müsliriegel, Veggie-Burger und Erdnussbutter mit Kreditkarte, weil sie ihr erstes Gehalt erst Anfang Oktober bekommen würde und ihr Erspartes für die Scheidung und den Umzug draufgegangen war. Fremde begegneten ihrem Blick und lächelten sie an; sie stellte sich vor, wie dieselben Leute hinter ihrem Rücken tuschelten: Das ist die neue Dozentin für Geschichte und Hispanistik, sie ist Single und wohnt in dem alten Haus von Ms Byrd, gleich hinter der Highschool. Wahrscheinlich hatte Maud längst alle Informationen in Umlauf gebracht. Bald würde sie auf Schritt und Tritt ihren Studenten begegnen. Hey, Professor Drennan!

Hey! Ist der Abgabetermin für die Hausarbeit wirklich morgen? Laura zog sich den limettengrünen Sonnenschirm tiefer in die Stirn und ging weiter.

Einmal ging sie nicht spazieren, sondern nahm den Zug, eine Touristenbahn, die auf uralten Gleisen verkehrte, über die man früher Vorräte und Arbeiter zu den Minen von Jerome hinauftransportiert hatte. Sie lief durch die alten Waggons, vom Führerhäuschen bis zum letzten Wagen und wieder zurück, immer an den ausgefahrenen Ellenbogen der Touristen vorbei, die Handyfotos knipsten. Zwischen zwei Waggons blieb sie stehen, lehnte sich an das Geländer und betrachtete den Hang, an dem Buscheichen und Wacholder wuchsen. Schlacke und Geröll fraßen sich durch die rostigen Zäune wie Tumore. Die Bahn zuckelte weiter durch eine enge Schlucht; in einer Kurve war sie so schmal, dass Laura beinahe die zerklüftete rote Felswand berühren konnte. An anderen Tagen setzte sie sich in ihr mittlerweile von Regen, Staub und Katzenpfoten besudeltes Auto und fuhr in benachbarte Orte, um dort spazieren zu gehen – Sedona, Jerome, einmal sogar Flagstaff. An ihrem siebenunddreißigsten Geburtstag erklomm sie die roten Sandpapierhänge des Bell Rock, auf dem vor langer Zeit einmal ein paar Tausend Idioten auf die Ankunft von Aliens gewartet hatten, wie Maud behauptete. »Friedliche Annäherung? Dass ich nicht lache«, hatte sie mit einem schadenfrohen Blitzen in den Augen gesagt. Laura setzte sich oben auf den Felsen und versuchte, ihre Eltern zu erreichen, die nicht angerufen hatten. Noch nie hatten sie ihren Geburtstag vergessen. Diesmal hinterließ Laura keine Nachricht. Stattdessen griff sie zu einem spitzen grauen Stein und zerrieb einen

Brocken Erde zu feinem roten Puder. Wie ein Kind, das Verkleiden spielt, rieb sie sich den Staub auf Wangen, Schläfen, Kiefer und Handrücken. In Jerome bestieg sie einen Berg aus präkambrischem Gestein, mitten am Hang klaffte eine stillgelegte Mine wie eine offene Wunde. Sie stieg schmale Treppen hinauf, rüttelte am Gitter einer alten Gefängniszelle und aß Käsetoast in einem ehemaligen Bordell. Als sie ihr Spiegelbild in einer Fensterscheibe entdeckte, sehnig und gebräunt und mit Schlüsselbeinen wie Sensen, blieb sie stehen und dachte: Wer zum Teufel bist du? Stehst da rum mit deinem albernen Sonnenschirm, als hättest du alle Zeit der Welt.

Zurück in Sycamore folgte Laura dem unbefestigten Pfad, der das Flussufer säumte. Weiche Pappelsamen schwebten durch ihr Blickfeld und blieben an ihren schweißnassen Unterarmen kleben. Büsche und kleine Bäume verstellten den Blick aufs Wasser. Erst auf der Sycamore Bridge konnte sie ans Geländer treten und die bräunlich grüne Oberfläche betrachten. Sie dachte an das massive, malerische Crystal Pier, an dessen Geländer sie gelehnt hatte, seit sie denken konnte; mit Salz und Wind in den Haaren hatte sie die Surfer und den Himmel beobachtet, den geheimnisvollen Ozean über den zerklüfteten Kontinentalplatten, dessen Wassermassen voller tückischer Strömungen und Riffe waren und unentwegt vor und zurück wogten wie ein Echo vom Anfang der Erde. Doch hier war alles still. Der Boden schien in der Hitze zu flimmern, der Fluss schob sich träge dahin. Wann immer sich die Oberfläche kräuselte, zuckte Laura zusammen – nur eine harmlose Schlange oder womöglich eine Grubenotter aus der Familie der Vipern, von denen bekannt war, *dass sie in Boote klettern konnten*? Aber dann war es doch nur die Schwanz-flosse eines dicken Fischs.

Normalerweise machte Laura auf der Brücke kehrt. An diesem Vormittag lief sie weiter, obwohl sie das mitgebrachte Eiswasser schon fast ausgetrunken hatte. Hinter der Brücke ging es um die Kurve, und Laura hatte nie nachgesehen, wohin der Weg führte. In der Ferne sah sie lange Baumreihen, vermutlich gehörten sie zu der Nussplantage, von der sie gelesen hatte. Noch weiter dahinter, jenseits der Stadtgrenze, stieg Rauch von der Zementfabrik auf.

Sie folgte der Biegung und war überrascht, linker Hand eine riesige Kuhle im Erdreich zu entdecken. Sie schirmte sich die Augen mit der Hand ab. Auf dem ausgedorrten, rissigen Boden waren Steine zu einem spiralförmigen Muster angeordnet worden. Dahinter türmte sich ein Geröllhaufen von der Größe eines Kleinwagens auf. Am Rand der Mulde stand eine Art Holzgerüst, und ihr fiel wieder ein, was sie im Internet gelesen hatte: Wahrscheinlich handelte es sich um die Reste des Arroyo Lake, eines kleinen Badesees, der vor Jahren über Nacht in einem Karsttrichter verschwunden war.

Laura ging an der Kante entlang, bis sie den alten Holzsteg erreichte. Die Risse im Schlamm erinnerten an eine Landkarte mit wirren Grenzen, Straßen, Flüssen und Wegen. Irgendwo hatte sie gelesen, vor Urzeiten sei das gesamte Verde Valley ein riesiger See in einem Bett aus Kalkstein, Tonerde und vulkanischen Ablagerungen gewesen. Laura betrat den Steg und ging bis ans Ende. Am tiefsten Punkt der Mulde entdeckte sie ein Loch von der Breite eines Baumstamms. Schwere, glatte Steine säumten den Rand wie ein Schutzwall und zogen sich vom Mittelpunkt spiralförmig aufwärts.

Hinter ihr rief jemand: »Hallo!«

Laura unterdrückte einen Schrei und drehte sich so schnell herum, dass sie das Gleichgewicht verlor. Sie ruderte mit den Armen, um nicht zu stürzen. Am Rand der Mulde stand eine Frau mit einem riesigen gelben Sonnenhut auf dem Kopf vor einer grünen, mit Steinen befüllten Schubkarre.

»Haben Sie mich erschreckt«, rief Laura.

Die Frau zuckte die Achseln, sagte aber nichts. Sie schob die Karre bis an den Geröllhaufen heran, kippte sie nach vorn, sodass die Steine herausrollten, und stützte sich dann auf die Griffe. Sie war klein, unter der gebräunten Haut ihrer Arme und Beine zeichneten sich die Muskeln ab. Als sie den Hut lüftete und sich den Schweiß von der Stirn wischte, kamen lange blonde Haare mit einer lila Strähne zum Vorschein. Ein dunkelrotes, fast portweinfarbenes Geburtsmal zog sich über ihre rechte Gesichtshälfte, von der Wange über den Kiefer bis an den Hals. Der erste Eindruck hatte getäuscht; offenbar war sie nicht viel älter als Laura.

»Gehören die Ihnen?« Laura zeigte auf die Steine im Seebett. »Ich meine, haben Sie das gemacht?«

»Eigentlich kommt hier nie jemand vorbei«, gab die Frau zurück, drehte sich um und verschwand samt Schubkarre in einem schmalen Canyon. Laura hatte gelesen, dass der Regen in vielen Wüstengegenden Schluchten in den Fels schnitt. Manche waren so breit wie ein Wohnzimmer, andere schmal wie ein Flur; die Seitenwände konnten hüfthoch sein oder wie ein Haus in die Höhe ragen. Im Fall einer Springflut schoben Wassermassen sich hindurch, lösten tonnenweise Schlamm und Sand aus dem Gestein, entwurzelten Bäume und versetzten Felsbrocken. Laura war im Internet auf unzählige Schauergeschichten von nichts ahnenden Wanderern, Campern und Touristen gestoßen, die in Schluchten wie dieser vom Wasser überrascht worden waren und ihr Leben gelassen hatten. Manche Leichen wurden meilenweit fortgetragen, andere nie gefunden.

Laura kletterte vom Steg und folgte der Frau in den Canyon. Am hinteren Ende ging es auf einem breiten Trampelpfad wieder in die Höhe. Ein Auto raste vorbei, und da erst wurde ihr klar, dass sie sich ganz in der Nähe des District befanden. Jenseits der Kreuzung blinkte das Schild der Woodchute Motor Lodge. Laura schüttelte verwirrt den Kopf.

»Hey«, rief sie der Frau nach.

Die Frau drehte sich um.

Laura zeigte nach hinten. »Die sind wunderschön. Ihre Steine.«

Die Frau nickte, schien kurz zu lächeln. »Hübscher Sonnenschutz.«

Laura zog sich den Mützenschirm tiefer in die Stirn, und die Frau verschwand zwischen Büschen. Laura stapfte nach Hause, durch Wiesen voller Schlangen und Spinnennetze, die sich über den Pfad spannten wie Girlanden. Die Kiesel in ihrer Hosentasche klackerten wie Murmeln. Das Geräusch jagte ihr trotz der brennenden Sonne einen kalten Schauder über den Rücken.

Eines Abends im Juli öffnete sie das Fenster. Der Monsun (oder was auch immer) hatte aufgehört, und über das Grillenzirpen hinweg war ein metallisches, ganz unverwechselbares Geräusch zu hören: Irgendwo traf ein Baseball auf einen Aluminiumschläger. Laura schaltete den Computer aus, verließ das Haus und folgte dem Klang. Sie überquerte die hölzerne Fußgängerbrücke, die den Sportplatz mit dem

Wohnviertel verband. Schon von Weitem sah sie die Erwachsenen am hohen Drahtzaun, sie hatten die Schuhspitzen in die Maschen geschoben und feuerten ihre Kinder auf dem Spielfeld an. Es roch nach kaltem Popcorn, Schritte polterten über die Stahltribünen. Die Erinnerung rollte über Laura hinweg wie eine Welle mit Schaumkrone.

Laura dachte nicht an die Trainingsnachmittage mit Charlie, von denen es unzählige gegeben hatte, oder an die immer gleichen Dates mit Hotdogs, Erdnüssen, Bier und Sex, auch nicht an die einsamen Abende zu Hause, als ihre Ehe mit einem Mal Geschichte war und sie im Bett saß und sich die Spiele allein ansehen musste. Sie erinnerte sich noch weiter zurück, an die langen Strandtage, als sie tatsächlich noch geglaubt hatte, sie hätte alle Zeit der Welt. Als sie, der Wildfang mit dem Traum von einer Baseballkarriere, mit ihrem Bruder und ihrem Vater in der Brandung gestanden und Würfe geübt hatte. Ihr Vater hatte ihre Finger um den Ball gelegt, ihre Haltung korrigiert. Seine heisere Stimme in ihrem Ohr: Wirf mit viel Kraft, je schneller, umso besser. Nicht das Gleichgewicht verlieren – genau so, gut machst du das. Stell dich breitbeinig auf, spür den Boden. Konzentrier dich. Lass dich von deinem Instinkt und deinem Herzen leiten. Nicht lange nachdenken.

Als sie die Eltern am Maschendrahtzaun sah, verstand sie zum ersten Mal, was er ihr hatte sagen wollen. Sie hatte alles falsch gemacht.

Am liebsten hätte Laura sich unter die Leute gemischt, sich pappige Nachos und eine Cola gekauft und auf der Tribüne Platz genommen, aber dann machte sie doch kehrt. Eine namenlose Angst zwang sie, den Blick starr zu Boden zu richten. Sie lief zurück zu dem Haus, dessen Vorbesitzerin den

Verstand verloren hatte, und dachte an ihre letzte Begegnung mit Charlie. Er hatte die Augen zusammengekniffen, sie bei den Schultern gepackt und gesagt: »Du führst dich auf wie ein kleines Mädchen, Laura. Scheiße noch mal, was bist du, ein Kind? Ein Baby?« Dann hatte er angefangen zu schluchzen, und beim Blick in sein verzerrtes Gesicht hatte sie sich gedacht: Das sagt der Richtige.

Aus der Bewegung holte sie aus und trat gegen einen Kiesel. Er schlitterte über den Gehweg. Ihr Knie schmerzte erneut – Knochenkrebs? Schleimbeutelentzündung? –, und sie fragte sich, ob Charlie womöglich recht gehabt hatte. Sie fühlte sich tatsächlich wie ein Kind, sie war krank vor Heimweh und fürchtete sich vor der Dunkelheit und den fremden Geräuschen, besonders nachts, wenn die altersschwache Klimaanlage vom Knarzen des Hauses und einem unheimlichen Heulen übertönt wurde. Kojoten? Rollige Katzen? Hungrige Pumas auf der Suche nach menschlicher Beute? Sie rief zu oft ihre Eltern und ihren Bruder an, weil die den einzigen Teil ihres Lebens ausmachten, der ihr noch vertraut war.

Laura klaubte den Kieselstein auf und steckte ihn ein. Sie strich mit dem Daumen über die poröse Oberfläche, legte den Kopf in den Nacken und starrte in den dunklen Himmel mit den glühenden Lichträndern. Wie bei einem Palimpsest schimmerte das Meer hindurch. Sie vermisste das Meer, als wäre es gestorben. Als wäre sie selbst gestorben. Aber ein Teil von ihr lebte tatsächlich nicht mehr, oder doch? Wo war das furchtlose Mädchen, das mit einem Baseball in der Hand am Strand gestanden hatte? Wer war diese verängstigte Frau, die im Laufschritt durch die Dämmerung eilte? Die den Schlüssel schon in der Hand hielt, wenn sie nach Hause lief, die zu niemandem und nirgendwohin gehörte?

Als sie endlich eingeschlafen war, träumte sie, eine Spinne hätte ihr ein Loch ins Knie gefressen.

Am letzten Julitag stoppte Laura die Zeit, die sie von zu Hause bis zu ihrem neuen Büro im Sycamore College brauchte: zwölf Minuten von Tür zu Tür. Sie trug blaue Crosstraining-Schuhe und hatte ihre Bücher in einem Rucksack verstaut. Der Campuseingang mit dem schmiedeeisernen Tor war frisch aufpoliert worden, und in der Ferne dahinter huschten Wolkenschatten über die sonnigen Black Hills. Laura spazierte über die schnörkellosen Betonwege des College, das in den Sechzigerjahren gegründet worden war, um der Bevölkerungsexplosion im Verde Valley gerecht zu werden. In einem Laubengang blieb sie stehen, um die Bänke und Mauern aus Sandstein zu bewundern. Sie betrat das verputzte Gebäude, in dem die Fakultät für Geisteswissenschaften untergebracht war, durchquerte Linoleumkorridore, studierte die Karikaturen und Zeitungsausschnitte an den Sprechzimmertüren. Vor dem Eingang zum Hörsaal lief sie eine Weile nervös auf und ab. Die Vorlesung über den Vertrag von Guadalupe Hidalgo hätte sie im Schlaf halten können, aber die Aussicht, vor so vielen fremden Studenten zu sprechen, machte ihr Angst.

Sobald sie wieder zu Hause war, rief sie ihre Mutter an, die sich über den Vater beklagte, der wieder einmal und trotz seiner schlimmen Hüfte auf dem Hausdach herumkletterte. Seit er in Rente ist, macht er mich wahnsinnig, sagte die Mutter. Dann redete sie über die Padres, die gegen die gottverdammten Dodgers verloren hatten, und über ihre anstehende Reise nach Taipeh. Als der Immobilienmakler auf der anderen Leitung anrief, legte sie auf, noch bevor Laura fragen konnte: »Wann kommt ihr mich besuchen?« Nur mit Mühe gelang es ihr, nicht zu weinen. Scheiße noch mal, sie war wirklich ein Baby.

Sie beschloss, die eine oder andere Umzugskiste in Angriff zu nehmen. Vieles von dem, was sie in ihrer Hast eingepackt hatte, hätte direkt in den Müll gehört. Billige Aluminiumtöpfe aus Studienzeiten, löchrige Geschenkkörbe und abgelaufene Medikamente, die sie gleich hätte entsorgen sollen. Ein paar Kleidungsstücke wurden einsortiert, Bücher ins Regal gestellt. Beim nächsten Karton stellte sie fest, dass es sich um die Flusenkiste handelte, die Charlie neben dem Wäschetrockner aufgestellt hatte. Darin lag weicher, hellblauer Flaum – Fasern ihrer Kleidung, Schuppen von ihrer Haut. Laura schob die Hände hinein, und als sie sich durch die gesammelten Reste ihres vergangenen Lebens knetete, wurde sie von einer ozeanischen Trauerwelle überrollt. Sie ließ die Flusen in den Karton zurückfallen, klappte den Deckel zu und ging schlafen. Tags darauf ging sie nicht spazieren und am übernächsten Tag auch nicht. Sie verließ nicht einmal das Bett. Der Fernseher lief die ganze Zeit, blechernes Gelächter hallte von den Fliesen wider. Als sie endlich wieder den Briefkasten leerte, entdeckte sie eine Nachricht von Maud: »Alles okay? Sagen Sie Bescheid, falls Sie etwas brauchen.«

Anfang August stand Laura früher auf als sonst und ging wieder spazieren. Unterwegs begegnete sie einem Jogger mit breitem Lächeln und riesigen Ohren, der ihr freundlich zuwinkte und sie wie zum Beweis seiner Harmlosigkeit großräumig umrundete. Laura war im Schneckentempo unterwegs und beneidete ihn um seine langbeinige Anmut. Sein Gesicht war durchschnittlich attraktiv, aber seine Beine sahen aus wie die eines Superhelden und hart wie Marmor. Unwill-kürlich stellte sie sich vor, wie es wäre, diese Beine mit ihren zu umschlingen und die warmen Muskeln und Knochen zu spüren; mitten auf dem Spazierweg hing sie einer detaillier-ten, hitzigen Sexfantasie nach. Als der Mann ihr am folgen-den Tag wiederbegegnete, schämte sie sich so sehr, dass sie ihm kaum in die Augen sehen konnte. Sie zog sich den be-scheuerten Sonnenschirm tiefer in die Stirn.

Sie erlebte eine unruhige Nacht und wachte später als ge-wohnt auf. Sie beschloss, trotzdem spazieren zu gehen, ob-wohl ihr am frühen Nachmittag ein Sonnenbrand drohte und sich im Osten die ersten Regenwolken zusammenbrauten. Laura schnallte sich die Eiswasserflaschen um wie einen Pis-tolengurt und marschierte los. Diesmal trug sie einen blauen Sonnenhut aus Stoff, den sie im District im Ausverkauf ge-funden hatte. Ihr Plan war, noch einmal zu dem ausgetrock-neten See zu laufen und nachzusehen, welche Fortschritte das Steinmosaik der unbekannten Frau gemacht hatte. Laura fand den See, die Schubkarre stand neben dem Steg und war leer, von der Frau war indes weit und breit nichts zu sehen. Laura betrat den Steg und warf einen Blick in den Trichter mit der Steinspirale. Sie starrte in das Loch in der Mitte, und das rote Geburtsmal der Frau kam ihr wieder in den Sinn.

Sie nahm einen Stein aus der Tasche, holte tief Luft und zielte auf das Loch. Sie hatte schon lange nicht mehr auf irgendetwas gezielt. Sie ließ genau im richtigen Moment los, der Stein verschwand in der Finsternis. Laura lauschte auf ein Platschen, aber nichts passierte. In der Stille hörte sie nur ihren eigenen Atem. Sie zog Schuhe und Strümpfe aus und betrachtete ihre Füße, die im Vergleich zu den gebräunten Beinen erschreckend weiß aussahen.

Auf dem Geröllhaufen entdeckte Laura einen makellos runden Stein in der perfekten Größe. Sie hob ihn hoch und nahm ihn von einer Hand in die andere, bis er sich so weit abgekühlt hatte, dass sie ihn mit der Faust umschließen konnte. Sie betrat den Steg, schob das rechte Bein zurück, drückte den Rücken durch und winkelte den Arm an, kniff die Augen zusammen und nahm ihr Ziel ins Visier, ein kleines Grasbüschel am anderen Ufer, das kein Ufer mehr war. Sie hielt den Atem an, holte aus und dachte: nicht nachdenken. Mit viel Kraft. Jetzt.

Der Stein segelte durch die Luft. Laura sah zu, wie er die Mulde überflog, das gegenüberliegende Ufer erreichte und wenige Zentimeter neben dem Grasbüschel aufschlug. Sie vollführte ein kleines Siegestänzchen, spürte das warme, splittrige Holz an den nackten Fußsohlen. Sie war immer noch die talentierte Pitcherin von damals, sie hatte es bloß vergessen.

Laura atmete durch, stemmte die Hände in die Hüften und ließ den Blick über die Landschaft schweifen. Der See war voller Steine, die Bäume ringsum sahen nicht einmal mehr wie Bäume aus. Alles wirkte so absurd und fremdartig, dass Laura lachen musste. Sie *lebte* jetzt hier. Ach du Schande. Sie betrachtete ihre kleinen, elfengleichen Füße. Nichts schien vertraut, nicht einmal ihr eigener Körper. Und doch: Hier stand sie nun.

Sie schob die nackten Füße wieder in die Turnschuhe, schnappte sich die Schubkarre und begab sich in die Schlucht. Vorsichtshalber warf sie einen Blick gen Himmel: Die Regenwolken waren noch weit genug entfernt. An den oberen Kanten des Canyons sah sie Prosopis, Buscheichen, Wacholder, Yuccapalmen und die spitz zulaufenden Stängel einer unbekannten Pflanze. Deren Name würde sie recherchieren. Vorsichtig schob sie die Karre über den unebenen Grund. Sie genoss das Knirschen der Kiesel, das Brummen der Insekten, das entfernte Sirren der Autoreifen oben auf der Straße. Sie summte leise vor sich hin, spürte die Sonne auf den Wangen. Die Hänge der Schlucht waren so steil, dass sie hier unten niemand sehen konnte. Was für ein seltsames Gefühl, in einem Riss in der Erde zu stehen.

Sie richtete den Blick zu Boden, hielt nach Hindernissen Ausschau, setzte die Füße auf glatte Kiesel und scharfkantiges Schiefergestein. Keine Schlange weit und breit. Und auch keine Menschen, allenfalls ihre Spuren – Plastiktüten, leere Verpackungen und Folienfetzen, die im Unkraut hingen. Laura nahm sich vor, später noch einmal zurückzukommen und den Müll einzusammeln, aber fürs Erste wollte sie nur ein paar Steine mitnehmen, glatte kleine Kiesel, die in ihre Hand passten, und große runde, die in Grüppchen herumlagen wie Zitrusfrüchte unter einem Baum. Sie bückte sich, wägte ab, freute sich über das laute Klappern, wann immer ein Stein in der Schubkarre landete.

Sie entfernte sich immer weiter vom Seebett, erkundete den Canyon, folgte seinen Windungen. Die Hänge ragten umso höher auf, je weiter sie kam, bald waren sie so hoch, dass man nicht mehr ohne Weiteres daran hinaufklettern konnte. Beim ersten Donnergrollen hob sie den Blick. Dicke schwarze Gewitterwolken schoben sich über den Himmel. Wenn sie keinen Guss abbekommen wollte, müsste sie sich beeilen. Höchste Zeit, die Schlucht zu verlassen, aber hier waren die Wände zu steil. Laura fühlte sich, als säße sie in der Falle.

Sie wendete und schob die Karre zurück zum See. Dicht

an der Felswand zu ihrer Rechten lag ein grauer Kiesel. Er war so glatt, dass er glänzte. Laura streckte die Hand danach aus und sah im selben Moment über sich etwas Längliches aus einer Felsspalte ragen. Eine Schlange! Sie schrie auf, taumelte rückwärts, doch das Ding bewegte sich nicht. Laura trat einen Schritt vor. Das war keine Schlange. Und auch kein Stock.

Laura kniff die Augen zusammen und musterte die lang gezogene Form, die Einkerbung an der Spitze. Ein menschliches Schienbein? Sie schnappte nach Luft. Ihr Herz fing an zu hämmern, und sie sah sich um. In der Nähe war niemand. Sie machte sich daran, an der schrägen Wand hochzuklettern, rammte die Schuhspitzen in die Erde, schob sich den Hut in den Nacken. Es donnerte – lauter und näher als zuvor.

Der poröse, rissige Knochen sah verwittert aus. Er ragte fast waagerecht aus der Spalte, vielleicht hatte das Regenwasser oder ein wildes Tier ihn freigelegt. Als Laura an der Erde über dem Schienbein kratzte, kam eine gebogene Rippe zum Vorschein.

Laura kletterte wieder nach unten und klopfte sich den Staub von den Knien. Sie schob ihren Hut zurecht und versuchte, ruhig zu bleiben. Womöglich irrte sie sich, und das war gar kein Mensch. Sie lief zum ausgetrockneten See zurück und kletterte hinaus, umrundete das Ufer – nach Hause, jemanden anrufen –, als die ersten Tropfen fielen. Nach ein paar Minuten fing sie an zu joggen, dann zu sprinten. Kurz vor der Brücke dämmerte ihr, dass sie die Schubkarre im Canyon stehen gelassen hatte und ihre Socken und die Wasserflaschen noch auf dem Steg lagen. Aber Umkehren kam nicht infrage.

Lauras Atem ging keuchend, die Regentropfen brannten auf ihrer Haut, rissen ihr den Hut vom Kopf. Sie scherte sich nicht darum, rannte einfach weiter. Die Steine in ihrer Hosentasche klapperten, und obwohl sie es nicht wissen konnte, war sie sich sicher: Das war ein Mädchen. Sie spürte es einfach. Ein Mädchen, das vor langer Zeit irgendwo gestanden und sich umgesehen hatte, als hätte sie alle Zeit der Welt.

Geräusche von innen

Wieder dieser Lärm. Alle redeten und lachten durcheinander, Sackkarren quietschten, die Klimaanlage dröhnte. Der Krach war wie ein Trommelwirbel, der von Metallkisten und Betonböden widerhallte. Für Maud Winters, die vor ihrem Fach stand und dem Saal den Rücken zukehrte, hörte es sich an, als spielte ein zappeliges Kind an einem Radio herum, ohne sich je auf einen Sender festzulegen. Sie hielt einen Packen Briefe und Sendungen im Arm, sortierte sie in die entsprechenden Fächer ein und biss dabei die Zähne so fest aufeinander, dass ihr Kiefer schmerzte. An Tagen wie diesen wünschte sie sich, ihr rechtes Ohr gäbe ebenfalls den Geist auf. In ganz finstern Momenten spielte sie sogar mit dem Gedanken, sich einen Zahnstocher in den Gehörgang zu rammen. Ein einziger schneller Stoß, und alles wäre still. Das Hörgerät benutzte Maud schon seit Jahren nicht mehr, es verstärkte den Krach nur, statt ihn zu ordnen. Abgesehen davon war es gegen die eine Stimme, die sie ständig hörte, ohnehin machtlos.

Als ein weißer, handschriftlich adressierter Umschlag an die Reihe kam, hielt Maud inne. Ihr Herz zog sich zusammen, als hätte jemand an einer Schnur gerissen. Ihre Finger strichen über die blaue Tinte, und ihr wurde ganz warm. Dass sie zuletzt einen Brief wie diesen in der Hand gehalten hatte, war schon ein paar Tage her – die Leute schrieben einander immer weniger. Die Adresse lautete Arrowhead

125 – Ms Byrds altes Haus, in dem jetzt die neue Dozentin wohnte. Arrowhead war die letzte Straße auf Mauds Route. Sie legte den Brief, das einzige persönliche Schreiben an diesem Tag, ins rechte untere Fach und sagte die Adresse leise auf, wie um sie nicht zu vergessen.

Maud leerte ihren Kaffeebecher und machte sich daran, die sortierte Post aus den Fächern zu nehmen, mit Gummibändern zusammenzuzurren und in ihre Tasche zu stecken. Eine Stimme drang durch den Lärm, offenbar sprach jemand sie an. Maud zuckte zusammen und drehte sich um, aber da war niemand. Luz Navarro stand am hinteren Ende des Regals und spähte um die Ecke. Maud legte die Hand an die Ohrmuschel. »Wie bitte?«

»Ich brauche Paketband. Kann ich kurz deins ausleihen?« Sie zeigte darauf. »Meins ist verschwunden.«

Mit einem Nicken reichte Maud ihr die Rolle.

Luz' Seite des Regals war mit Fotos ihrer Töchter beklebt – beide hatten die gleiche Zahnlücke wie ihre Mutter – und mit einem alten Schulporträt von Luz und Roberto, den alle nur Beto nannten. Ihre Hemdenkragen waren überbreit, Luz trug die Haare lang und auftoupiert. Ein weiteres Bild zeigte einen jungen Mann in Uniform – jenen Bruder, der kurz vor dem Golfkrieg umgekommen war. Mauds Seite des Regals war leer. Sie hob die Hand und zupfte einen schmutzigen Tesafilmstreifen von der Stelle, an der zehn Jahre lang das Vermisstenplakat gehangen hatte. Maud hatte es heruntergenommen, als Jess siebenundzwanzig geworden wäre. Dem Teenager mit den schwarz umrandeten Augen hätte sie ohnehin nicht mehr ähnlich gesehen. Aus den Schlagzeilen der Lokalpresse war sie zu dem Zeitpunkt längst verschwunden gewesen. Im selben Jahr hatte Maud auch aufgehört,

Jess' Geburtstag zu feiern oder die Zeitungen zu einer neuen Geschichte bewegen zu wollen. Die Leute nahmen sie und das Plakat kaum mehr wahr, sie wussten nicht, wohin mit ihrem Mitleid. Manchmal fragte man sie noch, was sie *vorhabe*, was aber nur ein Euphemismus für die Frage war, die niemand zu stellen wagte: Lässt du dein Kind für tot erklären? Ihre Antwort wäre die immer selbe geblieben: Ich weiß es noch nicht. Rachel Fischer hatte Hugh Leitner kennengelernt und wieder geheiratet, seither reduzierten sich ihre seltsame, unerwartete Freundschaft und die einst überlebenswichtigen Treffen – Kaffee in Mauds Wohnzimmer, Wein auf Rachels Veranda – auf gelegentliche Telefonate. Ja, Esther brachte immer noch jeden Freitag Bagels und Kuchen vorbei, und auch Iris meldete sich regelmäßig und stand im Winter mit Beuteln voller Pekannüsse vor der Tür. Detective Alvarez rief immer noch an oder schaute vorbei, und das nicht nur, wenn wieder irgendwo ein weiblicher Leichnam gefunden worden war. Er und Maud redeten über das Wetter oder die erfolgreiche Saison der New Mexico Lobos. Mit den Jahren waren seine grauen Schläfen immer grauer geworden, so wie die von Maud. Alle besuchten sie weiterhin, allerdings fragte keiner von ihnen, was sie *vorhabe*, nicht einmal jetzt, fast zwanzig Jahre später.

Luz streckte sich am Regal vorbei und gab Maud mit einem dankbaren Lächeln das Packband zurück. Die Lücke zwischen ihren Schneidezähnen war so breit, dass ein Penny hineingepasst hätte. Luz hatte Jess noch gekannt, sie war nur wenige Jahre älter gewesen, sie und ihr Bruder Beto hatten dieselbe Klasse besucht wie Jess. Sie alle kannten die Geschichte – selbst diejenigen, die Jess nie getroffen hatten. Eine Geschichte wie ihre geriet nicht in Vergessenheit, erst recht nicht in einer Kleinstadt. Wie die Cholera verbreitete sie sich mit dem Trinkwasser – oder mit der Postbotin. Mauds Kunden erzählten ihr alles, die guten wie die schlechten Neuigkeiten, sie standen auf ihren Verandatreppen und schütteten ihre Herzen aus. Maud erfuhr von Rückenschmerzen und Ballenzehen, kaputten Haushaltsgeräten, verlobten Neffen, aufdringlichen Vorgesetzten und heimlichen Affären.

Um Gottes willen, bleib.

Wieder hörte Maud die innere Stimme, die vertrauten Worte. Sie schüttelte sich.

»Hast du schon Pläne fürs Wochenende?«, fragte Luz.

»Paris, London und dann Rom«, antwortete Maud. »Heiße Treffen mit einem Trapezkünstler. Das Übliche.«

Luz riss die Augen auf und lachte ein bisschen zu spät, und wieder einmal dachte Maud: Lautstärke, Maudly. Als Kind hatte sie Schwierigkeiten gehabt, sich verständlich zu machen, die anderen hatten sie gepiesackt und nachgeäfft: Was? Wie bitte? Sag das noch mal. Hä? Irgendwann hatte Maud sich ein dickes Fell und eine derbe Art zugelegt. Die anderen konnten sie mal. Jess hatte versucht, sich nicht für ihre Mutter zu schämen und es mit Humor zu nehmen. *Mom, du bist wieder laut wie ein Güterzug.*

»Nach der Arbeit treffen wir uns alle zur Happy Hour in der Pickaxe Bar«, sagte Luz. »Beto steht hinterm Tresen – Verzeihung: *Roberto.* Er kann es nicht leiden, wenn ich ihn so nenne. Er spendiert uns bestimmt ein paar Drinks, du solltest mitkommen.«

Maud warf einen Blick in das rechte untere Fach, Arrowhead 125, und spürte wieder dieses Ziehen in der Herzgegend. »Danke, heute nicht. Ich muss mir noch die Haare waschen.« Sie tätschelte ihre grauen Locken und tat so, als würde sie sich eine lange Mähne in den Nacken werfen. Früher hatte sie sich die Haare dunkelbraun gefärbt, aber das war inzwischen Jahre her.

Luz lächelte. »Eines Tages schleife ich dich persönlich hin, *mami.*«

Die liebe Luz. Sie war wirklich ein nettes Mädchen. Gab sich solche Mühe. Maud zurrte ein Gummiband um einen Stapel Briefe und ließ es auf das Papier schnalzen. Jess hatte diese Bänder gekaut wie andere Leute Kaugummi. »Eines Tages, vielleicht«, sagte sie.

Maud packte ihre Sendungen ein. Die Pakete legte sie unten in den großen Canvastrolley, die Briefe kamen obenauf. Sie zog den Trolley hinaus zum Postauto. Bevor sie losfuhr, überprüfte sie ihre Ausrüstung: Wasser, Sonnenhut, Lunchbox, Pfefferspray, Stifte, Cutter, Benachrichtigungskarten, Handy, Scanner, Lippenbalsam.

Seit achtzehn Jahren bediente sie in Sycamore dieselbe Route durch das alte Viertel hinter der Highschool am Fluss. Sie legte sie teils zu Fuß und teils mit dem Auto zurück. Mittlerweile war sie alt genug, um Anspruch auf eine der reinen Fahrstrecken zu erheben, auf Roadrunner Heights beispielsweise, wo sie auch wohnte, oder auf Juniper Meadows an der Straße nach Sedona. Luz hatte sich bei der erstbesten Gelegenheit um Roadrunner Heights beworben. Aber Maud ging gern zu Fuß, bei sengender Hitze ebenso wie im strömenden Regen, selbst mit einer zwanzig Kilo schweren Tasche über der Schulter. Und das bis heute, obwohl sie schon siebenundfünfzig war, ihre Schultern und Hüften schmerzten, sie eine Schiene am linken Knie tragen und mit jedem Kaffee am Morgen und jedem Glas Wasser vor dem Schlafengehen Ibuprofen schlucken musste. Sie dachte an die gebeugten Schultern und geschwollenen Knie ihres Vaters. Im Gegensatz zu ihr hatte er seine Arbeit nie geliebt; er war vorzeitig in Rente gegangen und hatte sich die Zeit damit vertrieben, das Haus zu reparieren und seine Frau verrückt zu machen, bis er zu guter Letzt einen Teilzeitjob im Baumarkt angenommen hatte. Er kenne seine Arbeitsroute besser als sein eigenes Viertel, hatte er einmal bemerkt, und mittlerweile traf das auf Maud ebenfalls zu. Sie wusste nicht, was die Zukunft brächte, aber zumindest konnte sie jeden Morgen durch vertraute Straßen gehen.

Der Tag fing immer gleich an: Maud setzte sich ins Postauto und fuhr zur Plantage der Overtons. An diesem Morgen saß Iris auf dem Traktor. Ihr Sohn Paul, der gerade auf Heimatbesuch war, trug eine Leiter über den Hof. Maud blieb kurz im Auto sitzen, um ihm nachzusehen – seine krummen Schultern, die neue, glänzende Glatze. Sie stieß einen durchdringenden Pfiff aus. Iris drehte sich um und winkte. Anschließend fuhr Maud nach Riverbend und stellte das Auto ab. Die Tasche wurde mit jeder ausgelieferten Sendung leichter, der Schrittzähler an ihrer Hüfte klickte Hunderte, dann Tausende Male. Fixpunkte am Weg unterteilten die Strecke in feste Abschnitte: der Eichenstumpf mit den von Kinderhand eingeschnitzten Initialen am Anfang des Dry Run; die schiefe Straßenlaterne in der Bottlebrush Street; die Haarnadelkurve vor der Alameda und dann die Sackgasse. Maud kannte sämtliche Hunde in Sycamore, sie konnte sie sogar anhand der Tonart und der Länge ihres Gebells unterscheiden. Sie wusste, welche Briefkastenklappen quietschten, welche Kästen an schwankenden Pfosten hingen, welche eingedellt, zerkratzt oder verrostet waren. Sie konnte nur zu gut nachvollziehen, was es bedeutete, erwartungsvoll die kleine Metallklappe zu öffnen, deswegen bestückte sie jeden einzelnen Briefkasten überaus gewissenhaft. Manchmal bildete sie sich ein, über die Menschen zu wachen und für ihre Sicherheit zu sorgen, was in gewisser Hinsicht auch stimmte; unzählige Male hatte sie den Notarzt, die Polizei, Angehörige benachrichtigt. Und auch sie fühlte sich behütet, von den alten Leuten zum Beispiel, die sie lächelnd an der Tür erwarteten und ihr vor den Weihnachtstagen Geldumschläge oder Pralinenschachteln zusteckten. Ihre Route war klar festgelegt und erwartete sie allmorgendlich wie ein treues Haustier, das sie nie im Stich lassen würde. Jemand anderes hätte diese Arbeit womöglich sterbenslangweilig gefunden, aber nicht Maud. Sie brauchte den Asphalt, die Klinkerstufen, den Beton der Einfahrten unter ihren Gummisohlen. Sie brauchte das Gefühl, festen Boden unter den Füßen zu haben, der sich unter ihr nicht einfach auftun würde.

Wenn sie beim Sortieren einen persönlichen Brief entdeckte, war Maud für den Rest des Tages fahrig und aufgeregt. Sie ging schneller, die Tasche schlug ihr gegen die Hüfte. Bei solchen Gelegenheiten kehrten vergessen geglaubte Bilder und Klänge zurück und bohrten sich unter Mauds Schutzwall hindurch. Dann funktionierten die Tricks nicht mehr, die sie in der Selbsthilfegruppe für Menschen mit vermissten Angehörigen gelernt hatte: gut für sich selbst sorgen und aus dem Teufelskreis des Grübelns ausbrechen; tief in den Bauch atmen; von zehn abwärts zählen und an einen Fahrstuhl denken, der einen an einen sicheren Ort bringt; den zwanghaften Gedanken an einen Luftballon knüpfen und zusehen, wie er am Himmel verschwindet. Sie glaubte Jess' Stimme zu hören oder das, was sie für Jess' Stimme hielt, sie hörte Worte und Sätze aus Jess' Notizbüchern und die Ansage auf dem alten Anrufbeantworter. Wortfetzen schwirrten durcheinander wie Grillen in der Dämmerung. Maud schob sich einen Finger ins Ohr, um den Klang der Vergangenheit auszublenden.

In den ersten Jahren hatte sie Jess überall gesehen und gehört, besonders im Traum. Jess war ohne ein Wort der Erklärung wieder aufgetaucht, unberührt von der Zeit und um keinen Tag gealtert hatte sie auf der Schwelle gestanden oder Maud im Haus erwartet. *Mom, ich weiß ja, wie gern du dir Sorgen machst, aber was ist eigentlich dein Problem? Ich bin doch hier.* Maud ließ sich Schlaftabletten verschreiben, um so viel Zeit wie möglich in jener anderen Welt zu verbringen. Wenn sie nicht bei der Arbeit war, lag sie zu Hause im Bett und versuchte, in den Traum zurückzufinden. Später begegnete sie Jess auch am helllichten Tag. Wenn sie Dani Newell oder Angie Juarez in der Stadt traf, schien Jess, das Geistermädchen mit der klaren Stimme und den fliegenden Locken, nie weit entfernt zu sein, nur dass sie sich wegduckte, sich hinter Säulen und in Hauseingängen versteckte.

Hinzu kamen Tagträume und Spekulationen darüber, was Jess womöglich zugestoßen war. Maud stellte sich ihr Kind entführt vor oder tot; aufgedunsen, verbrannt, nackt, ertrunken, erstochen, lebendig begraben. Mauds Therapeutin zeigte ihr Möglichkeiten auf, die schrecklichen Bilder durch andere, schönere zu ersetzen. Maud dachte an Mexiko, wo sie früher als Familie Urlaub gemacht hatten und wo sie zuletzt im Jahr vor Jess' Verschwinden gewesen waren. Es war der letzte Ort, an dem Maud ihre Tochter glücklich erlebt hatte. Sie rief sich immer wieder dasselbe Bild in Erinnerung: Jess am Golf von Kalifornien, hinter ihr geht die Sonne unter, die

Wellen schlagen gegen ihre Knöchel, sie lächelt und badet im letzten Licht des Tages.

Wenn Maud ihre Route absolvierte, versuchte sie, an dieses Bild zu denken. Sie schaffte es, den mentalen Fahrstuhl zu betreten und abwärts zu zählen. Die Türen öffneten sich mit einem Ping und gaben den Blick auf Mauds sicheren Ort frei: Mexiko. Doch schon im nächsten Moment tauchte Jess am Strand auf, trug ein verwaschenes T-Shirt und einen Sonnenhut, trank 7UP aus der Flasche, kaute Chiclets und rief: »Mom, Mom, guck mal!« Sie sprang zwischen den Grunions herum, die bei Sonnenuntergang zum Laichen an Land kamen. »Mom!« Die kleine Jess auf den breiten Schultern ihres Vaters, es dämmert, die kleine Familie steht in der Brandung. Jess und ihre beste Freundin Dani Newell trinken Limo und schieben die Zehen in den Sand. Jess als Kleinkind – dieser winzige, weiche Körper, gewiegt und gestillt, kreischend und knallrot und makellos –, oder als genervter Teenager auf dem Beifahrersitz. Jess, wie sie am Thanksgivingtisch sitzt und Adam Newell entgeistert anstarrt. Jess zusammengekrümmt auf dem Bett, sie weint, als hätte ihr Herz sich auf links gestülpt. Manchmal sah Maud auch ihre Therapeutin vor sich, eine nette Frau, die fragte: »Wie stellen Sie sich Ihre Zukunft vor, Maud?«, worauf Maud nie eine Antwort wusste. Wenn sie darüber nachdachte, fiel ihr nichts ein als die Glühwürmchen im sommerlichen Garten ihrer Großeltern, damals in Tennessee, als sie auf dem rechten Ohr fast und auf dem linken ganz taub geworden war. Die Therapeutin stupste sie sanft an und fragte: »Was noch? Was haben Sie vor?«, doch Maud wusste keine Antwort. Sie konnte in die Vergangenheit blicken, aber nicht in die Zukunft. Für sie gab es nur noch das endlose Jetzt.

Die Tage verstrichen schneller, wenn Maud einen Brief fand. Ehe sie sichs versah, war es Mittag. Auf dem schattigen Parkplatz der Autowerkstatt Juarez gönnte sie sich für gewöhnlich eine Pause von einer halben Stunde. Sie winkte Angie Juarez zu, die zusammen mit Luz' Bruder Beto in der Werkstatt arbeitete, und Rose Prentiss, die mit ihrer Tochter Hazel im Büro saß. Sie aß ihr Sandwich mit Erdnussbutter und Gelee, ohne aus dem Postauto zu steigen, selbst wenn ihr Hemd und ihre Schuhe schweißnass waren. Sie sah den anderen beim Älterwerden zu. Ihre Körper waren größer und schwerer als früher, aber immer noch von jugendlicher Fülle. Maud versuchte, sich auszumalen, wie Jess heute aussähe, als Erwachsene, aber es wollte sich einfach kein Bild einstellen. Wäre sie wie Angie früh ergraut oder würde sie einen kurzen Bob tragen wie Dani Newell?

»Ich mag deine neue Frisur«, hatte Maud eine Woche zuvor zu Dani gesagt, als sie bei der jährlichen Vorsorgeuntersuchung Blut hatte abgeben müssen. Dani arbeitete nun schon seit einigen Jahren in der örtlichen Tagesklinik. Nach ihrem Stanford-Aus hatte sie sich jahrelang mit Hilfsjobs über Wasser gehalten. Maud hatte sie hinterm Tresen im Basha's erlebt, beim Regaleeinräumen in der HealthCo-Drogerie, und auch beim Einkaufen, Spazierengehen oder Herumfahren gesehen. Wenn Maud winkte, schlug Dani den Blick nieder. Maud wusste, dass Dani jetzt in Esthers Gästehaus zur Miete wohnte. Auch Danis Geschichte war in der ganzen Stadt bekannt.

»Danke«, hatte Dani gesagt und den Gummischlauch um Mauds Oberarm festgezurrt. Sie hatte auf Mauds Armbeuge geklopft, um eine Vene zu finden, und die Haut mit einem in Alkohol getränkten Wattebausch abgetupft. Sie kam so dicht heran, dass Maud die Kaffeespritzer auf Danis Ärmel sehen konnte, die hektischen Flecken auf ihren Wangen, die pulsierende Ader am Hals. Nur Danis Hände zitterten nicht.

»Jetzt tut es kurz weh«, sagte Dani. »Da, schon geschafft.«

Mauds Hände schwitzten, sie wandte sich ab, um nicht sehen zu müssen, wie ihr Blut in das Röhrchen lief.

»Jetzt bitte die Faust öffnen«, sagte Dani und zog die Nadel heraus. Maud hörte ein leises Stöhnen. Sie hob den Blick. Danis Augen schimmerten feucht, sie biss die Zähne zusammen, ihre Nasenspitze war gerötet.

»Sorry«, sagte sie. »Die Erinnerung.«

»Ist schon okay«, erwiderte Maud.

Dani drehte sich weg und wischte sich die Tränen aus dem Gesicht. Maud wusste nicht, wann Dani ihr zuletzt in die Augen gesehen hatte. Dani packte ein Pflaster aus und klebte es auf Mauds Armbeuge, ohne den Kopf zu heben. »Fertig.«

»Grüß deine Mutter von mir«, sagte Maud.

Dani streifte die Gummihandschuhe ab und nickte. Ihr kurzes Haar wippte.

Maud saß auf dem Parkplatz im Auto und aß hastig ihr Sandwich, trank noch einen Schluck Wasser, benutzte dann die Toilette der Juarez' und fuhr weiter nach Riverbend, stellte dort den Wagen ab und arbeitete sich auf einem Zickzackkurs durch die ganze Siedlung, von Ost nach West. Zwischendurch trug sie Lippenpflege und Sonnenschutz auf. Im Osten zogen die ersten Kumuluswolken des bevorstehenden Monsuns auf, und die Luft wurde schlagartig schwül. Maud band sich ein Tuch um den Hals, um den Schweiß aufzufangen.

Ganz zum Schluss fuhr sie zur Arrowhead, ihrer letzten Straße. Sie machte die Kofferraumklappe auf. Falls sich irgendwo ein Vorgesetzter versteckte, bekäme er nichts zu sehen als eine Postbotin, die ihre letzten Sendungen in die Tasche packt. Er hätte nicht bemerkt, dass Maud den Brief für Haus Nummer 125 aus dem Stapel fischte und zurücklegte.

Vor der 125 wollte Maud einfach weitergehen. Dann öffnete Laura die Tür und trat auf die Veranda hinaus. Hatte sie Maud erwartet? Maud hatte Laura tagelang nicht gesehen, sie hatte ihr sogar eine Nachricht im Briefkasten hinterlassen. Zwei Tage zuvor war der Kasten dann doch geleert worden, nur deswegen hatte Maud darauf verzichtet, die Polizei zu verständigen.

Erfreulicherweise hatte Laura ihren limettengrünen Mützenschirm gegen einen Sonnenhut mit breiter Krempe eingetauscht. Aber sie sah zu dünn aus, die Shorts schlotterten ihr um die Oberschenkel. Wie die Frau sich trotz der Hitze durch die Gegend schleppte… Eine Scheidung vielleicht, hatte Maud bei sich gedacht, oder ein Trauerfall im engeren Familienkreis? Sie war ungefähr in Jess' Alter, fünfunddreißig oder sechsunddreißig. Obwohl sie blond war, sah sie Jess sogar ein bisschen ähnlich. Erst einen Moment später bemerkte Maud, dass sie stehen geblieben war und Laura anstarrte.

»Heute leider nichts«, rief sie noch lauter als sonst und spürte die Wärme an ihrem Hals hochkriechen.

Laura winkte und lächelte. Sie überprüfte die Wasserflaschen an ihrer Hüfte, zog sich den Sonnenhut in die Stirn. Falls sie etwas sagte, konnte Maud es nicht hören.

»Ich glaube, es gibt Regen«, rief Maud und winkte zurück. Sie hörte eine Stimme, fremd und vertraut zugleich: *Du hier.* Gegen ihren Willen sah sie sich über die Schulter.

Als Maud das Auto in die Einfahrt lenkte, neben sich auf dem Beifahrersitz eine Tüte vom Hamburgerladen und die geleerte Lunchbox mit dem Brief, war es schon nach fünf. Ihr nasser Schuh quietschte auf dem Bremspedal. Der Regenguss hatte sie kurz vor Feierabend überrascht, eine plötzliche, heftige Sintflut, die über den Parkplatz der Post hinweggerollt war, während Maud drinnen Schluss gemacht hatte. Inzwischen hatte der Regen nachgelassen, die Straßen waren fast wieder trocken. Das Wasser versickerte im ausgedörrten Boden und floss in tiefere Schichten ab.

Maud schaltete den Motor aus, lauschte dem Regen und sah Dampfkringel von der Motorhaube aufsteigen. Das gedrungene, verputzte Haus sah noch genau so aus wie 1991, als sie es gekauft hatte. Ihre Eltern versuchten seit Jahren, sie zum Umzug nach Phoenix zu überreden – *Komm wieder nach Hause, Maudly, Schätzchen, komm zurück* –, doch Maud wollte in Sycamore bleiben, im selben Haus und unter derselben Adresse, Roadrunner Lane 825. Sie hatte die alte Telefonnummer behalten und auch das gute alte Auto, das dank Angies Zauberkünsten mittlerweile fast zweihunderttausend Meilen auf dem Buckel hatte. Einmal hatte sie das Haus nachstreichen lassen, wieder in Navajo-Weiß. Als der Jacarandabaum vor der Veranda eingegangen war, hatte sie einen neuen gepflanzt. Ob es ihr gefiel oder nicht, dies war ihr Zuhause. Sie würde bleiben und warten. Sie hatte nur noch das.

Maud stieg aus und überquerte mit quietschenden Schuhen die Einfahrt. Am Briefkasten blieb sie stehen, hielt den Atem an und zog die Klappe auf: Rechnungen, Werbung, sonst nichts.

Drinnen streifte Maud die durchnässten Schuhe und Kleider ab, zog eine Jeans, ein sauberes T-Shirt und Flip-Flops an und setzte Teewasser auf. Den Hamburger aß sie im Stehen, über der Spüle, zum Nachtisch gönnte sie sich drei kleine Zimtschnecken von Esther. Sie trank einen Schluck Limonade, nahm den Brief aus der Brotdose und hielt ihn in den Wasserdampf, bis die Lasche sich öffnete. Anschließend trug sie ihn in Jess' Zimmer.

Eine Zeit lang hatte Maud dort alles unverändert gelassen. Nach etwa sechs Jahren hatte sie die Musikposter von der Wand genommen, sämtliche Löcher mit Spachtelmasse zugekleistert und die Wände mit Rachel Fischers Hilfe in einem frischen Mintgrün gestrichen. Sie hatte Jess' Kleidung, Bücher und Fotos in Kartons gepackt und in den Gartenschuppen gestellt. Immerhin wäre Jess, falls – wenn – sie nach Hause käme, kein Teenager mehr. Sie wäre erwachsen und alt genug, eine eigene Wohnung zu beziehen. Das breite Bett hatte Maud durch ein burgunderrotes Schlafsofa ersetzt, hinzu kamen eine Ottomane, jede Menge Kissen und ein kleiner Fernseher mit DVD-Player.

Nur Jess' Schreibtisch hatte sie nicht angerührt. Maud hatte daran gesessen, als sie selbst ein Teenager gewesen war. Der schlichte weiße Holztisch mit den drei Schubladen und dem Aufsatz stand bis heute unter dem Fenster zur Straße. Hier hatte Jess ihre Hausaufgaben gemacht und Tagebuch geschrieben – in ihre, wie sie sagte, Notizbücher: schlichte schwarze Kladden mit stabilen Deckeln und Gummiband. Gil Alvarez hatte Maud die Bücher zurückgebracht, nachdem seine Kollegen sie auf Hinweise untersucht hatten. Sie waren nicht bei den anderen Sachen im Schuppen gelandet, sondern lagen in der untersten Schreibtischschublade gleich neben dem alten Anrufbeantworter. Manchmal holte Maud sie heraus und las darin, obwohl sie jedes Wort auswendig kannte. Sie konnte nichts vergessen. Die Tagebücher deckten zwei Jahre ab, nur die letzte Kladde fehlte. Als Jess verschwunden war, hatte sie sie bei sich getragen.

Maud holte eins der Bücher heraus, klappte es auf und drückte mit der flachen Hand auf die Bindung, strich mit dem Zeigefinger über Zeichen aus Tinte und Blei, spürte die Einkerbungen im Papier. Sie überflog den ersten Eintrag, geschrieben am Tag ihres Umzugs nach Sycamore.

Januar 1991
Dann sind wir jetzt also hier. Sycamore, Arizona. Ein
kleines Stück vom Paradies. Die ganze Stadt ist so groß
wie fünf Straßen unseres alten Viertels. Was zur Hölle hat
Mom sich dabei GEDACHT? J-Bird, sagt sie, wir brau-
chen einen Neuanfang. Klar, und deswegen verschleppt
man sein einziges Kind an den Arsch der Welt? SUPER
Idee.

Mauds Blick sprang ans Ende des Eintrags. Ein Gedicht zog sich schräg über die Seite.

Heute Nacht hast du das Universum gesehen
Vom Gehweg aus
Der Himmel so schwarz
Er hat geheult
Oder warst du das?

Du hast den Finger gehoben, um
Deinen Platz am Himmel zu finden

Ein X markiert die Stelle
Sie befinden sich hier.

Du: auf dem Rücken
Am Arsch der Welt
Starrst in das Herz der Galaxie
In einem Nest aus Sternen

Sich befinden: sein
(oder nicht sein)
Konjugier mal:
Ich bin
Du bist
Sie ist
Wann wird der Satz beendet,
die Lücke geschlossen?

Hier: dein neues Zuhause
Klein und adrett
Gepfefferte weiße Berge
Winziger Fleck auf blassblauem Punkt

Sie befinden sich hier
Eselsohr in die Seite des Selbst
Verlauf dich nicht
Um Gottes willen
Bleib

Maud glaubte Jess' Stimme zu hören oder das, was in ihrer Erinnerung wie ihre Stimme klang, ein bisschen heiser, als wäre sie gerade aufgewacht. Maud holte den Anrufbeantworter aus der Schublade, stöpselte ihn ein und lauschte der Ansage.

Da war sie, leise und blechern: *Sie haben den Anschluss von Jess* – und jetzt tönte Mauds Stimme dazwischen – *und Maud Winters erreicht. Sie wissen, was zu tun ist, nur zu!* Jess' gackerndes Lachen, dann der Piepton. Maud spulte zurück und hörte sich die Ansage noch einmal an. Und dann wieder.

Sie sah Jess mit gebeugten Schultern am Schreibtisch sitzen, ihre geschwungene Handschrift füllte Seite um Seite. Seinerzeit hatte Maud gedacht, das wäre normal, ein gutes Zeichen. Ihre Tochter schrieb Tagebuch – Gott sei Dank. Sie hatte geglaubt, dass Jess auf diese Weise die Wut und die Verletzungen und die Trennung ihrer Eltern verarbeitete. Dass sie sich die Probleme vom Herzen schrieb. Dann war Thanksgiving gekommen. Wieder schmeckte Maud das trockene Putenfleisch auf der Zunge, wieder zog Rachel die dunklen Augenbrauen hoch, wieder legte Dani die Stirn an die Tischkante und kotzte auf den Teppich. Adams Gesicht war bleich wie das Kartoffelpüree, und Jess versteckte sich hinter ihren braunen Locken. Ihre Augen glänzten, ihre Wangen waren gerötet, und sie wedelte mit den Händen, als könnte sie so die Wahrheit verscheuchen.

Maud blätterte zur letzten Seite, auf die sie Jess' letzte Nachricht geklebt hatte:

Mom,
ich gehe spazieren (es ist 16:45 Uhr). Ich muss nachdenken. Bin in ein, zwei Stunden zurück. Mach dir keine Sorgen.
Hab dich lieb
J-Bird

Maud klappte das Buch zu. Das alles war jetzt egal. Es half ohnehin nichts, es gab keine Antworten, keine versteckten Hinweise. Die Verdächtigen hatten über ein wasserdichtes Alibi verfügt. Die vorherrschende Meinung: Da war wieder mal ein Teenager von zu Hause ausgerissen.

Bloß dass Jess niemals von zu Hause ausgerissen wäre. Das wusste Maud genau. Sie wusste es einfach.

Der Brief sah aus wie die anderen, die sie im Lauf der vergangenen Jahre gelesen hatte: handschriftlich adressiert und mit knapp zwei Seiten eher kurz. Glückwunschkarten öffnete Maud nie, auch keine Kreditkartenabrechnungen oder als eilig markierte Sendungen. Postkarten las sie aus Prinzip nicht. Die Briefe behielt sie nie lange, höchstens für ein, zwei Tage. Sobald sie sie gelesen hatte, klebte sie sie wieder zu, mischte sie unter die neue Post und lieferte sie aus. So gesehen handelte es sich nicht um Diebstahl, wohl aber um eine Art Betrug; sie drang in die Privatsphäre der anderen ein. Falls man sie erwischte, würde sie ihren Job verlieren. Doch Maud las die fremden Briefe nicht, weil sie einen Kick suchte oder neugierig war oder sich einmischen wollte. Sie handelte nicht aus böser Absicht.

Sie tat es, weil sie selbst nach achtzehn Jahren immer noch nicht in den Briefkasten schauen konnte, ohne den Atem anzuhalten. Jeden Tag durchwühlte sie die Post auf der Suche nach der einen vertrauten Handschrift, doch sie wurde immer enttäuscht. Sie wusste nicht mehr, wie viele Briefe sie im Lauf ihres Lebens schon zugestellt hatte. Sie stopfte sie in rauen Mengen in ihre Tragetasche, spürte die glatten Umschläge, die scharfen Kanten. Tausende Briefe. Sie wollte nur einen.

Der heutige Brief war an Laura Drennan adressiert und von Mr und Mrs Robert und Ellen Drennan aufgegeben worden. Vermutlich die Eltern. Die Handschrift war sauber und ordentlich, bestimmt hatte die Mutter den Brief geschrieben. Maud hielt den Umschlag gegens Licht – vermutlich nur ein einziges Blatt.

Maud schob den Brieföffner vorsichtig unter die gelöste Lasche. Laura Drennan, die in ihren zu großen Klamotten auf der Veranda gestanden hatte – wann immer Maud ihr etwas zurief, machte die Frau dasselbe Gesicht. Es erinnerte Maud an einen benommenen Vogel, der gegen eine Glasscheibe geflogen war.

Sie rief sich ins Gedächtnis, was Rachel einmal gesagt hatte: »Ich fühle mich, als wäre ich gegen eine Scheibe geknallt. Ich bin friedlich durch die Gegend geflattert, und dann auf einmal: Peng!« Eines Nachmittags hatte sie unangekündigt vor Mauds Tür gestanden, Monate nach Jess' Verschwinden. Monatelang hatte Maud Rachels Briefe zugestellt, in der ganzen Stadt, ohne den Inhalt zu kennen. »Liebe Freunde in Sycamore, ich habe euch etwas mitzuteilen.« Die Briefe hatten den Adressstempel der Familie als Absender getragen, Adam Newell und Rachel Fischer-Newell, nur dass sein Name mit blauem Kuli durchgestrichen war. Rachel hatte Jess nie namentlich erwähnt, sondern nur von einem »minderjährigen Mädchen« gesprochen. Und eines Tages stand sie mit einer Flasche Wein im Arm vor Mauds Fliegentür und schluchzte so heftig, dass Maud kaum ein Wort verstehen konnte. »Ich habe ihm alles Schlechte gewünscht. Ihr auch. Aber *das* habe ich nicht gewollt. Niemals!«

Maud hatte sie hereingelassen.

Sie sah aus dem Fenster. Es hatte aufgehört zu regnen,

die tief stehende Sonne brach durch die unruhigen Wolken. Heute war Freitag. Happy Hour. Maud fuhr sich durch die krausen Locken.

Rachel reagierte nicht auf das Klingeln. Maud warf einen Blick durch das Fensterchen neben der Tür: kein Licht, kein flackernder Fernseher, kein gut gelaunter Hugh in der Küche. Sein melodiöses Pfeifen war so laut, dass selbst Maud es sonst hören konnte, aber heute war anscheinend niemand zu Hause. Maud setzte sich wieder ins Auto und machte sich auf den Heimweg, doch an der Kreuzung zum College Drive bog sie statt nach links spontan nach rechts ab und fuhr in den District.

Auf dem Parkplatz der Pickaxe Bar fand sie eine Lücke neben Luz' knallrotem Cabrio. Sie atmete die schwüle Abendluft ein. Der Kies knirschte unter ihren Flip-Flops. Der Anblick des kleinen roten Autos weckte eine Erinnerung: Maud mit einundzwanzig, am Anfang ihres Lebens. Damals hatte sie als Kellnerin in einem Sandwichladen in der Nähe des Community College von Phoenix gejobbt und bei der Einführungsvorlesung in Kunstgeschichte Stuart kennengelernt. Sie waren sofort im Bett gelandet und keine sechs Monate später verheiratet gewesen. Im Sandwichladen hatte sie Brotkörbe und große rote Trinkbecher auf die karierten Tischdecken gestellt und immer wieder innegehalten, um den glänzenden Ring an ihrem Finger zu bestaunen. Sie schätzte sich glücklich, die große Liebe gefunden zu haben, und träumte von der Zukunft. Sie würden beide das College abschließen, gute Jobs finden, ein kleines Haus mit Garten kaufen, die Welt bereisen und ein einfaches, glückliches Leben führen. Ein paar Monate bevor Maud schwanger wurde, in den öffentlichen Dienst eintrat und als Zustellerin anfing – in den Fußstapfen ihres Vaters, der sich für seine Tochter etwas anderes gewünscht hatte –, verbrachten sie ihre Flitterwochen in Mexiko. Maud stand nackt auf dem Balkon und sah die Sonne untergehen, während ihr frisch angetrauter Ehemann im Bett lag und schlief. Sie hatte den Blick über den schimmernden Golf von Kalifornien schweifen lassen – da ist sie, die große weite Welt –, und die Hände ausgestreckt, wie um danach zu greifen.

Maud berührte die Türklinke. Sie hielt die Luft an.

In der Bar mussten sich ihre Augen erst an die Dunkelheit gewöhnen. Luz stand mit ein paar Kolleginnen am Billardtisch. Sie drehte sich zur Tür um. »Hey, Maud ist da! *Mamí!* Du hast es geschafft!« Sie ruderte mit den Armen, als wollte sie ein Schiff begrüßen.

Maud setzte sich in Bewegung. Sie hatte keine Ahnung, wann sie zuletzt hier gewesen war. Es musste kurz nach dem Umzug gewesen sein, als sie sich ein paarmal mit dem charmanten Hector Juarez getroffen hatte. Er war noch im selben Jahr an Krebs erkrankt. Sie erinnerte sich an Hectors schlohweißes Haar, so weiß wie das von Angie heute, nicht aber an die dunkle Holzvertäfelung an den Wänden, die Neonschilder, das Gemurmel und das Klacken der Billardkugeln, an die stumm geschalteten Fernseher in den Ecken. Sie wusste nicht, wann sie zum letzten Mal einen unbekannten Ort betreten hatte, wann sie zuletzt Stimmen und Lärm gehört hatte und freiwillig darauf zugegangen war. Normalerweise hielt sie, wenn sie sich Leuten näherte, immer ein paar Briefe in der Hand. Diesmal hatte sie nichts anzubieten als sich selbst.

Sie schob sich zwischen den Tischen hindurch und dachte an eine andere Vergangenheit, an die Zeit vor Heirat,

Schwangerschaft und Scheidung, in der sie weder Verlust noch Sehnsucht gekannt hatte. Die Glühwürmchen im Garten ihrer Großeltern. Nachdem das schreckliche Fieber nachgelassen hatte, hatte sich Maud, sechs Jahre alt, in der Dämmerung auf den breiten Stein neben dem Schuppen gelegt, wo ihr Großvater das Holz hackte. Sie war auf beiden Ohren taub, fühlte sich schwach und orientierungslos und hatte sich trotz der Abendhitze in eine Decke gewickelt – und da stiegen die Glühwürmchen aus dem Gras auf wie kleine, gelbgrüne Blitze. Sie schwebten an den Rändern ihres Blickfeldes, und Maud dachte an einen Zaubertrick, den sie einmal auf dem Jahrmarkt gesehen hatte. Ein Mann hatte Silbermünzen über seine Finger wandern lassen, die Formen und Farben waren ihr in den Fieberträumen erschienen. Das Gefühl der Fremdheit war so stark, dass sie die Knie fest aneinanderpresste, wie um sich selbst festzuhalten, sich nicht aufzulösen. Sie lag auf dem Stein, und die Welt war zu groß und gleichzeitig zu klein, und sie wollte alles auf einmal. Sie streckte den Arm aus und fing ein Glühwürmchen; es warf sich gegen ihre Handfläche, kitzelte sie. Maud spähte durch ihre Finger und sah es glimmen. So etwas hatte sie noch nie erlebt, das Tier schien aus einer anderen Welt zu stammen, und dorthin sehnte sich Maud von ganzem Herzen. Sie öffnete die Hand, flüsterte: »Flieg«, und es flog davon.

Von der Bar fuhr Maud zurück in die Roadrunner Lane. In der Einfahrt stand ein Streifenwagen. Ihr erster Gedanke: Der unterschlagene Brief lag noch auf der Ottomane. Ihr zweiter: Sie war nach zwei Gläsern Chablis Auto gefahren. Der dritte Gedanke kam ihr erst, als sie neben dem Streifenwagen hielt und Gil Alvarez entdeckte.

Maud stieg aus. Der Wein verunsicherte sie fast so sehr wie Gils Anwesenheit. Im Licht der Straßenlaterne schimmerte sein Haar wie Silber. Sie blinzelte. Er war tatsächlich komplett ergraut. Sie hatte ihn seit einem guten Jahr nicht mehr gesehen, nicht seit der Beerdigung seiner Frau.

»Haben Sie sie gefunden?« Sie wunderte sich über ihre eigene Stimme: klar und fest, trotz des Chablis, trotz ihres klopfenden Herzens, das sie bis in den Hals spürte.

»Das wissen wir noch nicht, Maud.«

»Aber Sie haben etwas gefunden?«

»Ja. Ich wollte nicht anrufen. Allerdings ist es schon spät. Wenn Sie möchten, können Sie morgen auf die Wache kommen.«

»Nein.«

»Es ist schon dunkel. Wir können da jetzt nicht mehr hin.«

»Wo ist sie?«

»Wir wissen nicht, ob sie es ist …«

»Wo?«

»Im Canyon hinter der Brücke, am alten See. Es ist schon dunkel …«

»Dann nehmen Sie eine Taschenlampe mit, verdammt.« Maud holte Schlüssel und Handtasche vom Beifahrersitz und setzte sich in den Streifenwagen.

Am alten See folgte sie Gil durch die Finsternis. Das Licht der Taschenlampe tanzte über den Weg. Der Himmel war klar und vom wachsbleichen Mond nur eine schmale Sichel zu sehen. Maud hielt den Blick zu Boden gerichtet und trat in Gils Spuren. Der dumpfe Hall seiner Schritte schien von weither zu kommen.

Sie erreichten den Canyon. Gil richtete die Taschenlampe auf den abschüssigen Pfad. »Vorsicht.«

Maud machte sich an den Abstieg. Sie rutschte auf losen Steinchen aus, riss die Arme hoch, stolperte auf den letzten Metern, fing sich wieder. In der Schlucht blieb sie so dicht hinter Gil, dass sie ihn, als er stehen blieb, beinahe umrannte. Er hob den Arm.

Der Lichtkegel wanderte an der Felswand empor und traf auf gelb-schwarzes Flatterband. Maud trat vor und hob es an.

»Maud, bitte fassen Sie nichts an. Morgen kommen die Forensiker aus Phoenix. Wir müssen den Fundort abriegeln. Ich muss Ihnen hoffentlich nicht sagen, dass ich mächtig Ärger bekommen könnte, weil ich Ihnen das hier zeige.«

Maud lehnte sich an die schräge Wand, drückte die Knie in die Erde. »Machen Sie Licht.«

Gil gehorchte. In der Ferne heulten Kojoten. Ihr schrilles Jaulen wehte durch die Luft. Es klang, als wären sie nur wenige Schritte entfernt.

»Wir wissen nicht, ob sie es ist«, wiederholte Gil hinter ihrem Rücken. Nein, er stand direkt neben ihr.

»Aber es ist ein Mensch«, stellte Maud fest. Durch Erde und Gebüsch hindurch erkannte sie den eingekerbten Knochen.

Gil schaltete die Taschenlampe aus. Das Bild blieb vor Mauds Augen stehen, als Negativ in Gruselschwarz und Knochenweiß.

»Der Regen«, sagte sie. »An dem Tag wurde die ganze Stadt überschwemmt.« Sie erinnerte sich an den wütenden Himmel, an das mythische Tosen und Grollen, als sollte die Erde bestraft und vernichtet werden. Ertrunken, aufgedunsen, lebendig begraben.

»Wir wissen es noch nicht. Aber die Fachleute, die morgen herkommen, sind wirklich gut. Sie können aus den Knochen alles Mögliche herauslesen. Bald wissen wir mehr.« Er tätschelte ihr den Arm. Seine Hand war warm. Er richtete sich auf. »Kommen Sie. Es ist spät.«

Die Kojoten heulten weiter. Von allen Seiten Geräusche. Maud steckte sich einen Finger ins Ohr, um sie zum Schweigen zu bringen.

Nur ihren eigenen Atem musste sie weiter hören, so flach wie das trostlose Grab dort im Dunkeln. Sie schaffte es nicht, die Stimme abzustellen, die in ihr weiterlebte: *Mom, guck mal! Mom, Mom, guck! Ein X markiert die Stelle. Sie befinden sich hier.*

Um Gottes willen, bleib.

Die Neue

An Werktagen verließ Angie Juarez das Haus noch vor Sonnenaufgang, lange bevor Rose und Hazel aufwachten. Sie brauchte Zeit für sich, um in aller Ruhe den Tag einzuläuten, Kaffee zu trinken, Zeitung zu lesen oder leise summend in der stillen Werkstatt zu stehen. Ihr Vater hatte den frühen Morgen ebenfalls geliebt. Als junges Mädchen hatte sie die Vorstellung schrecklich gefunden, noch vor der Dämmerung aufzustehen, aber inzwischen konnte sie ihn gut verstehen. Es gab nichts Schöneres, als den Tag mit dem Sonnenaufgang zu beginnen und ganz allein an einem stillen, vertrauten Ort zu sein, während die Welt ringsum sich gähnend streckte.

Im Schein des Nachtlichts zog sich Angie verschlafen Flanellhemd und Jeans an und stieg in ihre Stiefel. Rose lag quer auf dem Bett, die verdrehten Laken schmiegten sich an ihren Körper wie Seetang. Angie setzte sich auf die Bettkante und berührte Roses Bein, aber ihre Freundin rührte sich nicht. Sie war spät ins Bett gekommen. In letzter Zeit kam das häufiger vor, bis in die Nacht saß Rose auf dem Sofa, aß trockene Cornflakes und sah sich alte Serien an, was bedeutete, dass irgendetwas sie quälte. Als Angie nachgefragt hatte – »Was ist los, Süße?« –, war Rose in Tränen ausgebrochen. »Ich *weiß* es nicht.«

Angie versuchte, ihr mehr Raum zu geben. Rose würde erzählen, was sie auf dem Herzen hatte, sobald sie dazu bereit wäre – keine Sekunde früher. Es konnte alles Mögliche sein: Ihre Mutter hatte das Elternhaus verkauft und war ins Gästehaus nebenan gezogen. Der Todestag ihres Vaters jährte sich bald zum zweiten Mal. Oder vielleicht ging es um das Motel und ihre Schwester Stevie. Vielleicht hatte sie in der Bank Ärger mit ihrem Chef, oder sie fürchtete ihren nahenden Geburtstag. Angie wollte sich nicht aufdrängen, sie hatte Angst, Rose damit in die Flucht zu schlagen. Das war schon einmal passiert. Obwohl sie nun schon so lange zusammenlebten, kam die Erinnerung immer wieder hoch: Wie sie vergeblich auf Rose gewartet hatte, bis die Morgensonne durch die Jalousien blinzelte. Manchmal verschwand Rose für einen Tag, für mehrere Tage oder noch länger, und unterdessen lag die kleine Hazel in ihrem Bettchen und ahnte nicht das Geringste. Den letzten Aussetzer hatte Rose vor vier Jahren gehabt, als Hazel für eine Woche im Ferienlager in Prescott gewesen war. Drei Tage ohne ein Lebenszeichen, dann war Rose ohne ein Wort zurückgekommen. Angie hatte ihr erklärt, dass beim nächsten Mal *sie* die Biege machen werde, woraufhin Rose weinend auf die Knie gefallen war und sich entschuldigt hatte. Sie hatte Angie angefleht und Besserung gelobt. Doch als Angie an diesem Morgen neben der schlafenden Rose saß und ihr warmes Bein berührte, erkannte sie die Zeichen wieder und fragte sich, ob sie die Angst, irgendwann in einem leeren Bett aufzuwachen, je würde abschütteln können. Eine vertraute, gefährliche Mischung aus Furcht und Wut schnürte ihr die Kehle zu. Angie fasste sich an die kleine Kuhle zwischen den Schlüsselbeinen, wo die unausgesprochenen Vorwürfe feststeckten. Sie fühlten sich so spitz und giftig an wie Skorpionstachel.

Angie ließ die Hunde hinaus, fütterte die Katze und die neue Schildkröte und schlich kurz in Hazels Zimmer. Sie küsste ihre Tochter und strich ihr das weiche braune Haar aus der Stirn. Hazel, die aus einer Affäre mit einem nichtsnutzigen jungen Mann hervorgegangen war, den Rose in ihrer Zeit in Phoenix kennengelernt hatte, war das einzig Gute, was Roses Ausbruchsversuche ihnen eingebracht hatten. Inzwischen war Hazel fünfzehn und seit ihrem zweiten Lebensjahr in Angies Obhut, wobei sie sie Ang nannte, nicht Mom. Hazel, ihr Beinahe-Kind, das Angies Vater fast noch kennengelernt hätte. Er war gestorben, kurz bevor Rose mit Hazel nach Sycamore zurückgekehrt war. In Angies Vorstellung standen sich ihr Vater und Hazel sehr nah; fast schien es, als wäre ihre wundersame Gegenwart eine direkte Folge seines Ablebens. Was Angie verloren und dann hinzugewonnen hatte, war gleichermaßen überwältigend.

Hazel öffnete verschlafen die Augen. »Können wir später Autofahren üben?«, fragte sie, und Angie antwortete: »Sicher, Schätzchen. Das machen wir.« Sie strich Hazel noch einmal über den Kopf und steckte die Decke fest. »Bitte vergiss nicht, heute Nachmittag den Zoo zu füttern.«

Angie setzte den Impala rückwärts aus der Einfahrt. Im Gästehaus machte Roses Mutter soeben Licht. Der Rest der Stadt schlief immer noch tief und fest. Als Angie durch die Straßen fuhr, waren außer in der Yum Bakery alle Fenster dunkel. Esther Genoways beugte sich in der hell erleuchteten Backstube über den Arbeitstisch. Auch im Büro des Woodchute-Motels brannte Licht. Angie wusste, dass Stevie gerade dabei war, Kaffee zu kochen und Mini-Muffins und Hörnchen aus Esthers Bäckerei auf dem Frühstücksbuffet anzurichten. Stevie war schon ein wenig seltsam, aber was sie aus dem Motel gemacht hatte, war beachtlich. Mittlerweile wurde es in sämtlichen guten Reiseführern erwähnt und war immer auf Monate im Voraus ausgebucht. Stevies Gäste waren Durchreisende auf dem Weg zum Tuzigood Monument oder nach Jerome, Eltern, deren Kindern in Sycamore aufs College gingen, und Leute, die sich eine Unterkunft in Sedona nicht leisten konnten.

In der Werkstatt setzte Angie Kaffee auf und ging die Aufträge des Vortags durch. Iris Overtons Jeep käme als Erstes dran. Iris' Sohn Paul hatte den Wagen vorbeigebracht, und bei der Gelegenheit hatte Angie ihm ihr Beileid ausgesprochen. Sie kannte Paul seit dem Kindergarten. Später, in der Schule, hatten sie kaum mehr ein Wort gewechselt, doch der Abstand war dahingeschmolzen, als genug Zeit vergangen war und die Nostalgie eingesetzt hatte. Sie beide hatten sich im Erwachsenenleben eingerichtet, Angie war ergraut und Paul kahl geworden, und dann hatte er seine Frau an den Krebs verloren. Er war gerade mit seinem kleinen Sohn zu Besuch in Sycamore und wusste noch nicht, wie lange er bleiben würde. Sie hatten über das warme Wetter geplaudert und darüber, wer von ihren ehemaligen Mitschülern geblieben oder wieder zurückgekehrt war. Wer mit wem liiert war. »Übrigens«, hatte Angie gesagt, »der Jeep wird es nicht mehr lange machen, aber deine Mutter will ja nicht auf mich hören.« Paul hatte gelächelt und geantwortet: »Ja, sie ist ein Dickkopf.« Angie hatte gelacht und versprochen, ihr Bestes zu geben. »Pass auf dich auf«, hatte sie noch gesagt, nachdem er das Angebot, sich von ihr zur Plantage fahren zu lassen, abgelehnt hatte und losgejoggt war.

Der Kaffee war fertig, die Zeitung landete mit einem dumpfen Knall vor dem Garagentor. Angie winkte Beto zu, der auf seinem Rennrad vorbeifuhr. Er ließ sich jetzt Roberto nennen. Angie musste lächeln. Er bemühte sich nach

Kräften, den alten Spitznamen loszuwerden, und tatsächlich hatte er nichts mehr mit dem dünnen, schüchternen Kind von damals gemein. Er war jetzt groß und schlank, trug tief sitzende Jeans und karierte Hemden und war auf bodenständige Art attraktiv. Für sie würde er immer Beto bleiben. In ein paar Stunden begann seine Schicht in der Werkstatt, danach stand er in der Pickaxe Bar hinter dem Tresen. Angie wusste nicht, wie er das schaffte. »Die Arbeit hält mich jung«, pflegte er zu sagen und sich mit der Hand über die hohe Stirn und das schüttere Haar zu fahren. Angie wusste, dass er Geld für die Arztrechnungen seiner Mutter brauchte. Außerdem hatte er eine Vorliebe für Studentinnen, die naiv und unerfahren waren und keine Ansprüche stellten. Es war zum Verzweifeln, aber im Grunde konnte sie ihn verstehen – insgeheim beneidete sie ihn sogar. Er war frei und ungebunden und brauchte sich keine Sorgen um die Zukunft zu machen.

Angie zupfte das Gummiband von der Zeitung und atmete den Duft der frischen Druckertinte ein. Ihre Finger würden sich schwarz verfärben, aber das war egal, in der Werkstatt machte sie sich tagtäglich die Hände schmutzig. Abends rückte sie dem Schmutz mit Kernseife zu Leibe, und doch blieben immer Spuren unter ihren Nägeln und an ihren Fingerknöcheln zurück. Angie setzte sich in den alten Schaukelstuhl ihres Vaters und schlug die Zeitung auf.

Sie blinzelte, strich die Seite glatt. Sie schaltete die Schreibtischlampe ein und holte ihre Lesebrille heraus. Die Meldung war kurz: Eine Collegedozentin hatte beim Wandern menschliche Knochen entdeckt. Forensiker würden die Überreste untersuchen. Die Polizei prüfte, ob es sich um den Leichnam von Jess Winters handelte, einer Siebzehnjährigen, die im Dezember 1991 spurlos verschwunden war. Die Mutter, Maud Winters, war zu keiner Stellungnahme bereit. Es gab weder Festnahmen noch Verdächtige.

Angie legte einen Finger aufs Papier. Da war sie also, die Nachricht, vor der die ganze Stadt sich seit Jahren fürchtete, auf die sie alle gewartet hatten, bewusst oder unbewusst. Dieses Mädchen. Angie rieb über das Papier, bis die Tinte verschmierte.

Sie trug eine rote Sonnenbrille, eine rote Daunenjacke, ein orangefarbenes Minikleid, schwarz-weiß gestreifte Leggings und lila Chucks und platzte in der vierten Stunde einfach in den Englischunterricht. Silberne Stecker in der Form von Mondsicheln und Sternen zogen sich über ihr Ohrläppchen bis über den oberen Ohrmuschelrand. Sie drehte ständig daran herum, als stimmte sie eine Gitarre. Ihr langes, lockiges Haar schimmerte goldbraun wie frisches Motoröl. Sie war so groß wie die Jungs, vielleicht sogar größer; mit den schmalen Schultern und den breiten Hüften erinnerte sie an eine Birne.

Sie setzte sich auf den freien Platz neben Angie, lächelte und sagte: »Hey«, als wären sie beste Freundinnen. Die überrumpelte Angie wurde knallrot und zupfte sich den Pony in die Stirn, in den sich schon jetzt erste weiße Haare verirrt hatten. Wie ihr Vater würde sie mit Mitte dreißig ergraut sein, aber noch war sie erst sechzehn; das Grau beschränkte sich auf eine einzige Strähne und erinnerte an einen Streifen Kaugummi. Die Cheerleader in den vorderen Reihen drehten sich um und glotzten. Auf ihren Lidern glitzerte Perlmuttlidschatten, die Blicke waren boshaft.

»Die ist stumm«, sagte eine und zeigte auf Angie.

Die Neue sagte nichts. Sie schob sich die Sonnenbrille ins Haar und eine neongrüne Kaugummikugel in den Mund.

Das gehässige Mädchen drehte sich um und ließ sich wieder auf seinen Platz sinken. Angie starrte auf die bekritzelte Tischplatte und warf der Neuen nur hier und da verstohlene Seitenblicke zu. Trotz der Ohrringe und des Kaugummis erinnerte sie mit den wilden Locken, dem länglichen Gesicht, den großen Augen und dem kleinen Mund an ein Renaissancegemälde, das Ms G der Klasse im Kunstunterricht gezeigt hatte: strahlend schön, aber irgendwie traurig. Aus unerfindlichem Grund musste Angie an ein Kinderxylofon denken. Wahrscheinlich lag es an der bunten Kleidung des Mädchens oder daran, dass Angies Herz mit einem Mal Glockentöne schlug.

Nach der Schule half Angie regelmäßig in der Autowerkstatt ihres Vaters aus. Bei geöffneten Garagentoren konnte man seinen eigenen Atem als weiße Wolke sehen, aber das störte Angie nicht. Mit Daunenjacke, Wollmütze und fingerlosen Handschuhen schützte sie sich vor der Kälte. Wenn sie sich über einen Motorblock beugte, war sie nicht mehr das stille Mädchen aus der letzten Reihe. Sie liebte das Wummern der Motoren im Leerlauf und sang die Lieder aus dem Radio mit, das in der Werkstatt im Regal stand. Eines Tages würde sie eine eigene Werkstatt eröffnen, weit weg von dieser Stadt und den Mitschülern, die ihr ins Haar spuckten, ihr tonnenschwere Rucksäcke in den Rücken rammten und sie im Technikkurs beiseitedrängten, obwohl sie mehr von Autos verstand als alle anderen zusammen. »Das sind doch Idioten, *mi hija*«, sagte Papa dann. »Die haben keine Ahnung vom Leben, *verdad*?«

Die Keilriemen und Ölfilter ihres 69er Impala wechselte sie selbst, vorher maß sie die Spannung, genau wie ihr Vater es ihr gezeigt hatte. *Cuidado*, sagte er immer, sei vorsichtig. Er war derjenige, der sich um sie kümmerte, lange bevor ihre Mutter auf der Suche nach einem glamouröseren Leben mit einem Immobilienmakler nach Kalifornien durchbrannte. Zumindest hatte sie das Angie so geschrieben. Ihre Mutter und das glamouröse Leben hatte Angie nie zu sehen bekommen; irgendwann hatte sie so lange mit ihrem Vater allein gelebt, dass sie sich gar nichts anderes mehr vorstellen konnte. In der Werkstatt ließ er ihr freie Hand. Falls sie doch einmal Hilfe brauchte, hielt er sich nach Möglichkeit zurück und klopfte ihr anerkennend auf die Schulter. Klopf, klopf. Früher hatte sie auf seinem Schoß gesessen, sich an ihm festgeklammert und seinen Schweiß- und Kernseifegeruch eingeatmet. Diese Zeiten waren vorbei, aber er war immer noch für sie da. Später, im Alter, sollte er ihr bei jeder Gelegenheit versichern, dass er ohne sie in der Werkstatt aufgeschmissen wäre. Sie wusste nicht, was sie darauf sagen sollte, also sagte sie wie immer nichts.

Papa kam aus dem Büro in die Werkstatt herüber. Er hatte dunkle Schatten unter den Augen, die weiten Hemdsärmel hingen an seinen mageren Armen hinunter. Er stolperte über eine herumliegende Rohrzange. Obwohl nur Angie es gesehen hatte, verspürte sie den Wunsch, ihn zu verteidigen und alle daran zu erinnern, wie stark er früher gewesen war – er hatte mühelos Reifen und Matratzen getragen, einmal sogar Angie, als sie nach einer Weisheitszahn-OP nicht mehr selbst zum Auto hatte gehen können.

Er hielt eine Rechnung in die Höhe. »Kannst du mir einen Gefallen tun und mal kurz zu Eddie rüberfahren? Sein Kurier ist krank, und ich brauche diese Ersatzteile.«

»Klar.« Angie ließ den Schraubenschlüssel sinken.

Er reichte ihr die Rechnung und tätschelte ihr die Schulter.

Vorsichtig lenkte Angie den Impala aus der Werkstatt. Draußen schien trotz der klirrenden Kälte die Sonne, die warmen Strahlen fielen durch die Windschutzscheibe auf Angies Hände und Gesicht. Sie warf einen Blick in den Rückspiegel. Papa stand vor dem Garagentor und winkte ihr lächelnd nach, sein weißer Schopf leuchte in der Sonne. *Cuidado*, hörte sie ihn sagen, und nur deswegen widerstand sie dem Impuls, das Gaspedal durchzutreten.

Eddies Ersatzteillager befand sich im Süden der Stadt in dem neuen Gewerbegebiet am Highway, der nach Sedona, Flagstaff und zum Grand Canyon führte. Sycamore wuchs – überall schossen billige Motels, Tankstellen und Schnellrestaurants aus dem Boden. Es gab jetzt einen riesigen Supermarkt, eine HealthCo-Filiale und eine neue Tagesklinik. Der ältere Teil der Stadt war mehr oder weniger unverändert geblieben mit seinem College, dem District mit den historischen Backsteinbauten, den Villen und von Bäumen gesäumten Wohnstraßen. Die Werkstatt ihres Vaters lag südlich davon an der Main Street. Es gab eine Festwiese, eine riesige schwarze Abraumhalde, einen Supermarkt, ein Kino, eine Highschool, eine Nussplantage, eine Zementfabrik, ein einziges gutes Restaurant – der Einrichtungsstil des Shane's on the Bluff war recht eigenwillig, halb Wildwest, halb Seefahrt –, und einen Fluss, der sich träge durch die Landschaft schlängelte und nach Moos und Fisch roch. An seinen Ufern wuchsen Platanen und Pappeln, deren fluffig weiße Samen im Frühjahr und Sommer durch die Luft schwebten. Sycamore lag am Fuß der Black Hills, einem Gebirgszug mit spitzen Gipfeln namens Woodchute und Mingus Mountain und der Bergarbeitersiedlung Jerome.

Angie genoss das Dröhnen des Motors und die Sonnenstrahlen, die sie durch die Scheiben wärmten. Auf dem Rückweg vom Ersatzteillager beschloss sie spontan, einen Abstecher zum Arroyo Lake zu machen. Vor der Brücke bog sie auf die unbefestigte Uferstraße ab. Nur wenige Jugendliche kamen hierher, die meisten blieben am Fluss oder fuhren zum weiter entfernt gelegenen Peck's Lake, wo sie angelten, schwammen, billiges Dosenbier tranken und über die einsamen Schotterstraßen heizten. Angie bevorzugte den Arroyo Lake, der kleiner war und trotz Stadtnähe hinter dichtem Gebüsch und Bäumen versteckt lag.

Hinter der Biegung musste sie einer Fußgängerin ausweichen. Die Reifen schlitterten über den Kies, Angie riss das Lenkrad zu weit herum, der Impala brach aus und drehte sich um die eigene Achse. Angie trat mit aller Kraft auf die Bremse, bis der Wagen stehen blieb. Keuchend und wie betäubt hielt sie das Lenkrad umklammert.

Im nächsten Moment klopfte jemand ans Fenster auf der Beifahrerseite, und Angie zuckte zusammen. Sie blinzelte verwirrt und sah die Neue neben dem Auto stehen. Sie lehnte sich über den Sitz und kurbelte die Scheibe herunter.

Das Mädchen beugte sich herein und sah Angie über den Rand ihrer Sonnenbrille hinweg stirnrunzelnd an. »Wow. Krasser Stunt. Alles in Ordnung mit dir?«

Angie nickte und versuchte, ruhig zu atmen.

Die Augen des Mädchens waren mandelförmig und eher grün als braun. Ihre Stirn war trotz der Kälte schweißnass, und ihre Wangen glühten.

Angie presste sich die Oberarme an den Körper und spürte

die gleiche Wärme aufsteigen wie in der Sportumkleide, wenn sie das Parfum der anderen Mädchen roch, das Haarspray, das Erdbeerlipgloss. Sie hatte noch nie einen Freund gehabt und wollte auch keinen. Zu gern hätte sie ihrem Vater geglaubt, der immer sagte: »Ach, Angie, wart's nur ab, auch du findest irgendwann den Richtigen.« Klopf, klopf. Er war ihr Vater. Sie wollte ihm glauben.

Das Mädchen zog die Augenbrauen hoch.

»Ich hab dich zu spät gesehen.« Angies Stimme klang piepsig und heiser wie Grillenzirpen.

Die Neue grinste, Angie sah ihre Schneidezähne. Sie standen nicht direkt vor, aber leicht schief. Angie spürte die verräterische Wärme an ihrem Hals.

»Huch, du bist ja gar nicht stumm«, sagte das Mädchen.

Angie zuckte die Achseln. Sie *wollte* ja reden. Sie hatte die Worte stets auf der Zunge. In ihrer Vorstellung sahen sie aus wie Glasperlen, die immer wieder in ihre Kehle zurückkullerten.

Die Neue entblößte erneut grinsend die Schneidezähne. »Ich bin Jess.« Sie streckte die Hand aus. »Jessica Violet Winters, frisch zugezogen aus Phoenix, Arizona.« Ihre Stimme klang laut und näselnd, ein bisschen wie die einer Schönheitskönigin. »Mann, ist das kalt heute.« Sie blies sich auf die nackten Finger. Sie trug eine dünne Jeansjacke und ein gestreiftes Halstuch, zupfte an einem Gummiband an ihrem Handgelenk, zog es ab und steckte es sich in den Mund. Dann klopfte sie gegen die Beifahrertür. »Cooles Auto.« Sie kaute auf dem Gummi herum, seufzte gedehnt, hielt inne, fuhr sich durch das ungekämmte Haar. »Fast zu cool für diese Stadt. Du siehst darin aus, als wärst du in Wahrheit Lichtjahre von hier daheim.«

Lichtjahre von hier. So etwas hatte noch keiner zu Angie gesagt. Sie wusste nur, dass sie nicht wirklich an diesen Ort gehörte und dass es irgendwie ihre Schuld war. Sie hielt sich weiter am Lenkrad fest, atmete schwer.

»Willst du mitfahren?«, fragte sie schließlich, nahm die Schachtel mit den Ersatzteilen vom Sitz und warf sie auf die Rückbank.

»Klar«, sagte Jess. »Ich gehe sowieso nur spazieren. Ich muss nirgendshin.« Sie ließ sich neben Angie nieder und schnallte sich an. »Wo fährst du hin?«

Angie zuckte die Achseln. Sie hatte keine Lust, über ihren Vater oder die Werkstatt zu reden. Sie wollte nicht immer die Vernünftige sein. Sie erinnerte sich an den Impuls, vor Papas Augen über die Main Street zu donnern.

Sie wollte Vollgas geben, ein Mal im Leben.

Sie trat aufs Gaspedal, Jess lachte schrill, der Wind fuhr durchs geöffnete Fenster herein und peitschte ihre Locken. Hinter dem Impala stieg eine Staubwolke auf. Angie hatte schweißnasse Hände, einmal lenkte sie den Wagen fast in die Böschung, aber auch sie lachte. Am See bog sie auf den provisorischen Parkplatz ein und machte eine Vollbremsung. Als sie den Motor abwürgte, wurden die Mädchen nach vorn geschleudert.

Jess brach in Gelächter aus. »Halleluja! Du bist echt die schlechteste Autofahrerin der Welt!« Ihr Atem roch nach Gummi, und der süßliche Duft ihres Shampoos vermischte sich mit den Auspuffgasen.

Eine Weile saßen sie schweigend da und starrten geradeaus. Abgesehen von der Werkstatt war der See der einzige Ort, an dem Angie sich wirklich wohlfühlte. Hier war sie größer als das stille Mädchen aus der Schule. Hinter den dichten

Kreosotbüschen und den Zwergeichen glitzerte das Wasser in der Sonne. Es war so still, dass man das Glucksen der Wachteln im Laub des Mesquite und Wacholder hören konnte. Am Horizont waren die rauchenden Schlote der Zementfabrik zu erkennen.

Als Angie ein Kind gewesen war, lange bevor sie einen BH und peinliche Hygieneartikel brauchte, hatte ihr Vater ihr im Arroyo Lake das Schwimmen beigebracht. Als sie noch in seinen Armen hängen konnte und er sie nicht von sich schob. »Gut, *bien*, *mira*, *mira*, so macht man das«, hatte er gesagt, und Angie hatte gestrampelt und geprustet. Er schwamm unter dem Steg hin und her und sprach ihr Mut zu, bis sie in seine Arme sprang, wieder und wieder. Er zeigte ihr, wie man einen Kopfsprung macht, aus den gebeugten Knien heraus und mit pfeilgerade hochgereckten Armen. Sie wurde immer sicherer und mutiger, bis sie irgendwann allein ans Ende des Stegs rannte, absprang und flog, flog und wie ein Torpedo ins braune Wasser schoss und sich riesengroß fühlte.

Jess zeichnete ein X auf die beschlagene Seitenscheibe. »Am Arsch der Welt. Ich wohne jetzt *am Arsch*.« Sie setzte die Füße aufs Handschuhfach. Ihre Stoffturnschuhe waren lila wie Pflaumen, die Stellen über den großen Zehen abgewetzt. Sie hatte einen Dreifachknoten in die zu langen Schnürsenkel geschlagen. Anscheinend zog sie die Schuhe an und aus, ohne jemals die Bänder zu lösen. Die Fersen waren schon ganz zerknautscht. Auf den weißen Sohlenrand hatte sie schwarze, senkrechte Striche gezeichnet, die Angie an das Gitter einer Gefängniszelle erinnerten.

Sie räusperte sich. Es klang wie eine Mischung aus Seufzen und Winseln.

»Meinetwegen brauchst du nicht zu reden«, sagte Jess, »mir

macht Schweigen nichts aus.« Sie kratzte sich am Hals. »Meiner Ansicht nach ist Schweigen nicht immer das Schlechteste. Ich kenne einen Haufen Leute, die öfter mal die Klappe halten sollten.« Sie biss auf das Gummiband. »Mein Vater hat jetzt eine neue Familie. Wir waren ihm wohl nicht gut genug, also ist er losgezogen und hat eine neue gegründet. Als wären wir alte Schuhe, die man einfach ersetzen kann. Wie meine blöden Chucks.« Sie zog an einem Senkel. »Das war sein letztes Geschenk.« Sie spuckte das Gummiband aus und zog es sich wieder übers Handgelenk.

Jess' Kinn zitterte, und ihre Augen füllten sich mit Tränen. »Sorry«, sagte sie. »Ich weiß nicht, was mit mir los ist.«

Ist schon okay, wollte Angie sagen, aber aus ihrem Mund kam nur ein leiser Seufzer.

Wie ein nasser Sack sank Jess an Angies Arm. Das Kunststoffgestell ihrer Sonnenbrille bohrte sich in Angies Bizeps.

»Ich habe kaum geschlafen. Nachts stehe ich auf und laufe durch die Gegend.« Jess schniefte. »Ich will weg, aber ich weiß nicht, wohin. An irgendeinen fernen Ort.« Sie schluchzte zweimal und schlief dann ein.

Während die Sonne sich verflüssigte und in den Horizont einsickerte, zeichnete Angie langsame Kreise auf Jess' Unterarm. Ihr war klar, dass ihr Vater auf sie wartete, sicher machte er sich bereits Sorgen, aber sie wollte sich nicht bewegen. Die Glasperlen stiegen in ihrer Kehle auf, Angie drückte die Hand auf die flatternde Kuhle zwischen ihren Schlüsselbeinen und spürte die Schwellung wie eine schmerzende Drüse.

Für ein paar Wochen waren sie unzertrennlich. Nach der Schule fuhren sie in Angies Impala herum. Trotz der Kälte waren sie immer mit geöffneten Fenstern unterwegs. An der Tankstelle kauften sie Limo in eimergroßen Trinkbechern, und Jess schob Musikkassetten ins Autoradio, wie Angie sie nie gehört hatte – R. E. M., Velvet Underground, X und einen Mix von Patti Smith, die Jess immer nur »Plüsch-Patti« nannte. Sie erzählte von Phoenix, der Wüstenstadt, die in Angies Vorstellung so groß und gefährlich war wie ein Samuraischwert. Sie sah einen gesetzlosen, glitzernden Ort mit Autos, Einkaufszentren, Wüstenpartys, Radiosendern, Rockkonzerten und Kinos, in denen Filmpremieren gefeiert wurden. Sie dachte an abgeklärte Jungs und Mädchen, die sich auskannten in der Welt. Doch wenn Jess über all das sprach, klang es ganz normal. Sie redete hauptsächlich über ihre Kindheit – wie sie in Legend City Achterbahn gefahren war und im Encanto Park auf Karussells und in Tretbooten gesessen hatte, wie sie auf ihrem Fahrrad über die Kieswege am Kanal gedüst war. Sie erzählte, wie sie und ihre Eltern sich bis spät in die Nacht britische Sitcoms und Saturday Night Live angesehen hatten. Früher waren sie zu dritt gewesen. Jetzt schauten sie nur noch zu zweit.

»Du bist eine gute Zuhörerin«, sagte sie zu Angie, »und eine gute Freundin«, und Angie nickte, denn sie fand, dass Jess ebenfalls eine gute Freundin war, eine sehr gute sogar.

Am Wochenende übernachtete Jess regelmäßig bei Angie. Angie schlief nur ein einziges Mal bei Jess, in einem Schlafsack neben Jess' Doppelbett. Jess' Mutter Maud bestellte ihnen Pizza und verschwand, noch bevor es im Schlafzimmer dunkel wurde. Jess erklärte Angie, ihre Mutter arbeite bei der Post und müsse jeden Morgen um halb fünf aufstehen, nur deswegen gehe sie so früh zu Bett. Angie nickte. Ihr Vater musste morgens ebenfalls früh raus, sie hatte also Verständnis dafür. Doch wenn ihr Vater abends nach Hause kam, reinigte er sich die Hände mit Bimsstein und Kernseife – in den Falten seiner Knöchel blieb immer ein wenig Schmutz zurück – und stellte sich in die Küche. Er briet Quesadillas, manchmal bereitete er ihnen abends ein Frühstück zu, Pancakes und Rührei auf gelben Melamintellern, das mochten die Mädchen am liebsten. Wenn die Werkstatt am nächsten Tag geschlossen hatte, blieb Angies Vater mit ihnen auf. Sie spielten Gin Rummy und Poker oder schauten fern, bis die Morgensonne durch die Vorhänge kroch.

Sie schliefen auf Angies Doppelmatratze mit der Kuhle in der Mitte. Wenn Jess Angie mit dem Knie streifte, fiel Angie vor Schreck fast aus dem Bett. Nur wenn Jess tief und fest schlief und leise schnarchte, traute sich Angie, sie zu berühren und ihr mit den Fingerspitzen über die Wange oder den Oberschenkel zu streichen. Dann schob sie den kleinen Finger unter das Gummi an Jess' Handgelenk, spürte Jess' Puls, und die Glasperlen in ihrem Hals schienen anzuschwellen. Sie träumte davon, sich mit Jess in den Impala zu setzen und nach Phoenix zu fahren oder nach Kalifornien oder in irgendeine Stadt in Colorado. Angie könnte eine Autowerkstatt eröffnen, und Jess könnte aufs College gehen und nebenbei in einem Plattenladen jobben. Zusammen würden sie es schaffen. Manchmal fürchtete Angie, ihr Vater hätte sie durchschaut und wüsste, wovon sie träumte. Hin und wieder erwischte er sie dabei, wie sie Jess zu lange ansah. Dann legte er den Kopf schief und runzelte die Stirn, und Angie wurde rot und sah weg.

In einer Nacht wurde Angie von einem Geräusch geweckt. Verwirrt setzte sie sich auf. Jess lag nicht im Bett, sie war nicht einmal im Zimmer. Angie wankte in den Flur hinaus. Im Wohnzimmer brannte Licht.

Jess lag zusammengerollt auf dem Sofa und schlief im Schein der gedimmten Stehlampe. In ihren schlaffen Händen steckte eine Zeitschrift. Angie zog sie vorsichtig heraus und deckte Jess mit einer Wolldecke zu. Dabei trat sie gegen das Wasserglas, das Jess neben sich auf den Boden gestellt hatte.

Angie holte ein Handtuch aus der Küche, kniete nieder und wischte das Wasser auf. Ihr Arm stieß an Jess' nacktes Knie. Sie richtete sich auf, ihr Magen krampfte sich zusammen, und wieder breitete sich die Wärme in ihrem ganzen Körper aus. Sie streckte die Hand aus und berührte Jess von Neuem, diesmal mit voller Absicht, sie bedeckte Jess' Kniescheibe mit der Hand, hielt die Luft an und betrachtete Jess' Gesicht. Mit der Zielstrebigkeit einer Ameise schob sie die Hand über Jess' Oberschenkel und unter die Wolldecke. Auf Knien rückte sie näher, legte die andere Hand an Jess' Schulter. Sie wollte die ganze Jess unter ihren Händen spüren und meinte, vor Glück zu zerspringen, so aufregend war dieses neue Gefühl.

Dann schlug Jess die Augen auf. Im Dämmerlicht der Lampe wirkten sie flüssig und teerschwarz. Sie blinzelte. »Was machst du da?«

»Angela«, sagte Papa.

Sie zog beide Hände zurück und sprang auf. Ihr Vater stand im dunklen Flur und stützte sich an die Wand, Schatten verbargen sein Gesicht.

Selbst wenn Angie Worte dafür gehabt hätte, hätte sie sie nicht aussprechen können.

Jess setzte sich gähnend auf. »Ich konnte nicht einschlafen, aber dann bin ich wohl doch eingenickt. Was ist denn los?«

Papa betrat das Wohnzimmer, und Angie sah sein Gesicht, nur dass er sich selbst nicht mehr ähnelte. Er sah vollkommen verschlossen aus. Alle Lichter gelöscht, niemand zu Hause. Er war ein Fremder, der ihr nicht in die Augen blicken konnte.

»Ab ins Bett«, sagte er. »*Vas. Ahora.*«

Angie fing an zu zittern. Die Glasperlen rollten ihr über die Zunge. Sie würgte und spuckte sie auf den braunen Teppich, gleich neben den Wasserfleck.

Angie rannte in ihr Zimmer, schloss sich ein, schnappte sich ihre Jacke und kletterte durchs Fenster. Draußen setzte sie sich in den Impala. Als sie das Abblendlicht einschaltete, sah sie ihren Vater und Jess in der Tür stehen. Sie ließ den Motor aufheulen, fuhr auf die Straße und in die Stadt. Wie in Trance kurvte sie über die Main Street und durch den District. Sie hatte keinen Sinn für die dunklen Schaufenster zu beiden Seiten, hielt lediglich die Fahrbahnmarkierungen im Blick. Sie wusste nicht, wohin, wollte nur weg, aber sie hatte kein Ziel und erst recht kein Geld. Sie fragte sich, wie weit der Mittelstreifen sich dahinziehen und wohin er sie führen würde – nach Phoenix, nach Flagstaff, in die Reservate. Und dann?

Am Ende fuhr sie über die Brücke zum Arroyo Lake. Sie hielt auf dem Parkplatz, ließ den Motor laufen und hüllte sich in ihre Jacke. Schlafen konnte sie nicht, in einem fort sah sie das Gesicht ihres Vaters und Jess' nacktes Knie vor sich. Im Morgengrauen stieg sie mit von der Kälte steifen Gliedern aus dem Auto und wankte auf den See zu.

Der See war verschwunden.

Angie stand in der nebligen Dämmerung auf dem Steg und starrte auf den Riss am Grund des Sees hinab, eine gezackte Lücke von der Länge und Breite eines menschlichen Körpers. Der glänzende, schlammige Untergrund war von aufgedunsenen Karpfen und nassen Pflanzen bedeckt, dazwischen lagen vor langer Zeit versunkene Objekte: eine zerbrochene Angel, eine Bierdose, eine Plane, ein kaputtes Schlauchboot. Ein vereinzelter großer Findling schien sich seufzend in die Höhe zu recken. An den Rändern war der Schlamm schon angetrocknet und rissig. Das Wasser musste blitzschnell im Erdreich verschwunden sein.

Am Ende des Stegs ging Angie in die Hocke, schob die Zehen über die Kante, schlang die Arme um die Knie und kämpfte gegen die Übelkeit. Sie wusste, was Sinklöcher waren, im Naturkundeunterricht hatte sie alles über die tiefer gelegenen Grundwasserkanäle und das poröse, instabile Gestein des Verde Valley gelernt. Außerdem kannte sie die Schauergeschichten von den Kindern, die auf Wanderungen und Fahrradtouren verschwunden waren. Mit derlei Legenden war sie groß geworden. Die Teufelsküche von Sedona befand sich keine hundert Meter unter der Erde, jeder wusste, dass da unten mehr als ein Bonanzarad lag. Alte Knochen, rostiges Metall. Die Erde war in der Lage, Menschen zu verschlingen, und jetzt hatte sie sich den See geholt.

Die Sonne stieg höher, der Himmel schwankte zwischen Grau und Blau, eine Nichtfarbe wie im Innern einer Konservenbüchse. Angie hockte an der Kante und entdeckte immer mehr Dinge im Schlamm: Zigarettenkippen, Kaugummifolien, eine Kondomverpackung. Sie hatte nie ein Kondom gebraucht. Sie verscheuchte die Mücken, ihre Nasenflügel bebten, es stank nach Verwesung. Wieder flimmerten die Bilder von Jess und Papa über ihre Netzhaut. Sie wollte ihre ganze Wut in den Krater hineinbrüllen. Sie wusste nicht mehr, wann sie zuletzt hemmungslos geschrien hatte, wann sie ausgerastet war, bis der Hals geschmerzt hatte. Sie öffnete den Mund, aber nichts kam heraus.

Ihre Muskeln verkrampften sich. Sie stand auf, verzog das Gesicht, schüttelte die Beine aus. Ihr rechter Fuß war taub, sie stampfte und hopste herum. Und dann, vielleicht weil es noch nicht ganz hell war oder weil sie kaum geschlafen hatte, verlor sie das Gleichgewicht. Sie ruderte mit den Armen und versuchte, sich zurückzureißen, aber es war zu spät.

Als Angie in den Krater fiel, kam der lange zurückgehaltene Schrei endlich heraus.

Mit einem dumpfen Schlag landete sie auf der Seite. Der Schlamm war weniger nachgiebig als das Wasser, in das sie früher gesprungen war. Angie rutschte und rollte abwärts auf das Loch in der Trichtermitte zu, zum Glück bremste der Schlamm sie ab. Ein paar Meter vor dem Riss blieb sie liegen. Sie richtete sich auf, Hintern und Beine sanken ein.

Sie ruderte mit den Armen, versuchte hinauszuwaten, doch der schmatzende Schlamm hielt ihre Unterschenkel fest. »Scheiße«, sagte sie. »Scheiße«, hallte ihre Stimme durch den stillen Morgen. Sie weinte ein bisschen, bekam einen Schluckauf, spürte den Dreck in Mund und Nase. Ein kleines Mädchen steckte im Matsch fest. Ein dummes, mageres kleines Mädchen. Kein Wunder, dass Jess sie nicht ... Kein Wunder.

Der Schlamm war von Steinchen und Sand durchsetzt und rau wie Schmirgelpapier. Angie fischte darin herum, nahm eine Handvoll auf und schleuderte ihn mit aller Kraft in das Loch, traf aber nicht. Wütend boxte sie in den Dreck, schlug sich dabei aber nur die Knöchel wund. Sie schaufelte mehr Schlamm auf und stopfte ihn sich in den Mund. Und noch mehr. Sie würgte, ihre Lunge brannte.

In der Ferne heulte eine Sirene. Und dann rief jemand ihren Namen.

Sie drehte sich um. Ihr Vater stand oben am Ufer, seine Haare waren wild zerzaust. Sie konnte nicht anders – als sie ihn erblickte, war sie erleichtert.

»Angela Juarez«, rief ihr Vater, »*Jesucristo!* Komm da verdammt noch mal raus, sofort!«

Angie schüttelte den Kopf.

»Was soll das heißen, nein? *Ahora. Venga!*«

»Ich kann nicht«, flüsterte sie.

»*Mi hija*, bitte. Komm da raus. Lass uns über alles reden.«

Angie schüttelte wieder den Kopf.

»Vielleicht war es ein Missverständnis …«

»Du hast es gesehen«, sagte Angie, so laut es ging. »Du hast alles gesehen.«

»Sprich mit mir. Du kannst mir alles sagen, *verdad?* Alles.«

Angie dachte an sein fremdes, verschlossenes Gesicht. »Ich kann nicht«, krächzte sie, und im selben Moment begann der See zu beben und zu stöhnen. Neben ihr rutschte ein riesiges Stück Erde in die Tiefe. Zurück blieb ein klaffendes schwarzes Loch. Angie starrte in den Abgrund, und plötzlich holte die Realität sie ein. Sie fing an zu schreien, Adrenalin durchflutete ihre Glieder, sie versuchte, sich zu befreien, wurde stattdessen tiefer in den zähen Schlamm gezogen. Bald war sie bis an die Brust versunken.

»Nicht bewegen!«, rief ihr Vater. »*Dios. Mierda!* Nicht bewegen! Du musst jetzt absolut stillhalten!«

Angie versuchte es. Sie atmete flach, Schweiß rann ihr übers Gesicht und stand in dicken Tropfen auf ihrer Oberlippe. Sie hörte ein lautes Klatschen.

Ihr Vater ließ sich mit in den Matsch gestemmten Händen und Füßen abwärtsrutschen, Zentimeter für Zentimeter. »Nein, nein, Angela. *Ya voy. Ya voy.*«

Inzwischen steckte sie bis zum Hals im Schlick. Ihre Unterschenkel baumelten ins Leere, sie spürte die Schwerkraft wie einen Sog. Der Schlamm stieg ihr über Ohren und Kinn, bald waren nur noch die Augen zu sehen, die panisch auf den Vater gerichtet waren. Sie sah seine weißen Haare, die weit aufgerissenen Augen und geblähten Nasenlöcher. Er war über und über mit Schlamm bedeckt. Er streckte die Hand aus und packte Angies T-Shirt. Sein Mund bewegte sich. *Por favor*, schien er zu sagen, *por favor*, er zog und zerrte mit all seinen Muskeln und Sehnen und Nerven an ihr, und wieder musste Angie daran denken, wie stark er früher gewesen war.

Er schob erst eine, dann beide Hände unter Angies Achseln und zog sie an sich. Angie rang um Atem, presste das Gesicht an seine Brust, spürte seinen Herzschlag wie ein Donnern. Die Glasperlen stiegen in ihrer Kehle auf. Und diesmal schafften sie es, sie kullerten über Angies Zunge und hinaus. »Liebe«, sagte sie, aber das Wort war kaum mehr als ein Grunzen und nicht zu verstehen. Ihre belegte Stimme klang wie das tiefe Krächzen einer Fremden. Die neue Stimme brannte ihr in der Kehle. Angie legte sich eine Hand an den Hals.

»Ja. Mehr, als du ahnst«, sagte Papa und schloss sie in die Arme.

Obwohl es unmöglich war, glaubte Angie zu sehen, wie eine Glasperle vor ihr in der Luft schwebte, winzig und zerbrechlich und so klar wie Wasser. Sie würde diese Vision noch öfter haben, in ferner Zukunft, wenn sie neben Rose im Bett lag und die Katzen auf der Tagesdecke dösten, wenn Hazel im Nebenzimmer schlief und Staubpartikel in den

Sonnenstrahlen vor dem Fenster tanzten. Sie sah die schwebenden Glasperlen bei ihrem ersten Mal mit Rose, im Motel von deren Eltern, der Regen hatte den Parkplatz überflutet, und Beto Navarro saß draußen im Impala und schob Wache. An diesem Tag erwiderte zum ersten Mal ein Mädchen ihre Zärtlichkeiten. Sie sah die Glasperlen, als Rose zum ersten Mal die Nerven verlor und sich absetzte, weil alles, was sie da taten, real war und keine Fantasie, die von selbst wieder verschwinden würde. Sie sah die Glasperlen, als Rose abermals vor ihrer Tür stand, die kleine Hazel auf der Hüfte. Sie sah sie, wenn sie das Grab ihres Vaters auf dem kleinen Friedhof von Sycamore besuchte und an der Stelle, wo sie sein Herz vermutete, Steine zu einem Herzen zusammenschob. Sie sah sie jeden Morgen, wenn sie in seinem Haus aufwachte, wenn sie in seiner Werkstatt stand, die jetzt ihr gehörte, hier in dieser Stadt, die sie nie verlassen hatte, weil die Fahrbahnmarkierungen sie immer wieder an denselben Ort zurückgeführt hatten.

Und jetzt sah sie die Glasperlen, weil sie vor der Zeitung saß, mit dem Gesicht des Mädchens vor Augen und dem hellen Xylofonklang der Erinnerung im Ohr. Ihre erste heimliche Liebe. Das Mädchen, das ungeahnt Angies Herz geöffnet und ihr den Weg zu ihrem wahren Ich gezeigt hatte. Das Mädchen, zu dem Angie jeden Kontakt abgebrochen hatte, weil sie nicht über die Scham und die Verwirrung hinweggekommen und abermals in Schweigen verfallen war. Das Mädchen, das an einem verregneten Winterabend nicht mehr nach Hause gekommen war. Schon ihr ganzes Leben lang hatte Angie sich diese Fragen gestellt: Was, wenn sie eine bessere Freundin gewesen wäre? Wenn sie den Mund aufgemacht hätte? Was, wenn Jess Ja gesagt hätte? Wenn Angie

an jenem Abend bei ihr gewesen wäre? Das Rätsel um Jess'
Schicksal schien in das poröse Gestein eingedrungen zu sein,
es lauerte als dunkles Geheimnis in der Erde und würde bald
selbst zur Legende werden, so wie die Knochen und Fahrräder in den Karsttrichtern.

Angie presste sich die Zeitung an die Brust und atmete
schwer. Nein, man hatte keinen Mythos und keine Legende gefunden, sondern echte Knochen, die Knochen eines
Menschen. Sie erinnerte sich wieder daran, wie sie in den
Schlamm gestürzt war und ihr Vater sie gerettet hatte. Wie
die Glasperle vor ihren Augen geschwebt hatte und dann in
die Höhe gestiegen war, weit über ihre Köpfe, immer weiter
und schließlich davon.

Entkernt

Februar–Mai 1991

In den ersten Wochen wurde sie bloß die Neue genannt, später dann war sie das Mädchen aus Phoenix. Nicht für alle, nur für diejenigen, die sich auf den Schulkorridoren zusammenrotteten, Jungs mit Gelfrisur, Polohemd und hämischem Lächeln und Mädchen mit hochgezogenen Augenbrauen und rosa Kaugummi. Erst stupsten sie einander an und tuschelten leise – guck mal, die Neue –, später sagten sie es ihr ins Gesicht: »Hey, Mädchen aus Phoenix! Was geht ab, Mädchen aus Phoenix?«

Jess war verwirrt. Sie hörte den Unterton, konnte ihn aber nicht deuten. Handelte es sich um einen Witz, den nur sie nicht verstand, oder um eine Art Test? Sie konnte nicht einschätzen, ob der Ton Stolz oder Unsicherheit verriet oder einfach nur dem Selbstschutz dienen sollte. Vielleicht schlug ihr nur deshalb so viel Misstrauen entgegen, weil sie aus der Großstadt kam und die anderen fürchteten, sie könnte sie für Trottel halten und auf sie herabblicken? Sie waren bloß Teenager, aber das Klischee vom Provinzdeppen kannten sie bereits aus unzähligen Filmen und aus den Büchern in ihren Schultaschen, außerdem war Jess sicherlich nicht die erste Neue, die nach Sycamore gekommen war. Dabei hätte sie den Ton eigentlich erkennen können, ihre eigene Mutter schlug ihn an, wenn sie über Leute mit größeren Häusern, schöneren Autos und besseren Jobs sprach. *Die sind nichts Besseres, J-Bird, die haben nur mehr Geld als wir.*

Woran immer es lag, Jess war so klug, den Mund zu halten, sich die Bücher an die Brust zu pressen und einfach weiterzugehen. »Ignorier sie einfach«, sagte ihre Mutter. »Da stehst du drüber.« Ja, das tat Jess. Sie stellte sich eine Böschung vor oder eine Brücke, auf der sie an den anderen vorüberging, den Blick immer auf die rechteckige Klingel am hinteren Ende des Schulflurs gerichtet. Es war wie beim Ballett: Solange man sich auf einen Fixpunkt konzentrierte, wurde einem nicht schwindelig. In der Schule waren Kopfhörer verboten, aber Jess stellte sich vor, welche zu tragen und nichts zu hören als ihre Musik.

Eines Tages rief ihr ein Mädchen mit gelbem Stoffhaargummi nach: »Mein Gott, eingebildet, oder was?«

Jess hätte gar nicht darauf reagieren dürfen. Sie hätte den Kopf schütteln und *Nein, kein bisschen* sagen sollen. Aber es war noch keine Woche her, dass Angie nach dem merkwürdigen Streit mit ihrem Vater im Impala davongebraust war und Jess allein gelassen hatte. Angie rief nicht mehr zurück und nahm Jess nach der Schule auch nicht mehr mit. »Ich habe keine Zeit, ich muss meinem Vater helfen«, hatte sie gemurmelt. Jess hatte ihre einzige Freundin verloren und fühlte sich allein und schutzlos. Keine Pancakes mehr, kein Poker und kein Fernsehen mit Angie und ihrem netten Vater, keine Ausflüge im Impala, keine laute Musik, die aus den Boxen dröhnte und in Jess' Brustkorb vibrierte. Nachts sah sie fern, aber neuerdings dominierte der Golfkrieg das Programm – windgepeitschter Sand, Bomben über Bagdad, brennende Ölfelder, irakische Soldaten auf den Knien. Das machte alles nur noch schlimmer. Jess lag auf ihrem Bett und starrte zur Decke, oder sie sah ihrer Mutter beim Schlafen und Weinen zu, bis sie es nicht länger aushielt und nach draußen musste, so wie in der vergangenen Nacht. Der Mond war immer wieder hinter den Wolken verschwunden, deren Ränder hatten geglüht, und der Himmel hatte ausgesehen wie eine Karte der Erde. Jess wäre kein bisschen verwundert gewesen, wenn Himmel und Erde tatsächlich die Positionen getauscht hätten. Wenn ein See einfach so verschwinden konnte – zack, über Nacht in einen Karsttrichter abgeflossen –, waren die Erde und die Luft dann nicht auch in Gefahr? Nichts ergab mehr Sinn. Warum war Freundschaft noch vergänglicher als Liebe? Was hatte Jess falsch gemacht? Was stimmte nicht mit ihr?

Als sie durch den Flur ging und aus den Augenwinkeln das Mädchen mit dem gelben Haargummi sah, sagte ihre innere Stimme: *Nicht. Geh weiter. Hör gar nicht hin. Da stehst du drüber.* Ein anderer Teil von ihr – erschöpft vom Grübeln, vom Sorgenmachen, von der Schlaflosigkeit und dem ewigen Getuschel auf den Fluren –, wollte das Gegenteil: *Also gut. Nicht lange überlegen.*

Jess blieb stehen und sah das Mädchen an. Sie zog sich den Rucksack von der Schulter und wog sein Gewicht. Sie hatte all ihre Bücher dabei, um zwischendurch nicht an ihren Spind zu müssen. Geschichte, Mathe, Englisch, Chemie, dazu das Notizbuch, Stifte, hässliche Turnklamotten aus Polyester und Graphic Novels aus der Bücherei in Phoenix (*Bloom County* und *Life in Hell*). Der Rucksack wog knapp sieben Kilo. Jess schlang den Gurt um die Hand.

Das Mädchen sah sie an und spottete: »Was ist? Hast du mir etwas zu sagen, Mädchen aus Phoenix? Oh, alle mal herhören – das Mädchen aus Phoenix hat uns was zu sagen!« Sie sah sich nach ihren Freundinnen um. Ihr alberner Pferdeschwanz kreiste wie das Rotorblatt eines Helikopters. Alle lachten, als hätte sie etwas umwerfend Komisches gesagt. Als hätte sie eine Ahnung, was komisch ist.

»Ja«, gab Jess zurück, »ich habe etwas zu sagen.« Sie machte drei lange Schritte und holte wie zu einem Fastball aus, mit viel Kraft und von unten. Sie war schnell, aber nicht schnell genug; das Mädchen sprang zurück. Statt sie am Kinn zu treffen, streifte der Rucksack nur ihren Arm. Das Mädchen torkelte gegen eine Freundin, die ganze Clique starrte Jess wortlos an. Eine Sekunde lang waren alle zu überrascht, um irgendetwas zu sagen.

Unter der Wucht des Schlags hatte Jess sich den Arm verdreht, aber sie ignorierte den Schmerz, schulterte den Rucksack und ging weiter, als hätte sie mit den Mädchen nichts zu tun, die jetzt heißliefen und wild durcheinanderkreischten. Ihr Herz raste. Sie musste schlucken. Sie hatte – das war ihr klar – einen Fehler begangen. Einen Riesenfehler. Sie lächelte, reckte das Kinn vor, hielt die Pausenklingel am Ende des Korridors fest im Blick und tänzelte darauf zu.

Am nächsten Morgen – es war Jess' siebzehnter Geburtstag – hatten die anderen natürlich ihren Spind beschmiert. »Schlampe«, »Fotze aus der Hölle«, »Jess Winters macht die Beine breit.« Jess lief an dem Spind vorbei, als gehörte er ihr nicht. Sie machte keine Anstalten, ihn zu bedecken. Jess verpetzte die Mädchen nicht, sie erzählte nicht einmal ihrer Mutter davon. Der Hausmeister schrubbte den Spind noch am selben Vormittag sauber, zurück blieben nur blasse Konturen auf Lack. Als Schuldirektor López Jess zum Gespräch einbestellte, sich den buschigen Schnauzbart glatt strich, sie über den Rand seiner Gleitsichtbrille hinweg betrachtete und fragte, ob alles in Ordnung sei, behauptete sie, es gebe kein

Problem. Nein, sie habe keine Ahnung, wer ihren Spind beschmiert habe, und sie wolle auch keinen anderen. Es gehe ihr prima, danke. Nein, sie brauche kein Gespräch mit dem Vertrauenslehrer. Ja, sie habe vor, sich um ein Begabtenstipendium zu bewerben und aufs College zu gehen.

Wegen des Gesprächs kam sie zu spät zum Unterricht. Ms Genoways war gerade dabei, ein Gedicht von Edna St. Vincent Millay vorzutragen. An ihren Fingern steckten silberne Ringe, sogar an den Daumen, und die Haare standen ihr vom Kopf ab, als hätte ihr jemand in der Nacht eine Dauerwelle verpasst. Noch bevor Jess ihr das Entschuldigungsschreiben überreichen konnte, hob Ms G die Hand und rief: »Versteht ihr? Dieses Frösteln – *das* ist Literatur!« Sie erklärte der Klasse, Autoren wie Millay und Oscar Wilde seien früher wegen ihrer heiklen Themenwahl verboten gewesen. Die Liebe in all ihren Erscheinungsformen – und an dieser Stelle hielt die Lehrerin inne und schrieb *LIEBE/Erscheinungsformen* an die Tafel – sei der Nukleus aller Literatur. War es wahre Liebe oder nur ein Strohfeuer? Fühlte man Lust, Sehnsucht, Einsamkeit oder Schmerz? Wo war der Unterschied? Woher wollte man das wissen? Das menschliche Herz, sagte sie, sei ein lebendiges Rätsel. Das große Unbekannte.

Jess ließ sich auf ihren Platz sinken und ignorierte die bösen Blicke des Mädchens, nach dem sie ausgeholt hatte. Angie ignorierte sie ebenfalls. Sie fixierte einen Punkt an der Wand, ein James-Baldwin-Bild, das ihn mit der Hand am Kinn vor einem Bücherregal zeigte. Er schien sich zu weigern, in die Kamera zu blicken. Jess konzentrierte sich auf die beiden Zornesfalten auf seiner Stirn. Sie waren tief wie Schluchten.

Nach dem Unterricht bat Ms G sie, kurz zu warten. Jess

blieb neben ihrem Platz stehen. Sie winkte Angie kurz zu, die lächelte und den Blick niederschlug. Als die letzten Schüler den Raum verlassen hatten, wandte die Lehrerin sich an Jess. Sie hatte den Kopf schiefgelegt.

»Manchmal erlaube ich meinen Schülern, die Pausen hier in meinem Unterrichtsraum zu verbringen. Nicht allen, nur denen, die ein bisschen …« Sie überlegte, drehte an ihren Silberringen. »Die ein bisschen Zeit für sich brauchen. Du bist hier immer willkommen, okay? Wenn du willst.«

Jess wollte sich bedanken, aber ihre Kehle war wie zugeschnürt. Sie nickte bloß und eilte hinaus. Das Gedicht von Edna St. Vincent Millay hallte ihr durch den Kopf: *Aber der Regen / Ist voller Geister heute Nacht, die seufzend / an die Scheiben klopfen und auf Antwort hoffen.* Die Worte lagen Jess feucht und warm auf der Zunge, und ja, tatsächlich, die Härchen an ihren Unterarmen stellten sich auf.

Am Abend brachte Jess' Mutter Pizza und eine Geburtstagstorte aus dem Basha's mit. Auf der weißen Glasur mit dem blauen Rand waren ein blauer Vogel und eine große Sprechblase zu sehen: »Alles Gute zum 17. Geburtstag, J-Bird!«

Ihre Mutter setzte sich an den Küchentisch und zündete eine Kerze an. »Heute ist der siebzehnte Februar. Du hast Geburtstag, mein Goldkind.«

Jess starrte in die Flamme. Unter der Glasur verbarg sich, wie sie genau wusste, ein Marmorkuchen; diese Vorliebe teilte sie mit ihrem Vater. Er hatte eine Karte geschickt – in Carolines Handschrift: »An meine kleine Prinzessin. Alles Liebe von Papa, Caroline und deiner kleinen Schwester Noelle.« Alles Liebe? Jess zerriss die Karte und warf sie in den Papierkorb unter dem Schreibtisch.

Sie bemühte sich um ein Lächeln. »Ein Topf voller Gold am Ende des Regenbogens. Die kleinen Kobolde scheißen das Zeug nur so aus.«

»Jess…«

»Sorry!«

Dann sang ihre Mutter »Happy Birthday«.

Jess betrachtete den sprechenden Vogel auf dem Kuchen und war gerührt. Die Kerze brannte herunter. Jess fing an zu weinen. Es war so traurig, es war das Traurigste auf der Welt, zu zweit hier in der Küche zu sitzen, während die kleine blaue Kerze auf den Zuckerguss tropfte.

»Tut mir leid«, sagte Jess.

Ihre Mutter nahm sie in den Arm. »Es ist alles ein bisschen viel. Es wäre jedem zu viel. Aber eins sage ich dir, gemeinsam stehen wir das durch.« Sie zwängte sich neben Jess auf den Küchenstuhl und drückte sie fest an sich.

Jess nahm den vertrauten Geruch nach Pfefferminzkaugummi und Weichspüler wahr.

Ihre Mutter massierte ihr den Rücken. »Du hast noch dein ganzes Leben vor dir. Heute ist nur ein kleiner Moment. Ich weiß, du kannst es gerade nicht sehen, aber innerlich strahlst du.«

Jess schniefte und wischte sich die Nase am Ärmel ab. »Ich bin radioaktiv.«

Ihre Mutter lachte, zog eine von Jess' Locken glatt, ließ sie zurückspringen. »Ach was. Du bist mein Goldkind, mein starkes Mädchen mit den blauen Flügeln.«

Vor dem Schlafengehen schrieb Jess mit lila Textmarker in ihr Notizbuch: »Zukunftspläne schmieden – die großen! Außerdem: Du brauchst einen Job. Und ein AUTO.« Dann formulierte sie die erste Fassung der Hausaufgabe, die Ms G ihnen gestellt hatte: »Schreibe ein Gedicht oder eine Szene, in der der Himmel vorkommt.«

Als wir nicht hingesehen haben,
hat der Himmel die Erde überredet, die Plätze zu tauschen.
(Der Himmel ist ganz schön gerissen.)
Jetzt gehen wir auf Blau,
klopfen uns Sterne von den Schuhen,
kreisen um die Sonnenkorona.

Sieh hinauf.
Findlinge schieben sich schnell durch den Schlamm,
die Bäume schlagen Wurzeln.
Ihre geäderten Blätter glühen am Horizont,
da ist Gras in unseren Augen.

Sie schrieb: »Wieder schreiben. Besser schreiben.«

Die Schule war eine Qual, aber immerhin rückte der Unterricht die Perspektive zurecht. In Geschichte nahmen sie den Holocaust durch, Mr Manning hatte *Maus* auf die Lektüreliste gesetzt. Jess las die erste Hälfte an einem Abend, im Bett und mit dem Buch auf den Knien. Danach holte sie Luft, als hätte sie die ganze Zeit über den Atem angehalten. Sie kannte das Tagebuch der Anne Frank, aber dieser Schwarz-Weiß-Comic schaffte es irgendwie, dass der Albtraum noch wirklicher und wahrhaftiger erschien. An einer Stelle hatte Jess sogar lachen müssen. Die Geschichte war so unfassbar, dass ihr schwindelig davon wurde; sie wusste nicht, wie so viel Wahrheit in ihren Kopf passen sollte. Wie konnte es sein, dass die Welt damals nicht an der Monstrosität zerbrochen war, ganz buchstäblich? Jess stand auf und holte die zerrissene Geburtstagskarte aus dem Papierkorb. Sie klebte sie wieder zusammen und legte sie in die Schreibtischschublade. Später schlief sie mit dem Buch auf der Brust ein, ihr Finger steckte zwischen den Seiten.

Am nächsten Tag stellte ihnen Ms G im Kunstunterricht den Impressionismus vor. Die Künstler hatten sich realistischen Motiven zugewandt, was den Salon – ein paar Leute, die damals in Sachen Kunst das Sagen hatten –, sehr verärgert hatte. Ms G zeigte der Klasse ein paar beispielhafte Arbeiten und hielt sich besonders lange mit einem französischen Gemälde namens *Die Parkettabzieher* auf: Drei Männer mit nacktem Oberkörper knien in einem Zimmer und schleifen einen Holzboden ab. Wie Ms G erklärte, hatte das Bild seinerzeit für einen Skandal gesorgt – nicht weil die Männer halb nackt gewesen wären, sondern weil sie der Arbeiterklasse angehörten. Der Salon lehnte Alltagsdarstellungen ab, weil das Banale angeblich keine künstlerischen Themen hergab. »Aber seht euch diese Lichtreflexe an«, sagte Ms G und tippte auf den sonnenbeschienenen Holzboden und die muskulösen Männerrücken. »Zum Erschaudern!« Sie zeigte ihren Unterarm vor, und da konnte Jess es wieder fühlen. »Schönheit lässt sich in den einfachen Dingen finden«, fuhr Ms G fort, und Jess schrieb mit. Die Deckenbeleuchtung war ausgeschaltet, die halbe Klasse schlief. Ms G zog einen Schuh aus, warf ihn gegen die Wand und rief: »Aufwachen! Alle aufwachen!«, und dann schob sie noch ein gemurmeltes »Heiliger Strohsack!« hinterher. Jess lachte das kehlige Lachen ihres Vaters. Sie hatte ganz vergessen, es zu unterdrücken.

In der Mittagspause klopfte Jess an die Tür zu Ms Gs Unterrichtsraum. Die Lehrerin machte ihr mit einem freundlichen Lächeln auf und winkte sie herein. Im Hintergrund dudelte leise Musik, Ms G hatte einen Klassiksender eingestellt.

Jess ging zu ihrem Platz im hinteren Teil. Sie stellte den schweren Rucksack ab, holte ihre braune Pausenbrottüte heraus, setzte sich hin und bemerkte im selben Moment, dass sie nicht allein war. Unter dem James-Baldwin-Poster saß ein Mädchen über ein Buch gebeugt.

Jess kannte sie aus dem Mathekurs: Danielle Newell. Die Lehrer nannten sie nur Dani. Sie meldete sich fast nie, wusste aber fast immer die richtige Antwort. Wenn Ms Simmons eine Frage stellte und niemand die Lösung hatte, wandte sie sich meistens an Dani, die prompt antwortete. »Genau«, sagte Ms Simmons dann, und die ganze Klasse stöhnte wie aus einem Mund. Jess bewunderte Dani, weil sie dann nicht mal mit der Wimper zuckte und sich nie nach den Lästermäulern umdrehte. Sie hielt die Schultern stets gerade und blickte stur geradeaus – oder in ein Buch.

»Dani«, sagte Ms G, »das ist Jess. Kennt ihr euch schon?«

Dani hob zum Gruß die Hand, ohne von ihrem Buch aufzublicken. Ihr dunkles Haar trug sie wie immer tief im Nacken zu einem Pferdeschwanz zurückgebunden. Ihr kleines Gesicht verschwand beinahe hinter den riesigen, kreisrunden Brillengläsern. Sie war schmächtig wie ein kleines Kind.

Ms G sah erst Dani an, dann Jess. »Ich muss noch ein paar Arbeiten korrigieren. Melde dich, wenn du etwas brauchst. Du kannst bleiben, so lange du möchtest.« Sie drehte das Radio lauter.

»Danke«, sagte Jess und holte eine fleckige Banane und ein

vom Gewicht der Bücher halb zerquetschtes Erdnussbutter-sandwich aus der Tüte. Sie schlug *Maus* auf und begann zu lesen. Im Raum war nichts zu hören als Klavier und Geigen, das leise Zischen der Heizung, das Rascheln von Papier und gelegentlich ein mitleidiges Seufzen von Ms G, deren Stift über das Papier kratzte. Draußen schoben sich dicke weiße Wolken über den blauen Himmel. Wenn Jess sich vorbeugte, konnte sie die schneebedeckten Gipfel der Black Hills erkennen und den schwarzen Berg, von dem sie inzwischen wusste, dass es sich um Schlacken und Geröll aus den alten Minen handelte. Sie versuchte, möglichst lautlos zu kauen, und legte sich eine Hand an das knackende Kiefergelenk. Ihre Mutter gab den Gummibändern die Schuld.

Nach einer Weile kam sie zur Ruhe. Sie beugte sich mit vollem Mund über den Comic und hob nur gelegentlich den Kopf, um sich eine Haarsträhne aus der Stirn zu streichen. Einmal bemerkte sie, wie Dani Newell mit weit aufgerissenen Augen herüberstarrte. Jess musste lächeln, hauptsächlich wegen der riesigen Brille. Dani sah sofort wieder weg, aber Jess war sich sicher, dass Danis Mundwinkel ganz leicht gezuckt hatten.

Im März bewarb Jess sich um einen Job auf der Nussplantage der Overtons, die keine halbe Meile von ihrem Zuhause entfernt war. Die Strecke ließ sich problemlos zu Fuß zurücklegen, mit dem Fahrrad ging es noch schneller. Jess' Mutter brachte der Besitzerin, Iris Overton, jeden Morgen die Post vorbei. Die Frauen waren ins Gespräch gekommen, und wie sich herausgestellt hatte, suchte Iris jemanden, der Anrufe entgegennahm und im Laden aushalf.

Iris war zierlich und keine eins fünfundfünfzig groß. Sie

hatte magere, sonnengebräunte Arme und Beine und rasierte sich den Kopf wie Sinead O'Connor, nur dass Iris längst ergraut war. Sie flitzte den ganzen Tag hin und her oder stapfte in hohen Gummistiefeln und mit einer Harke über der Schulter über die Plantage, und bei ihrem Anblick musste Jess unwillkürlich an eine Flipperkugel denken.

Nachdem Jess sich vorgestellt hatte, fragte Iris: »Kennst du meinen Sohn Paul? Er geht in dieselbe Stufe wie du. Ziemlich groß? Müsste dringend mal zum Friseur?« Iris hob sich den Arm über den Kopf und stellte sich auf Zehenspitzen.

Jess schüttelte den Kopf. »Nein, den kenne ich leider nicht.«

»Tja, früher oder später wirst du ihm hier begegnen. Oder auch nicht, die Trainingssaison hat angefangen – er ist Leichtathlet und rennt den lieben langen Tag durch die Gegend. Außerdem ist er oft mit seiner Freundin unterwegs.« Iris lächelte. »Er kommt ganz nach seinem Vater.« Ihr Gesicht wurde wieder ernst. »Beau ist letztes Jahr von uns gegangen. Völlig unerwartet. Das Herz«, sagte sie und fasste sich an die Brust.

Jess musste schlucken. Sie behauptete immer, es sei ihr egal, ob ihr Vater noch lebte oder nicht; aber die Vorstellung, er könnte nicht mehr da sein, versetzte sie in Panik. Sie hatte seit drei Monaten nicht mehr mit ihm gesprochen, obwohl er sich ein paarmal gemeldet und Nachrichten auf dem Anrufbeantworter hinterlassen hatte. *Ruf mich an, Schätzchen. Ich liebe und vermisse dich, meine kleine Prinzessin.* Bla, bla, bla. Was erwartete er von ihr? Sollte sie sich einfach damit abfinden, dass er sich gegen sie entschieden hatte?

Jess antwortete mit heiserer Stimme: »Das tut mir leid.«

»Ach, Liebes«, sagte Iris, »das weiß ich doch. Mach dir

keine Gedanken. Wenn du willst, kannst du den Job haben. Ich kann dir nicht gerade viel bezahlen, vier Dollar pro Stunde, aber das ist besser als nichts, oder? Lass mich raten: Du sparst auf ein Auto.«

Jess nickte.

Iris lachte. »Habe ich damals auch. Komm, ich führe dich ein bisschen herum.«

Sie zeigte Jess die Plantage. Das Büro und der Laden waren im Haupthaus untergebracht: wuchtige Balken, grünes Blechdach. Die Vorfahren von Iris' Mann hatten es zu Beginn des zwanzigsten Jahrhunderts erbaut, als die Minen von Jerome noch in Betrieb gewesen waren und die Stadt floriert hatte. In den Fünfzigerjahren hatten die Minen dichtgemacht und die Overtons sich als Farmer versucht. Das Klima war günstig für den Ackerbau und die Zucht von Rindern und Geflügel, für den Betrieb einer Molkerei und, wie Iris' Ehemann eines Tages herausfand, Nüsse. In den Siebzigerjahren erbte er die Ländereien und pflanzte die erste Reihe Pekanbäume. Hinter dem Hauptgebäude stand das Wohnhaus, das über einen Laubengang mit Laden und Büro verbunden war. Noch weiter dahinter befanden sich ein Schuppen und eine große Scheune, wo die Nüsse nach der Ernte weiterverarbeitet wurden. Iris erklärte Jess die drei wichtigsten Phasen: Während der Ruhezeit im Winter wurden kranke Bäume ersetzt, Äste zurückgeschnitten, Werkzeug repariert und die Räume gereinigt. In der Wachstumsphase im Frühling und im Sommer musste die Plantage bewässert, gedüngt, gemäht und auf Insektenbefall und Schimmel kontrolliert werden. Im Spätsommer wurden die Früchte grün und rund, in ihrem Innern wuchsen die Nüsse heran. Im Oktober härteten die Schalen und platzten auf. Dann war es an der Zeit, die Ernte einzufahren.

»Im Herbst ist bei uns die Hölle los«, erzählte Iris. »In der Schüttelsaison haben wir am meisten zu tun.«

»In der Schüttelsaison?«, fragte Jess.

»Um die Nüsse herunterzubekommen, muss man den Baum schütteln. Früher haben wir mit Knüppeln gegen die Stämme geschlagen, aber inzwischen erledigt das ein Traktor mit Schwungarm. Letztes Jahr ist er kaputtgegangen, da mussten wir wieder auf die Knüppel zurückgreifen.« Sie zuckte die Achseln. »Irgendetwas geht immer kaputt. Die Saison ist lang. Bald ist April, da platzen die Knospen auf, und wir müssen achtgeben, dass sie keinen Schaden nehmen. Im Herbst und im Winter haben wir auch abends und an den Wochenenden geöffnet, weil die Leute vor den Feiertagen Nüsse und Pasteten brauchen. *Abenddämmerung auf der Plantage*, so nennen wir den Sonderverkauf. In der Zeit brauche ich deine Hilfe garantiert.«

Jess folgte Iris zwischen den Bäumen hindurch. Sie hatte Mühe, mit dieser Flipperkugel von einer Frau Schritt zu halten. Die Luft roch nach einer seltsamen Mischung aus Zitrone, feuchter Erde und warmem Heu. *Die Knospen platzen. Schüttelsaison.* Die Wörter tanzten in Jess' Kopf, und sie bekam eine Gänsehaut auf den Armen.

An ihrem zweiten Arbeitswochenende auf der Plantage sollte Jess die monatlichen Werbesendungen adressieren. Ein junger Mann in Muskelshirt und Radlerhose joggte am Bürofenster vorbei – vermutlich Paul Overton. Iris hatte nicht übertrieben, er war um einiges größer als Jess und dazu spindeldürr. Er hatte dunkle Locken, die ihm vom Kopf abstanden wie Farnkraut und an seinem verschwitzten Nacken und seiner Stirn klebten. Vor dem Fenster lüpfte er sein Shirt, um sich damit das Gesicht abzuwischen. Jess sah seinen straffen, muskulösen Bauch und spürte ein nervöses Kribbeln im Unterleib. Sie fing an zu träumen, dachte an den Jungen mit der weichen, warmen Haut und den spitzen Hüftknochen. Sie schob die Erinnerung sofort beiseite.

Eine halbe Stunde später betrat Paul das Büro. Er hatte geduscht, Wasser tropfte ihm aus den nassen Haaren auf T-Shirt und Shorts. Er hob knapp die Hand.

»Du musst Jess sein«, sagte er. »Ich bin Paul. Meine Mutter hat mir erzählt, dass du jetzt hier arbeitest.«

»Ja«, sagte Jess.

»Und, wie läuft's? Gefällt es dir?«

»Auf der Plantage? Oder in Sycamore?«

Paul lachte. »Eigentlich nennen wie es *Suckamore*.«

Jess grinste. »Das merk ich mir.«

Die Türglocke schrillte. Jess drehte sich um, um einen Kunden zu begrüßen, aber in der Tür stand Dani Newell. Jess war verwirrt. Was wollte sie hier? Jess überlegte immer noch, was sie sagen könnte, als Paul anfing zu lachen, auf Dani zulief und sie in die Höhe hob. Ihr Kopf stieß fast an die Decke, ihre kleinen Füße baumelten in der Luft, und ihre riesige Brille verrutschte.

Jess sah peinlich berührt weg und versuchte, sich ihre Überraschung nicht anmerken zu lassen. Dani Newell war Paul Overtons Freundin? Sie wäre niemals darauf gekommen, dass die beiden ein Paar sein könnten. Dani wand sich lachend in Pauls Armen, und nichts erinnerte mehr an das verschlossene, kontaktscheue Mädchen aus der Schule. Selbst Danis Haare sahen anders aus. Locker umspielten sie ihr Gesicht.

Paul setzte Dani ab, die beiden tuschelten. Jess frankierte einen Briefumschlag und strich ihn glatt.

»Wie geht's dir?«, fragte Dani.

Jess sah auf und begegnete Danis forschem Blick. *Meinst du mich?*, hätte sie fast gefragt. Stattdessen setzte sie sich auf. »Gut.«

»Angeblich hat Marci Tennant sich fast in die Hose gemacht vor Angst«, sagte Dani.

Jess klebte eine Briefmarke auf und fragte sich, ob das hier eine Falle war. Sie lächelte zögerlich. »Keine Ahnung. Kann sein. Wahrscheinlich hasst sie mich jetzt.«

»Sie ist eine Vollidiotin«, sagte Dani kopfschüttelnd und rückte sich das Brillengestell zurecht.

Jess' Lächeln wurde breiter. »Eine Dummschwätzerin! Mit einem Gefolge aus blöden Tussis.«

Dani nickte, und ihre Mundwinkel zuckten. Paul nahm sie bei der Hand und zog sie aus dem Büro. Dani winkte Jess zum Abschied. »Wir sehen uns in der nächsten Mittagspause.«

Jess winkte zurück. »Bis dann.« Sie spürte einen Kloß im Hals, musste schlucken. *Sehen. Gesehen werden.* Sie presste den Daumen auf die Briefmarke.

Als Jess in der nächsten großen Pause in Ms Gs Klassenraum kam, saß Dani wieder unter dem Bild und hatte die Nase in ihr Buch gesteckt. Ganz kurz glaubte Jess, nichts hätte sich verändert. Sie wollte schon zu ihrem Pult gehen.

Ohne den Kopf zu heben, sprach Dani sie an. »Hier ist noch frei.« Sie zeigte auf den Platz neben sich. Sie hatte zwei Pulte zusammengeschoben.

»Klar«, sagte Jess, setzte sich neben Dani und stellte den Rucksack ab.

Ms G nickte zufrieden. »Wurde auch Zeit. Ich dachte

schon, ihr braucht eine schriftliche Einladung.« Lächelnd wandte sie sich wieder ihren Klassenarbeiten zu.

Dani las weiter.

Jess kniff die Augen zusammen. »*Maus*? Bei Mr Manning?«

»Ja.«

»Ich auch«, sagte Jess und holte ihre Ausgabe aus dem Rucksack.

»War ja klar. Was hältst du davon?«

»Ich finde es toll«, antwortete Jess.

Endlich hob Dani den Blick. Ihre großen Augen hinter den Brillengläsern wirkten ernst. »Sei doch nicht so oberflächlich. Was ist deine *Meinung*?«

Jess legte den Kopf schief, lehnte sich zurück, streckte die langen Beine aus und zuckte die Achseln. »Ich glaube, die Monstrosität des Bösen spiegelt sich in den winzigen Details und kleinen Momenten wider. Der Autor schreckt vor nichts zurück. Art Spiegelman ist ein Genie. Bist du jetzt zufrieden?«

Dani lächelte ihr schiefes Lächeln. »Klar, du kriegst eine Eins plus.« Anschließend legte sie Jess mit weit ausholenden Gesten und leuchtenden Augen ihre eigene Sichtweise dar. Unterdessen hielt sie ihr eine Tüte mit Schokokeksen hin. Jess griff zu, biss in einen Keks und wünschte sich, sie hätte Dani mehr anzubieten als braune Apfelscheiben und zerbrochene Salzbrezeln. Sie kaute, hörte aufmerksam zu, lauschte auf das freudige Pochen ihres Herzens.

Anfang Mai, ein paar Wochen vor den großen Ferien, verbrachte Jess wieder den Samstagnachmittag bei den Overtons. Nach der Schicht schnappte sie sich ihr Rad und drehte eine Runde auf der Plantage. Sie hatte sich ein Sweatshirt um die Taille gebunden, ihre dicke Daunenjacke hing inzwischen im Schrank. Die Fahrradreifen hinterließen eine lang gezogene, schmale Furche im dichten, hohen Gras. Die vormals kahlen Äste waren jetzt voller grüner Blätter und langer, haariger Fäden – zur Bestäubung, wie Iris ihr erklärt hatte. Bald würden die Bäume die ersten Früchte ausbilden, das Gras müsse gemäht und die Plantage bewässert werden. Iris hatte Jess in Aussicht gestellt, dass sie in den Ferien öfter arbeiten und auch im Außenbereich mithelfen könne. Jess nahm die Füße von den Pedalen und ließ sie baumeln. Das Gras kitzelte ihre nackten Schienbeine, die Sonne wärmte ihr Gesicht. Es war mucksmäuschenstill, nichts war zu hören als das Rauschen des Windes in ihren Ohren. Die Luft roch nach Eisen und geriebener Zitronenschale. Erde, dachte Jess, Kruste, Mantel, Kern. Wie weit war es bis zum Kern? Sie versuchte, sich an die Schaubilder in der Schule zu erinnern, an die geschälte, aufgeschnittene Erdkugel mit den freigelegten orangeroten Schichten und dem glühend weißen Kern. *Ent*kernt. Wie der Kern wohl riechen würde?

Anstatt nach rechts in die Roadrunner Lane bog sie nach links in den Quail Run ein und fuhr in die Stadt. Der College Drive endete im Universitätsviertel. Sie und Dani wollten ihren letzten Englisch-Aufsatz schreiben und für den Mathetest lernen. Sie hatten sich zuvor zwei Mal mit Paul in der Bibliothek getroffen, aber an diesem Wochenende nahm er an einem Wettkampf teil und konnte nicht dabei sein. Zum ersten Mal seit der Zeit mit Angie war Jess von einer Mitschülerin nach Hause eingeladen worden. Die Straße fiel sanft ab, Jess radelte schneller. Der Wind zerrte an ihrem Haar, sie stellte sich auf die Pedale und blickte in den Himmel.

Sie fuhr am schmiedeeisernen Tor des College vorbei und bog in die Wohngegend ab, die zu Beginn des zwanzigsten Jahrhunderts für die Bergarbeiter und ihre Familien erbaut und in den vergangenen Jahrzehnten von den Lehrkräften und Angestellten des College übernommen worden war. Angie hatte das Viertel immer Yuppieville genannt. Dani wohnte im Piñon Drive, einer schmalen, von riesigen Eschen, Kiefern und Platanen gesäumten Straße. Dort standen die Bäume weniger dicht als am Flussufer. Anders als an der Roadrunner Heights standen hier nirgends verrostete Gartenstühle oder Kinderfahrräder in verdorrten Vorgärten vor klapprigen Veranden herum. Die Rasenflächen hinter den niedrigen Holzzäunen waren sattgrün und gemäht, die Hecken ordentlich gestutzt. Jess bog in die Einfahrt zu Danis Haus ab und bremste mit beiden Füßen. Das Haus war schon älter und aus rotem Backstein, die schattige Verandatreppe war von Säulen flankiert. Jess lehnte ihr Rad an den Zaun, stieg die Treppe hinauf und holte tief Luft. Hinter der bunten Glasscheibe neben der Tür bewegte sich etwas.

Ein Mann machte auf und lächelte sie freundlich an. Er trug Jeans, ein weißes T-Shirt mit Schmierölflecken und war barfuß.

»Hallo. Du musst Jess sein. Ich bin Adam, Danis Vater.« Er streckte die Hand aus, wischte sie sich dann aber erst einmal an der Jeans ab. »Sorry, meine Hände sind nass. Ich war gerade in der Garage. Ich habe die Zeit aus den Augen verloren und bin ein bisschen spät dran.«

»Hallo.« Jess gab ihm die Hand, die warm war und immer noch feucht, und fühlte die Schwielen an seiner Handfläche. Sie hätte auch ohne Erklärung gewusst, dass der Mann Danis Vater war; er hatte das gleiche runde Gesicht und die gleichen graublauen Augen, bloß dass sein Brillengestell eckig und viel kleiner war als das von Dani. Er hatte eine riesige Nase mit großen Nasenlöchern und einem knöchernen Buckel. Eigentlich sah er aus wie ein großer Bruder, nicht wie ein Vater. Sofort musste Jess an ihren eigenen Dad denken, an sein schütteres graues Haar, das ihm in Büscheln vom Kopf abstand, und an seinen warmen Bauch, den sie an Fernsehabenden als Kissen benutzt hatte und der mit den Jahren immer runder geworden war.

»Komm doch rein«, sagte er zu Jess, dann drehte er sich um und rief: »Dani! Deine Freundin ist da!«

Jess trat ein, schob sich den Rucksack auf den Rücken und machte die Schultern krumm. Sie war fast so groß wie er.

»Sie ist in ihrem Zimmer«, sagte er. »Kann ich dir etwas zu trinken anbieten?«

»Nein, Sir, vielen Dank.«

»Sir? Nenn mich Adam. Mit den Förmlichkeiten nehmen wir es hier nicht so genau.«

Jess nickte, obwohl sie nicht vorhatte, ihn zu duzen. Sie stellte sich vor, wie ihre Freundinnen aus Phoenix ihren Vater mit Vornamen ansprachen. Unmöglich. Danis Vater drehte sich um und verschwand lautlos im Flur. Jess betrachtete seinen Rücken und seine nackten Füße auf dem Parkettboden.

An der Tür blieb sie stehen. Das Foyer – sagte man Foyé oder Foy-er? – mit den mahagonivertäfelten Wänden und der großen Standuhr duftete angenehm nach Zimt. Keine alten, rissigen Keramikschalen voller Schlüssel, Stifte und Quittungen, keine Wandhaken mit Jacken, Handtaschen und Stoffbeuteln. Keine Stapel aus Klatschmagazinen – *mein heimliches Laster*, pflegte ihre Mutter zu sagen –, und keine Wollmäuse in sämtlichen Ecken, weil Jess mal wieder nicht

staubgesaugt hatte. Sie unterdrückte den Impuls, ihre Schuh-
sohlen auf Dreck zu kontrollieren.

»Jess?« Adam hatte sich am Ende des Flurs umgedreht und
lächelte sie auffordernd an. »Du kannst reinkommen.«

»Danke«, sagte sie, streifte den Rucksack von der Schulter
und hielt ihn mit beiden Armen umklammert. »Sie haben
wirklich ein schönes Haus.«

»Danke. Uns gefällt es. Es ist ständig irgendetwas zu tun,
weil es so alt ist, ein Dauerprojekt sozusagen, außerdem war
hier in letzter Zeit jede Menge los.« Er zeigte auf einen Kisten-
stapel am Ende des Flurs. »Zu Danis Zimmer geht es da entlang.« Sie durchquerten ein Wohnzimmer und ein Esszimmer. Jess sah ein breites Regal voller Bücher und Andenken,
ein braun bezogenes Sofa, einen Schaukelstuhl und einen langen Esstisch mit einem bunten Wildblumenstrauß darauf.

Sie kamen in die Küche, wo alles strahlend weiß war, von
den Schränken über die Kacheln bis hin zur Spüle. Jess bewunderte gerade einen Stapel kirschroter Geschirrtücher, als
eine Frau hereinkam. Sie trug einen Bademantel und einen
Handtuchturban auf dem Kopf. Aus ihrem Mundwinkel
ragte eine Zahnbürste. Bei Jess' Anblick blieb sie wie angewurzelt stehen und zog die Augenbrauen hoch – dunkel und
geschwungen wie Flügel.

»Oh«, sagte sie an der Zahnbürste vorbei, stellte sich an die
Spüle und spuckte hinein. »Tut mir leid. Ich bin noch nicht
fertig und wie immer spät dran. Du musst Jess sein. Ich bin
Rachel, Danis Mutter.«

Dani kam mit gerunzelter Stirn in die Küche. »Was ist
denn, Dad? Oh, Jess, hallo! Ist es schon drei?« Als sie ihre
Mutter entdeckte, grinste sie schief. »Hübsches Outfit.«

»Ich bin spät dran«, sagte ihre Mutter.

»Ausnahmsweise«, sagte Dani.

»Aber ich bin pünktlich zum Abendessen wieder hier«, entgegnete Danis Mutter, putzte sich die Zähne zu Ende, spuckte erneut in die Spüle und beugte sich unter den Wasserhahn. Dann wischte sie sich den Mund am Ärmel ab und fügte hinzu: »Indianerehrenwort.«

Danis Vater wandte sich an Jess. »Meine Frau unterrichtet am College. Sie probt gerade den *Hamlet*, auch abends und an den Wochenenden.«

Dani seufzte. »Erster Halt Sycamore, nächster Halt Broadway.«

»Klugscheißer.« Ihr Vater lächelte und strich ihr übers Haar, und Dani rümpfte die Nase. »Wollt ihr Pizza zu Abend essen?«

»Klingt gut«, sagte Danis Mutter. »Ich bin um sieben zu Hause. Spätestens.«

Dani und ihr Vater stöhnten gleichzeitig auf und verdrehten die Augen. Er lächelte genauso schief wie seine Tochter.

»Um sieben! Ihr werdet's ja sehen«, sagte sie. »Jess, bleib doch zum Essen.«

»Danke«, sagte Jess.

»Ja, du musst unbedingt zum Essen bleiben«, sagte Dani.

»Ich müsste erst meine Mutter anrufen…«

»Da habe ich eine gute Nachricht für dich«, sagte Dani. »Wir besitzen ein Telefon!« Sie zog die linke Augenbraue hoch und grinste weiter.

»Sehr fortschrittlich.« Jetzt musste auch Jess grinsen.

Danis Mutter warf einen Blick auf die Uhr. »Mist!« Sie riss sich das Handtuch vom Kopf, und lange, dunkle Haare fielen ihr auf den Rücken. Auf dem Weg hinaus versuchte sie noch, ihrer Tochter einen Kuss auf die Wange zu drücken, aber Dani duckte sich weg. »Bis später!«

Danis Vater sah stirnrunzelnd auf seine Armbanduhr. »Ich muss auch los. In einer Viertelstunde habe ich eine Besichtigung. Ups!« Er blickte an sich hinunter, blähte die Nasenflügel. »Wir sehen uns später, ihr beiden Genies!«

Dani zog Jess am Jackenärmel in ihr Zimmer. »Ignorier sie einfach. Ein ganz normaler Tag im Irrenhaus.«

Zu Jess' Überraschung herrschte in Danis Zimmer das reinste Chaos. Auf zwei Betten häufte sich Wäsche, der Schreibtisch verschwand unter Zetteln, und überall standen leere Trinkgläser herum. Jess sah einen umgekippten leeren Joghurtbecher mit Löffel. Das Bücherregal nahm eine ganze Wand ein und war vollgestopft mit Büchern und Zeitschriften, die teilweise aufrecht standen, teilweise übereinandergestapelt waren. Über dem Schreibtisch hing eine riesige Karte einer zweidimensionalen, platt gedrückten Weltkugel. Manche Länder waren mit bunten Reißzwecken markiert.

Jess zeigte auf die Karte. »Da warst du überall schon?«

»Nein, da will ich noch hin.«

Jess trat näher. Die Reißzwecken steckten in allen Kontinenten, manche der Ländernamen hatte Jess nie gehört. Sie fragte sich, wie ihre Weltkarte aussehen würde. Vom *Ausland* hatte sie nur vage Vorstellungen – Züge, Fahrräder mit Brot im Einkaufskorb, kleine Lehmziegelhäuser in hügeliger Landschaft. Manchmal stellte sie sich auch ein Loft mit hohen Fenstern vor, mit Holzboden und Blick auf eine namenlose Stadt mit einer wie von Kinderhand ausgeschnittenen Wolkenkratzersilhouette. Dann wiederum sah sie Phoenix mit seinen klaren, geraden Linien, staubigen Ebenen und zerklüfteten Gipfeln vor sich.

»Guck mal«, sagte Dani und zog Jess zum Mikroskop auf

dem Schreibtisch. »Gestern habe ich eine tote Krötenechse in der Einfahrt gefunden.«

»Du besitzt ein echtes Mikroskop?«

»Es ist schon alt. Meine Mutter hat es im College einem Biologiedozenten abgekauft. Guck mal.«

Das Reptil lag auf einem Tuch neben dem Mikroskop. Es sah vollkommen unversehrt aus, ohne Kratzer oder andere Verletzungen. Die spitzen Stacheln auf dem Kopf der Tiere hatten Jess immer an Irokesenfrisuren erinnert. Punkrock-Echsen. »Als ich klein war, habe ich immer *Krötenhexe* dazu gesagt.«

Dani beugte sich über das Mikroskop und drehte an einem kleinen Rad. »*Phrynosoma platyrhinos*. Wenn sie sich bedroht fühlt, kann sie Blut aus den Augen verspritzen. Hier«, sagte sie, zeigte auf das Okular, und Jess sah hindurch. Einzelne Zellen wurden sichtbar, dann ein ganzer Zellhaufen. Die Konturen verschwammen wie bei einer Bleistiftzeichnung.

»Das ist eine Probe aus dem Auge«, erklärte Dani.

Jess richtete sich ruckartig wieder auf und sah Dani an. Ihre Wangen glühten.

»Du bist echt seltsam«, stellte Jess fest.

Dani grinste. »Tja, wann hat man schon die Gelegenheit, ein Echsenauge aus der Nähe zu sehen?«

»Nicht oft«, sagte Jess. »So gut wie nie.«

Dani verstellte ihre Stimme und sprach so gestelzt wie ein Filmproduzent aus den Vierzigerjahren. »Verlass dich auf mich, Kleine. Ich bringe dich groß raus.« Dann klopfte sie Asche von einer imaginären Zigarre.

Jess lachte. »Wie bitte?«

»Keine Ahnung«, entgegnete Dani schulterzuckend. »Ich

wollte nur lustig sein.« Sie nahm die Brille ab, wischte sie am T-Shirtsaum sauber, setzte sie wieder auf. »Dann müssen wir jetzt wohl lernen?«

»Ich fürchte schon«, sagte Jess.

Sie setzten sich einander gegenüber aufs Bett und breiteten Bücher und Schreibblöcke auf den blauen Federbetten aus. Der Bezug war so weich wie Puder.

Jess hatte ihren Aufsatz über *Antonius und Cleopatra* fast fertig, blätterte im Text und überprüfte Zitate. Dann tauschten sie ihre Aufsätze. Dani schrieb einen Kommentar in lila Tinte an den Rand. Manchmal bewegte sie stumm die Lippen, und wenn sie sich besonders konzentrierte, schob sie die Zungenspitze zwischen die Zähne.

»O Gott, ich fange gleich an zu schielen«, sagte sie, nahm sich die Brille ab, rieb sich über die Augen und schlug den Block zu. »Lass uns was anderes machen. Was wir normalerweise nie machen würden. Was treibst du normalerweise so?«

Jess dachte kurz nach. Schlechte Gedichte schreiben. Lesen. Musik hören. Zusammen mit Mom vor dem Fernseher zu Abend essen und dabei Sitcoms schauen. In Wörterbüchern und Lexika blättern, mit geschlossenen Augen willkürlich Einträge aussuchen. Nachts aus dem Haus schleichen und die dunklen, immer noch fremden Straßen erkunden. Nicht an den Jungen denken und auch nicht an den Vater mit der neuen Familie oder an die Mutter, die im Schlaf weint, und dann trotzdem an all das denken. Wie durch einen Spezialeffekt flackerten die Bilder vor ihr vorüber.

»Ach, nichts«, sagte sie.

»Meinst du, dass Einzelkinder intelligenter sind? Oder einfach nur verzogener?«

Jess zuckte mit den Schultern. »Beides wahrscheinlich.«
Bloß dass sie kein Einzelkind mehr war. »Ich habe jetzt eine
Schwester. Mein Dad ist noch mal Vater geworden.«

»Wirklich? Und wo ist er?«

»In Kalifornien.«

»Besuchst du ihn manchmal?«

»Nein«, sagte Jess. Sie wünschte sich, sie hätte seine Einladung ausgeschlagen, dabei hatte er die in Wahrheit nie
auch nur ausgesprochen. In letzter Zeit schickte er, wenn er
schrieb, seine Telefonnummer mit, allerdings mit einer Ein-
schränkung: »Ruf an, falls du irgendwas brauchst.«

»Vermisst du ihn?«, wollte Dani wissen.

Jess betrachtete das Mikroskop und die tote Echse. Sie redete sich immer ein, ihn kein bisschen zu vermissen, aber in
diesem Augenblick meinte sie seine Schulter zu spüren, an
der sie sich so oft angelehnt hatte, und die struppigen Haare
auf seinen Fingern. Sie roch das frische Basilikum in seiner
angeblich weltbesten Spaghettisoße und hörte sein kehliges
Lachen. Sie wusste nicht, wie sie den Verlust in Worte fassen sollte. Es kam ihr vor, als wäre er da und doch wieder
nicht – genau wie die Krötenechse. Sie kniff die Augen zusammen, rang nach einer Antwort. Sie wusste nicht, was sie
sagen sollte, nickte kurz, zuckte die Achseln.

»Hoffentlich siehst du ihn bald wieder.«

»Ja«, sagte Jess.

Dani schlang sich die Arme um die angezogenen Knie.
»Hattest du schon mal Sex?«

Jess fühlte sich durch die direkte Frage verunsichert,
drucksте herum, sagte dann aber: »Ein Mal, mit einem Jungen in Phoenix.« Sie hatte noch nie darüber gesprochen,
nicht einmal mit ihrer Mutter.

Dani ließ sich auf den Rücken fallen und strampelte mit den Beinen. »Ich kann nicht fassen, wie gut ich Sex finde. Im Ernst, ich *liebe* Sex!«

Jess sah, wie Dani in die Luft kickte. Sie schaffte es einfach nicht, in diesem aufgekratzten Teenager das verschlossene Mädchen aus der Schule wiederzuerkennen. In welcher Hinsicht hatte sie sich noch getäuscht? Sie hatte den Sex ganz okay gefunden, aber auf keinen Fall würde sie deswegen so mit den Beinen strampeln. Der stechende Schmerz hatte nach einer Weile nachgelassen, eine kribbelnde Wärme hatte sich in ihrem Unterleib ausgebreitet, und sie hatte ganz leicht die Hüften angehoben. Im selben Moment hatte der Junge aufgestöhnt und innegehalten. Das war's.

Weil sie nicht genau wusste, was sie jetzt sagen sollte, trat Jess erneut an die Echse heran und studierte sie aus der Nähe. Sie war immer noch tot. Jess berührte die langen Stacheln am Kopf und die kürzeren am Schwanz.

Dani setzte sich auf und überkreuzte die Beine. Ihr Hals war mit roten Flecken übersät. Sie rückte sich das Brillengestell zurecht und sah aus dem Fenster. Offenbar schämte sie sich. Jess ballte die Fäuste und dachte fieberhaft darüber nach, wie sie Dani beruhigen sollte.

»Sorry«, sagte sie, »ich weiß nicht, wie Mädchen reden. Über dieses Thema.«

»Ich eigentlich auch nicht«, sagte Dani.

»Meistens rede ich nur mit meiner Mutter oder mit mir selbst.«

Dani lächelte. »Ich auch.« Sie sah wieder aus dem Fenster, als suchte sie etwas, dann wandte sie sich erneut an Jess. »Ich habe eine Idee. Wir könnten uns verwandeln.« Als Jess sie verständnislos ansah, fügte sie hinzu: »Du weißt schon, mit

Make-up. Meine Mutter hat jede Menge Theaterschminke auf dem Dachboden. Früher hat sie an mir geübt und mich in verschiedene Figuren verwandelt. Aber das ist lange her.«

»In wen soll ich mich denn verwandeln?«

»In wen immer du willst. Komm!«

Jess folgte Dani zu einer schmalen Treppe im Eingangsbereich. Sie gingen um die Kisten herum, stapften die Stufen hoch und betraten ein kleines Dachzimmer. Auf der einen Seite stand ein Doppelbett mit Zedernholztruhe am Fußende, auf der anderen standen ein Schreibtisch mit schräg gestellter Platte, eine Staffelei mit einem unvollendeten Gemälde und ein Tisch voller Pinsel und Farben. An der Wand lehnten mehrere Leinwände. Durch das große, quadratische Fenster konnte man den Garten überblicken. In die Dachschrägen rechter und linker Hand waren Oberlichter eingelassen.

Dani machte eine einladende Geste. »Willkommen im Gästezimmer-Atelier-Abstellraum-Spielzimmer.« Dann zog sie den Schrank neben dem Bett auf und holte ein paar Kisten heraus.

Jess stellte sich vor die Staffelei. »Das hat dein Vater gemalt?«

Das Aquarell in den weich verwischten Farben zeigte eine Reihe kahler Espen auf einem blauen Schneefeld vor rotbraunem Waldrand.

»Ja«, sagte Dani. »Er hat Kunst studiert, als wir noch in New York gewohnt haben, aber seit dem Umzug malt er praktisch nicht mehr. Er hat die Staffelei erst vor ein paar Wochen wieder ausgepackt, nach dem Tod seiner Mutter.«

»Deine Großmutter ist gestorben? Das tut mir leid.«

»Danke. Ist schon okay. Ich kannte sie nicht. Mein Vater

hat sie nie besucht und auch nie mit ihr telefoniert, deswegen habe ich sie nie als meine Großmutter betrachtet. Sie war eine berühmte Malerin.« Dani zeigte auf die Leinwände an der Wand. »Die sind von ihr. Mein Vater hat die Bilder gerade erst aus Colorado geholt, sie hat dort in einer Blockhütte gewohnt. Frances Barnes. Sie steht im Lexikon und so. Angeblich war sie eine amerikanische Realistin in der Tradition von Andrew Wyeth und Edward Hopper.«

»Wow.« Jess musterte erneut das unfertige Bild. Sie musste an frühere Familienausflüge nach Flagstaff denken; ihre Eltern hatten die teuren Abfahrten der Peaks gemieden und sich stattdessen Langlaufski geliehen, um die einsamen Loipen rund um den Mormon Lake zu erkunden. Die Strecke hatte durch den Wald geführt, Jess war in den Spuren ihres Vaters gelaufen, hatte den Blick auf seinen breiten Rücken unter dem grauen Pullover gerichtet und gelegentlich zurück zu ihrer Mutter mit der roten Wollmütze gesehen. In den Pausen hatten sie sich auf grob gezimmerte Bänke gesetzt, um Sandwiches mit Schinken und Mayonnaise und in Zitronensaft eingelegte Apfelscheiben zu essen. Jess war immer wie ausgehungert gewesen, sie hatte ihr Sandwich verschlungen, zwischen den Bissen nach Luft geschnappt und das Gesicht in die warme Wintersonne gehalten.

»Und jetzt arbeitet er als Immobilienmakler?«, fragte sie.

»Seit Neuestem. Eigentlich wollte er hier am College Kunst unterrichten, aber dafür fehlte ihm der richtige Abschluss. Er hätte es an der Highschool versuchen können, aber dann hat er es sich wohl anders überlegt, ich weiß es nicht mehr. Hauptsächlich kümmert er sich ums Haus und hält meiner Mutter den Rücken frei. Aber im vergangenen Monat hat er tatsächlich eine Immobilie verkauft.«

»Mein Vater ist Schadensregler bei einer Versicherung. Er hat den langweiligsten Job der Welt.« Es sei denn, man verliebt sich in die junge Kollegin, verlässt seine Familie und fängt ein neues Leben an. Jess biss sich auf die Unterlippe, neigte den Kopf schief, starrte das Bild an. Sie wusste selbst nicht, was sie darin sehen wollte. Sie fand es nicht sonderlich gelungen, es reichte nicht an die Kunst heran, die Ms G ihnen im Unterricht zeigte. Sie fand es zu vage, wie durch eine trübe Linse betrachtet. »Es gefällt mir«, sagte sie.

Dani zuckte die Achseln. »Tja. Er malt fast nie ein Bild zu Ende. Ich weiß nicht, ob ihm die Zeit fehlt oder ob er sich zu schnell langweilt oder so. Er behauptet, in der Kunst gehe es ums Scheitern, aber meine Mutter meint, Kunst sei harte Arbeit und erfordere ein gewisses Durchhaltevermögen. Das ist ihr ewiges Streitthema. Aber mir soll es egal sein, ich studiere sowieso was Naturwissenschaftliches.«

Dani wuchtete einen großen Koffer und eine Art Köderkiste aufs Bett. In der Kiste lagen zerdrückte Tuben, Stifte, Flakons, Bürsten und Puderdosen, in dem Koffer Schals, Haarschmuck, bunte Tücher, paillettenbesetzte Anstecknadeln und Baskenmützen mit Strass.

»Voilà.« Dani wühlte in der Kiste. »Du bist zuerst dran. Wer möchtest du sein?«

»Keine Ahnung.«

Dani schürzte die Lippen und kniff angestrengt die Augen zusammen. »Wie wäre es mit Kleopatra? Das passt doch.« Sie schraubte eine Dose auf und hob die Quaste aus dem weißen Puder. »Augen zu.« Dann beugte sie sich vor und puderte Jess Stirn, Wangen und Kinn ab. »Okay, Augen auf.« Sie griff zur Mascara. »Jetzt nicht blinzeln«, sagte sie, riss die Augen hinter den Brillengläsern auf und formte mit den Lippen ein O.

»Nein«, sagte Jess. Sie schielte zu dem Aquarell auf der Staffelei hinüber. Ein Vers aus dem fünften Akt kam ihr in den Sinn. Kleopatra spricht über Antonius. Jess rezitierte die Zeile in derselben Betonung, in der Ms G sie vor der Klasse vorgetragen hatte: »Den Ozean überschritt sein Bein; sein Arm / Erhoben, ward Krönung der Welt.« Jess liebte das Wort *Krönung*. Am liebsten hätte sie es gleich noch einmal ausgesprochen.

Dani lächelte und sagte: »Gab es wohl jemals, gibt's je solchen Mann, / Wie ich ihn sah im Traum?« Sie legte die Hand an Jess' Wange, schminkte ihr die Wimpern. »Deswegen sind wir Freundinnen«, sagte sie lächelnd.

Jess lächelte zurück und öffnete die Augen, so weit sie konnte.

Sie rief zu Hause an und fragte, ob sie zum Abendessen bei Dani bleiben dürfe. Ihre Mutter war sofort einverstanden. Es gab Pizza und Eiscreme, Jess und Dani aßen geschminkt und mit Kopfschmuck. Jess war Kleopatra und Dani eine Titania mit glitzerndem Augen-Make-up. Danis Eltern hatten die Figuren auf Anhieb erraten. Die Erwachsenen tranken Rotwein und erzählten Anekdoten aus New York, wo die Mutter als Dramaturgin und der Vater als Maler gearbeitet hatte. Nach Sycamore waren sie nur gezogen, weil das College Danis Mutter eine Stelle angeboten hatte. Dani verdrehte die Augen. »Schon wieder die alten New Yorker Kamellen.« Jess lächelte sie verständnisvoll an, beugte sich trotzdem interessiert vor. »Ehrlich gesagt haben wir hauptsächlich gekellnert oder in irgendwelchen Restaurantküchen ausgeholfen«, erzählte Danis Mutter. »Sycamore war nicht gerade verlockend, aber wir hatten ein zweijähriges Kind, und ich brauchte einen festen Job.«

»Alles andere als verlockend«, lachte Danis Vater, und die Mutter ergänzte: »Wie sich herausgestellt hat, besitzt er zum Makler mehr Talent als zum Maler.«

»Anders als meine Mutter«, sagte Danis Vater. »Auf sie!« Er hob sein Glas und lachte – ein bisschen zu laut, fand Jess. Vielleicht lag es am Wein? Danis Mutter starrte auf ihre Knie hinunter.

Bevor Jess nach Hause ging, verschwanden sie und Dani im Gästebad mit den weichen rosa Handtüchern und stellten sich nebeneinander vor den Spiegel. Sie lachten über ihre verschmierten Augen und Wangen, schnitten Grimassen und füllten den Abfalleimer mit schwarzen Abschminktüchern. Jess wusch sich das Gesicht mit einem Stück Seife in Seesternform und rubbelte die Reste mit einem rosa Waschlappen ab. Weil es schon so spät war, lud Danis Vater ihr Rad in den Kofferraum des alten Volkswagen Kombi, den er für Dani restauriert hatte, und fuhr sie die kurze Strecke nach Hause. Das Brummen des Motors vibrierte durch Jess' Brust wie leises Donnergrollen.

»Danke vielmals, Mr Newell«, sagte sie, als er in die Einfahrt einbog.

»Adam«, sagte er. »Aber gern geschehen, Jess. Warte mal, die Tür klemmt.« Er lehnte sich über Jess' Knie, zog am Türhebel und stieß die Beifahrertür auf. Dann stieg er aus und holte das Rad aus dem Kofferraum.

Jess hielt es am Lenker fest. »Danke«, sagte sie noch einmal. Seinen Vornamen brachte sie nicht über die Lippen.

Adam Newell lächelte sie im Licht der Verandalampe an, zeigte auf ihr Gesicht und sagte: »Du hast da etwas übersehen.«

Jess rieb sich über die Wange.

»Nein, da«, sagte er, strich über Jess' Schläfe und zeigte ihr seinen schwarzen Daumen. Sie bedankte sich erneut und schob das Rad bis zur Haustür, während er wieder einstieg. Sie drehte sich um, winkte und sah zu, wie das Auto rückwärts aus der Einfahrt rollte. Die Lichtkegel der Scheinwerfer zersäbelten die Dunkelheit. Jess sah dem Wagen nach, bis die Rücklichter am Ende der Straßen verschwunden waren.

Es war erst neun, aber ihre Mutter lag bereits schlafend auf dem Sofa. Jess berührte sanft ihre Schulter, und Maud setzte sich benommen auf.

»Du bist wieder da«, sagte sie. »Wie war es? Seid ihr fertig geworden?«

»Ja.«

»Gut. Hat es Spaß gemacht? Wie war das Essen? Wie war es insgesamt?«

Jess holte Luft, um endlich Dampf abzulassen – *Ich habe eine Freundin!* –, doch dann sah sie das verkniffene Lächeln ihrer Mutter. *Die sind nichts Besseres, J-Bird, die haben nur mehr Geld als wir.* Ihr Magen, gefüllt mit Peperonipizza und einer Kugel Minzeis mit Schokosplittern, krampfte sich vor Schuld zusammen.

Sie erzählte ihrer Mutter nichts von dem dramatischen Make-up und dass sie vor dem Spiegel gestanden und gedacht hatte: Ich bin hübsch. So hübsch wie meine Mutter. Sie erzählte nicht, dass sie laut gelacht hatten, als Dani das Augen-Make-up verpatzt hatte, oder dass sie absichtlich geblinzelt hatte, damit ihr die Tusche über die Wangen lief. Sie erzählte nicht von der Seesternseife und den weichen rosa Handtüchern, von dem Mikroskop, der toten Echse, der strahlend weißen Küche mit den roten Geschirrtüchern und dem riesigen Esstisch, auf dem Jess sich der Länge nach hätte ausstrecken können. Und auch nichts von New York. Sie erwähnte weder das Atelier noch wie sehr sie ihren Vater vermisste. Sie erwähnte nicht, dass Danis Vater sie nach Hause gefahren und ihr einen schwarzen Fleck von der Schläfe gerieben hatte. Und schon gar nicht erwähnte sie das sanfte Glühen, das sie in diesem Moment verspürt hatte; als wäre sie wie eine Namensvetterin ihrer Heimatstadt aus der Asche aufgestiegen, mit dem Wort *Krönung* auf der Zunge und Gänsehaut an den Armen, gerade so, als wäre der Mann ein Gedicht. Das Gefühl war so fremd und bedrohlich, dass sie es sich selbst nicht eingestehen konnte.

All das verschwieg sie, sie hielt es zurück, bis es ihr die Kehle von innen versengte, ein ganz neues Brennen.

Rollerskaten

Angie sagt, sie braucht nicht mehr lange, höchstens zehn Minuten. Kann ich Ihnen vielleicht etwas zu trinken anbieten? Einen Schluck Wasser? Ich arbeite gar nicht hier, ich halte bloß die Stellung, bis Beto aus der Mittagspause zurück ist. Hoffentlich beeilt er sich. Ich hatte mir heute nämlich freigenommen, um meine Mutter zum Arzt zu begleiten und alles Mögliche zu erledigen, außerdem muss ich noch in den Supermarkt. Unter der Woche sind da wirklich nie genug Kassen geöffnet, finden Sie nicht auch? Ich sage mir dann immer: Im Sommer wird es besser, da sind nicht mehr so viele Studenten in der Stadt. Ich schaffe es höchstens einmal pro Woche dorthin, das artet dann jedes Mal in einen Großeinkauf aus, und die Hälfte davon ist nicht mal essbar. Unsere Tochter ist gerade in dieser Phase, wo sie nichts isst außer Scheibenkäse und Cornflakes, aber bitte ohne Milch, und meine Mutter mag diese ungesunden Fertig-Hamburger so gern. Als mein Vater gestorben ist, hat sie sich geschworen, sich nie wieder an den Herd zu stellen. Sie hat sich daran gehalten. Jetzt bin ich fürs Kochen zuständig, ha, ha. Kein Jahr hat es gedauert, bis sie sich zur Ruhe gesetzt und das Haus verkauft hat und in unsere umgebaute Garage eingezogen ist. Wir drei – und jetzt auch noch meine Mutter. Manchmal kommt meine Schwester vorbei, dazu die beiden Hunde, die Katze und eine Schildkröte namens Slow Poke. Wir haben zu Hause einen regelrechten Zoo.

Tut mir leid, aber habe ich Sie neulich nicht beim Spazierengehen gesehen? Sie sind doch die Frau, die die Leiche gefunden hat, oder? Es geht mich ja nichts an, aber wissen Sie, diese ganzen Gerüchte… Meine Güte, als ich es in der Zeitung gelesen habe, konnte ich es erst gar nicht glauben. Sie haben sich bestimmt ganz schön erschreckt, oder? Wahrscheinlich kennen Sie die Geschichte nicht. Jeder hier weiß darüber Bescheid, und jeder hat seine eigene Theorie, was damals passiert ist. Die Polizei hat es jedenfalls nie herausgefunden. Es gab seinerzeit Gerüchte, sie habe etwas mit dem Vater ihrer besten Freundin gehabt, und der habe sie umgebracht. Aber ich weiß nicht. Die meisten glauben wohl, sie sei einfach ausgerissen. Von hier reißen jede Menge Teenager aus. Aber jetzt, wo man weiß, dass die Leiche die ganze Zeit in der Nähe war, bin ich mir nicht mehr sicher. Vielleicht lässt sich ja im Nachhinein feststellen, wie sie gestorben ist. Falls es überhaupt Jess ist. Sie war nur ein Jahr älter als ich. Sie war ein paarmal im Patty Melt, wo ich damals gekellnert habe. Auch an dem Abend, als sie zuletzt gesehen wurde. Ich habe ihr Cola und Pommes serviert, mit viel Ketchup. Die Jugendlichen erzählen sich Gruselgeschichten über sie, Jess Winters wird dich holen und so. Ist das nicht furchtbar?

Sie unterrichten am College, richtig? Habe ich mir gedacht. Eine gute Uni. Ich habe auch studiert, allerdings nur ein Semester. Wissen Sie, ich habe Hazel bekommen, und mit Baby zu studieren – nein, das war unmöglich. Aber vielleicht mache ich irgendwann weiter. Sie sind aus Kalifornien? Wirklich? Wenn ich aus Kalifornien wäre, würde ich niemals umziehen. Ich habe für ein paar Jahre in Phoenix gewohnt, aber das war eine Katastrophe, also bin ich wieder zurück.

Damals in der Schule haben wir eine Klassenfahrt nach Disneyland gemacht, ich war also auch schon mal in Kalifornien. Wir sind im Morgengrauen hin, mit dem Reisebus, haben uns den ganzen Tag amüsiert, und abends ging es wieder nach Hause. Wir reden oft darüber, Urlaub am Meer zu machen, aber Sie wissen ja, wie das ist. Ich wollte immer mal nach New York. Es gibt ja so viele Reiseziele! Angie hat ein schlechtes Gewissen deswegen, sie würde uns das wirklich gern ermöglichen, aber wir haben die Werkstatt und das Motel und meine alte Mutter und kommen einfach nicht raus. So ist wohl das Leben. Außerdem planen wir zu heiraten, dafür müssen wir sparen. Boston oder Connecticut, vielleicht auch Vermont, mal sehen. Danke.

Hören Sie mich an, ich rede wie ein Wasserfall ... Haben Sie Kinder? Sie Glückliche. Nein, war nur Spaß, ich liebe meine Tochter – wenn sie mir nicht gerade den letzten Nerv raubt. Scheibenkäse und Cornflakes. Ja, sie heißt Hazel. Sie ist fünfzehn, bald sechzehn. Wie ist das bloß passiert? Sie nutzt jede freie Minute zum Üben, sie sagt, sie möchte den Führerschein machen, sobald sie sechzehn ist. Mir kommt es vor, als wäre sie gestern noch auf ihren Rollerskates über die Einfahrt gefahren. O Gott.

Wissen Sie, da fällt mir ein, meine Mutter war einmal in New York, als mein Vater bei der Army war und ich und meine Schwester noch nicht auf der Welt waren. Das hatte ich ja fast vergessen. Es gibt ein Foto von den beiden auf dieser berühmten Eislaufbahn, Sie wissen schon. Ja, genau, vor dem Rockefeller Center. Sie sehen aus, als würden sie frieren, trotzdem wirken sie glücklich. Und so jung. Schwer, sich diese jungen Leute als seine Eltern vorzustellen.

Übrigens, falls Sie mal Besuch von außerhalb haben – wir

betreiben die Woodchute Motor Lodge im District. Meine Schwester Stevie kümmert sich um alles, und ich helfe dort aus, wann immer ich Zeit habe. In den letzten Jahren haben wir viel renoviert. Na ja, hauptsächlich Stevie. Vielleicht sind Sie ihr schon einmal beim Wandern begegnet, sie ist die Frau mit der Schubkarre. Ihr Auto ist über und über mit Kronkorken und Scherben beklebt. Sie ist harmlos, manchmal wirkt sie ein bisschen zerstreut, wenn Sie wissen, was ich meine. Sie nennt es Kunst. Wie auch immer. Das Motel ist meistens ausgebucht, aber im Notfall finden wir eine Lösung. Sie bekommen sogar einen Rabatt, weil Sie am College arbeiten.

Hey, wussten Sie, dass Erdnussbutter zurückgerufen wurde? Wegen Salmonellen. Und ich dachte immer, die stecken nur in Hühnchen. Wie dem auch sei, ich weiß nicht, ob alle Marken betroffen sind oder nur eine bestimmte, aber seien Sie auf der Hut. Ach ja, und Hazel hat neuerdings beschlossen, Vegetarierin zu sein. Ich muss Veggie-Burger für sie kaufen. Haben Sie die schon mal probiert? Meine Mutter sagt, die sehen aus wie Kuhfladen und schmecken auch so. Egal, ich kaufe sie ihr, immer noch besser als Cornflakes. Ich weiß nicht, ob ich ganz auf Fleisch verzichten könnte. Als ich mit Hazel schwanger war, konnte ich gar nicht genug davon kriegen, ich habe es sogar roh gegessen. Angeblich darf man das ja nicht, aber sie war ein kerngesundes Baby. Ist ja nicht so, als hätte ich geraucht oder getrunken. Und selbst wenn, wäre es meine Sache gewesen. Das habe ich am Schwangersein immer am meisten gehasst – alle glauben, sie hätten das Recht, einem Vorschriften zu machen. Man wird sogar angefasst, im Ernst, die Leute fassen einem einfach an den Bauch. Als wäre man öffentliches Eigentum. Hallo? Das ist mein

Bauch! Abgesehen davon war ich blöde Kommentare natürlich gewohnt, ich war nicht verheiratet, und der Kindsvater hatte sich aus dem Staub gemacht, und zur Krönung bin ich dann ein paar Jahre später auch noch mit Angie zusammengezogen. Sie können sich vorstellen, wie die Leute sich das Maul zerrissen haben.

Wissen Sie, vor ein paar Wochen habe ich Hazel Fahrunterricht gegeben, und wir sind nach Phoenix gefahren, ohne irgendwem etwas zu erzählen. Wir sind auf die I-17 und dann immer geradeaus, nur wir beide. Meinem Chef in der Bank habe ich erzählt, ich wäre krank, ich habe sogar gehustet. Und Ang habe ich gesagt, ich hätte etwas zu erledigen. Ich weiß auch nicht, was da in mich gefahren war. Ganz kurz dachte ich: Was, wenn wir einfach immer weiterfahren? Egal wohin. Irgendwohin. Am Ende sind wir in Phoenix gelandet. Dort musste ich mich ans Steuer setzen. Wir haben uns verfahren, obwohl ich da mal gewohnt hatte. Ich habe einen furchtbar schlechten Orientierungssinn, ich bin sogar verkehrt herum in eine Einbahnstraße gefahren. Hazel hat versucht, auf dem Smartphone den Weg zu finden, alle haben gehupt. Und dann endlich haben wir in der Innenstadt einen freien Parkplatz gefunden. Wir waren so ausgehungert, dass ich in so einem piekfeinen Laden freiwillig fünfundzwanzig Dollar für zwei Cola und zwei Stücke Schokoladenkuchen ausgegeben habe. Das war in einem Hotel mit Restaurant im obersten Stock, von wo man die Stadt überblicken kann. Der Kellner war ziemlich beleidigt, weil wir über die Preise gelästert haben, er ist mit hochrotem Kopf abgerauscht. Wir haben uns totgelacht. Sie wissen ja, wie das manchmal ist. Hazel. Sie ist echt süß, wenn sie sich Mühe gibt. Ich mache mir Sorgen um sie. Das Leben hier in Sycamore kann ganz schön hart sein. Wegen der Leute, wissen Sie. Heutzutage heißt es leben und leben lassen, aber früher war das anders. Ich hatte damals eine Scheißangst vor mir selber, Ang auch. Aber wir haben es durchgezogen, und heute könnte ich mir ein Leben ohne sie nicht mehr vorstellen. Hazel wird ihre eigenen Erfahrungen machen müssen, aber verdammt, man möchte seinem Kind am liebsten alles Leid ersparen, nicht wahr? Sie ist fast schon sechzehn. Kaum jünger als Jess Winters damals. Aber wer weiß, ob es woanders besser wäre. Ärger kann mal überall kriegen.

Wie dem auch sei. Können Sie glauben, dass es schon 2009 ist? Können Sie sich noch daran erinnern, wie alle gedacht haben, das Jahr 2000 wäre noch ewig weit weg? Stevie hat damals geglaubt, wir würden fliegende Autos bekommen und auf dem Mond rollerskaten. Aber so ist sie eben. Als ich sie darauf hinwies, dass es da ein klitzekleines Problem mit der Schwerkraft geben könnte, meinte sie, da fände sich schon eine Lösung. Wirst schon sehen, hat sie gesagt. Aber gut. Da sind wir nun. Das Einzige, was fliegt, ist die Zeit. Kommenden Monat werde ich dreiunddreißig. Dreiunddreißig! So alt wie Jesus, ha! Wie ist das denn passiert? Ich dachte immer, später wohne ich mal woanders. Oder mache beruflich was anderes. Manchmal wünschte ich mir ... Ach, was soll's. Wenn man für jeden Wunsch einen Cent bekäme.

Danke. Ja, das ist sie. Hören Sie mich nur an! Sie wollten bloß schnell ihr Auto abholen, und ich erzähle Ihnen meine ganze Lebensgeschichte. Warten Sie, ich sehe mal nach Ihrem Wagen. Sicher haben Sie heute noch eine Menge zu tun. Übrigens, ich bin Rose Prentiss. Schön, Sie kennenzulernen,

Laura. Hoffentlich fühlen Sie sich hier wohl. Hören Sie nicht auf mich. Wenn man sich einmal daran gewöhnt hat, ist es in Sycamore gar nicht so übel.

Azaleen

Kommt eine Frau in eine Bar und sagt zum Barmann: »Kommt ein Mann in eine Bar.«

»Aua«, sagte der Barmann. Er kannte all diese Witze, und er kannte seine Gäste, auch die Frau, die an der High-school seine Lehrerin gewesen war. Für ihn war sie immer noch Ms G, obwohl sie einmal zu ihm gesagt hatte: »Ab jetzt kannst du mich Esther nennen, mein Lieber.« Ihr gehörte inzwischen die Bäckerei, an der er jeden Morgen mit knurrendem Magen vorbeiradelte. Als Schüler war er heimlich in sie verknallt gewesen. Jetzt trat sie an seinen Tresen und erklomm unter Mühen den Barhocker. Sie wirkte leicht angetrunken. Er runzelte besorgt die Stirn, aber weil sie gleich um die Ecke wohnte und sicherlich zu Fuß da war, entsprach er ihrem Wunsch und servierte ihr Whiskey und Cola ohne Eis. Sie trommelte auf dem Tresen, Licht verfing sich in ihren Silberringen.

Sie nahm den Drink entgegen und bedankte sich bei dem Barmann, in dem sie einen ihrer ehemaligen Schüler von der Sycamore High wiedererkannte. Sie hatte die Gesichter bis heute abgespeichert, auch die Frisuren – von Haarsprayhelmen bis Pixie war alles dabei gewesen. (Go Lobos!) Der junge Mann hieß Beto Navarro. Er hatte eine ältere Schwester namens Luz, die ihn praktisch aufgezogen hatte. Überhaupt kam die Pickaxe Bar für Esther einem Relikt aus der Vergangenheit gleich. Die Jugendlichen von Sycamore schlichen sich nach Schulbällen hier ein, sie hatten gefälschte Ausweise dabei und rochen nach billigem Parfum und Erdbeerbowle. In ihrer Jugend hatte Esther es selbst so gemacht. Manchmal waren sie und ihre Freunde auch in die Wüste gefahren, um aus den gestohlenen Paletten vom Basha's ein Lagerfeuer zu machen. Später dann war sie Lehrerin geworden und hatte den jungen Barmann unterrichtet, so wie die Hälfte der Gäste hier; wie zu groß gewordene Kinder streiften sie durch die Stadt und tauchten in der Bäckerei auf, waren breiter geworden, hatten die ersten Falten im Gesicht und eigene Teenager im Schlepptau. Esther erinnerte sich an volle Wangen und weiche Locken und war ein bisschen erschrocken zu sehen, dass der Barmann mittlerweile schütteres Haar und tiefe Falten um Augen und Mund hatte. Aber womit hatte sie gerechnet? Natürlich war auch er seinen Kinderschuhen entwachsen. Esther schmunzelte in ihr Glas. Sie sollte sich selbst mal wieder ein Paar Schuhe gönnen oder überhaupt neue Kleidung. Sie trug eins von Sams alten Flanellhemden und darunter ein wadenlanges Unterkleid aus Polyester; als sie fast vom Kunstlederbarhocker rutschte, kam ihr blasser, draller Oberschenkel zum Vorschein. Ups. Sie fing sich im letzten Moment. Sie war jetzt achtundvierzig Jahre alt und Besitzerin einer Bäckerei. Sie bevorzugte lockere Jogginghosen und Blumenkleider mit A-Schnitt, jeder in der Stadt kannte sie als aufgeweckte, kreative, pragmatische Frau. Immerhin hatte sie sich überhaupt etwas angezogen! Aber dieses rutschige Unterkleid gehörte wirklich in den Müll. Halb so schlimm. Keine Stunde zuvor hatte sie – schon leicht beschwipst – im Wohnzimmer gesessen und die furchtbare Nachricht in der Zeitung entdeckt. Sie hatte zum hell erleuchteten Gästehaus hinübergeschaut, wo Dani Newell wahrscheinlich das

Gleiche dachte wie sie. Ihre Aufmachung war das Letzte, worüber sie sich Gedanken machte. Sie dachte an Springfluten, an enorme Wassermassen, die blitzschnell durch schmale Canyons schießen und mit monströser Kraft Schlamm und Steine vor sich herschieben. Sie überlegte, wie es sich anfühlen mochte, keine Luft mehr zu bekommen, zu ersticken, in die Tiefe gezogen zu werden.

Jess Winters. Meine Güte, das Mädchen war so zart gewesen. Ertrunken also. Im besten Fall. Esther wusste genau, dass sie es war. Es konnte gar nicht anders sein. Fast hörbar, wie ein gut geöltes Zahnrad, hatte sich die Gewissheit eingestellt. Jess war keine Ausreißerin gewesen, auch wenn Esther es ihr eine Zeit lang zugetraut hätte. Als Jess zum ersten Mal im Unterricht aufgetaucht war, mit wilden, ungekämmten Locken, silbernen Ohrsteckern und argwöhnisch zusammengekniffenen Augen, hatte Esther nur mitfühlend geseufzt. Solche Mädchen machten – und hatten – Probleme. Esther hatte sich eingebildet, den bevorstehenden Ärger eine Meile gegen den Wind riechen zu können. Damals mit dreißig hatte sie geglaubt, alles über das Leben zu wissen. Dreißig, ha. Selbstverständlich hatte sie sich geirrt. Die Probleme hatten Jess verfolgt, und Jess hatte gar nichts dafür gekonnt. Sie war einfach nur ein intelligentes, bildhübsches Mädchen mit einer blühenden Fantasie gewesen.

Esther richtete sich im Sitzen auf und ignorierte die besorgten Blicke des Barkeepers. Seit Sam sich vor einem Monat nach San Francisco abgesetzt und Kevin geheiratet hatte, einen Mann von nicht einmal dreißig Jahren (dreißig!), den er im Internet kennengelernt hatte, behandelten ihre Freundinnen sie wie ein rohes Ei. Iris zum Beispiel lud sie immer wieder zum Teetrinken und zu Spaziergängen ein. Iris stellte keine Fragen, sie wusste, dass Esther erst reden würde, wenn ihr danach wäre. In dieser Hinsicht war Iris wirklich zuverlässig. Esther war glücklich, eine so alte und weise Freundin zu haben. Als Lehrerin war sie ständig um Rat gefragt worden, und jetzt war es schön, selbst mal um Hilfe zu bitten. »Na und, Esther? Dann macht er eben einen Riesenfehler. Was soll's? Er ist verliebt.«

Sie nestelte an ihren Ringen. Sie fing am linken kleinen Finger an und arbeitete sich bis zum rechten vor. Auf diese Weise beruhigte sie sich, wenn sie nicht gerade Witze machen oder Teig kneten konnte. Sie blickte zum Barkeeper hinüber. Beto Navarro. Früher ein Junge, heute erwachsen. Die beiden jungen Frauen am Ende des Tresens, vermutlich Studentinnen von außerhalb – Esther kannte weder sie noch ihre Eltern –, schmunzelten schüchtern zu ihm hinüber und warfen sich in einem fort das Haar in den Nacken. Und auf einmal sah Esther ihn mit anderen Augen. Eigentlich war er recht attraktiv, er war schlank und schlaksig und hatte eine leicht derbe Art. Als er einen Lappen auswrang, bewegten sich die Muskeln an seinen Unterarmen, und Esther spürte, wie ihr Unterleib warm wurde. Wie alt war er – vierunddreißig, vielleicht fünfunddreißig? Richtig, er hatte einen Bruder gehabt, den hübschen Tomás. Der Junge war im Golfkrieg gestorben – nein, schon vorher, bei einem Manöver. Unfall mit einem Humvee. Ganz furchtbar. Mit ihr hatten die Leute früher natürlich auch Mitleid gehabt, sie hatte als Fünfjährige ihre Eltern verloren und war von ihrer Großmutter aufgezogen worden. Sie wusste noch, wie sehr sie sich darüber gefreut hatte, dass Beto sich mit Angie Juarez und Rose Prentiss angefreundet hatte. Der Junge hatte Freunde gebraucht, so wie jeder Mensch. Seine hohe Stirn und seine blasse, fast transparente Haut hatte sie nie vergessen, sie wusste auch noch, dass er ein talentierter Erzähler gewesen war. Seine Fantasygeschichten hatten sie zutiefst berührt. Nein, er schreibe nicht mehr, hatte er mal gesagt. Nein, er habe keine Kinder, und geheiratet habe er auch nie, nein, auf keinen Fall. Er hatte gelacht. Dass sie ebenfalls nicht verheiratet war, brauchte sie ihm gar nicht erst zu erzählen, das war allgemein bekannt. Jeder in Sycamore kannte sie oder glaubte, sie zu kennen. Anscheinend arbeitete er immer noch in Angies Werkstatt. Zweimal pro Woche trug er Zeitungen aus, und an den Wochenenden stand er hinter dem Tresen, weil er auf einen Urlaub sparte. »Das hält mich jung«, sagte er. Dann zeigte er ihr ein Foto seiner Nichten, Luz' Töchter. Luz arbeitete immer noch bei der Post, wahrscheinlich zusammen mit Maud. Esther hatte Maud zuvor an diesem Tag besucht, sie war zusammen mit Iris hingegangen, um ihr etwas zu essen zu bringen und ihr ein bisschen Gesellschaft zu leisten. Maud hatte in dem Kartoffelsalat auf ihrem Teller herumgestochert und kurz vor Sonnenuntergang gesagt: »Ich glaube, heute gehe ich früh schlafen.«

Sie nahm einen großen Schluck, spürte dem Brennen nach.

Sie betrachtete die hohe Stirn und die starken Arme des Barkeepers, und die Wärme wurde intensiver. Esther stellte sich vor, in Jess Winters' Alter zu sein, siebzehn, älter war Jess nicht geworden. Mit siebzehn hatte Esther ihre Unschuld verloren. Der Akt an sich war unspektakulär und verhuscht gewesen, dennoch war sie als sexuelles Wesen daraus hervorgegangen. Gegen Schwangerschaften hatte sie sich zu schützen gewusst, mit einer Kombination aus Verhütungsmitteln und längeren Phasen der Enthaltsamkeit. Esther zählte an ihren Fingern ab, mit wie vielen Männern sie im Lauf ihres Lebens geschlafen hatte. Zwölf. Wie die Monate. Wie die Schritte bei den Anonymen Alkoholikern. Wie die Apostel. Beim letzten Gedanken lachte sie laut auf. *Das* war es also – sie hatte die zwölf Apostel flachgelegt! Die Vorstellung war gleichermaßen absurd wie tröstlich. Kurz ließ die Beklemmung nach. Esther beschloss, sich den Umstand zunutze zu machen, so wie manche Leute sechs Zehen besaßen oder den Mount Everest bestiegen oder mit der Zunge Knoten in die Stiele von Cocktailkirschen schlagen konnten. Sam fände es sicher lustig; sie würde ihn anrufen und es ihm erzählen, sobald er und Kevin von der Hochzeitsreise zurück wären.

»Beto, hast du mal einen Stift?« Esther schnappte sich eine Serviette und schrieb die Namen der Apostel auf. Sie kannte sie immer noch auswendig, weil sie als Kind keine vier Blocks von hier die strenge Sonntagsschule besucht hatte, die strengste in dieser Stadt, aus der sie nie herausgekommen war. Als sie die Serviette mit den zwölf Namen betrachtete, krümmte sie sich vor Lachen, bis ihre Stirn gegen die gepolsterte Tresenkante stieß.

»Ms G«, sagte der Barkeeper-Automechaniker-Ex-Schüler mit den sexy Unterarmen. »Hey – Ms G?«

»Alles okay«, sagte sie. »Nenn mich Esther. Ich glaube, ich brauche einen Schluck Wasser.«

Sie richtete sich gerade auf, fuhr mit dem Finger über die Namensliste und ersetzte die Apostel durch die Männer aus ihrer Vergangenheit. Sie überlegte, wie sich das Ganze zu einer unterhaltsamen Anekdote verarbeiten ließe.

Der Erste, Andreas, war siebzehn Jahre alt gewesen. Esther hatte auf der Rückbank seines VW Käfer rittlings auf ihm gesessen. Gleich neben der Autowerkstatt Juarez war das gewesen, auf dem Schotterparkplatz voller Unkraut und Fuchsschwanzgras. Heute befand sich dort ein Nagelstudio. Andreas mühte sich mit den drei Häkchen ihres BHs ab, während sie pausenlos Witze machte, um von ihrem langen Kinn, dem krausen Haar und den Speckrollen an ihrer Taille abzulenken. Wichtiger als der Junge, auf dessen Schoß sie saß, waren die Makel. Sie sparte fürs Studium und war fast am Ziel; bald würde sie Sycamore und das Haus ihrer tyrannischen Großmutter verlassen und in Tempe aufs College gehen, nur eineinhalb Fahrstunden von hier und doch eine andere Welt. Sie träumte von Wolkenkratzern, Coffeeshops, Lyriklesungen, Leserbriefen zum Thema globale Ungerechtigkeit, fremden Akzenten, engagierten Liedermachern und dem ganzen Rest, den es nur anderswo gab. Trotz einer zweifelhaften Ehrung im Highschool-Jahrbuch – »Klassenclown« – war sie immer ein verträumtes Mädchen gewesen. Sie glaubte an Zeichen, an das Übersinnliche und ans Schicksal, esoterische Theorien verschlang sie wie andere Leute Pommes frites. Zu den Träumen später mehr; noch war sie beim Thema Entjungferung. Andreas bewegte kurz die Hüften, grunzte und erschauderte. Er schlug beschämt den Blick nieder und wirkte unglaublich verletzlich. Anscheinend war er kurz davor, in Tränen auszubrechen. Esther lächelte breit und boxte ihn in die Schulter. »Wow, das war super!«, sagte sie mit einer Stimme so hoch und spitz wie ein Zirkuszelt. Er fuhr sie nach Hause – zu dem Haus, das sie nach dem Tod ihrer Großmutter erben und bis heute bewohnen würde. Wenn ihr das damals jemand gesagt hätte – sie hätte ihn ausgelacht. Allein die Vorstellung hätte sie urkomisch gefunden. Sie stieg aus und schlich auf das offene Fenster zu, durch das sie unbemerkt wieder ins Haus gelangen würde. Sie schob sich zwischen den Azaleen hindurch, deren magentafarbene Blüten bei einem späten Nachtfrost verwelkt waren. Die bröseligen, bräunlichen Blüten blieben an ihrer Hose kleben und lagen später auf dem Teppich wie Fischfutter.

Thomas lernte sie während ihres ersten Semesters am Sycamore College kennen. Sie hatte ein Stipendium inklusive Unterbringung ergattert und wohnte jetzt zwar in derselben Straße, aber wenigstens nicht mehr unter einem Dach mit der Großmutter. Sie würde ihr Geld beiseitelegen und die Stadt verlassen, noch ehe die Tinte auf ihrem Diplom getrocknet wäre. Thomas studierte Philosophie, trank jeden Tag sechs Dosen Bier und hatte einen niedlichen Südstaatenakzent. Er schlief mit ihr, obwohl er alles infrage stellte, sogar seine Sexualität. Der Ärmste. Die Affäre endete nicht gut. Unwillkürlich musste Esther an Sam denken, der ein paar Jahre später als Highschool-Lehrer nach Sycamore gekommen war, zweiundzwanzig Jahre jung und so schnittig und glatt wie ein Seehund. Ganz zu Anfang hatten sie mal zu viel Wein getrunken und in Esthers Wohnzimmer rumgeknutscht, als er sich mit einem Mal mit Tränen in den Augen von ihr losgemacht hatte. »Verdammt«, sagte er, »ich will dir nichts vormachen. Ich will niemandem mehr etwas vormachen. Verstehst du, was ich meine?« Ja, Esther verstand. »Willst du eine Zimtschnecke?«, fragte sie, weil ihr da schon klar war, wie viel Freude es ihr machte, andere zu versorgen – und auch sich selbst, wenn sie besonders ängstlich oder traurig oder glücklich war. »Heute Morgen frisch gebacken«, ergänzte sie, und Sam weinte und lachte zugleich. »Ja, bitte«, sagte er. Sie aßen die Zimtschnecken direkt vom Blech und wischten sich Gesicht und Hände mit Küchenpapier ab. Esther ahnte nicht, was die Zukunft für sie bereithalten würde – eine mehr als zwanzig Jahre andauernde Freundschaft, die ihnen Halt geben und sie beide erfüllen sollte.

Aber das alles war erst später gekommen. Zunächst lernte sie bei einem albernen Scharadespiel im Studentenwohnheim Matthäus kennen. Er war Sid, sie war Nancy. Sie fanden sich unglaublich cool. Er wollte eine Band gründen und bot ihr an, die Songs zu schreiben. Zusammen würden sie die Welt retten, mit Neurosen und Rock 'n' Roll. Kurz darauf servierte Matthäus sie wegen eines Cheerleaders ab. Esther legte sich in ihr Hochbett und weinte zwei Tage lang. Sie schrieb Haikus über Mollakkorde und Stimmgabeln.

Jakobus der Jüngere steckte sie mit Impetigo an, ausgerechnet am Mund. Ungefähr zur selben Zeit kam ihre Großmutter ins Pflegeheim. Esther schrieb einen Limerick über eine junge Frau, die ihre Hautkrankheit hinter einer Richard-Nixon-Maske versteckt. Sie stellte den Text im Schreibseminar vor, doch er kam nicht gut an. »Was für ein Unsinn«, sagte die Dozentin genervt und wedelte mit dem Blatt, als wäre es eine weiße Fahne. »Warum sollte ich mich *dafür* interessieren?«, fragte sie. »Was steht hier auf dem *Spiel*?«

Jakobus der Ältere war ein großer, schlaksiger Läufer, den sie auf der Aschenbahn kennengelernt hatte. Inzwischen wohnte sie allein im Haus ihrer Großmutter, unterrichtete an der Sycamore High – vorübergehend, in spätestens einem Jahr würde sie von hier verschwinden –, und steckte in ihrer Sportphase. Sie zwängte die breiten Hüften in Markenjeans und ahnte noch nichts von bequemen Jogginghosen und Kleidern in A-Linie. Jakobus der Ältere war sensationell gut darin, Ronald Reagan zu imitieren, er lobte ihre Anfängerlyrik und vermittelte ihr ganz allgemein das Gefühl, im siebten Himmel zu sein. Sie verwechselte es mit echter Nähe, weil sie erst dreiundzwanzig war und seine Augen so blau wie eine Gasflamme strahlten. Als es ernst wurde und sie ihre Tage nicht bekam (»Warum?«, fragte er, woraufhin sie antwortete: »Mein Gott, eine jungfräuliche Empfängnis wird es wohl kaum gewesen sein«), nahm er die langen Beine in die Hand. Am Ende stellte sich heraus, dass sie gar nicht schwanger war; die zweihundert Dollar, die er ihr für die Abtreibung gegeben hatte, behielt sie trotzdem.

Thaddäus – nicht Thad, sondern Thad-*däus* – stammte von der Ostküste und unterrichtete insgesamt zwei Jahre lang an der Sycamore High. Nickelbrille, weiche Hände. Bei ihren Campingausflügen las er Kant und Hegel, während sie das Zelt aufbaute, tütenweise Marshmallows verdrückte, sein Bier – Rolling Rock – austrank und eine Villanella über sein Kinnbärtchen schrieb. Thad-*däus* konnte ziemlich gemein sein. Eines Abends – sie waren gerade aus einer Bar zurückgekommen – nannte er sie eine dumme, fette Kuh. »Wir könnten ihm die Kniescheiben zertrümmern lassen«, kommentierte Sam, »ich kenne da einen Typen.« Esther lachte zu laut und backte absurd viele Pfirsich-Walnuss-Muffins, die sie mitten in der Nacht über der Spüle aß. Als sie ihre Großmutter im Heim besuchte, sagte die: »Wenn du nicht aufpasst und dich weiter so gehen lässt, wirst du als fette alte Jungfer enden und niemanden haben als deinen schwulen Freund. Du wirst einsam und allein sterben«, woraufhin Esther entgegnete: »So wie du?« Es war eins ihrer letzten Gespräche. Esther war aus dem Pflegeheim gestürmt und noch zwei weitere Monate mit Thad-*däus* zusammen geblieben.

Philippus war der geschiedene Vater eines Schülers. Er hatte sich von seiner Frau getrennt und war in die zweihundert Meilen entfernten Ausläufer der Tucson Mountains gezogen. Zwischen den Treffen hatten sie Telefonsex, während Esther oft gleichzeitig den Abwasch erledigte, Wände verspachtelte oder an einer Sestine über einen UN-Botschafter arbeitete, der Telefonsex an Münzapparaten auf der ganzen Welt hatte. Als sein Sohn den Schulabschluss machte, kam Philippus für einen längeren Urlaub nach Sycamore; die Beziehung ging nach einer Woche in die Brüche. Sams einziger Kommentar war *die Augenbraue*: Er zog sie so hoch, dass sie praktisch in seinem Haaransatz verschwand.

Johannes war verheiratet, hatte zwei Kinder und lebte in Sedona. Auf dem Kunstfestival von Sycamore (seiner Frau hatte er erzählt, er müsse zu einer Konferenz) kaufte er einen silbernen Ring und steckte ihn Esther an die linke Hand. Esther war alt genug, um die Geste zu durchschauen, schon fast dreißig (dreißig, ha), aber sie ließ ihn gewähren und kaufte ihm im Gegenzug ein Lederarmband. Sam zog abermals die Augenbraue hoch, sagte aber nichts. Am Abend ihres Geburtstages erschien der verheiratete Mann nicht wie verabredet zum heimlichen Date. Esther saß allein in ihrem Schlafzimmer und schämte sich zu sehr, um Sam anzurufen. Tags darauf sprach sie, ohne es zu wissen, zum allerletzten Mal mit Jess Winters. Auf dem Heimweg von der Schule hallten Jess' Worte in ihrem Kopf nach: *Mein Gott, scheiß auf die Gedichte! Warum können Sie mir nicht einfach meine Frage beantworten? Wenn Sie mir schon nicht sagen können, was ich tun soll – was würden Sie tun?*

Was würde Esther tun? Sobald sie zu Hause war, zog sie sich den Ring vom Finger und schleuderte ihn aufs Dach.

Bartholomäus lernte sie auf einer Internetseite für Scrabble-Spieler kennen. Sie chatteten ausgiebig und trafen sich nie. Trotz der Tippfehler und der Schriftart (Times New Roman) erwies der Sex sich als sehr befriedigend. Ein fehlendes Komma hier, ein falsches Partizip dort, aber unterm Strich funktionierte es.

Simon war ein schmächtiger schottischer Slam-Poet mit schiefen Zähnen und Schmetterlingstattoo auf dem Oberkörper. Eines Sommers hatte ihn seine ziellose Reise nach Sycamore geführt. Sechs Monate später heiratete er eine Kellnerin aus Phoenix, weil er die Greencard brauchte. Einmal fuhr Esther spätabends hin und dachte darüber nach, seine Mülltonne in Brand zu stecken, aber am Ende stieß sie sie einfach nur um. Bierflaschen, Suppendosen und ein Stück Fleisch, das an eine menschliche Leber erinnerte, landeten im Vorgarten. Dass dieses Arschloch offenbar nicht mal seinen Müll trennte, tröstete Esther für einen kurzen Moment. Später sagte sie zu Sam: »So eine bin ich jetzt also. Ich bin die Verrückte, die in anderer Leute Vorgarten steht.« Sam drehte sich einen Joint, sie teilten sich eine Flasche Wein und suhlten sich in Selbstmitleid. Heiliger Strohsack, wie schwer konnte es denn bitte sein, den Richtigen zu finden? »Hey«, sagte Sam, »wieso ist der Strohsack eigentlich heilig?« Hysterisch kichernd lagen sie auf dem Küchenboden, analysierten religiöse Redensarten und waren überzeugt, dafür in der Hölle zu landen.

Simon Petrus, genannt Petrus, war ziemlich klein. Klein wie ein Zwerg. Wie ein Jockey. Irgendwann rief er einfach nicht mehr an. Er verschwand so schnell, dass Esther sich schon fragte, ob sie sich alles nur eingebildet hatte, aber dann fand sie eins seiner Karohemden in ihrer Wäsche. Sie presste es sich ans Gesicht, es roch nach Rasierwasser und Zigaretten und irgendwie bitter, nach Ringelblume. Und es gab einen weiteren Beweis für seine Existenz: Ihre Periode blieb aus, wieder einmal, nur dass diesmal ihre Brüste anschwollen und ihr bei Kaffeegeruch die Galle hochkam. Sie war sechsunddreißig und in der Klinik in Flagstaff mit Abstand die Älteste. Im Wartezimmer kratzte sie sich den fliederfarbenen Lack von den Nägeln und starrte auf das Gartenmagazin in ihrem Schoß. Immer wieder zeichnete sie mit dem Finger die gelben Buchstaben auf der Titelseite nach. *Wir lieben Azaleen!* Ein paar Monate später schrieb sie ein Gedicht mit demselben Titel, inklusive Ausrufezeichen. Es war nicht ironisch gemeint, da gab es nichts zu lachen. Sie erzählte Sam nichts davon. Sie erzählte es niemandem.

Judas, den Letzten in der Reihe, hatte sie vor zwei Jahren kennengelernt. Er war neu in der Stadt und kam eines Morgens in die Bäckerei. Esther steckte bis zu den Ellenbogen im Teig und bis zum Hals in Schulden (welche Verrückte kündigt eine sichere Stelle mit Pensionsansprüchen und wochenlangen Ferien, um eine Bäckerei zu eröffnen?), ihre Eierstöcke feuerten in einem letzten Kraftakt mit Hormonen um sich. Ihre Brüste waren permanent geschwollen, was sie an Azaleen erinnerte. Sie fürchtete, sie könnten gleich hier am Backtisch über dem neuen Industriemixer platzen. (Den Mixer hatte sie *Schreckschraube* getauft, leider verstand niemand außer ihr den Witz. Schreckschraube, mein Gott, was für ein Wort!) Judas hatte eine Zahnlücke und am linken Oberarm eine Impfnarbe in Nelkenform. Wenn er schlief, strich Esther mit dem Finger darüber. Er hatte absurd große Hände, bis heute meinte sie die Berührung seiner riesigen

Hand am Rücken zu spüren, seine bratwürstchendicken Finger an ihren Wangen.

Im Grunde hatte er mit Judas – dem Mann, dessen Name mit Verrat gleichgesetzt wird und der sich vor den Toren Jerusalems das Leben nahm –, nichts gemein. Es ging einfach so zu Ende. Er musste zurück nach Oregon, sie blieb da.

So sah sie aus, die Geschichte ihres Liebeslebens, das auch Sams Leben gewesen war, bis Kevin dazukam. So viele Jahre waren vergangen.

Ein Pfarrer mit einer Keramikente unter dem Arm betrat die Bar. Es war schon spät, kurz vor Ladenschluss. Er nahm neben der Frau Platz, die auf einer Serviette herumkritzelte und weder ihn noch die Ente zu bemerken schien. Der Pfarrer setzte die Ente mit einem dumpfen Knall auf den Tresen und bestellte bei dem Barkeeper mit der hohen Stirn ein Bier. Er nahm einen großen Schluck, die Kohlensäure kribbelte in seiner Nase.

Die Frau zerknüllte die Serviette und wandte sich an den Pfarrer. Ihre Augen funkelten wie Glatteis auf einer nächtlichen Straße. »Kennst du den Witz von der Frau, die mit den zwölf Aposteln im Bett war?«

Der Pfarrer seufzte. Er war müde, das Kollar scheuerte, die Socken rutschten. Die schwere, sperrige Ente war das Geschenk eines Gemeindemitglieds, bei dem er die vergangenen Stunden verbracht hatte. »Hi, Esther.«

»Selber hi.«

Er hörte die feinen Risse in ihrer Stimme. Sein ganzes Leben hatte er mit Zuhören verbracht, er kannte den Klang gebrochener Herzen, verzweifelter Seelen und des verlorenen

Glaubens. Er schüttelte den Kopf. »Nein, den kenne ich noch nicht.«

Esther betrachtete ihn durch die verqualmte Luft der Pickaxe Bar. Sie beugte sich tief hinunter und zupfte an seinen ausgeleierten Sockenbündchen. Der Pfarrer versuchte, nicht in ihr tiefes Dekolleté oder auf den Schlitz im Kleid zu starren, der ihren delligen Oberschenkel entblößte. »Ehrlich gesagt ist er gar nicht so witzig«, sagte sie. »Er hat nicht mal eine Pointe.« Esther stopfte die bekritzelte Serviette in ihr leeres Glas.

Der Priester nickte und schwieg. Wenn er mit den Jahren eines gelernt hatte, dann das.

Gedankenverloren tätschelte Esther den Kopf der Ente und strich mit dem Daumen über den Schnabel. Dann sprach sie weiter, allerdings nicht über die Apostel.

»Früher habe ich Gedichte geschrieben. Schlechte Gedichte, aber irgendwie habe ich den Drang verspürt. So habe ich meine Umwelt wahrgenommen.« Ihr Kopf kippte nach vorn, sie setzte sich ruckartig auf. »Früher dachte ich, man müsste sich für nichts entschuldigen und nichts bereuen. Und wenn man ein Trümmerfeld hinterlässt – na und? So ist das Leben. Aber dann ist es irgendwie nie dazu gekommen.«

»Du hast kein Trümmerfeld hinterlassen?«

»Ich habe nie gelebt.«

Sie zeigte auf die feuchte Serviette. »Ich wollte die Welt retten. Wer will das nicht? Als bräuchte die Welt meine Hilfe.« Sie lachte, doch in ihren Augen standen Tränen. »Dieses Mädchen, Tom. Die Kleine. In dem Canyon. Und Maud…« Sie hielt inne.

Tom faltete die Hände. »Ich habe davon gehört, Esther. Furchtbare Neuigkeiten.«

»Sam ist weg.« Sie drehte an ihren Ringen. »Und Jess ist wieder da.«

Tom betrachtete die beiden Gläser vor Esther. In einem steckte die Serviette, das andere war mit einer braunen Flüssigkeit gefüllt. »Sie wissen noch nicht, ob sie es ist. Und Sam ist immer noch dein Freund. Du wirst ihn wiedersehen. Ich weiß, wie traurig du bist, aber denk auch an sein Glück.«

»Ja, er ist glücklich, nicht wahr? So ausgelassen wie auf der Hochzeit habe ich ihn nie erlebt, dabei dachte ich immer, ich kenne ihn besser als mich selbst.« Sie hob das Glas, schnupperte daran und schüttelte den Kopf. »Ich verstehe meine eigenen Gefühle nicht mehr. Ich freue mich ehrlich für ihn. Meistens. Gleichzeitig meine ich vor Kummer zu sterben. Ich verstehe das nicht. Ich habe ein wunderbares Leben. Kaum zu glauben, wie viel ich habe. An den meisten Tagen sehe ich mich um und denke, alles ist genau richtig. Dies ist mein Leben, und es ist verdammt gut. Immerhin bin ich noch da.«

»Das war sicher eine große Umstellung für dich. Wie lange hat er bei dir gewohnt?«

Esther legte den Kopf schief. »Dreiundzwanzig Jahre. Als er nach Sycamore kam, war er zweiundzwanzig und ich fünfundzwanzig. Wir waren noch Kinder.«

»Lang ist's her.« Der Pfarrer seufzte. Seine Lider zuckten vor Müdigkeit, aber da war noch etwas, der helle, stechende Schmerz der Erinnerung an sein früheres Ich, das immerzu mit sich gerungen hatte. Er musste an das Mädchen im dunklen Flur der Tanzschule denken, an ihren langen Zopf in seiner Hand, der sich angefühlt hatte wie eine Rettungsleine. Es hatte ihn innerlich zerrissen, er hatte sich vom Glauben abgewandt und ins weltliche Leben geflüchtet, ins Pharmaziestudium, in diese Stadt. Am Ende war er zum Glauben zurückgekehrt. Er hatte den Weg ganz allein gefunden.

Reflexhaft sagte er das Immergleiche. »Hab Vertrauen. Vertrau auf Gott.«

»Ach, Tom, ich bitte dich. Sag mir etwas, womit ich was anfangen kann.«

Er trank einen Schluck Bier und dachte wieder an das Mädchen. Ihr Atem hatte nach Pfefferminz gerochen, sie hatte ihre Finger mit den rosa lackierten Nägeln in das Revers seines Tweedsakkos gekrallt und über die Narbe an seiner Wange gestrichen. Ein Hund hatte ihn ins Gesicht gebissen, als er ein Kind gewesen war. An Tagen wie heute, wenn er nicht auf der Hut war und die Konturen seines Glaubens unscharf wurden, bedrängte ihn die Erinnerung.

Er stellte sein Bierglas ab. »Verdammt noch mal, wieso glaubt eigentlich jeder hier, ich wüsste auf alles eine Antwort?«

Sie lächelte. »Bringt dein Beruf das nicht mit sich? Hast du keine Standleitung zum Herrn?«

Er beugte sich vor. »Geh nach Hause, Esther. Hier findest du keine Antworten.«

Esther schob das Glas von sich weg und gab dem Barkeeper ein Zeichen. »Mein Lieber, nicht jedes Haus ist automatisch ein Zuhause.« Sie zeigte auf sein Bier. »Darf ich dir noch eins spendieren?«

Tom legte die Hände in den Schoß und versuchte zu lächeln. »In Ordnung. Warum nicht. Eins noch.«

Der Barkeeper servierte dem Pfarrer ein Bier und der Frau ein Glas Wasser. Sie lächelte den Mann-Jungen an. »Beto Navarro«, sagte sie, »du siehst toll aus. Wie ein Filmstar.«

Er lächelte zurück. »Danke. Sie auch. Ich heiße jetzt Roberto.«

»Roberto. Ja. Hübscher Name.« Sie betrachtete ihn eine Weile. »Du hast gute Sachen geschrieben. Irgendwie ging es ums Weltall, oder? Um ein Schiff am Himmel?«

»Ja«, sagte er. »Das ist lange her.«

»Ja«, sagte auch sie. »Aber ich weiß noch, dass es ganz wunderbar war.«

Sie wandte sich wieder dem Pfarrer zu und redete weiter, sagte etwas über Sonnenlicht, das durch schmutzige Fensterscheiben einfällt. Sie erzählte von ihrer Großmutter, die kein schlechter Mensch gewesen sei; das Leben habe ihr übel mitgespielt. Sie hatte ihre Tochter verloren und war von einem Tag auf den anderen mit einer Fünfjährigen allein gewesen. »Sie konnte backen«, erzählte sie. »Meinst du, dass sie stolz auf mich wäre?« Dann sprach sie über Judas' Hände: »Finger so dick wie Würste, im Ernst.« Sie lächelte die Wand an, starrte in die mittlere Ferne. Im Vorgarten ihres Hauses standen immer noch die Azaleen, sie blühten in jedem Frühling wie verrückt. Wie konnte das sein? Die Blüten waren empfindlich, sie verabschiedeten sich beim leichtesten Frost. Sayonara, Schätzchen.

Der Pfarrer ließ sie reden. Er sah auf die Uhr, spürte seine bleischweren Glieder und die brennende Müdigkeit in seinen Augen. Er nickte, sagte »Hm« und »Ach so« und »Verstehe« und lächelte verkniffen. Er dachte an Stevie Prentiss, die jahrelang mit ihren vermeintlichen Verletzungen in seine Apotheke gekommen war. Er hatte immer versucht, ihr zu helfen. Er hatte Geduld mit ihr gehabt, so wie er jetzt Geduld mit dieser Frau am Tresen hatte. Irgendjemand hatte immer einen schlechten Tag.

Sie tupfte sich die Augen ab. »Kommen ein Pfarrer, ein Rabbi und eine Ente in eine Bar. Der Barkeeper fragt: ›Hey, soll das ein Witz sein?‹« Sie lachte und schlug mit der flachen Hand auf den Tresen.

»Der war gut«, sagte der Pfarrer.

»Und dann ging das Geschnatter los.« Sie lachte so laut, dass die anderen Gäste sich umdrehten. Sie ließ den Kopf auf die Bar sinken. Die Schluchzer schüttelten ihren Körper, und ihr Rücken zuckte.

Der Pfarrer legte ihr die Hand auf die Schulter. »Komm, Esther, ich bringe dich nach Hause.«

Sie nickte, rutschte vom Barhocker und schlug sich die Hände vors Gesicht.

Kommt eine Frau aus einer Bar, sie weint und hält sich an einem Pfarrer fest, der seine Ente vergessen hat … Der gut aussehende Barkeeper mit der hohen Stirn sah ihr nach und spürte ein Ziehen in der Brust. Er konnte sich noch immer gut an die Kurzgeschichte erinnern, von der sie gesprochen hatte. Er hatte sie vor langer Zeit am Küchentisch geschrieben, wie im Wahn. Er erinnerte sich an die Lehrerin, die vor der Klasse auf und ab gelaufen war wie ein Tiger in einem Käfig. Sie hatte behauptet, in der Literatur gehe es um Erkenntnis; wie könnten Menschen einander kennenlernen? »Denkt mal drüber nach«, hatte sie gesagt. »Kann man einen anderen wirklich kennen? Und wenn ja, wie?« Sie hatte sich über sein Pult gebeugt, sodass er den blonden Flaum über ihrer Oberlippe erkennen konnte. »Du kannst meine Gedanken nicht sehen und auch nicht mein Herz. Mein Herz könnte eine *Mördergrube* sein«, hatte sie gesagt und sich an die Brust geschlagen, »aber woher willst du das wissen?« Die anderen hatten gelacht und die Augen verdreht, sie war einfach zu leidenschaftlich, zu verschroben, und natürlich hatten sie über Beto gelacht, der wie erstarrt vor ihr gesessen hatte. Damals hatten alle ihren Spaß gehabt. Nur er hatte nicht gelacht, damals so wenig wie jetzt, da sie am Arm des Pfarrers aus der Bar schwankte. Sobald die Tür aufging, strömte warme Nachtluft herein. Roberto ballte die Fäuste und hob sie sich ans Gesicht, eine jede war so groß wie sein Herz, das lichterloh brannte.

Spuren

Juni–August 1991

Im Juni wirkte der Milchglashimmel über Sycamore weiter als ein Ozean, und auch die Zeit schien sich auszudehnen. Im Gegensatz zu den meisten anderen Teenagern, die mit heimlich an der Tankstelle gekauftem Bier zum Peck's Lake fuhren, verbrachten Jess, Dani und Paul die Nachmittage am Flussufer hinter der Plantage. Das Plätzchen war schattig, vom Ast einer gigantischen Platane baumelte ein langes Seil. Sie gründeten den Club der Einzelkinder und nannten sich die Einzelnen. Selbstverständlich stand der Club nur ihnen offen, alle anderen konnten sich verpissen. Sie brachten Sandwiches und Chips mit und legten Getränkedosen ins kühle, flache Wasser. Sie hatten auch einen Kassettenrekorder dabei, der so mancher Kassette den Garaus machte. Fluchend und schimpfend zerrten sie das silbrige Band heraus und versuchten, es mithilfe von Bleistiften oder Fingern wieder aufzudrehen. Wenn ihnen zu warm wurde, packten sie das Seil, nahmen Anlauf und schwangen sich über die knochenbrecherischen Ufersteine hinweg ins flaschengrüne Wasser.

Als Jess den Sprung zum ersten Mal wagte und das Seil losließ, hatte sie das Gefühl, für einen Moment in der Luft zu schweben; die Empfindung war wild und namenlos. Sie lernte, sich immer weiter in die Höhe zu schwingen und die Zeit auszudehnen, indem sie die Füße hochriss und den Rücken durchdrückte. Wenn sie fiel und das Wasser sie umschloss, verschlug die Kälte ihr den Atem. Mit hektischen Zügen schwamm sie ans schlammige Ufer zurück, spürte die glitschigen Steine unter den nackten Füßen. Alles roch nach Fisch, Moos, Mineralien und Schlick. Ihr nasses Haar glänzte wie Butter.

Manchmal nahmen Dani und Paul ihre Handtücher und verzogen sich ins Gebüsch. Dann setzte sich Jess ihre Kopfhörer auf – die Dritte im Bunde zu sein war schlimm genug, sie wollte es nicht auch noch *hören* –, und streckte sich mit geschlossenen Augen auf dem Rücken aus. Mit dröhnender Musik in den Ohren versank sie in einen schlafähnlichen Dämmerzustand. In solchen Momenten verstand sie, was die Leute meinten, wenn sie von ihrer glücklichen Jugend sprachen. Wenn sie da draußen am Ufer auf ihrem Handtuch lag und die warme Erde unter sich spürte, konnte sie die Scheidung ihrer Eltern und das neue Leben ihres Vaters vergessen, sogar den komatösen Schlaf ihrer Mutter und den Jungen aus Phoenix. Dann fragte sie nicht mehr nach dem Sinn des Lebens, und sie machte sich auch keine Sorgen um die Zukunft. Sie lag in der drückenden Hitze und dachte an gar nichts. Sie existierte einfach nur.

Auf der Plantage musste Jess jetzt immer häufiger draußen aushelfen. Aus den Knospen vom Frühjahr – pelzige Büschel, die an Seeanemonen erinnerten –, waren runde, grüne, glatte Früchte geworden, in denen die Nüsse heranreiften. Iris hatte Jess erklärt, dass die äußere Schale Exokarp, die innere Endokarp genannt werde. Schon wieder die Vorsilben: *exo*, außen, *endo*, innen. Jess lernte gern. Sie stellte überrascht fest, wie hart und widerstandsfähig die Schalen waren und wie viele Schutzschichten die winzige Nuss umgaben. Die Erkenntnis machte sie so glücklich, als hätte sie einen flachen Stein über eine Wasseroberfläche springen lassen oder die Schwerkraft besiegt.

Dani arbeitete drei Tage die Woche als Kassiererin bei HealthCo, Paul und Jess halfen auf der Plantage aus, wo sie einander aber nur selten begegneten. Iris hatte Paul die schweren Arbeiten aufgetragen, er musste den Schuppen streichen und Geräte reparieren, außerdem bediente er den Aufsitzrasenmäher und fuhr einmal pro Woche zum Einkaufen nach Flagstaff. Manchmal sah Jess ihn zwischen den Baumreihen oben auf einer Leiter stehen, meistens war von ihm nicht mehr als ein Arm, ein Bein oder sein zotteliger Haarschopf zu erkennen. Hin und wieder winkten sie einander aus der Ferne zu. In der Mittagspause redeten sie über die Plantage und übers College. Paul wollte sich um ein Sportlerstipendium an der Arizona State bewerben oder in Kalifornien, wo Dani studieren wollte. Sein Notendurchschnitt würde für Stanford wohl kaum reichen, außerdem wusste er nicht einmal, was er studieren wollte. Journalistik vielleicht? Er schrieb für die Schülerzeitung. Jess hatte sich ebenfalls noch nicht entschieden; dass sie unbedingt aufs College gehen sollte, war Mauds Idee. *Mach nicht den gleichen Fehler wie ich, J-Bird.*

Wenn Dani freihatte, verbrachte sie den Tag auf der Plantage und setzte sich mit einem Buch und einem riesigen Strohhut auf die Veranda. Sofern er angesprungen war, kam sie in ihrem alten VW Kombi. Der Wagen war so türkisgrün wie Aloe Vera, und in den verchromten Stoßstangen und Felgen spiegelte sich der Himmel. Zum Fahren musste sie sich ein Kissen in den Rücken stopfen, das Lenkrad hielt sie stets fest umklammert. Sie war eine unsichere Fahrerin – ihrer

Ansicht nach waren auf der Straße nur Idioten, Raser und Blindfische unterwegs. Ihr Vater hatte ihr unbedingt ein altes Auto kaufen wollen, offenbar hatte er gehofft, sie könnte sich für die Reparaturen und die Technik begeistern und endlich an Sicherheit gewinnen, aber letztendlich war die Arbeit dann doch an ihm hängen geblieben. Um den Wagen kümmerte er sich spätabends oder wann immer er sonst Zeit fand. Das meiste ließ er in Mr Juarez' Werkstatt erledigen. Ihr Vater sei eben ein Amateur, sagte Dani achselzuckend; am besten kenne er sich immer noch mit der Politur aus. Sie persönlich sah die Sache nüchterner. Ein Auto war dazu da, sie von A nach B zu bringen, fertig.

Wenn der Himmel abends in einem knalligen Blutorange glühte und Jess von der Plantage nach Hause radelte, wusste sie oft nicht, worum sie Dani am meisten beneiden sollte: um die Nonchalance, mit der sie über ihr Auto sprach? Um den hingebungsvollen Vater? Um den Freund, der seine Zukunftsplanung an ihr ausrichtete? Um den alten VW mit der altmodischen Karosserie, der schepperte und dröhnte und nach Öl und Benzin stank? Der Neid hielt nie lange an, er stach immer nur ganz kurz, wie Zitronensaft an einer aufgeplatzten Lippe.

Mitte Juni verlegte Jess die Bewässerungsschläuche. Es machte ihr Spaß, die harte Erde zu bearbeiten und Gräben auszuheben. Jeder Spatenstich ging ihr durch die Arme wie ein Schlag. Diese Art von Arbeit war ihr fremd, sie hatte zuvor höchstens mal mit ihrer Mutter Blumen eingepflanzt oder am Strand in Mexiko im Sand gebuddelt. Auf der Plantage schwitzte sie ihr T-Shirt und den Stoffhut durch und trank literweise Wasser, vorzugsweise direkt aus dem Kanister.

Als sie abends die Schläuche aufrollte und zurück in den Schuppen schleppte, hatte sie den Duft ihres eigenen Schweißes in der Nase. Ihr Magen knurrte. Ihr fiel wieder ein, dass sie allein zu Abend essen würde. Ihre Mutter war verabredet – mit Angies Vater, dem weißhaarigen Mr Juarez. Als ihre Mutter ihr davon erzählt hatte, hatte Jess sie überschwänglich umarmt und sich ehrlich gefreut; gleichzeitig hatte sie so etwas wie einen Verlustschmerz gefühlt. Aber hauptsächlich hatte sie sich gefreut. Vielleicht würden sie und Angie ja wieder befreundet sein – oder, o Gott, *Stiefschwestern*! Doch abgesehen davon hatte ihre Mutter es verdient, ausgeführt zu werden. Jess' Magen knurrte noch lauter. Sie würde Nudeln mit Butter essen, direkt aus dem Topf.

Sie drehte sich um und sah den alten VW die Einfahrt heraufkommen. Sie lächelte, schulterte den zusammengerollten Schlauch. Anscheinend hatte Dani heute früher Schluss gemacht.

Aber dann stieg Mr Newell aus dem Auto.

»Hallo!«, rief er Jess zu. Er trug ein Oberhemd, eine Krawatte und glänzende schwarze Halbschuhe. Hinter seinem rechten Ohr klemmte ein gelber Bleistift. »Ich wollte Dani ihr Auto bringen. Bin ich zu früh?«

Jess schüttelte den Kopf. »Dani ist nicht hier. Sie musste heute arbeiten.«

Er schlug sich gegen die Stirn. »Stimmt, ich sollte ihr den Wagen zur Drogerie bringen. Hier treffen wir uns erst morgen, zum Abendessen mit Paul und seiner Mutter. Die Woche ist mal wieder so chaotisch…« Er schüttelte den Kopf. Der Bleistift fiel zu Boden. Mr Newell bückte sich, hob ihn auf und schob ihn in die Brusttasche seines Hemds. Er lächelte Jess an. »Harte Arbeit?«, fragte er mit Blick auf ihre dreckverschmierte Kleidung und den Schlauch über ihrer Schulter.

Jess klopfte sich mit der freien Hand den Staub von Shorts und T-Shirt. »Heute habe ich eine Bewässerungsanlage gebaut. Ganz allein.« Da war es wieder, das Gefühl des springenden Steins auf der Wasseroberfläche, nur dass diesmal sie selbst zu fliegen und weite Kreise zu ziehen schien. Sie erinnerte sich an die Worte ihrer Mutter, damals an ihrem ersten Tag in Sycamore: *Ich hatte gerade einen verrückten Gedanken. Was, wenn es uns hier gefällt?* Sie grinste, zuckte die Achseln.

»Beeindruckend«, sagte Mr Newell. »Vielleicht bist du ja eine aufstrebende Botanikerin. Oder eine Landschaftsarchitektin.«

Von Botanik oder Landschaftsarchitektur hatte Jess keine Ahnung. Er hätte ihr genauso gut vorschlagen können, Astronautin zu werden. Sie schob einen Daumen in die Metalltülle des Schlauchs. »Vielleicht. Mal sehen. Klar.« Sobald sie zu Hause wäre, würde sie die Begriffe im Wörterbuch nachschlagen.

»Da fällt mir ein … Der Fachbereich Agrikultur am hiesigen College hat einen ausgezeichneten Ruf. Kein Wunder, bei der Umgebung. Aber wahrscheinlich hast du gar nicht vor, in Sycamore zu bleiben?«

»Nein.« Jess musste an Danis Weltkarte denken. Sie selbst hätte immer noch nicht gewusst, wo sie ihre Reißzwecken hinstecken sollte. »Ich weiß aber noch nicht, wohin.«

»Lass dir Zeit. Das ist das Schöne, wenn man jung ist. Man hat jede Menge Zeit.« Er lachte, und sein Blick wanderte zu den Bäumen auf der Plantage. »Wir sagen Dani immer, sie soll über den Tellerrand schauen, trotz der niedrigen Studiengebühren hier. Wir möchten, dass sie die Welt sieht. Sie soll nicht an einem Ort hängen bleiben.« Er schüttelte den Kopf. »Nicht dass die Einheimischen das so sehen würden. Die hängen kein bisschen, die gehören hierher. Viele Leute sind hier sehr glücklich.«

»Sie nicht?«

»Nein.« Er lächelte. »Manchmal. Ich habe damit meinen Frieden geschlossen. Es ist nicht so leicht, der Ehemann einer Dozentin zu sein. Ich bin ohne eigene Aufgaben hergekommen und musste mich von meinen Träumen verabschieden. Aber das Leben hier ist ruhig und sicher, und das ist gut für Dani. Wir haben uns eingerichtet. Tja, und bald zieht sie aus.« Seine Lider hinter den Brillengläsern flatterten, und er sah auf die Uhr. »Sorry, wieso erzähl ich dir das? Bist du fertig? Soll ich dich mitnehmen?«

»Danke«, sagte sie, »ich bin mit dem Rad da.«

»Kein Problem«, sagte Mr Newell, »wir können es wieder in den Kofferraum laden. Ich setze dich zu Hause ab und fahre dann weiter zu Dani. Ich habe noch Zeit.«

»Ach so. Na dann. Okay.« Jess brachte den Schlauch in den Schuppen, verabschiedete sich von Iris und schob das Fahrrad zum Auto.

Mr Newell verstaute es im Kofferraum und hielt Jess dann den Schlüssel hin. »Willst du?«

Jess grinste. »Wirklich?«

»Klar. Weißt du, wie es geht?«

Sie nickte. »Meine Mutter fährt auch einen Schaltwagen.«

Jess setzte sich ans Steuer. Mr Newell nahm auf dem Beifahrersitz Platz, erklärte ihr die Gänge und ermahnte sie, vorsichtig zu bremsen – er hatte die Bremsen für Dani extra neu justiert, aber optimal war es immer noch nicht. Er lehnte sich rüber und drehte den Zündschlüssel herum, und Jess spürte das Rumpeln des Motors an Händen und Füßen. Jetzt da sie so dicht neben ihm saß, konnte sie die dunklen Schatten unter seinen Augen sehen und die graue Strähne über seinem linken Ohr. Der Bleistift rutschte aus seiner Hemdentasche und fiel auf den Sitz.

»Ein hübsches, zuverlässiges Auto. Am Wochenende war ich damit in Colorado. Ich habe ein paar Sachen meiner Mutter abgeholt.«

»Das tut mir leid. Das mit Ihrer Mutter, meine ich«, sagte Jess.

»Danke.« Er fuhr mit dem Daumen über den Kunstledersitz. »Die Fahrt war schön. Die Landschaft.« Er schüttelte den Kopf, blickte auf. »Dani ist komisch. Sie fährt nur ungern. Ich hatte gehofft, dass sie mehr Spaß daran hätte, wenn wir ihr ein originelles Auto kauften.«

»Keine Ahnung«, sagte Jess. »Für so ein Auto würde ich alles tun.«

Er lachte. »Ich habe viel Arbeit hineingesteckt. Weißt du schon, welchen Wagen du willst?«

»Nicht so richtig. Ich spare noch. Hauptsache, er kostet keine tausend Dollar und geht nicht sofort kaputt. Eigentlich wollte mein Vater mir helfen, einen auszusuchen, aber dann …« Sie zuckte die Achseln. »Meine Mutter sagt, sie übernimmt die Versicherung.«

Er runzelte die Stirn und schnallte sich an. »Eine blöde Situation. Da hast du es bestimmt nicht immer leicht. Wenn es so weit ist, helfe ich dir gern, einen passenden Wagen zu finden. Falls du möchtest.«

»Danke«, sagte Jess und stemmte den Fuß auf die Bremse.

Er nickte geradeaus. »Also gut, los geht's.« Er lockerte seine Krawatte und legte den Arm ins geöffnete Fenster.

Jess legte den ersten Gang ein, ließ dann aber die Kupplung zu schnell kommen. Das Auto machte einen Satz nach vorn, aber Jess reagierte prompt und lenkte den Wagen vorsichtig auf die breite Kieseinfahrt.

»Gut, du hast den Bogen raus«, sagte er.

Auf der Straße gab sie ein wenig mehr Gas. Der Wind riss ihr den Hut vom Kopf und blies ihr Haarsträhnen ins Gesicht. Jess hielt das Steuer fest umklammert, während Mr Newell ihren Hut aus dem Fußraum angelte. Jess' Finger und Unterarme waren dreckverschmiert, ihr schmerzten die Glieder von der anstrengenden Arbeit. Der strahlende Sommerhimmel war nur noch ein Echo seiner selbst, eine glatte, dämmrige Fläche. Die Luft roch nach Rauch. Vielleicht ein Waldbrand? Jess' Gedanken überschlugen sich – Rauch: Brannte da irgendetwas? Ein Haus? Was war Botanik? Hatte ihre Mutter einen schönen Abend? Würde ihr Vater jemals erfahren, dass ihre Mutter sich mit einem anderen traf? Doch die körperliche Erschöpfung und eine tiefe Dankbarkeit hielten die Sorgen in Schach. Jess ließ sich zurücksinken und entspannte die Arme. Sie spürte das Motorendröhnen in den Beinen, das Glühen auf ihren Wangen. Sie war ... glücklich. Sie fing an zu lachen.

»Was ist denn so lustig?«, wollte Mr Newell wissen.

Jess schüttelte den Kopf und übertönte Motor und Wind: »Nichts.«

Sein Lächeln verblasste, er sah zum offenen Seitenfenster hinaus und hielt ihren Hut auf dem Schoß.

Ende Juni, als der Monsun einsetzte, nahm Maud Jess und Dani mit zu einem Campingausflug nach San Felipe, ihr altes Ferienziel in Mexiko. Es war ihre erste Reise ohne Jess' Vater.

Und auch für Dani war es eine Premiere – sie hatte noch nie gezeltet und war auch noch nie in Mexiko gewesen. Eine neue Reißzwecke auf ihrer Weltkarte. Maud hatte ein zusätzliches Zelt für die Mädchen gekauft, den Schuppen nach Kühltaschen, Schnorcheln und Luftmatratzen durchwühlt und alles in den Kofferraum gepackt. Die achtstündige Fahrt führte sie durch Phoenix, Gila Bend, Yuma und an den langen Staus vor den Grenzübergängen von Calexico und Mexicali vorbei. Anschließend ging es hinein nach Baja, sie fuhren durch die mit Kreosotbüschen, Melden und Ocotillo durchsetzte Wüste, bis irgendwann der glitzernde Golf von Kalifornien vor ihnen am Horizont auftauchte. In einer kleinen Bucht, die zum Campingplatz gehörte, cremten die Mädchen sich mit Kokos-Sonnenmilch ein, warfen sich in die Wellen, schnorchelten und sahen den Grunions zu, die bei Sonnenuntergang massenweise zum Laichen an den Strand kamen. Sie trugen abgeschnittene Jeans und Flipflops. Die Nachmittage und Abende verbrachte Maud mit auf dem Kopf zusammengezwirbelten Haaren, einem dicken Taschenbuch und einem kalten Bier unterm Sonnenschirm. »Ich will nichts tun als lesen und die Wellen beobachten«, sagte sie. Sie unternahmen einen Spaziergang in die nächste Stadt, aßen Tacos mit Grillfleisch an einem Straßenstand und kauften Lebensmittel und andere Vorräte auf einem kleinen *mercado*. Sie waren stolz, sich auf Spanisch verständlich machen zu können. Sie setzten sich in eine Strandbar, bestellten mit Muskat gewürzte Piña coladas und waren nach wenigen Schlucken albern und beschwipst. Sie duschten vier Tage lang nicht, hatten vom Salz steife Haare und Sand in der Kleidung und zwischen den Zehen.

Nachts lagen die Mädchen im Zelt, betrachteten den Sternenhimmel durch die geöffneten Zeltklappen und lernten zu reden – über Paul, über Jungs im Allgemeinen und über so banale Dinge wie Bikinistreifen –, und dann gingen sie über zu den wirklich ernsten Themen. Sie fragten sich, wo sie studieren wollten – selbstverständlich an derselben Uni oder zumindest an benachbarten Unis – und welcher Beruf der beste wäre. Sie redeten auch über Themen, von denen sie gar nicht wussten, wie man darüber redet: Scheidung, Familie, Gott, Liebe und Angst, Sinn des Lebens.

Am letzten Abend drehte Dani sich auf den Bauch. »Schreib was«, sagte sie.

Die Bräunungsstreifen an Danis Rücken waren so weiß, dass es aussah, als trüge sie einen Bikini. Jess schrieb ein Wort zwischen ihre Schulterblätter.

»F«, sagte Dani in den Schlafsack. »I. S. C. H. Fisch. Ach komm, gib dir mehr Mühe. Und warum Fisch, was stimmt mit dir nicht?« Sie lachte. »Los, weiter!«

Jess schrieb *Grunion* und *Botanik* und *Rhombus* und *unberührt*. Dani erriet nur die Hälfte, sie klang immer müder.

»Jetzt ich«, sagte Jess. Sie drehte sich um und presste das Gesicht ins Kissen. Danis Finger auf ihrem Rücken fühlte sich an wie ein Radiergummi. »Nicht so fest.«

Dani drückte weniger stark zu und schrieb *Fusion*, *esoterisch* und *Sonnenstich*. Beim nächsten Wort war Jess sich nicht sicher.

»*Lied*?«, fragte sie.

»Nein.« Dani schrieb das Wort so oft, dass Jess eine Gänsehaut bekam.

Sie konnte nur noch mit Mühe die Augen offen halten. »*Liter*? Ich weiß es nicht.«

»*Liebe*, du Dummkopf«, sagte Dani mit einem Seufzer und legte sich hin.

Jess lachte ins Kissen. Dann drehte sie sich auf die Seite und schlug die Augen wieder auf. Dani lag zusammengerollt wie eine Krabbe in ihrem Schlafsack. Sie hatte die Brille abgenommen und die Augen geschlossen. Selbst der schimmernde Sternenhimmel über dem Zelt schien zu gähnen. Jess machte die Augen wieder zu, fiel sofort in einen tiefen, traumlosen Schlaf und wachte erst am nächsten Morgen wieder auf. Die Luft im Zelt war warm und feucht.

Auf der Rückbank des Autos stopften sie sich sandige Kissen in den Rücken. Ihre Haut war klebrig und gebräunt, sie schmeckten Salz auf den Lippen. Jess warf einen letzten gründlichen Blick aus dem Fenster. Im nächsten Sommer käme sie zum letzten Mal mit ihrer Mutter an diesen Strand. Danach würde das Studium anfangen. So gesehen war dies also ihr vorletzter gemeinsamer Urlaub gewesen. Mit Vater *und* Mutter würde sie nie mehr verreisen. Der Gedanke hatte sich hinterrücks angeschlichen. Jess musste blinzeln.

»Vielen Dank, Maud«, sagte Dani. »Das war die schönste Reise des Sommers. Nein, meines Lebens!«

»Gern geschehen.« Jess' Mutter warf einen Blick in den Rückspiegel und runzelte die Stirn, als sie Jess' Tränen sah.

Jess winkte ab. »Wirklich, du bist die Beste.« Sie schlug ihr Kissen auf, lehnte sich ans Fenster, legte eine Hand an das warme Glas. Das Motorengeräusch, das Gefühl der Sicherheit hier im Auto ihrer Mutter, die Nähe der besten Freundin lullten sie ein, und bald war sie wieder eingeschlafen. Als sie aufwachte, fehlte ihr jede Orientierung; vor ihr erstreckte sich eine fremde Landschaft. Sie richtete sich auf, sah durch die Windschutzscheibe.

Maud lächelte in den Rückspiegel, griff hinter sich und tätschelte Jess' Knie.

»Es ist nicht mehr weit«, sagte sie. »Wir sind fast zu Hause.«

Am vierten Juli traf sich Jess mit Dani und Paul auf dem Baseballplatz. Sie hatten eine Decke auf dem Spielfeld ausgebreitet und wollten sich das Feuerwerk ansehen. Nach einer Weile kam Warren Harmon hinzu, der von allen nur Harm genannt wurde und in derselben Leichtathletikmannschaft war wie Paul. Er setzte sich neben Jess. Im Lauf des Abends streckte er die Hand aus und hakte Jess am kleinen Finger unter. Jess hielt den Blick starr in den Himmel gerichtet, an dem das Feuerwerk blühte. Als sie bei einem besonders lauten Böller zusammenzuckte, drückte Warren ihre Hand. Beim Abschied küsste er sie auf den Mund, flüchtig und mit festen, trockenen Lippen. Jess lächelte, ihr wurde warm ums Herz. Er war wirklich süß. Sie dachte über seinen Spitznamen nach: Harm. Harmlos. Der Kuss war süß und harmlos gewesen.

An dem Abend übernachtete Jess bei Dani. Sie legten sich ins Bett und analysierten die Sache mit Warren und dem kleinen Finger. Sobald ihre Eltern ins Bett gegangen waren, kletterte Dani aus dem Fenster und traf sich mit Paul. Jess wälzte sich hin und her und konnte nicht einschlafen. Sie setzte sich im Wohnzimmer aufs Sofa und studierte vertraute Objekte – Bücher, Bilderrahmen, Figuren –, die in der Dunkelheit ganz anders aussahen als sonst. Die harten Tweedkissen scheuerten an ihren Oberschenkeln. Zu Hause hätte sie es sich jetzt gemütlich gemacht, sich in die alte, weiche Sofadecke gewickelt und sich vom Anblick der vertrauten Bücher beruhigen lassen, aber hier war das natürlich unmöglich.

Jess stand auf und öffnete die Terrassentür, die auf die Holzveranda hinausging. Sie hatte mit Dani schon oft hier gesessen, Sandwiches gegessen, Limo getrunken und die Füße aufs Geländer gelegt. Das Haus der Newells war schnell zu Jess' zweitem Zuhause geworden. Sie ließ sich in einen Liegestuhl fallen und bemerkte erst in diesem Moment, dass sie nicht allein war. Mr Newell lehnte am Geländer und rauchte.

Erschrocken zog Jess sich das T-Shirt über die Oberschenkel und kam auf die Füße. »Sorry, ich wusste nicht, dass Sie hier draußen sind.«

»Kein Problem, bleib ruhig sitzen«, sagte er. »Aber verrate Dani nicht, dass ich rauche. Offiziell habe ich aufgehört. Schläft sie schon?«

»Ja«, sagte Jess und schlug den Blick nieder.

»Und du kannst nicht schlafen?« Er drückte die Zigarette aus. »Ich auch nicht. Mein Kopf ist zu voll.«

Er zog einen Liegestuhl heran und setzte sich neben sie. In der Dunkelheit schätzte er den Abstand falsch ein, und ihre Beine berührten sich. Jess zuckte zusammen und zog das Knie weg, er tat das Gleiche. Eine Weile blieben sie reglos sitzen, so dicht nebeneinander, dass Jess seine Körperwärme spüren konnte. Sie atmete angestrengt, presste die Luft aus der Lunge und zog sie wieder hinein. Mr Newell rückte nicht von ihr ab.

Jess überlegte fieberhaft, was sie sagen sollte. Verstohlen betrachtete sie sein Profil, die Nase mit dem Höcker. Hinter seinem Ohr klemmte wie immer der gelbe Bleistift. Sie musste an das Aquarell oben im Atelier denken, an die sanften, verschwommenen Farben, und wieder meinte sie Schnee und Apfelscheiben mit Zitrone zu riechen. Die Zeit verlangsamte sich, wurde weich und träge und verging wie im Traum. Jess atmete flach, presste die Knie aneinander und fragte sich, was er als Nächstes tun würde.

Er rührte sich nicht. Starrte geradeaus. Nach einer Weile legte er sich eine Hand aufs Knie und streifte dabei Jess' Bein. Es war nur ein Hauch von Kontakt. Er sah sie immer noch nicht an. Im Traum streckte sie die Hand nach ihm aus und zog den Bleistift aus seinen Haaren. Er seufzte leise. Der Bleistift war so warm wie seine Haut, sie hielt ihn fest umklammert.

»Du solltest reingehen, es wird kalt.«

Beim Klang seiner Stimme schreckte sie hoch. Zitternd kam sie auf die Beine, zog erneut das T-Shirt nach unten. Sie taumelte ins Haus, stolperte über den Läufer im Flur und rannte in Danis Zimmer. Dort legte sie sich ins Bett und hörte, wie der Vater ihrer besten Freundin in sein Atelier hochstieg. Die Holzbalken über ihrem Kopf knarzten bei jedem seiner Schritte. Sie hielt seinen Bleistift in der Hand, fuhr mit der Fingerspitze die Kanten ab. Sie schob ihn sich zwischen die Lippen und biss zu, bis das weiche Holz nachgab.

Als Dani eine Stunde später zum Fenster hereinkletterte und flüsterte: »Hey, bist du wach?«, stellte Jess sich schlafend. Im Morgengrauen zog sie sich an und schlich aus dem Haus. Sie hatte Dani eine Nachricht hinterlassen: »Musste weg. Bis später, du Genie.« Sie ging zu Fuß, die Morgenluft war kalt, trotzdem fror Jess nicht, ganz im Gegenteil, es war, als hätte jemand in ihrem Innern ein Streichholz angezündet. Oder vielmehr war sie selbst das Streichholz. Sie schrammte gegen Widerstände und ging – whoosh – in Flammen auf.

Wochenlang bekam sie ihn nicht zu Gesicht, aber wenn sie Dani nach der Arbeit besuchte oder dort übernachtete, konnte sie seine Schritte in der Dachkammer hören. Nach einer Weile glaubte sie, sie hätte alles nur geträumt. Nicht einmal der Bleistift mit den Bissspuren war ein Beweis. Denn wie hätte es sein können? Er war Danis Vater. Falls es wirklich passiert war, musste es ein Missverständnis gewesen sein. Er erwiderte ihre Gefühle nicht. Dieses hitzige Streichholzgefühl war ihr Problem, nicht seines. Sie redete sich ein, es wäre nichts, aber wann immer sie Mrs Newell begegnete, die mit dauerhaft gerunzelter Stirn zwischen dem College, dem Theater und ihrem Zuhause hin- und hereilte, wurde Jess rot und schaffte es kaum, ihr in die Augen zu sehen. Jess' Mutter traf sich jetzt regelmäßig mit Mr Juarez, und Jess ging mit Warren aus, dem Sportler. Beim Abschied schmiegte sie sich an ihn und küsste ihn leidenschaftlich. Einmal übertrieb sie es und biss ihn in die Lippe, dass er blutete. Er zuckte überrascht zurück. »Aua«, sagte er, als hätte sie seine Gefühle verletzt.

Die Tage waren drückend heiß, Jess arbeitete auf der Plantage und musste sicherstellen, dass alle Bäume genug Wasser bekamen. Der Juli und der August waren, wie Iris ihr erklärte, die Bewässerungsphase und entscheidend für das Wachstum der Nüsse. Sie verbrauchten fast sechshundert Liter am Tag. Der Monsunregen nahm ihnen Arbeit ab, reichte aber nicht aus. Jess überprüfte und reparierte die Wasserwege, schob Schläuche und Äste in der Schubkarre hin und her. Sie jätete Unkraut und durfte irgendwann sogar den Rasenmäher fahren. Das Gras musste möglichst kurz gehalten werden, damit es den Bäumen kein Wasser wegnahm. Die kleinen Nüsse zu hegen und zu pflegen war harte Arbeit. Jess musste immer wieder an das Wort *Botanik* denken, den entsprechenden Artikel im Lexikon hatte sie rot markiert. Die Lehre von den Pflanzen, abgeleitet vom Wort *botàne*, Pflanze. Auch Jess brauchte Wasser, sie trank den ganzen Tag, direkt aus dem Schlauch.

Während der Pausen saß sie im Büro, ließ sich die Wangen von der Klimaanlage kühlen und half Iris, die nächste *Abenddämmerung auf der Plantage* vorzubereiten. Im Herbst und im Winter würde der Laden abends und an den Wochenenden geöffnet bleiben, damit die Leute ihre Feiertagseinkäufe erledigen konnten. Jess hatte die Idee, die Auffahrt mit Lampions zu schmücken und Lichterketten um die Pfosten zu schlingen. »Ich könnte auch etwas backen«, sagte sie, aber Iris war dagegen. »Du hast Schule.« Jess dachte nicht an die Schule, sie dachte an eine flüchtige Berührung und an Hände, an die sie nicht denken durfte. Sie recherchierte den Begriff *spontane Selbstentzündung*.

Auf ihren nächtlichen Wanderungen lief sie durch unbeleuchtete Straßen bis in die Stadt. Am Fuß des Hügels bog sie in den Quail Run ein, lief an der Plantage vorüber und erreichte schließlich den College Drive, der am Campus vorbei in den District führte. Manchmal kamen ihr Fußgänger oder ein Auto entgegen; dann versteckte sie sich im flachen Straßengraben und hielt den Atem an. Den Campus betrat sie nie, obwohl er keine Meile von ihrem Zuhause und keine zwei Blocks von Danis Elternhaus entfernt war. Die schmiedeeisernen Tore stellten eine Art Barriere dar, auch wenn sie stets offen standen und auf den beleuchteten Pfaden immer etwas los war. Jess fürchtete, die anderen könnten ihr auf den ersten Blick ansehen, dass sie nicht dazugehörte.

Im District setzte sie sich gegenüber der Woodchute Motor Lodge in einen dunklen Hauseingang und sah zu den Fenstern des Motels empor. Hinter manchen Gardinen brannte Licht, und Jess fragte sich, was für Leute dort abstiegen und was in den Betten vor sich ging. Stevie Prentiss, die junge Frau mit dem Feuermal, saß an der Rezeption. Jess wunderte sich über die ungleichmäßige Form des Mals, das selbst aus der Distanz deutlich zu erkennen war. Sie hob die Hand ans Gesicht. Was hatte so etwas zu bedeuten? Es war ein Zeichen – nur wofür? Auf der anderen Straßenseite, vor dem Casa Verde, dem Patty Melt und der Tankstelle, versammelten sich ihre betrunkenen Klassenkameraden. Manche blieben im Auto sitzen, grölten durchs geöffnete Fenster. Allesamt Arschlöcher, Idioten, Versager.

An einem Abend entdeckte Jess Angie Juarez' Impala vor Zimmer 7. Angie, Stevies kleine Schwester Rose und Beto Navarro stiegen aus. Rose lief zur Rezeption, Angie und Beto lehnten am Auto und warteten, bis Rose zurückkam und die Nummer 7 aufschloss. Wieder spürte Jess die alte Trauer; sie konnte immer noch nicht verstehen, warum die Freundschaft mit Angie so abrupt geendet hatte. Dass Angie jetzt neue Freunde hatte, nahm Jess ihr nicht krumm; gleichzeitig spürte sie eine Art Scham, als hätte sie einen Fehler gemacht. Als stimmte mit ihr etwas nicht. Und irgendetwas stimmte tatsächlich nicht, oder? In Dani hatte sie endlich eine Freundin gefunden, ein zweites Zuhause, einen Ort, an dem sie immer willkommen war – und trotzdem konnte sie nicht anders, als bizarren Träumen von Danis Vater nachzuhängen und sich von dieser lächerlichen Hitze versengen zu lassen. Sie wusste noch nicht genau, wie sie das alles wieder geraderücken sollte, aber es musste passieren, bevor Dani etwas bemerkte.

Jess durchquerte das dunkle Collegeviertel und kam an

hübschen Häusern mit gepflegten Hecken, überdachten Veranden und bewässerten Rasenflächen vorbei. Sie bog in den Piñon Drive ein, blieb vor dem Haus der Newells stehen und schaute zur hell erleuchteten Dachkammer hinauf.

Mit dem zerbissenen Bleistift – Härtegrad HB – schrieb sie in ihr Notizbuch:

Die Nüsse wachsen büschelweise,
oval und prall und
zart wie Zitronen.
Sie hängen an den Ästen und
fürchten den Fall,
aber fallen müssen sie
im Herbst.

Sommer, zu früh
für die Schüttelsaison.
Warum also zittern sie?
Welche Hitze kehrt
ihre Haut nach außen
und dehnt ihre Säume wie Narben?
Jetzt zittern sie wieder, sie zittern

Herbst, komm.
Beeil dich.
Sie haben keine Kraft mehr
Können sich kaum noch halten.

Sie radierte das Gedicht aus und schraffierte das Papier, bis die ganze Seite von einer dünnen Grafitschicht überzogen war.

Ein paar Wochen vor Beginn des letzten Schuljahrs, in den letzten freien Augusttagen, übernachtete Jess wieder einmal bei Dani. Sie blieben lange auf, sahen sich Filme an und aßen einen Nachtisch, den sie Staubige Straße nannten: Vanilleeis mit viel Malzpulver und Schokoladensoße. Als Dani eingeschlafen war, lag Jess auf dem Bett und lauschte angestrengt auf Schritte, doch abgesehen vom üblichen Knirschen und Knarzen der Balken war es im Haus totenstill. Sie holte sich ein Glas Wasser aus der Küche und entdeckte einen schmalen Lichtstreifen unter der Tür zur Garage.

Jess schob sie auf. Mr Newell beugte sich über den Motorblock des VW. Die Tür fiel zu und schlug Jess in die Fersen. Mr Newell drehte sich um.

»Hallo.« Sie hob die Hand und ließ sie wieder sinken. Der Beton unter ihren nackten Füßen war kalt.

»Hallo, Jess.« Mr Newell nahm einen Lappen von der Werkbank und wischte sich die Hände ab. Er wischte noch, als da eigentlich längst kein Schmutz mehr an seinen Händen hätte sein dürfen. Anschließend setzte er sich auf die Stoßstange des VW, stemmte die Hände auf die Knie und sah Jess unverwandt an. Sein Blick war scharf wie der eines Adlers.

Im selben Moment dämmerte Jess, dass sie den Abend auf der Terrasse nicht geträumt hatte. Sie verstand, warum sie ihn so lange nicht gesehen hatte. Er brauchte es nicht einmal auszusprechen, sie konnte es ihm vom Gesicht ablesen, von der gerunzelten Stirn, den herabgezogenen Mundwinkeln. Sie überkreuzte die Beine und hielt sich am Türrahmen fest.

»Sorry«, sagte sie. »Bin sofort wieder weg.«

»Es ist nicht deine Schuld«, sagte er.

»Was?«

»Du weißt, was ich meine«, sagte er. Dann seufzte er gedehnt, schob sich mit beiden Händen von der Stoßstange und stemmte sich hoch. »Du bist so alt wie mein Kind.«

»Ich bin kein Kind«, entgegnete Jess.

»Glaubst du.« Er lachte leise.

Als Jess das hörte, schlug die Verwirrung der vergangenen Wochen – wenn nicht gar des vergangenen Jahres – in Wut um. »Lachen Sie nicht über mich«, sagte sie. »Und bilden Sie sich bloß nicht ein, mich zu kennen. Sie kennen mich nicht. Ich bin nicht Ihre Tochter. Dass Sie auch mal in meinem Alter waren, bedeutet nicht, dass Sie alles über mich wissen.«

Er nickte und wischte sich über die Stirn. Die Hand hinterließ einen schwarzen Streifen. »Sorry. Du hast recht.«

Obwohl ihre Haut glühte, fingen Jess' Zähne mit einem Mal zu klappern an. Sie trat einen Schritt vor.

»Bleib stehen«, sagte er.

»Ich wollte nicht ...«

»Ich bin Danis Vater. Ich bin verheiratet. Ich liebe meine Familie. Verstehst du das?«

»Ja«, antwortete sie kopfschüttelnd. Sie verstand, was er sagte, aber ihre Gefühle verstand sie nicht. Ihre Knochen schmerzten, als wüchsen sie jetzt in diesem Moment und strapazierten die Muskeln. Jess streckte die Hand aus. »Passiert das wirklich? Sind wir wirklich hier?«

»Ja.«

»Was geht hier vor?«

»Das weiß ich nicht.«

»Sie wissen es nicht?«

»Ich *weiß* es nicht, Jess.« Er schlug sich den Lappen auf den Oberschenkel.

»Aber ich habe mir das alles nicht bloß eingebildet, oder? Sie fühlen es doch auch?«

Er verdrehte den Lappen. »Wir müssen das vergessen.«

Das Auto schaukelte sanft, als wollte er den Worten mit seinem Körpergewicht Nachdruck verleihen. Er biss die Zähne aufeinander und klammerte sich an der Stoßstange fest, bis die Adern auf seinen Handrücken hervortraten. Aus seiner Haltung sprach die Wahrheit: Es war echt. Erst war Jess erleichtert; sie war mit ihren Gefühlen nicht allein. Sie hatte nicht geträumt. Er fühlte es auch.

»Wir müssen das vergessen«, sagte er. »Und uns wie normale Menschen benehmen.«

Was wohl bedeutete, dass ihre Gefühle *un*normal waren. Dass *sie* unnormal war. Dass mit ihr etwas nicht stimmte. Tja, das war nichts Neues.

Ihre Erleichterung verwandelte sich in Trauer. Tränen stiegen ihr in die Augen, was sie noch wütender machte. Sie war wütend, weil sie ihre Gefühle nicht verstand und seine auch nicht; weil sie wieder einmal anders war, weil eine lüsterne Wärme sie schüttelte, weil sie sich nach etwas Verbotenem sehnte. Ihre widersprüchlichen Empfindungen brauten sich zu einem explosiven Gemisch zusammen. Jess richtete sich auf und stellte sich auf Zehenspitzen. *Ihr Arm erhoben, ward Krönung der Welt.*

»Also gut, Adam«, sagte sie und spürte zum ersten Mal seinen Namen auf ihrer Zunge, »*vergiss mich.*«

Vielleicht wusstest du es schon

Hallo, Schätzchen, ich bin's. Ich bin wieder da. Ich muss mich wohl nicht ankündigen, aber wer weiß. Ich dachte, ich hätte die Gewohnheit vor Jahren abgelegt, aber da bin ich wieder. Es gibt immer noch Tage, an denen ich mit dir *reden* möchte, so wie früher. Draußen auf der Veranda sitzen, wenn Paul endlich im Bett ist, Gin und Tonic trinken, plaudern. Das Schlimmste ist, dass ich deine Stimme immer seltener hören kann. Ich höre Grillen und Zikaden und das Zischen des Tonics, ich rieche die Limetten, aber an deine Stimme kann ich mich kaum mehr erinnern.

Ich sitze jetzt draußen. Es ist schon spät. Ich bin eben erst nach Hause gekommen. War ein langer Tag. Ich hätte jede Menge zu erzählen. Der Mond hängt tief über dem Horizont, am Himmel stehen Millionen Sterne. Heute hat es geregnet, ich rieche das nasse Gras. Glaub mir, alter Junge, es ist wunderschön. Ich hoffe, du kannst es auch sehen. Ich stelle mir vor, dass du irgendwo dort oben herumschwebst, als Partikelwolke im Universum. Irgendwo musst du ja hin sein. Früher hast du immer Carl Sagan zitiert: Wir alle sind aus Sternenstaub gemacht. Ich habe es geliebt, wie du seine Stimme imitiert hast: *Sterrrnenstaub. Das* kann ich bis heute hören.

Nun denn. Paul ist zu Besuch und hat Sean mitgebracht, zum ersten Mal seit Caryns Tod. Er ist seit ein paar Tagen hier. Vielleicht wusstest du es schon. Ich weiß nicht, wie es ihm geht, weil er nicht darüber redet. Du solltest ihn sehen, mit den buschigen Raupenaugenbrauen sieht er aus wie mein Vater. Bestimmt wird er bald grau. Dir sieht er natürlich auch ähnlich. Diese riesigen Ohren! Manchmal dreht er sich unvermittelt um, dann sehe ich sein Profil und muss nach Luft schnappen. Sein Verstand ist so messerscharf wie früher, aber er wirkt ein bisschen verloren, fast verbittert. Er ist wahnsinnig angespannt. Du hast ihn nie so erlebt, aber vielleicht hast du es damals schon geahnt. Und wehe, wenn ich ihn etwas frage. Er kann es nicht ertragen, dass ich mir Sorgen mache. Ich kann es ja selbst nicht ertragen. Ich habe mich in eine ängstliche Alte verwandelt, so wie meine Mutter damals. Du kannst dir sicher vorstellen, wie schwer es mir fällt, das zuzugeben.

Nach deinem Tod bin ich oft in Pauls Zimmer geschlichen, um nachzusehen, ob er noch atmet. Ich stand im dunklen Kinderzimmer und habe mir ausgemalt, wie ihm jemand etwas antut. Ich habe mich in eine mörderische Furie verwandelt, ich habe in die Luft geboxt und getreten und den imaginären Eindringling fertiggemacht, und Paul hat danebengelegen und geschlafen. Meistens war er völlig fertig, weil er schon wieder eine Langstrecke hinter sich hatte. Manchmal lag er nicht in seinem Bett, dann wusste ich, dass er sich hinausgeschlichen hatte, um Dani zu treffen, aber ich habe mir nie etwas anmerken lassen oder ihn zur Rede gestellt. Natürlich habe ich mir Sorgen gemacht, aber meine allergrößte Sorge war, ihn einzuengen und in die Flucht zu schlagen. Aber was soll ich sagen, er ist wieder da.

Ich weiß, wie schwer es ihm fällt, nach Hause zu kommen, aber für mich ist es ehrlich gesagt auch nicht leicht. Er erinnert mich an dich, an das, was wir verloren haben. An das

Leben, das ich mir erträumt hatte. Dann kommen die Gefühle wieder hoch, die ich ach so erfolgreich verdränge. Ich will endlich abschließen, ich habe es wirklich satt, um dich zu trauern. Aber so einfach geht das wohl nicht. Weder für ihn noch für mich. Der Tag, an dem ich dich auf der Plantage gefunden habe, jährt sich bald zum neunzehnten Mal. Du hast neben der Heckenschere gelegen, als würdest du schlafen. Als wolltest du nur ein Nickerchen machen.

Mein Gott, wir waren so jung, findest du nicht? Zwei dumme Schulabbrecher, die mit dem Rucksack die Westküste erkundeten, unter einem riesigen Vollmond schliefen und sich für unsterblich hielten. Als dein Großvater starb, dachten wir: Kein Problem, wir gehen in die Landwirtschaft! Es war ein Abenteuer. Ich erinnere mich noch gut an die ersten Jahre hier und wie ich mit Paul auf dem Arm die Skorpione aus unseren Schuhen geschüttelt habe. Wie ich mit dem Besenstiel gegen die Stämme geschlagen habe, damit die Nüsse herunterfallen. Du lieber Gott, dachte ich, was haben wir uns da nur angetan? Und dann wurde ich plötzlich Witwe, mit einundvierzig. Jetzt bin ich fast sechzig. Ich bin eine alte Frau, die auf der Veranda sitzt und Selbstgespräche führt. Heiliger Strohsack, würde Esther jetzt sagen.

Aber das weißt du alles schon. Ich wiederhole mich, wie immer. So jung wie heute kommen wir nie wieder zusammen! Komisch, ich kann mich noch daran erinnern, dass du das immer gesagt hast, aber ich weiß nicht mehr, *wie* du es gesagt hast. Tja, eins steht fest: Jetzt sind wir alt. Aber ich habe es geschafft, ich bin immer noch da und halte die Stellung, so gut ich kann. Ich habe es geschafft, ohne dich.

Es gibt noch eine Neuigkeit. Die neue Collegedozentin war draußen am alten See spazieren, wo du früher geangelt

177

hast – ach, ich weiß gar nicht, ob ich dir das überhaupt schon erzählt habe! Also, kurz nach deinem Tod tat sich die Erde auf, und – zack – war der See verschwunden. Über Nacht. Aber vielleicht habe ich es dir doch erzählt? Jedenfalls lief die Frau durch den Canyon, angeblich um Steine für Stevie Prentiss' Kunstwerk zu sammeln. Ach, die alte Stevie, du solltest sie sehen! Sie ist immer noch genauso verrückt wie damals, nur dass sie inzwischen seit Jahren Steine im Seebett verteilt. Sie schiebt sie hin und her, verändert die Muster, legt Kreise und Linien. Ehrlich gesagt ist es ganz hübsch, wie die berühmte Spirale am Großen Salzsee, nur kleiner. Aber zurück zu der Dozentin. So jung wie heute und so weiter … Ich schweife ab, alter Junge, das war schon immer mein Problem.

Was ich eigentlich sagen wollte: Die Dozentin hat Knochen gefunden. Sie steckten in einem Felsspalt. Vermutlich gehören sie Jess Winters. Ich weiß, du hast sie nie persönlich kennengelernt, aber vielleicht hast du ihre Geschichte gehört? Sie ist eines Tages einfach nicht nach Hause gekommen, schlimm war das. Sie hat hier auf der Plantage ausgeholfen, etwa ein halbes Jahr nach deinem Tod. Sie und ihre Mutter Maud waren erst kurz zuvor nach Sycamore gezogen, Maud ist Briefträgerin, ich hatte ihr erzählt, dass wir eine Aushilfe suchten, und da hat sie Jess geschickt. Ein tolles Mädchen. So fleißig. Aufgeweckt und humorvoll, wirklich besonders. Ich fand sie ziemlich reif für ihr Alter. Dann ist diese Sache mit Adam Newell passiert, und Paul hat sich eingemischt … Als hätte er nicht schon genug Probleme gehabt. Ich kannte Jess nicht gut, und was soll ich sagen, sie war ein nettes Mädchen, aber das war es nicht allein. Sie hat die Plantage geliebt. Irgendwie hat sie mich immer an dich erinnert. Sie war fasziniert von den Bäumen, sie hat alles, was ich ihr erklärt habe, aufgesogen wie ein Schwamm. All das Wissen, das du und ich uns gemeinsam erarbeiten mussten, nachdem wir uns hierher verpflanzt hatten.

Kaum zu glauben, wie lange das her ist. Maud bringt mir immer noch jeden Tag die Post, egal ob es regnet oder hagelt oder schneit oder ein Kind verschwunden ist. Mein Gott. Manchmal kann ich ihren Anblick kaum ertragen. Sie hat sich sehr verändert, ist grau geworden und hat gebeugte Schultern. Wir alle haben auf die Nachricht gewartet. Auf irgendeine Nachricht. Auf irgendwas. Ich war heute Abend bei ihr; Esther hatte mich angerufen. Esther und ich haben ihr etwas zu essen vorbeigebracht und uns zu ihr gesetzt. Was sollten wir denn machen? Rachel wäre auch mitgekommen, aber sie ist gerade verreist. Im Augenblick können wir nichts weiter tun, als abzuwarten. Die Polizei untersucht gerade die Knochen. Ich hatte noch keine Gelegenheit, Paul davon zu erzählen. Als ich nach Hause kam, war er schon im Bett.

Bis heute weiß niemand, was damals passiert ist. Ja, was davor los war, wissen natürlich alle. Ich war bei dem Thanksgiving-Essen selbst mit dabei, und hinterher hat Rachel die halbe Stadt mit Briefen bombardiert. In der Nacht, als das Mädchen verschwand, war er angeblich in Flagstaff. Ich glaube, da wohnt er immer noch. Habe ihn nie wieder gesehen. Rachel weigert sich bis heute, mit ihm zu sprechen. Wie Dani die Sache sieht, weiß ich nicht. Rachel hat wieder geheiratet, das ist jetzt, warte, etwa zehn Jahre her. Hugh ist wirklich ein netter Kerl. Rechtsanwalt und zehn Jahre jünger, freut mich für sie. Aber die arme Dani! Ich weiß noch, dass ich nicht gerade traurig war, als sie mit Paul Schluss gemacht hat. Sie waren zu jung und haben das alles viel zu ernst genommen, aber ich hätte nie gedacht, dass sie sich die Trennung so sehr zu Herzen nehmen könnte. Rachel hat ihr letztes Geld zusammengekratzt, um die Studiengebühren für Stanford zu berappen, doch dann ist Dani gleich bei der ersten Prüfung durchgefallen. Sie ist nach Sycamore zurückgekehrt und hat sich mit irgendwelchen Jobs durchgeschlagen. Vor einem Jahr hat sie endlich das Medizinstudium abgeschlossen. Halleluja, hat Rachel gesagt. Dani arbeitet jetzt als Venenspezialistin in der Tagesklinik. Sie wohnt zur Miete in Esthers Gästehaus. Ich glaube, abgesehen von Maud hat sie am meisten gelitten.

So viel zu Plänen, Beau. So viel zu Träumen.

Muss ich überhaupt mit dir reden, oder kannst du meine Gedanken lesen? Vielleicht habe ich deine Partikel eingeatmet.

Die Wahrheit ist die, Beau: Ich kann nicht mehr. Ich habe es satt, den Laden zu schmeißen. Unseren Laden. So, jetzt ist es raus. Ich überlege, mich zur Ruhe zu setzen und etwas Neues anzufangen. In dem Alter bin ich jetzt.

Wenn Paul für immer bleiben will – umso besser. Er könnte die Plantage übernehmen. Und wenn nicht, tja, dann müssen wir eine Entscheidung treffen.

Wir. Nach all den Jahren sage ich das immer noch. Wir haben einen Sohn, wir haben einen Enkel, wir haben eine Plantage.

Ich muss eine Entscheidung treffen.

Ich besitze immer noch das Grundstück oben in Payson. Ich habe unseren Plan nie vergessen: die Plantage und die Häuser zu verkaufen und von dem Geld einen Ruhesitz in den Bergen zu bauen. Ein Haus mit Dachbalken aus Pinienholz und einer riesigen Terrasse mit Blick auf den See und weit und breit keine Nüsse. Wandern, kochen, reisen, lesen, die Enkel besuchen. Das perfekte Leben. Ich bin mir ziemlich sicher, dass es perfekt gewesen wäre – oder fast. Ich weiß auch nicht. Es ist leicht, sentimental zu werden und dich auf einen Sockel zu stellen. Du warst alles andere als perfekt, das ist mir klar, und ich ebenso wenig. Aber irgendwie haben wir perfekt zusammengepasst, findest du nicht?

Jedenfalls muss ich jetzt an mich und meine Zukunft denken. Ich habe meinen Ehemann, eine Siebzehnjährige und viele Freunde überlebt und mehr junge Soldaten, als man zählen kann. Man sollte meinen, dass ich mittlerweile weiß, was ich vom Leben will. Man sollte meinen, dass ich es inzwischen herausgefunden hätte.

Weißt du, was ich auf dem Herzen habe, Beau? Was ich dir nicht sagen kann? Liest du meine Gedanken?

Ich habe nachgedacht. Wieder und wieder. Weißt du, was ich am liebsten machen würde? Noch mal aufs College gehen. Ich weiß, ich bin fast sechzig, aber ich glaube, selbst ein altes Mädchen wie ich könnte noch das eine oder andere dazulernen. Über Kunst, Philosophie und Literatur, über das Universum und die *Sterrrne*. Mein Körper soll sich endlich ausruhen. Ich möchte meinen Verstand gebrauchen.

Ich wünschte mir, du wärst hier und könntest mir sagen, was ich machen soll. Ich wünschte mir, ich könnte deine Stimme hören.

Schüttelsaison

September–November 1991

Der Umschlag mit der maschinengeschriebenen Adresse und dem fehlenden Absender lag Anfang September im Briefkasten, am ersten Samstag nach Schulbeginn. Als Jess nachmittags die Post aus dem Briefkasten holte, hätte sie ihn fast übersehen. Sie bekam so gut wie nie Post, außer wenn ihr Vater wieder einmal eine Karte aus Kalifornien schickte, die sofort in der Schreibtischschublade verschwand.

In dem Umschlag lag ein ausgerissener, zusammengefalteter Zettel. Zuoberst standen die Worte »Ich kann es nicht«, darunter eine Adresse, ein Datum – 7. September 1991 – und eine Zeitangabe: »nach Mitternacht«. Auf dem Papier war mit zwei Streifen Klebeband ein silberner Schlüssel befestigt.

Jess setzte sich aufs Bett und zerknüllte den Umschlag. Sie wusste, dass er ihn geschickt hatte, aber sie verstand es nicht. Sie las die rätselhafte Botschaft noch einmal: *Ich kann es nicht*. Warum nannte er ihr, wenn er doch nicht konnte, eine Adresse? Bat er sie um ein Treffen oder nicht? *Was* konnte er nicht? Sie wiedersehen? Eine Entscheidung treffen? Sie dachte an ihre letzten, schroffen Worte: *Vergiss mich*. Und dann begriff sie es doch und schnappte nach Luft.

Jess hörte den Wagen ihrer Mutter in der Einfahrt und sprang panisch auf. Sie löste den Schlüssel vom Papier, zerknüllte den Brief und versteckte ihn im Papierkorb unter

Taschentüchern und benutzter Zahnseide. Im nächsten Moment holte sie ihn wieder heraus und schob ihn unter die Postkarten ihres Vaters. Ihre Mutter rief: »Ich bin wieder da, J-Bird! Ich habe uns etwas zu essen mitgebracht. Kommst du? Ich bin am Verhungern.« Jess steckte den Schlüssel ein, holte noch einmal den Zettel heraus, notierte sich die Adresse in ihrem Notizbuch und zerriss ihn. Später könnte sie die Straßenkarte aus dem Handschuhfach holen, aber jetzt müsste sie erst zu ihrer Mutter. Da war es wieder, das Gefühl: Ein Stein hüpft über einen See, zieht weite Kreise.

Um Mitternacht öffnete Jess die Haustür und schlich hinaus. Mit großen Schritten lief sie über die Roadrunner Lane und aufs Stadtzentrum zu. Der Schlüssel steckte in ihrer Jeanstasche, der Dreiviertelmond – angeknackste Eierschale – leuchtete ihr den Weg, ringsum raschelte die Wüste. Auch die Wüste war nachtaktiv, genau wie Jess. In der Ferne tauchte ein Fußgänger auf, aber diesmal machte Jess keine Anstalten, sich zu verstecken; sie bog in die nächste Seitenstraße ab und lief weiter. Sie nahm Tempo auf, durchquerte mit langen Schritten eine Senke und sprintete wieder bergan. Ihre Beinmuskulatur brannte.

Die Adresse gehörte zu einem Haus am Ende einer stillen Seitenstraße unweit der Roadrunner Lane. Am Straßenrand stand ein Auto, das Jess noch nie gesehen hatte. Sie kniff die Augen zusammen, las das Schild im Vorgarten: *Zu verkaufen.* Keine Außenbeleuchtung und kein Wagen in der Einfahrt, hinter den Vorhängen regte sich nichts. Jess stand auf dem Gehweg und sah sich unschlüssig um. Ein paar Häuser weiter brannte Licht.

Sie ging zur Haustür, holte zögerlich den Schlüssel hervor und schob ihn ins Schloss. Im selben Moment ging die Tür auf.

»Schnell«, sagte er und wich zurück, um sie einzulassen. Jess trat über die Schwelle.

Drinnen war es warm. Jess' Nasenflügel bebten, die Luft roch nach Reinigungsmittel und Zigaretten. Durch die nicht ganz geschlossenen Vorhänge an der Rückseite des Hauses fiel ein Streifen Mondlicht herein. Der Flur führte zu einem großen, mit Teppichboden ausgelegten Wohnzimmer; nirgends Möbelstücke – anscheinend war das Haus nicht bewohnt. Er ging auf eine Decke in der Mitte des Zimmers zu und entfachte eine kleine Campinglaterne. Der Leuchtkolben glühte hell.

»Komm«, sagte er und zeigte auf die Decke.

Jess zögerte, setzte sich schließlich in der Ecke in den Schneidersitz und lehnte sich an die Wand. Sie hatte ihm immer noch nicht in die Augen gesehen. »Wem gehört das Haus?«

»Einem Klienten«, antwortete er. Er trug lockere Bermudashorts und Turnschuhe ohne Socken, seine Windjacke stand offen. »Es steht schon eine ganze Weile zum Verkauf. Der Preis ist zu hoch, aber der Eigentümer will einfach nicht auf mich hören.« Er sprach schneller als sonst und nestelte am Reißverschluss seiner Jacke herum. Statt sich hinzusetzen, lief er neben der Decke auf und ab.

Jess zog die Knie an, stützte das Kinn darauf, folgte ihm mit dem Blick.

»Hier sind wir ... sicher«, sagte er. »Der Besitzer ist weggezogen. Hier kommt niemand her.«

»Verstehe«, sagte sie. Es klang so abgeklärt, als hätte sie den Subtext seiner Worte verstanden, aber nichts wäre weiter von der Wahrheit entfernt gewesen. Sie verstand gar nichts. Sie konnte kaum die Hand vor Augen erkennen, geschweige denn sein Gesicht. Und in diesem Zimmer mit der stickigen Luft und dem bedrückenden Schweigen fühlte sie sich kein bisschen sicher.

»Ich wusste nicht, ob du kommen würdest«, sagte er.

»Ich auch nicht.«

»Ja. Es ist zu seltsam.« Er fuhr sich durchs Haar und fing an, auf der Kante der Decke zu balancieren wie auf einem Seil. »Ich wollte ungestört mit dir reden.«

»Worüber?«

»Jess«, sagte er, blieb stehen, kniete sich hin und sah sie über die Laterne hinweg an. Schatten verdunkelten sein Gesicht.

»Ich dachte, wir sollten alles vergessen und uns wie normale Menschen benehmen?« Das hatte sie sich immer wieder eingeredet – drei Wochen lang, in der Hitze auf der Plantage, wo der Boden vom Regen nass und glitschig gewesen war, oder wenn sie neben ihrer Mutter auf dem Sofa saß und *Masterpiece Mystery* schaute oder wenn sie mit einem Buch im Bett lag. Wenn sie an der Seite ihrer besten Freundin, der sie nicht mehr ins Gesicht sehen konnte, durch die Schulflure lief.

Langsam kroch er auf sie zu. Jetzt konnte sie sein Gesicht sehen, die Bartstoppeln an seinem Kinn, den Höcker auf seiner Nase, die Lücke in seiner linken Augenbraue. Seltsam, dass die ihr nie zuvor aufgefallen war.

»Ich kann nicht mehr schlafen«, erklärte er. »Ich muss ständig an dich denken. Ich verliere noch den Verstand. Ich habe versucht, eine Lösung zu finden, es mir auszureden, aber ich drehe mich im Kreis. Ich sage mir immer wieder, dass es falsch ist, dass ich ein schrecklicher Mensch bin, allein weil ich so etwas denke.«

Jess nickte. Wenn sie für etwas Verständnis hatte, dann für konfuse Gedanken und Schuldgefühle. Sie wusste nicht mehr, wann sie zuletzt eine Nacht durchgeschlafen hatte. Am liebsten hätte sie sich ein Loch in den Kopf gebohrt, um den Druck abzulassen.

»Nichts hat sich verändert«, sagte er, »und es ist immer noch falsch.« Er kam näher an sie heran, kniete vor ihr, Schatten fielen auf sein Gesicht, sein Adamsapfel bewegte sich auf und ab. »Ich weiß nicht, was mit mir los ist. Habe ich eine Midlife-Crisis? Ist es das, was die Leute damit meinen?«

»Keine Ahnung«, sagte Jess.

»Nein.« Er lachte leise. »Ich auch nicht. Ich glaube, ich wollte dich einfach nur sehen und es irgendwie verstehen.«

Sie betrachtete ihn im dämmrigen Licht der Laterne. »Tja, jetzt bin ich da.«

»Ja. Mein Gott. Ich sehe dich, und ...« Er holte zittrig Luft, klopfte sich auf die Brust. »Das macht mir Sorgen. Dieses Ding hier.« Er schlug sich auf den Solarplexus. »Ich bin verwirrt, und ich kann es nicht annähernd in Worte fassen.«

Jess musste wieder daran denken, wie Dani ihr im Zelt in Mexiko Wörter auf den Rücken geschrieben hatte. Sie musste wieder an das Wort denken, das sie nicht hatte erraten können. Sie krümmte die Zehen in den Turnschuhen und biss die Zähne aufeinander. Die Gefühle trafen sie mit voller Wucht.

Er hob die zitternde Hand. »Ehrlich gesagt habe ich Angst.« Er ließ die Hand wieder sinken. »Was denkst du? Was ist deine Meinung?«

Genau das war ihr Problem: Zum ersten Mal seit Wochen

hatte sie keine. In ihrem Kopf herrschte eine köstliche Leere. Da waren nur noch ihr warmer Körper und diese schaurige Hitze. Sie wollte ihn anfassen und von ihm angefasst werden. Sie streckte die Beine aus, richtete sich auf und dachte, ja, endlich, *auf*richten.

Sie beugte sich vor und berührte sein Gesicht, das Gesicht, das sie Tag und Nacht vor sich sah, von dem sie auf der Plantage träumte, beim Einkaufen, unter der Dusche, im Unterricht und beim Einschlafen; sein Gesicht mit der Adlernase und den dunklen Augen, hier vor ihr, unter ihr, an ihren Händen.

Es klingelte an der Tür.

Jess wich jäh zurück, kam auf die Füße, und auch Adam sprang auf. Er legte den Finger an die Lippen.

»Wer ist da?«, rief er.

»Detective Alvarez«, tönte eine Stimme. »Sycamore Police Department. Jemand hat uns gerufen.«

Adam zeigte in Richtung Flur, ohne den Finger von den Lippen zu nehmen. Jess lief los, huschte in die Gästetoilette und versteckte sich hinter der Tür.

Adam machte die Tür auf, und Jess hörte Stimmen. Sie schloss die Augen, überkreuzte die Beine und drückte die Knöchel aneinander. Im Gäste-WC roch es nach künstlicher Kiefer. Sie stieß mit dem Fuß gegen einen Türstopper, es quietschte, und sie hielt den Atem an, aber die Stimmen verstummten nicht. Tränen stiegen ihr in die Augen, sie ertastete den Schlüssel in ihrer Hosentasche. Was machte sie hier? Was zur Hölle hatte sie sich dabei gedacht? Sie dachte an Dani, die jetzt zu Hause im Bett lag und schlief, weil sie glaubte, ihr Vater sei gleich nebenan und nicht im Haus eines Fremden, zusammen mit ihrer besten Freundin.

Die Tür ging wieder zu, und nach einer Weile flüsterte Adam: »Jess? Du kannst rauskommen.«

Sie gingen zurück ins Wohnzimmer. Adam stellte sich neben die Decke.

»Ein Nachbar hat die Polizei gerufen, weil er Licht gesehen hat. Er dachte, wir wären Einbrecher. Ich habe dem Detective gesagt, dass ich allein bin und Bürokram zu erledigen habe.«

»Dann ist es hier wohl doch nicht so sicher«, stellte Jess mit einem gequälten Lächeln fest.

Adam starrte zu Boden und schob die Hände in die Taschen seiner Windjacke. Ihn so zu sehen, in dieser hässlichen Jacke, in ausgebeulten Shorts und Turnschuhen, war ernüchternd. Er war ein Vater; Danis Vater. So hatte sie es sich nicht vorgestellt. Das hier entsprach nicht ihrem Traum.

Er hob die Hand. »Nichts ist passiert. Es ist alles in Ordnung. Aber wir dürfen es niemandem erzählen, es ist ...«

»Falsch.« Im Sinne von: *un*normal.

»Ja«, sagte er.

»Ich rede mit niemandem darüber«, sagte Jess. Nicht mit ihrer Mutter und selbstverständlich nicht mit Dani. Allein ihrem Notizbuch könnte sie sich anvertrauen. Dann wiederum wusste sie jetzt schon, dass sie kein einziges Wort darüber schreiben würde. Weil auch ihr die Worte fehlten.

»Ist wohl noch einmal gut gegangen«, sagte er.

Bloß dass das gelogen war. Denn Jess durfte zu niemandem etwas sagen, nicht einmal zu ihrer besten Freundin. Von nun an hätte sie ein Geheimnis, und allein bei dem Gedanken wurde ihr schlecht.

»Ich muss gehen«, sagte sie.

Und sie ging tatsächlich. Sie rannte zur Tür und verschwand. Mit langen Beinen sprang sie die Treppe hinunter, ihre Schritte knirschten über den Kies der Einfahrt und pochten über den Asphalt. Sie lief nach Hause, ohne stehen zu bleiben. Sie spürte den Schlüssel in ihrer Hosentasche und fühlte sich gehetzt, von der raschelnden Dunkelheit, von ihren Wünschen, von allem, was sie fast getan hätte und ab jetzt für immer verschweigen müsste.

Normal. Okay. Das würde sie schaffen.

Sie schleppte sich in die Schule, saß im Physikunterricht und lernte alles über die Chaostheorie, Schrödingers Katze und die Erdanziehung. Sie ging zum Englischunterricht, hörte von Komödien und Tragödien, dachte über die neun Kreise der Hölle nach und über die Bedeutung der Farbe Gelb in *Der große Gatsby*. Sie sprach Französisch mit ihrer Französischlehrerin, sprintete im Sportunterricht über die Tartanbahn. Sie saß über ihr Pult gebeugt da, schrieb Klassenarbeiten, machte sich Notizen, ertrug die Weisheiten der Lehrer und unterdrückte ein Verlangen, das ihren Körper befallen hatte wie ein Virus. Mittags saß sie mit Dani, Paul und Warren in der Cafeteria. Dani kutschierte sie in ihrem alten VW herum. Sie holten sich Burger und Pommes vom Patty Melt und Tacos vom Casa Verde. Jess kuschelte sich auf der Rückbank an Warren, plante heimliche Treffen am Wochenende. *Normal.* Ein Mädchen und ein Junge nähern sich an. Nachmittags machte sie Hausaufgaben oder traf sich mit Dani in der Bibliothek. Um Danis Elternhaus schlug sie einen weiten Bogen. Sie behauptete, mehr Zeit mit ihrer Mutter verbringen zu müssen, schließlich sei dies ihr letztes Schuljahr. Alles ganz normal, sie war ein völlig normaler Teenager.

Abends traf sie sich mit Warren. Manchmal wusste ihre Mutter Bescheid, manchmal nicht. Der nette, aufgedrehte

Warren. Er gab ihr trockene Küsschen und rieb sich in aller Harmlosigkeit an ihrer Hose. Sie packte ihn bei den Ohren, verlangte mehr. Sie saßen fummelnd auf der Rückbank seines Autos und wünschten sich, sie hätten mehr Platz, und irgendwann flüsterte sie: Ich weiß einen Ort. Sie parkten am Ende der Sackgasse und schlichen über das nicht eingezäunte Grundstück bis zur Hintertür des Hauses, das zum Verkauf stand. Jess zückte den Schlüssel. Warren war so aufgeregt, dass er sie nicht einmal fragte, woher sie den hatte. Sie betraten das leere Haus, das aller Möbel und Lampen beraubt war. Sie zogen sich aus, bauten sich auf dem Teppich ein Bett aus Kleidungsstücken. Jess verdrängte die Erinnerung an den Mann, mit dem sie hier gewesen war und dessen Gesicht sie in ihren Träumen sah. Sie verließ ihren Kopf, konzentrierte sich auf ihren Körper und stellte erfreut fest, dass Warren sich geschickter anstellte als der Junge mit den hastigen Stößen und fahrigen Händen. Der Mond schien zum Fenster herein, sie bewegte sich auf und unter ihm – zwei gierige, göttlich ineinander verschlungene Leiber. Jess stillte ihr heimliches Verlangen an Warrens Körper. Hinterher hatte sie ein wundes Kinn von seinen Bartstoppeln.

Im Oktober wurden die Nächte kalt. Auf den Veranden standen Kürbisse, an den Hängen der Black Hills leuchteten gelbe und rote Tupfer. Als die Temperaturen abends unter null fielen und man seinen Atem sehen konnte, holte Jess ihre rote Daunenjacke aus dem Schrank. Die Jacke war ein weiches Kissen. Jess drückte ihren Nacken hinein und stemmte sich mit den Fersen an Wänden und Türrahmen ab. Teenagersex, Kondomverpackungen, immer neue Stellungen, und das alles im Haus eines Fremden. Normal. All das war *normal*.

»Ich liebe dich, Jess«, stöhnte Warren. »O Gott, o Gott!«

Wenn Jess auf dem Rücken lag, konnte sie alles zurücksagen: *Liebe, Warren, Gott,* es war ihre ganz persönliche Dreifaltigkeit, wobei sie nie genau wusste, wen sie da eigentlich anbetete. Sie rollte sich herum, setzte sich rittlings auf Warren und bewegte sich schneller, und die ganze Zeit machte sie sich etwas vor.

Sie gab die Hausaufgaben zu spät ab und döste im Unterricht ein. Ihre Noten wurden schlechter, ausgerechnet jetzt da die Abschlussprüfung bevorstand und die Bewerbungsfristen der Colleges endeten.

Jeden Morgen wachte sie mit Schmerzen in Beinen und in der Hüfte auf. Die trockene, kalte Luft kniff ihr in die wunde Haut. Sie cremte sich die aufgescheuerten Knie und den Rücken ein und sah im Spiegel an sich selbst vorbei, an diesem Tagesmädchen mit den dunklen Augenringen.

Manchmal schaffte es ihr keuchender Verstand, durch die Oberfläche zu brechen. Liebe, hatte Warren gesagt. Liebe, hatte sie geantwortet, obwohl sie wusste, dass es gelogen war, zumindest in Bezug auf ihn, auf den Jungen, an dem sie ihr Verlangen stillte. Sie wusste nicht mehr, was sie tief in ihrem Herzen fühlte. Irgendetwas mit L? Sie schlug L-Wörter im Wörterbuch nach: lüstern, libidinös, lästerlich, liederlich, Lügner. Die Lücken füllten sich wie von selbst: Ich bin, du bist, sie ist.

Tagsüber legte sie die Hand an den Spind, von dem der Hausmeister hasserfüllte Worte geschrubbt hatte: Schlampe. Fotze. Jess Winters macht die Beine breit. Damals war das alles gelogen gewesen, jetzt nicht mehr, nicht ganz. Sie erschauderte bei dem Gedanken an die nächtliche Lust, an den Jungen, der ihre Beine auseinanderschob. Sie rieb mit dem Daumen über die Farbreste, drückte sanft den Spind zu, presste sich den Rucksack an die Brust. Ihren Blick heftete sie nicht mehr an die Klingel am Ende des Flurs, sondern an ihre Schuhe. Sie schlurfte, statt zu springen.

Tagsüber fragte Dani: »Ist alles in Ordnung? Du wirkst so, ich weiß auch nicht, abwesend«, und Jess antwortete: »Nein, ich bin nur müde«, ohne Dani dabei in die Augen zu sehen, denn Dani hatte die Augen ihres Vaters.

Tagsüber dachte Jess an ihren Vater in Kalifornien, an sein neues Leben, an die Postkarten in ihrer Schreibtischschublade, Postkarten mit hohlen Phrasen. *Ich vermisse dich, meine kleine Prinzessin, ruf mich an.* Ihr Vater war ein Verräter. Sie dachte an ihr Stöhnen in dem fremden Haus, an das Gesicht, das sie unterdessen vor sich sah, an ihre verbotenen Träume, wenn sie allein im Bett lag. Manchmal fragte sie sich, ob ihr Vater etwas Ähnliches gefühlt hatte; Scham und Aufregung und einen gewissen Selbsthass, der einen am Ende doch nicht zurückhielt. Vielleicht ähnelte sie ihm mehr, als sie ahnte.

Tagsüber ignorierte sie ihr Notizbuch. Sie schrieb kein Wort mehr. Sie kaute Gummibänder, bis ihr Kiefer schmerzte.

Beim Abendessen beugte ihre Mutter sich vor und fragte: »Was ist los? Sag es mir, J-Bird. Brauchst du Nachhilfe? Was ist dein Problem? Ich dachte, es würde dir hier besser gehen. Ich erkenne dich gar nicht wieder.«

Jess erkannte sich selbst nicht wieder. Dann wiederum war sie nicht mehr sie selbst. Der normale Teil war dabei, den anderen Teil zu ersticken. Sie fühlte sich zweigeteilt in Tag und Nacht, Nacht und Tag. Sie wusste nicht mehr, auf welche Seite sie gehörte oder wie sie beide unter einen Hut bringen sollte.

Ende Oktober begann die Schüttelsaison. Am Wochenende fuhr Jess zur Plantage und sah zu, wie Iris, Paul und zwei Hilfsarbeiter die Knüppel und die dreibeinige Maschine mit dem Schwungarm aus dem Schuppen holten. Die Maschine klammerte sich am Baum fest und schüttelte ihn durch. Der Boden vibrierte, Nüsse regneten herunter, und Jess musste sich ein klein bisschen breitbeiniger hinstellen, weil sie fürchtete, das Gleichgewicht zu verlieren.

Sie harkte Zweige, Laub und Nüsse zu länglichen Haufen zusammen, die von den anderen aufgeschaufelt und zum Trockenschuppen gekarrt wurden. Jess harkte, bis sie trotz der Handschuhe Blasen an den Händen hatte und die Harke kaum noch halten konnte. Sie verausgabte sich, zog sich abermals ganz in ihren Körper zurück, um zu vergessen oder sich zu bestrafen, genau wusste sie es selbst nicht, sie wusste nur, dass sie ohne Dreck unter den Fingernägeln und in der Nase nicht würde einschlafen können.

Im Schuppen wurden die Nüsse herausgesiebt, abgeblasen, gewaschen und getrocknet. Manche wurden geknackt und aus der rotbraunen Schale geholt, andere blieben ganz. Jess kümmerte sich um die Verpackung. Sie streifte Gummihandschuhe über und schaufelte die Nüsse in Tüten, die verknotet, etikettiert und zuletzt in Kartons gelegt werden mussten. Sie konzentrierte sich ganz auf die monotone Arbeit – Schaufeln, Verknoten, Etikettieren. Manchmal hielt sie inne und betrachtete das Produkt. Da war sie endlich, die fertige Nuss: Mit all ihren Runzeln und Höckern zeigte sie sich der Welt. Ohne Schale wirkte sie schutzlos, irgendwie verletzlich.

Jess biss hinein und versuchte, das satte Aroma zu schmecken, aber eigentlich dachte sie nur an einen Bleistift. Sie spuckte die Nuss in die Hand.

Am Monatsende stand Danis achtzehnter Geburtstag an – und natürlich Halloween. Jess, Dani, Paul und Warren hatten geplant, sich zu verkleiden und gemeinsam zum Stadtfest zu gehen. Ein paar Tage davor fing Dani Jess bei den Spinden ab. Sie packte sie am Ellenbogen. Jess erstarrte, aber Dani ließ sie sofort wieder los.

»Kannst du heute nach der Schule in die Drogerie kommen? Es ist wichtig.« Ihre Augen hinter den Brillengläsern waren verweint.

Jess nickte. Am Nachmittag stellte sie sich am Apothekentresen hinter einer Kundin an – Stevie Prentiss von der Woodchute Motor Lodge. Jess betrachtete Stevies Feuermal, fasste sich unwillkürlich an die Wange. Stevie drehte sich um.

»Ist nicht ansteckend«, sagte sie.

Jess ließ die Hand sinken und wurde knallrot. »Ich wollte …« Sie hatte sich nicht lustig machen wollen, sie war nur neugierig gewesen, aber dann dämmerte ihr, wie furchtbar das klingen würde, schließlich war Stevie keine Zirkusattraktion.

»Sorry«, sagte sie.

Stevie zuckte mit den Schultern und drehte sich wieder um.

Dani kam aus dem Lager und rief dem Apotheker zu: »Ich mache kurz Pause.« Dann nahm sie Jess wortlos bei der Hand und zog sie zur Personaltoilette.

Der kleine Raum war mit einer Kloschüssel, einem Waschbecken mit Fußpedal, einem verrosteten Mülleimer und einem Mopp mit Eimer ausgestattet. In einem Drahtregal standen Kartons und Putzmittel. Der süßliche Lufterfrischer erinnerte Jess an den lila Hustensaft, den sie als Kind hinuntergewürgt hatte.

Dani schloss ab, griff unter ihr T-Shirt und holte eine Schachtel heraus. »Ich bin überfällig«, erklärte sie.

Jess starrte die Schachtel an und dann Dani. »Scheiße.«

»Im Ernst, ich kann das nicht allein.« Sie zog ein in Folie verpacktes Stäbchen aus dem Karton. »Die Gebrauchsanweisung habe ich schon gelesen. Auf das Ende pinkeln und dann zwei Minuten warten.«

Jess sah weg, als Dani die Hose öffnete und sich auf die Toilette setzte. Sie pinkelte, spülte, legte den Stab mit spitzen Fingern auf die Waschbeckenkante, sah auf ihre Armbanduhr und pumpte aus einem Spender rosa Seife in die Hand. »Zwei Minuten.«

Jess sah auf die Uhr. »Okay.«

»Also«, sagte Dani, »erzähl mir etwas. Irgendwas. Lenk mich ab.« Sie schüttelte die nassen Hände aus und tigerte durch den Raum, immer zwei Schritte, von Wand zu Wand.

»Was willst du denn hören?«

»Egal«, sagte Dani, »irgendwas.«

Jess fiel nichts ein. Absolut nichts.

»Alles wird gut«, sagte sie schließlich, und Dani lachte nervös.

»Und wenn nicht?«

»Dann lösen wir das Problem«, gab Jess zurück.

»Ich kann doch jetzt kein *Baby* kriegen.« Dani betrachtete sich im Spiegel und ohrfeigte sich selbst, bis ihre Wangen glühten.

»Hör auf«, sagte Jess. »Dani, hör auf damit.«

»Zeit?«, fragte Dani.

»Eine Minute.«

»Ich glaube, ich falle gleich in Ohnmacht. Die Luft ist so stickig. Meine Güte«, sagte sie und zerrte am Ausschnitt ihres T-Shirts. Sie nahm die Brille ab, wischte über die Gläser. »Und wenn der Test positiv ist? Meine Eltern drehen durch.«

Jess starrte auf ihre Turnschuhe, krümmte die Zehen. Ein Schnürsenkel hing bis auf den Linoleumboden. »Wird er schon nicht sein.«

»Ich hab letzte Woche die Pille vergessen. Ich bin so ein Idiot.«

»Nein, bist du nicht«, sagte Jess.

»Die Leute hätten ihre helle Freude. Ausgerechnet die Jahrgangsbeste lässt sich schwängern und ruiniert ihr Leben.«

»Okay … *jetzt*«, sagte Jess.

Dani rieb sich die Hände über die Oberschenkel. »Ich kann gar nicht hinsehen. Machst du das, bitte? Ich kann nicht.«

»Klar.« Jess beugte sich über die Kloschüssel und überprüfte die Anzeige. Dann lächelte sie und hob den Daumen. »Negativ.«

Jubelnd fiel Dani Jess um den Hals. Ihr Brillengestell bohrte sich in Jess' Schlüsselbein.

»Danke«, sagte sie. »Ich weiß nicht, was ich ohne dich machen würde.«

Jess tätschelte Danis Rücken, atmete den Duft ihrer Haare ein. Sie benutzte das gleiche Shampoo wie ihr Vater.

Dani machte sich los, tupfte sich die Augen trocken. »Ich muss wieder raus. Aber am Wochenende feiern wir. Wir laufen durch so ein altmodisches Heulabyrinth und besuchen das ungruseligste Spukhaus der Welt – mit Gehirnen aus Spaghetti und Augäpfeln aus Weintrauben. Im Ernst!« Sie warf Schachtel und Teststab in den Mülleimer. »Willst du am Wochenende bei mir übernachten? Bitte! Wir sehen uns kaum noch.«

»Ich muss erst meine Mutter fragen«, erwiderte Jess.

Dani drückte sie noch einmal. Über deren Schulter hinweg sah Jess, wie der Klappdeckel des Mülleimers müde hin- und herschaukelte wie ein gebrochener Arm.

Tags darauf rief Warren an. Sie sagte ihm ab. Sie fühlte sich nicht gut. Er rief noch einmal an, diesmal ging sie nicht ran. Der Anrufbeantworter sprang an, schaltete sich aus, sprang wieder an und ging wieder aus.

Irgendwann nahm sie den Hörer dann doch ab.

»Jess?«, fragte eine Männerstimme. Es war nicht Warren. »Hier spricht Adam.«

»Oh.« Jess' Herz machte einen Satz. Ihr Magen krampfte sich zusammen. »Hey.«

»Ich wollte nur kurz mit dir reden. Ich wollte hören, ob alles okay ist.«

»Ach so.«

»Wie geht es dir?«

»Prima.«

»Du klingst nicht so.«

Sie biss sich auf die Lippe, hielt kurz die Sprechmuschel zu.

»Jess? Bist du noch dran?«

»Ja«, sagte sie. »Ich weiß nicht. Ich habe wohl nicht viel zu sagen.«

Adam schwieg. Fast fürchtete sie, er hätte aufgelegt.

»Du hast also genug von dem alten Mann? Du hattest deinen Spaß?«

Jess stutzte. Seine Stimme klang tief und böse. Sie runzelte die Stirn.

»Da war nichts«, sagte sie. »Schon vergessen? Und Spaß hat es kein bisschen gemacht.«

»Anders als mit deinem Freund, was?« Er lachte in sich hinein. »Ich habe euch gesehen.«

Jess runzelte die Stirn. »Du beschattest mich?«

»Du hast in dem Haus nichts zu suchen.«

»Ich hab nichts Falsches gemacht«, gab sie zurück. »Ich mache nur, was von mir erwartet wird.«

»Ach ja? In fremde Häuser einbrechen und sich auf dem Teppichboden durchficken lassen?«

»Ja. Mich durchficken lassen.« Jess hätte das Wort niemals in den Mund genommen, aber es fühlte sich gut an, irgendwie befreiend. Sie war wütend auf sich, auf ihn, auf alles.

Adam atmete in den Hörer. Jess zupfte sich einen Faden vom T-Shirt.

»Es war nicht echt«, sagte sie. »Das mit uns.«

»Für mich schon.«

»Deine Tochter und deine Frau, die sind echt.«

»Jess«, sagte er, »ich ...«

»Nein.« Sie legte auf. Starrte das Telefon an, als könnte es jeden Augenblick anfangen zu sprechen.

Nach dem Halloweenfestival stiegen Jess, Dani und die Jungs gegen Mitternacht vor dem Haus der Newells aus dem Auto – zwei zerzauste Flapper und zwei Gangster mit schief angeklebten Schnurrbärten. Jess hatte bei Warren mitgetrunken, sie kicherte aufgekratzt, küsste ihn und war glücklich, wieder jung und ein ganz normaler Teenager zu sein. Ein Stadtfest, Bier im Kofferraum, Witze und Musik und weiße Atemwolken in der Luft. Ein Junge in ihrem Alter, der sanft lächelte, nach Bier roch und sie vor dem Haus ihrer besten Freundin an die Stoßstange drückte. Jess hatte jede Menge Süßigkeiten eingesammelt, die sie tags darauf mit ihrer Mutter teilen würde, gleich nach dem Abendessen – Chili mit Maisbrot, ihr Leibgericht. Außerdem hatte sie Dani. Ihre Freundin wartete schon auf der Veranda, sie würden zusammen ins Haus gehen und die halbe Nacht reden.

Alles ganz normal.

Sie gab Warren einen leidenschaftlichen Kuss auf den Mund und sah hoch zum dunklen Dachfenster. Sie war sich sicher, dass die Jalousien sich bewegt hatten.

Im November, eine Woche vor Thanksgiving und noch während der Ernte, begann auf der Plantage die *Abenddämmerung.* Jess half Iris, die Stadt mit Flyern und Gutscheinen zu überziehen. Sie rührten die Werbetrommel, dekorierten die Veranda und die Zaunpfähle mit blinkenden Lichterketten, stellten zu beiden Seiten der Einfahrt Lampions auf und füllten die Ladenregale mit Pekannüssen, Gebäck und Keksen, die Iris mithilfe von Ms G und anderen Frauen gebacken hatte. Manche Kunden kamen extra aus Sedona, und viele legten auf dem Weg nach Jerome einen Zwischenstopp ein. Die meisten waren dick vermummt in Mäntel und Mützen, nur die hemdsärmeligen Touristen von der Ostküste lachten: »Das nennt ihr kalt? Zu Hause haben wir jetzt minus fünfzehn Grad!« Touristen aus allen Teilen des Landes deckten sich mit Geschenken ein und mischten sich unter die Einheimischen, die hinter ihrem Rücken über Akzente und Cowboystiefel lästerten, tuschelnd in der Ecke saßen und Cider und Kaffee aus Styroporbechern tranken.

Am Mittwoch vor Thanksgiving waren die Nüsse fast ausverkauft. Jess half Paul und Iris noch beim Aufräumen. Gegen zehn Uhr zog sie Daunenjacke, Wollmütze und Handschuhe über. Weil sie bis in den späten Abend arbeiten müsste, war sie mit dem Wagen ihrer Mutter da. Der Motor sprang erst beim zweiten Versuch an. Jess trat aufs Gaspedal, zog sich den langen Strickrock enger um die Beine. Als sie das Licht einschaltete, sah sie den Zettel unter dem Scheibenwischer.

Treffen? Zum allerletzten Mal, versprochen. Danach lasse ich dich in Ruhe. Ich warte auf der Plantage.

Jess sah sich um, aber Iris hatte die Außenbeleuchtung schon abgeschaltet. Sie und Paul waren drinnen im Haus und sicher schon auf dem Weg ins Bett.

Sie schaltete den Motor wieder ab und stieg aus, beäugte die langen, dunklen Baumreihen und setzte sich in Bewegung. Der fast volle Mond leuchtete so hell, dass sie ihren Schatten sehen konnte. Unter ihren Sohlen knirschten leere Schalen. Sie schob die Hände in die Jackentaschen. Als sie ein dumpfes Knacken hinter sich hörte, drehte sie sich um, aber da war nichts als der Wind in den Bäumen.

Adam lehnte an einem Stamm am Ende der Reihe. Als er sie sah, richtete er sich auf.

»Danke, dass du gekommen bist«, sagte er.

»Ich kann nicht lange bleiben«, erwiderte sie. »Was willst du?«

»Mit dir reden. Dir ein paar Dinge erklären.«

»Okay«, sagte sie, »schieß los.«

»Ich weiß, dass ich mich furchtbar benommen habe.« Er war lauter geworden, sie hörte seinen Zorn heraus. Er war wütend auf sie. »Ich verstehe, warum du dich von mir fernhältst. Aber tu nicht so, als hättest du es nicht auch gefühlt. Du hast *alles* gefühlt.«

Jess verschränkte die Arme. »Und wo ist dein Problem? Nichts ist passiert. Es ist vorbei. Ich werde niemandem etwas sagen, falls du dir darüber Gedanken machst. Dani ist meine beste Freundin. Ich würde sie niemals verletzen.«

»Aber ich muss mitansehen, wie du vor meinem Haus diesen Jungen küsst?« Er war noch lauter geworden. »Verdammt noch mal – morgen ist Thanksgiving, und du stehst mit Süßkartoffeln vor der Tür? Meine Güte!« Seine Stimme brach. Er beugte sich vor, schlug die Hände vors Gesicht. Seine Augen schimmerten feucht. Sein Anblick rührte Jess, genau wie seine verzweifelte, erstickte Stimme.

»Tut mir leid.« Sie ließ sich gegen den Stamm sinken. Die Rinde scheuerte am Jackenstoff.

»Nein, *mir* tut es leid.« Er raufte sich die Haare. »Ich weiß auch nicht, was mit mir los ist. Keine Ahnung, was ich tun soll. So etwas ist mir noch nie passiert. Was für ein Chaos. Ich versuche, den Nachlass meiner Mutter zu sortieren, aber manchmal weiß ich nicht einmal mehr, welcher Tag heute ist.«

»Thanksgiving«, sagte Jess.

Er lachte leise, trat einen Schritt vor. Jess wich nicht zurück.

Er streckte die Hand aus, berührte ihre Wange. »O Gott, Jess, sieh dich nur an. Ich kann gar nicht aufhören, an dich zu denken. Es ist, als würde ich dich zum ersten Mal sehen.«

Sie schob ihn nicht weg. Ohne zu blinzeln, sah sie in die nackten Zweige hinauf. Kurz schmiegte sie die Wange an seine Hand. Dann nahm sie im Augenwinkel eine Bewegung wahr.

»Hast du das gesehen?« Sie spähte zwischen die Bäume, aber da war nichts außer einem leisen Rascheln und dem fernen Schrei einer Eule.

»Nein. Was denn?« Er drehte sich um. »Da ist nichts. Jess, hör mich an.«

»Was, wenn uns jemand sieht?«

»Ich liebe dich.« Er strich ihr mit dem Finger über die Augenbraue. »Das wollte ich dir nur sagen.«

»Nein … Ich liebe Warren.«

Adam lachte. »Nein, tust du nicht.«

»Halt die Klappe.« Sie seufzte, als er abermals ihre Wange streichelte. »Sag mir bloß nicht, wen ich lieben soll.«

Er berührte ihren Hals, beugte sich vor, küsste sie auf die Stirn. »Mich«, sagte er.

»Nein. Dich darf ich nicht lieben.«

»Aber du liebst mich trotzdem?«

Jess zog den Kopf zurück. Sie warf einen Blick über seine Schulter, sah das Licht im Büro am Ende der Plantage. »Ich muss gehen.«

»Bitte, bleib.« Sein Atem wärmte ihre Stirn, und da war sie wieder, diese verräterische Hitze in ihrem Unterleib. Sie wollte ihre Beine um ihn schlingen und sich gegen den Baumstamm drücken lassen, sodass ihr Hinterkopf und ihre Jacke gegen die Rinde scheuerten. Sie wollte all das tun, was sie mit dem Jungen in dem leer stehenden Haus getan hatte. *Paarungszeit*, dachte sie und fing an zu schwitzen.

Sie schob ihn von sich, zwängte sich an ihm vorbei. »Geh nach Hause zu deiner Tochter, Adam. Zu deiner Frau. Zu deiner verdammten Familie. Du liebst sie.«

»Jess …«

»Sei bloß still!« Sie zog sich die Mütze in die Stirn, rannte zwischen den Bäumen hindurch zum Auto und hielt sich die Ohren zu, um ihn nicht mehr hören zu müssen. Auf dem Fahrersitz kramte sie mit steifen Fingern den Zündschlüssel hervor. Alles an ihr war taub und starr vor Angst.

Wer, was, wo, wann

Paul Overton stand in fünf Metern Höhe auf der Leiter und kratzte alte Farbe von der Traufe des Trockenschuppens. Die Flocken lösten sich und landeten auf seinen Schuhen, den Leitersprossen und dem Vierlitereimer mit tannengrüner Farbe. Wann immer Paul den Arm bewegte, klopfte die fast senkrecht stehende Leiter gegen die Regenrinne. Er hätte es eigentlich besser wissen müssen, sein Vater hatte ihm gezeigt, wie man eine Leiter richtig hinstellt, aber dieser Tage fiel es ihm schwer, die Orientierung zu behalten. Wer, was, wo, wann, warum – die Leitfragen des Journalisten. Kurz und bündig und ohne Schnickschnack. Wie konnte es sein, dass er nicht auch im Leben den Durchblick behielt? *Wer?* Wusste er nicht mehr genau. *Was?* Gute Frage. Paul konnte sich nicht mehr erinnern, was auf der Einkaufsliste gestanden hatte, was er eben noch hatte sagen wollen, wann welche Rechnung fällig war. Er wusste nicht mehr, was er essen und wann er schlafen gehen sollte, wann es Zeit war zu arbeiten, wo er morgens aufwachte, wie er hergekommen war und warum er diese schreckliche Wut im Bauch hatte.

Bilder wirbelten ihm durch den Kopf. Immer wieder sah er Caryn vor sich. Wochenlang war sie immer früher aufgestanden, und dann eines Tages hatte sie es gar nicht mehr ins Bett geschafft. Er hatte sie in der Küche entdeckt, im Licht der Straßenlaterne waren die Knitterfalten in ihrer Wange deutlich zu sehen gewesen. »Ich kann nicht schlafen«, hatte sie gesagt und aus dem Fenster in den Sonnenaufgang geschaut. »Ich möchte nichts verpassen.« (*Warum:* weil sie sterben musste, im Alter von vierunddreißig Jahren, scheiße noch mal.) Er sah Sean auf dem Fahrrad. (*Wann:* vor zwei Tagen, vier Monate nach dem Tod seiner Mutter.) Der Junge fuhr auf den Bordstein zu, und Paul begriff zu spät, dass er ihn nicht mehr würde einholen können (*warum:* weil er an seine verstorbene Frau gedacht hatte), und dann rollte Sean über den Bordstein und auf die Straße. Paul schrie und rannte so schnell wie nie im Leben. Er hörte Bremsen kreischen, warf sich auf Sean und das Fahrrad. Im nächsten Moment lagen beide auf dem warmen Asphalt, Pauls Schulter klemmte unter einer Stoßstange, sein linkes Handgelenk war geschwollen, Sean hatte sich Ellenbogen und Knie aufgeschlagen.

Paul hatte sich und den Jungen irgendwie nach Hause gebracht und sich gefragt, was er jetzt tun sollte. In Phoenix bleiben? Das Haus verkaufen? Caryns Kleider in die Spendensammlung geben? Und verdammt, da schob sich tatsächlich ein Film aus seiner Kindheit über die neueren Bilder: Sein Vater trägt die Aluminiumleiter über die Plantage, lehnt sie an einen Stamm, klettert in den Pekanbaum. In der Woche nach der Beerdigung hatte seine Mutter sich über das Waschbecken gebeugt und sich den Kopf rasiert. Er sah Dani Newell unter sich. Ihr Rock war bis an die Taille hochgerutscht. Er sah Jess Winters, wie sie mit den Armen ruderte. Und jetzt die Nachricht vom Knochenfund. Paul war überzeugt, kein einziges neues Bild mehr verkraften zu können. Er kratzte die alte Farbe ab, bis er außer Atem war und sich mit der verletzten Hand festhalten musste, um nicht rückwärts von der Leiter zu fallen.

Er stützte beide Unterarme auf die Regenrinne und nahm

einen Schluck Kaffee aus dem Becher, den er auf das Farb-brett gestellt hatte. Er versuchte, sich irgendwie zu beruhi-gen. Der Morgen war kühl und feucht, die Luft roch nach satter Erde und dem typischen beißenden Zitronenduft der Pekanbäume. In Phoenix herrschten jetzt sicher schon Tem-peraturen über dreißig Grad. Paul hatte sich an die maßlose, scheinbar unendliche Sommerhitze gewöhnt, wenn er die Redaktion wieder einmal nach Mitternacht verließ und es draußen trotzdem noch fast vierzig Grad warm war. Manch-mal war er im Dunkeln joggen gegangen – die einzige Mög-lichkeit, diese latente Wut loszuwerden, die ihn seit Jahren quälte und dazu zwang, Sachen zu zerbrechen und mit der bloßen Faust Löcher in den Putz zu schlagen. Caryn hatte ihn überredet, eine Therapeutin aufzusuchen. Nach dem Joggen hatte er Dehnübungen gemacht und den warmen Asphalt an seinen Fingerspitzen gefühlt, dann war er nach Hause gegangen, zu seiner Frau und seinem kleinen Sohn. Drinnen war alles dunkel gewesen, nur im Gäste-WC hatte ein Nachtlicht gebrannt, sämtliche Fenster waren verhangen, zum Schutz vor der Hitze und weil Caryn sonst nicht schla-fen konnte. Im Haus war es ebenso ruhig wie auf der Plan-tage, wo die Stille sich feierlich auf die Bäume hinabsenkte. Paul fand den Weg mit geschlossenen Augen. »Du arbeitest zu viel«, sagte Caryn manchmal, tastete nach ihm, und er antwortete: »Du hast recht.« Er musste an die anderen Be-deutungen von *recht* denken: richtig, in Ordnung, gesund. Ja, hatte er gedacht und die Wange seiner Frau berührt, sie hatte recht gehabt.

Er verdrehte den Hals und betrachtete die symmetrischen Baumreihen, die zerzausten Wipfel mit den gezackten Blät-tern und die vom Gewicht der reifenden Nüsse gebeugten

Äste. Früher war er zwischen diesen Bäumen hin- und her-
gejoggt, eine Meile nach der anderen hatte er zurückgelegt.
Die geraden Linien hatten ihm Sicherheit vermittelt, Orientierung in einer Welt, die nach dem plötzlichen Tod des
Vaters kopfgestanden hatte. Seit er wieder hier war, joggte
er jeden Morgen bis zum Ende der Plantage und über den
Uferpfad. Er drehte eine Runde durch die Stadt. Heute hatte
er Stevie Prentiss am alten See gesehen und eine Spaziergän-
gerin mit leuchtend grünem Sonnenschild und Angie Juarez
auf ihrem Weg in die Werkstatt. Doch meistens hielt er den
Kopf gesenkt.

Er hatte es sich noch nicht eingestanden, aber eigentlich
war er aus einem bestimmten Grund hier. Das Ganze war
mehr als bloß eine Stippvisite, er probierte ein neues Leben
aus, für sich und Sean. Er wollte herausfinden, ob er den
Sprung vom Journalisten zum Plantagenbesitzer schaffen
konnte, von der Stadt aufs Land, aus der Vergangenheit in
die Zukunft. Seine Mutter hatte zu ihm gesagt, er könne bleiben, so lange er wolle. Sie hatte ihm sogar angeboten, Sean zu
betreuen. »Das hier ist dein Zuhause, Junge«, hatte sie gesagt.
Hatte sie recht? Er hätte nicht erklären können, warum er
sich fernab der Plantage so erleichtert und zugleich so schuldig fühlte. Er hatte seiner Mutter nie gesagt, dass er, um eine
Familie zu gründen, diesen Ort der schlechten Erinnerungen
hatte verlassen müssen. Nichts war hier recht. Ja, inzwischen
war seine Familie zerbrochen, Caryn lebte nicht mehr, und
Paul musste sich wohl oder übel neu erfinden. *Wer:* ein Wit-
wer mit einem vierjährigen Sohn.

»Dad!«, rief Sean.

Paul fuhr erschrocken herum. Die Leiter neigte sich vom
Dach weg. Er lehnte sich vor, bis er sie mit seinem Gewicht

wieder an den Schuppen drückte. Iris stand unten auf dem Rasen, hielt Sean an der Hand und wedelte mit der Zeitung. Sie trug Hausschuhe und ein Baumwollnachthemd. Er konnte nicht verstehen, was sie sagte.

»Ich höre nichts!«, rief er zurück. Selbst *im* Haus hatte er Schwierigkeiten, sie zu verstehen. Sie schlich auf Socken und weichen Pantoffeln übers Parkett und sprach stets im Flüsterton. Sie war bald sechzig und konnte ihr Alter nicht länger verleugnen, aber ihr silbriges Haar trug sie immer noch raspelkurz.

»Komm runter«, rief sie. »Esther ist hier. Das musst du dir ansehen.« Sie schüttelte die Zeitung. Selbst aus der Höhe konnte er sehen, dass die Haut an ihrem Arm schlackerte wie eine nasse Socke. Paul drehte sich zum Traufbalken um. Sie hatte lange genug gelebt, um sechzig zu werden. *Wer:* seine Mutter, Witwe seit fast zwanzig Jahren. Er wusste, was sie ihm zeigen wollte, er hatte die Schlagzeilen heute Morgen im Coffeeshop gesehen. *Wer, was, wo, wann:* Jess Winters, siebzehn, vor fast zwei Jahrzehnten aus Sycamore verschwunden. *Warum, wie:* wusste niemand.

»Hab ich schon gesehen«, erwiderte er.

»Alles okay da oben? Sei vorsichtig. Die Leiter steht schief.«

»Mom, ich habe alles im Griff.« Er versuchte, sich nicht über sie zu ärgern. Ständig musste sie ihn bemuttern und sich Sorgen machen. »Ich komme gleich runter, ja? Lass mich das nur schnell zu Ende bringen.«

Iris antwortete nicht, und Paul sah hinüber zu ihnen. Sie hielt sich die Hand über die Augen und betrachtete die Plantage.

»Esther hat Donuts mitgebracht«, rief Sean. »Donuts, Donuts, Donuts.« Er ließ Iris' Hand los und hopste im Kreis herum. Das Oberteil seines Pyjamas blähte sich im Wind. Der Verband an seinem Knie hatte sich abgelöst.

Iris sah zu Paul hoch und schlug sich die Zeitung auf die flache Hand. »Komm jetzt runter, Schatz. Und sei vorsichtig.« Dann drehte sie sich um und ging zum Haus zurück. Sie schien über den Rasen zu schweben.

Paul seufzte, kletterte langsam abwärts. Er hätte die Leiter ohnehin neu platzieren müssen.

»Hey, Esther«, sagte er und ließ sich umarmen. Sie roch immer noch nach der Vanille-Körperlotion, die früher auf ihrem Pult gestanden hatte. Wann immer Caryn in der Drogerie eine neue Creme ausprobiert hatte, hatte er an seine alte Lehrerin denken müssen. Nach dem Tod seines Vaters war Esther die erste Besucherin gewesen; sie hatte Kuchen mitgebracht, Anrufer und Besucher abgewimmelt und Einkäufe erledigt. Sie sah immer noch fast genauso aus wie früher, nur dass ihre Hüften ein wenig breiter geworden und ihre Locken ergraut waren. Ihr Gesicht mit den wachen blauen Augen und dem runden Kinn hatte ihn immer an eine Katze erinnert – oder an eine Elfe. Früher, als sie ihre seltsamen Vorträge gehalten hatte und in weit schwingenden Röcken vor der Klasse auf- und abgelaufen war, hatte er sich für seine Erregung geschämt. Dann wiederum hätte damals ein Windhauch ausgereicht, um ihn zu erregen. Ja, allein das Wort *Hauch* hätte gereicht. Esther hatte ihm beigebracht zu schreiben. »Lass den Unsinn«, hatte sie einmal an den Rand gekritzelt, »und sag, was du zu sagen hast. Komm zur Sache, Schätzchen. SCHNARCH. Komm auf den Punkt. Und Vorsicht! Ein einziges Komma kann den Sinn eines Satzes verändern.«

»Selber hey«, sagte Esther. »Verdammt, ich hasse diese Krankheit – stellvertretend für dich. Ich hasse sie.«

Paul machte sich sanft von ihr los. »Danke.«

»Scheißkrebs.«

»Esther«, murmelte Iris vorwurfsvoll und sah zu Sean hinüber, der vor einem Teller Donuts am Küchentresen saß und große Augen machte.

»Mein Schatz«, wandte Esther sich direkt an den Jungen, »an manchen Tagen muss man einfach fluchen, und heute ist so ein Tag. Dein Vater weiß das.«

»Leider haben wir das Sparschwein zu Hause vergessen, was?«, sagte Paul.

Sean nickte und schob sich einen Donut auf den Finger. »Das Wort mit Sch kostet fünfundzwanzig Cent.«

Esther lachte. »Cleveres Kerlchen.« Neben Sean stand eine weiße Tortenschachtel mit der Aufschrift YUM in großen gelben Lettern. »Bitte, bedien dich«, forderte Esther ihn auf, »bevor ich alles allein esse.«

Iris zeigte auf Seans Donut. »Mit Essen spielt man nicht.«

»Ich esse doch«, sagte Sean und brach ein Stück Donut ab.

Esther berührte Pauls Arm. »Was gibt es Neues in der Redaktion? Ich lese all deine Artikel. Hältst du diese Verbrecher im Parlament auf Trab?«

»Ich versuche es«, gab Paul zurück. »Im Moment habe ich allerdings Urlaub.«

»Natürlich.« Sie schlug sich gegen die Stirn, tippte auf die Zeitung. »Hast du das schon gesehen?«

Er nickte. »Heute Morgen, als ich mir einen Kaffee geholt habe.«

»Ich kann immer noch nicht glauben, dass sie es ist«, sagte Iris.

»Wer?«, fragte Sean.

»Ach, nur eine Freundin, mit der dein Vater zur Schule gegangen ist«, antwortete Iris.

Paul schüttelte irritiert den Kopf. »Sie war nicht meine Freundin.«

Iris runzelte die Stirn. »Sie war eine Freundin. Und ein nettes Mädchen«, sagte sie. »Alles andere ist egal.« Sie nahm einen Lappen und wischte über den Tresen.

Paul ballte die Fäuste. »Was mit Dani war, ist dir also egal? Und mit Rachel?«

»Sie hat weder Dani noch Rachel etwas angetan. Es ist einfach so passiert.«

»Es ist nicht einfach so passiert. Es war weder Gottes Wille noch eine Naturkatastrophe.«

»Ja und?«, fragte Iris. »Darum geht es doch gar nicht. Was ist denn los mit dir? Denk mal an ihre Mutter. Denk mal an uns.«

»Knochen im Canyon«, sagte Esther. »In einem gottverdammten Abwassergraben.«

Sean sah Paul an. »Was für Knochen?«

Paul strich ihm über den Rücken. »Nicht so wichtig. Alles okay, mein Junge.« Er schlug sich die verstauchte Hand am Tresen an, winselte vor Schmerz und massierte sich die Bandage. »Ich habe ihnen schon vor langer Zeit verziehen.«

Esther kniff die Augen zusammen. »Du hast ihnen *verziehen*? Wie großzügig von dir.« Sie schnaubte. »Und was gab es da zu verzeihen? Was ging dich das an? Ich habe Dani und Rachel auch geliebt, aber das ist jetzt nicht der richtige Moment, sich wie ein nachtragender Teenager aufzuführen.«

Bei ihrem Ton zuckte Paul zusammen. »Sie waren wie eine Familie für mich. In gewisser Hinsicht.«

»Sie waren nicht deine Familie«, sagte Iris.

»Ich sagte, *wie* eine Familie. Und vielleicht wären sie zu meiner richtigen Familie geworden, wenn ...«

»Du wolltest sie doch gar nicht heiraten«, fiel Iris ihm ins Wort. »Du warst viel zu jung.«

»Wen heiraten?«, fragte Sean und zupfte an seinem Ellenbogenverband. »Mama?«

»Nein, mein Junge. Ist schon okay, frag nicht.«

Iris schrubbte einen Fleck von einer Fliese. »Ich habe mein Bestes getan, weißt du. Auch ohne ihn. Ich habe versucht, dir ein Zuhause zu geben.«

Paul blinzelte. Wieder sah er sie mit dem Rasierer in der Hand über dem Waschbecken stehen, sah die Haare fallen. »Wer braucht schon Haare?«, hatte sie damals gefragt. Sie hatte sie nie wieder wachsen lassen.

»Mom, das weiß ich doch. Ich wollte nichts anderes sagen.«

Esther stützte die Ellenbogen auf den Tresen und das Kinn in die Hände. »Adam hatte Ähnlichkeit mit deinem Vater.«

»Nein«, sagte Paul. Er stellte sich Adam Newell vor, den Mann an der Thanksgiving-Tafel, den Mann auf der mondbeschienenen Plantage. Wieder spürte er die alte Wut, die er so lange erfolgreich unterdrückt hatte und mit der er doch immer wieder rang. *Tief durchatmen, Liebling,* hörte er Caryn sagen, *ich will nicht, dass du einen Herzinfarkt kriegst.*

»Er war meinem Vater kein bisschen ähnlich.«

»Nein. Ich wollte damit nur sagen, dass er zur Familie gehörte. Dass er eine Art Vaterfigur für dich war«, erklärte Esther. »Nur deswegen hast du es dir so zu Herzen genommen.«

Paul malmte mit den Zähnen. »Er war kein bisschen wie mein Vater.«

»Okay«, seufzte Esther. »Wie du meinst.«

»Er war *Danis* Vater.«

»Ja«, sagte Esther, »und nicht der von Jess.«

Paul spürte, wie ihm die Hitze in die Glieder schoss. Er beugte sich über den Tresen, klappte die Kuchenschachtel zu und zerdrückte sie samt Inhalt mit der flachen Hand. Die anderen starrten ihn an. Sean zog sich den Verband vom Arm und stopfte ihn in das Donut-Loch. Die Schramme an seinem Ellenbogen leuchtete dunkelviolett.

»Tja, dann gehe ich wohl jetzt lieber«, sagte Esther und klopfte sich die Hände ab.

»Paul«, sagte Iris.

Paul starrte auf die platte Schachtel. Er ärgerte sich, weil er die Kontrolle verloren hatte. »Können wir bitte über etwas anderes reden?«

»Ich muss ohnehin weiter«, sagte Esther. »Die Bäckerei wartet. Kommt mich besuchen, wenn ihr mögt. Dani wohnt jetzt übrigens bei mir im Gästehaus. Sie arbeitet in der Klinik und ist gesund und munter.« Sie griff sich ihre Handtasche, ging zur Tür, drehte sich noch einmal um. »Und soweit ich weiß, wohnt Adam immer noch in Kachina Village. Allein.« Mit einem Lächeln zog sie die Tür hinter sich zu.

Paul stand immer noch vor der platten Schachtel. Er konnte aus dem Augenwinkel sehen, dass seine Mutter ihn beobachtete. Sie wrang den Lappen aus, Sean kippelte auf dem Barhocker hin und her. An seinen Fingern klebte braune Ahornsirupglasur.

»Frag jetzt bitte nicht, ob alles okay ist«, sagte Paul.

»Hatte ich auch nicht vor.«

»Okay«, wandte sich Paul an Sean, »dann wollen wir uns mal die Hände waschen. Deine Großmutter nimmt dich mit in die Kinderbücherei.«

»Und ob«, sagte Iris.

»Wir sind doch eine Familie, oder?«, fragte Sean.

»Ja, mein Schatz«, sagte Iris zu Sean, ohne den Blick von Paul abzuwenden. »Auf jeden Fall.«

Paul hob Sean vom Barhocker und setzte ihn vor der Spüle ab. Sein Handgelenk tat weh, und er biss sich auf die Lippe. Er drehte das Wasser auf, hob den Jungen in die Höhe. »Hände waschen!«

Sean rieb sich im Wasserstrahl die Hände sauber. »Was ist denn mit deiner Freundin passiert, Daddy? Ist sie auch gestorben?«

»Das weiß ich nicht.« Paul sah zu seiner Mutter hinüber, die sich die Hand vor den Mund geschlagen hatte. Er hielt den Jungen fest, ließ das Wasser laufen.

Paul lehnte die Leiter in einem neuen Winkel an die Schuppenwand, kletterte hinauf und schabte weiter. Die alte Farbe war voller Blasen und Risse. Er schabte, bis das Holz zum Vorschein kam. Bevor er die neue Farbe auftragen konnte, musste er es erst grundieren, auch das hatte sein Vater ihm beigebracht – und nicht Adam Newell. Wenn er neben seinem Vater ein zweites männliches Vorbild gehabt hatte, dann Caryns Vater Ken, einen pensionierten Detective, der sich von alten Schlagern, Hochzeitsfeiern und Babyfotos zu Tränen rühren ließ.

Doch ehrlich gesagt war die Sache komplizierter, als er Esther und seiner Mutter hatte weismachen wollen. Die Newells waren für ihn tatsächlich wie eine Familie gewesen und

Adam eine Art Vater. Was sonst? Er war sechs Monate nach dem Tod seines Vaters mit Dani zusammengekommen. Kein Wunder, dass er sich an Adam geklammert hatte wie ein Ertrinkender an einen Rettungsring. Und tatsächlich hatte Paul, als er das Haus der Newells erstmals betreten hatte, das Gefühl gehabt zu treiben. Wenn er dort im Dunkeln aufgewacht war, hatte er sich nie fragen müssen, wo er war und ob es je wieder gut werden würde. Dort wurde er nicht von einer dicken Kummerschicht erstickt, anders als auf der Plantage, wo er einfach nur rauswollte, rennen. Bei den Newells gab es keine Träume, keine Tagträume von den letzten Momenten seines Vaters, bevor er tot umgefallen war. Mit der Harke in der Hand. Keine Iris, die nachts an seinem Bett stand und alle fünf Minuten nachsehen musste, ob er noch lebte, und die ihm den Sport ausreden wollte, weil er angeblich zu riskant war. Bei den Newells fand er eine intakte Familie vor, er schätzte ihren Humor und ihre lustigen Anekdoten, ließ sich von ihrer Unabhängigkeit und ihrem Zusammenhalt trösten. Adam, Rachel und Dani Newell. Vater, Mutter, Kind. Die drei waren wie ein Atomkern, unzertrennlich. Ihre Stabilität stabilisierte auch ihn. Dort fühlte sich alles richtig an.

Und Dani lebte dort, die hübsche, intelligente, insgeheim so zügellose Dani Newell, die er bis ans Ende seiner Tage lieben wollte. Bis zu jener Nacht, in der alles kaputtging und die Wut sich zum ersten Mal Bahn brach.

Am Abend vor Thanksgiving half Paul seiner Mutter und Jess, den Laden aufzuräumen. Er wartete, bis Iris zu Bett gegangen war, dann schlich er sich aus dem Haus und lief über die Plantage zum Uferpfad, der ihn in die Stadt und zu Dani führen sollte. Der helle Mond leuchtete ihm den Weg. In seinem Rucksack steckte eine volle Packung Kondome. Es war noch nicht spät, kurz nach zehn, und er war sich nicht sicher, ob er einfach so durch Danis Fenster würde steigen können. Bestimmt würde Adam noch oben im Atelier sein und malen, und Rachel würde in der Küche stehen und einen Text proben oder das Essen für den nächsten Tag vorbereiten. Möglicherweise könnten sie sich in den Garten schleichen. Der Gedanke war sexy; sie beide im dunklen, kalten Gras, über sich die erleuchteten Fenster und der helle Mond... Großer Gott, er liebte Dani so sehr, und ja, er liebte den Sex mit ihr. Ficken, so nannte sie das manchmal, und wenn sie es ihm ins Ohr flüsterte, glaubte er den Verstand zu verlieren. Fick mich, sagte sie, und wenn er nicht aufpasste, kam er sofort.

Er ging zwischen den Bäumen hindurch und hatte den Fluss fast erreicht, als er ein Geräusch hörte. Ein Rascheln, ein leises Knacken von Laub und Zweigen. Zunächst vermutete er einen Pekari und blieb wie angewurzelt stehen. Die Tiere aufzuschrecken war nicht ungefährlich. Doch dann sah er sie: zwei Gestalten unter einem Baum. Er ging auf sie zu, war verwirrt. Waren das Touristen? Ein Mann und ein junges Mädchen? Er wollte gerade rufen – *Hallo, was machen Sie da, kann ich Ihnen helfen?* –, als der Mann sich bewegte und die Wange des Mädchens berührte.

»O Gott, Jess«, sagte der Mann, »sieh dich nur an.«

Paul bekam vor Schreck weiche Knie. Er kannte die Stimme. Er kroch auf einen Stamm zu und versteckte sich dahinter. Er hielt die Luft an. Irgendwo schrie eine Eule. Paul spähte um den Baumstamm herum, versuchte leise zu atmen. Er sah Adams Gesicht im Profil, die markante Nase. Im selben Moment erkannte er Jess' Daunenjacke, ihre Locken unter der Wollmütze. Er konnte den Blick nicht abwenden.

»Ich liebe dich«, sagte Adam und berührte ihr Gesicht.

Paul kniete im feuchten Gras und sah zu, wie Adam sie auf die Stirn küsste. Er drehte sich um, kroch davon, kam auf die Füße und rannte aufs Haus zu. Zu seinem Entsetzen war er erregt. Er war schockiert und erregt und schämte sich gleichermaßen. Er torkelte vorwärts, spürte jeden Schritt wie einen Schlag in der Wirbelsäule, bekam Adams Gesicht nicht mehr aus dem Sinn, diese Liebeserklärung im Mondschein, und in seinem Bauch braute sich eine unglaubliche Wut zusammen. Er hatte keinen Vater gesehen, sondern einen vor Verlangen gelähmten Mann.

Paul kratzte den ganzen Nachmittag und bis in den Abend die alte Farbe ab. Morgen würde er den Muskelkater in Händen, Schultern und im Rücken spüren. Sein Handgelenk pulsierte vor Schmerz, aber er konnte nicht aufhören. Ein kleines Stück noch, dachte er sich immer wieder. Am Nachmittag kamen Iris und Sean mit einer Tasche voller Bücher aus der Bibliothek zurück. Paul legte eine Pause ein, um ein Sandwich zu essen und seinem Sohn vorzulesen. Als Sean Mittagsschlaf machte, ging Paul wieder nach draußen. Er verließ seinen Posten immer wieder, um einen Schluck Wasser zu trinken oder neuen Sonnenschutz aufzutragen, und jedes Mal überzeugte er sich vom sicheren Stand der Leiter. Als es anfing zu regnen – ein kurzer, wütender Guss, der die grünen Farbflocken davonspülte und die Luft abkühlte –, machte er abermals Pause und atmete tief durch. Er atmete, bis er wieder ruhig wurde, genau wie die Therapeutin es ihm gezeigt hatte.

Iris rief ihn zum Abendessen, er winkte ab und sagte, er käme nach, sie sollten ohne ihn anfangen. Er wollte mit der Arbeit fertig werden, damit er am nächsten Morgen die

Grundierung auftragen konnte. Als die Sonne unterging, stand er immer noch auf der Leiter. Seine Mutter rief nach ihm.

»Paul, jetzt komm schon. Sean muss vor dem Schlafengehen noch in die Badewanne.«

Paul seufzte. »Komme gleich!«

Er meinte zu hören, wie sie »Mein Gott« murmelte. Sie schaltete die Außenbeleuchtung ein, und die Lichterketten blinkten. Diese Lichterketten. Iris ließ sie das ganze Jahr über hängen.

Jess Winters hatte die Idee gehabt. Er konnte sich noch daran erinnern, wie sie die Lichterketten um Pfosten und Pfähle gewunden und Iris sie mit einem Tacker fixiert hatte. Jess war an einem Abend kurz vor Weihnachten verschwunden. Normalerweise war an diesen verkaufsoffenen Tagen jede Menge los, nur in dem Jahr nicht. Damals hatte es zwei Tage am Stück geregnet. In Flagstaff waren fast dreißig Zentimeter Neuschnee gefallen, die I-40 war gesperrt gewesen. Paul konnte sich immer noch so genau an diese Details erinnern, weil er sie bei der Zeugenvernehmung wiederholt vorgetragen hatte. Er hatte Jess am fraglichen Tag nicht gesehen, was kein Wunder war – seit dem Thanksgiving-Essen, wo er ihr zum letzten Mal begegnet war, hatte sie die Plantage gemieden.

Die Details jener Nacht waren weniger klar. Nach dem Zwischenfall auf der Plantage hatte er kaum geschlafen. Er hatte nicht gewusst, was er davon halten oder wie er es Dani erzählen sollte. Die Wut hatte die ganze Nacht in ihm gebrodelt. Wut und eine gewisse Scham, weil der Anblick der beiden ihn erregt hatte. Dazu das Gefühl des Verrats. Adam war nicht der Vater, für den er ihn gehalten hatte, und einen eigenen Vater hatte er nicht mehr. Am Ende war nichts gut geworden. Paul hatte nie geplant, eine Szene zu machen, aber als sie an jenem Abend lachend am Tisch saßen, einander die Schüsseln reichten und Freundlichkeiten austauschten, kochte die Wut in ihm über und riss ihn vom Stuhl. Er spürte bis heute das kalte Buttermesser in seiner Hand, den satten Klang, mit dem es die Wand traf. Er konnte den Apple Crumble riechen, Zimt und Muskat. Er sah die Angst in Jess' Gesicht, hörte ihr Winseln. Ihre Hände hatten geflattert wie ein Kolibri an einer Fensterscheibe. Wenn die Erinnerungen ihn heimsuchten, verschmolzen die beiden Momente: die hilflose Jess am Baumstamm, die erstarrte Jess an der Tafel. Sie hatten sie alle beide in die Ecke gedrängt, das wurde ihm jetzt klar. Erst Adam, dann er.

Bis Paul mit der Arbeit fertig wurde, war es fast dunkel geworden. Es dämmerte – Caryn hatte immer Zwielicht dazu gesagt, ihre liebste Tageszeit. Die Zeit, in der die Dinge unbemerkt geschehen. Er meinte zu hören, was sie kurz vor ihrem Tod gemurmelt hatte: *Wir treffen uns im Zwielicht, Liebling, ich warte auf dich.*

Paul stand auf der Leiter seines Vaters und rief: »Ich bin hier, richtig?« Richtig hier. Ein marginaler Unterschied, aber Veränderungen geschahen auf engstem Raum, im Bruchteil einer Sekunde.

Er betrachtete die Beleuchtung am Haus seiner Mutter, die fernen Lichter von Jerome. Himmlisch, so hatte Dani sie genannt, wenn sie zusammen im Auto gesessen hatten. Bevor sie Schluss gemacht hatte, bevor der Kontakt vollends abgebrochen war. Und jetzt war er wieder hier auf der Plantage, im himmlischen Zwielicht. Zu Hause.

Er machte sich an den Abstieg, verfehlte eine Sprosse und rutschte ab. Panisch riss er die Arme hoch, die Leiter kippte vom Dach. Paul verlagerte das Gewicht, und für einen kurzen Augenblick stand die Leiter senkrecht in der Luft. Dann siegte die Schwerkraft, und Paul stürzte ab. Er ließ die Leiter los und fiel, vier Meter tief. Er drehte sich in der Luft, um auf den Füßen zu landen und den Aufprall in einer Vorwärtsrolle abzufangen, und fast hätte er es geschafft. Fast. Er landete auf beiden Füßen und machte einen Buckel, doch unter seinem Gewicht verdrehte sich seine Schulter.

Wir betäubt lag er im Gras – Gott sei Dank kein Zement – und spürte den Schmerz. Der eine Knöchel schien leicht verdreht zu sein, ließ sich aber bewegen. Pauls Schulter stand in Flammen, aber er atmete noch. Er lag auf dem Rücken und traute sich nicht darüberzutasten. Er stöhnte, schluckte die Tränen hinunter. *Wer:* ein Vater, ein Idiot, der nicht aufgepasst hatte und jetzt heulend im Gras lag. *Wo:* hier. Zu Hause. Falls das richtig war. *Warum:* weil zu viele geliebte Menschen gestorben und unter der Erde waren. Sie hatten ihn verlassen, aus dem Jungen war ein Mann geworden und aus dem Mann ein Vater, aber ein Sohn war er immer geblieben, und nun lag er rücklings im Gras und weinte. Er war am Leben.

Vor der Tür

Bei Sonnenuntergang eilte Rachel Fischer im Laufschritt vom Theater nach Hause. Sie war spät dran. Hugh hatte zur Feier des Tages gekocht – elf Jahre! –, und sie hatte es vergessen. Vergessen! Obwohl Sommer war und sie rein theoretisch Ferien hatte – na klar! –, half sie bei einer Inszenierung der *Katze auf dem heißen Blechdach* aus; viele ihrer Studierenden würden mitspielen. Morgen sollte die Generalprobe stattfinden und übermorgen die Premiere, und du meine Güte, was waren sie im Verzug. Rachel hatte Markierungen auf der Bühne verklebt, trug Rollen aus neonfarbigem Klebeband an den Handgelenken, und Knie und Rücken schmerzten, weil sie zu lange auf dem harten Holz herumgekrochen war. Erst das Schlagen der Rathausuhr hatte sie aufgeschreckt; sie war aus dem dunklen Theater in die Abendsonne hinausgetreten, hatte geblinzelt und vergessen, sich die Rollen von den Armen zu streifen.

Jetzt hastete sie über die Einfahrt und sah auf die Uhr. Sie war nur zehn – na ja, fünfzehn – Minuten zu spät, trotzdem. Gerade erst hatten sie drei Tage in Prescott verbracht – drei Tage, die Rachel eigentlich im Theater gebraucht worden wäre –, um mit Dr. Steve über ihre schlechten Angewohnheiten zu sprechen: Rachel war ständig unterwegs und kam chronisch zu spät, sie scheute Nähe und war von ihrer Arbeit besessen. Hugh klammerte und reagierte empfindlich auf Kritik, weil es ihm an Selbstwertgefühl mangelte. Rachel stopfte das Klebeband in ihre Tasche.

»Schatz, ich bin da!«, keuchte sie beim Hereinkommen. »Ich bin zu Hause!«

Ganz kurz hatte sie es vergessen und rechnete damit, Captains süßes, heiseres Gebell zu hören. Der arme Hund. Sie hatten seine Näpfe und Spielsachen in einen Karton gepackt und in die Garage gestellt, weil sie es nicht übers Herz gebracht hatten, sich endgültig davon zu trennen. Im Haus war es jetzt immer so still. Obwohl Rachel sich manchmal wünschte, Dani hätte die Sache anders gehandhabt, war sie dankbar, nicht diejenige gewesen zu sein, die ihn hatte einschläfern lassen müssen. Er war fast siebzehn Jahre alt geworden, sollte er in Frieden ruhen. Er war klein gewesen, aber die Stille hatte er sehr effektiv vertrieben. Seinen Namen hatte er von Maud. Na, hallo, Captain Kläffer, hatte sie zu ihm gesagt, er war sofort auf ihren Schoß gesprungen und hatte sich kraulen lassen.

Maud. Rachel hatte sie angerufen und eine Nachricht hinterlassen, aber dann hatte sie ins Theater gemusst und vergessen, es später noch einmal zu versuchen. Mein Gott, was war nur mit ihr los? Sie sollte sich wirklich zusammenreißen.

»Hugh! Ich bin da!« Keine Reaktion. »Schatz, ich habe die Oliven vergessen«, sagte sie. »Hugh?«

In der Küche war er nicht und auch nicht im Schlafzimmer oder in der Garage, obwohl sein Auto dort stand. Rachel sah unterm Dach und auf der Terrasse nach. Das ganze Haus roch nach Knoblauch und Zwiebeln, der Ofen war eingeschaltet. Rachel zog die Klappe einen Spaltbreit auf: Gemüselasagne, ihr Lieblingsgericht. Ihr knurrte der Magen – hatte sie heute überhaupt schon etwas gegessen? Verdammt, sie konnte sich nicht mehr daran erinnern. Sie wusch sich die Hände und suchte nach einer Nachricht, aber da war nichts.

Rachel setzte sich an den Esstisch. Er war für zwei gedeckt, die Kerzen brannten noch nicht, im Kühler stand eine Flasche Weißwein. »Hugh!«, rief sie, leicht genervt diesmal, als könnte er jeden Moment aus einem Versteck springen. Tat er aber nicht. Er war nicht da.

Tja, das war allerhand. Rachel schenkte sich ein Glas Wein ein. Wahrscheinlich hatte er noch kurz zum Supermarkt gemusst. Er würde wohl kaum einfach so verschwinden? Sie hatte sich nur um zehn, na ja, fünfzehn Minuten verspätet. Sie musste an sein ernstes Gesicht im Sprechzimmer von Dr. Steve denken, an seine bebende Unterlippe… Was stimmte mit ihr nicht, warum empfand sie kein Mitgefühl, sondern nur Gereiztheit? Sie hatte viel um die Ohren. Ein Stück auf die Bühne zu bringen war harte Arbeit. Ganz zu schweigen von den Seminaren, die sie vorbereiten musste, und von den Verwaltungsaufgaben am College. In diesem Jahr war sie für die Neuausrichtung des Fachbereichs zuständig, und sie hatte noch nicht einmal angefangen, sich darüber Gedanken zu machen. Glücklicherweise gab es nur zwei Neuzugänge, Laura Drennan für Geschichte und Wyatt Was-auch-immer für Englisch. Himmel, Laura Drennan, die Ärmste. Neu in der Stadt und findet gleich eine Leiche. Das war mal wieder typisch für das Sycamore College, alle hatten zu viel zu tun und zu wenig Zeit. In Dr. Steves Praxis hatte sie Hugh versprochen, in Zukunft achtsamer zu sein. Ja, sie werde sich in den nächsten Jahren aus dem Beruf zurückziehen, ja, es sei höchste Zeit, ja, sie wolle mehr Zeit mit ihm verbringen, ja, ja, ja. Doch dann war sie keine zwei Tage später in ihre alten Gewohnheiten zurückgefallen. Was sollte sie dazu sagen? Die Gewohnheiten waren nicht ohne Grund so alt.

Rachel sah sich verwirrt im Esszimmer um. Wenn sie im Theater war, dachte sie nur noch an die Inszenierung. Sie musste dem Text auf der Bühne Leben einhauchen, die Studenten anleiten und korrigieren, über Beleuchtung und Text und Timing nachdenken. Das verlangte ihre ganze Aufmerksamkeit und Konzentration; mitunter fiel es ihr schwer, aus einer Welt in die andere zu wechseln. Als Dani noch klein gewesen war, hatte Rachel sich nach der Arbeit oft mit einem Glas Wein an den Küchentisch gesetzt, und Dani hatte gefragt: »Mama, bist du schon wieder da?« Dann hatte Adam gesagt: »Gib ihr noch eine Minute, sie ist noch unterwegs.« Sie hatten sich einen Spaß daraus gemacht und Rachel geärgert: *Sie ist vor dem Haus! Nein, auf der Veranda! Sie steht vor der Tür!* Rachel machte »Buh!« und packte die quiekende Dani, und Adam… Adam stand lächelnd daneben. Wie er sie damals angelächelt hatte… Rachel nahm einen großen Schluck Wein.

Sie stand auf, zog den Spülenschrank auf und holte die Zeitung vom Vortag aus dem Altpapier. Dani hatte ihr eine Nachricht auf Band gesprochen und gesagt, sie solle den Artikel lesen, aber dann hatten Iris und Esther angerufen und ihr alles erzählt, also war es nicht mehr nötig gewesen, Rachel war schon im Bilde. Sie hatte die Zeitung zusammengefaltet und zwischen Milchflaschen und Suppendosen geschoben.

Jetzt schlug sie sie auf und las den Artikel doch. Da war das Foto des Mädchens, Mauds Tochter, Danis ehemalige beste Freundin. Rachel las, bis ihr Atem flach wurde und ihre Wangen brannten. Nach jenem Thanksgiving-Essen hatte sie den beiden die Pest an den Hals gewünscht. Sie hatte Adam eine Tragödie von griechischen Ausmaßen gegönnt. Sie hatte Blut aus den Augen spritzen wollen wie eine Krötenechse. Sie hatte gewollt, dass die beiden Schiffbruch erlitten, dass das junge, bildhübsche Mädchen ihn zurückwiese, sie hatte sein Verräterherz brechen und zerfallen sehen wollen. Sie hatte sich gewünscht, ihm dabei in die Augen zu schauen; er sollte erfahren, was es bedeutete, derart gekränkt zu werden.

Alles veränderte sich, als Mauds Kind verschwand. Rachel weigerte sich weiterhin, mit Adam zu reden, und Dani wollte keinen Kontakt mehr, aber seltsamerweise tauschten Rachel und Maud sich weiter aus. Vor der Beziehung mit Hugh hatte sie Maud oft zu Hause besucht, Maud war ihr erschienen wie eine leere Hülle, jetzt da ihr Mann und ihr Kind weg waren. Rachel hatte sich schlecht gefühlt, obwohl Dani noch da gewesen war – aber wie musste es Maud erst ergehen? Auch deshalb hatte sie Maud immer wieder besucht. Sie hatten nette Nachmittage und Abende miteinander verbracht, Kaffee und Wein getrunken, über ihre Töchter geredet. Über ihre Ex-Männer. Rachel erzählte Maud, dass sie Adam so was niemals zugetraut hätte, in einer Million Jahren nicht. Aber im Lauf der Zeit sah sie es klarer: Sie hatten sich in ihre Arbeit vergraben, sie am Theater und er auf dem Dachboden. Ihre Karriere lief glänzend, seine war ins Stocken geraten, und beide hatten deswegen einen Groll gehegt. Der plötzliche Tod seiner Mutter, zu der er nie viel Kontakt gehabt hatte, hatte ihn umso weiter von seiner Familie entfernt. Kein Wunder, dass er sich anderweitig umgesehen hatte. Was sie ihm allerdings nicht verzeihen konnte, war seine Wahl: Er hatte sich ein Kind ausgesucht, ein Mädchen im Alter seiner Tochter.

Und jetzt sah sie Jess' Foto in der Zeitung, und alles verschwamm. Rachel sah Maud auf dem Sofa sitzen und aus dem großen Fenster schauen; jahrelang hatte sie die Einfahrt und die Straße im Blick behalten und einfach nur gewartet.

Rachel schob die Zeitung von sich weg und unterdrückte ein Schluchzen. *Das* hatte sie sich niemals gewünscht, auch in den finstersten Momenten nicht.

Sie strich mit beiden Händen über den Tisch. Er hatte ihrer Mutter gehört, ein schweres, antikes Möbelstück mit zwei herausnehmbaren Platten, das Rachel nach der Trennung neu lackiert hatte, so wie sie alles im Haus umgestrichen und umgestellt und neu aufgepolstert hatte. Von dem Tisch hatte sie sich nicht trennen, aber ihn bis zur Unkenntlichkeit umgestalten können. So hatte sie es von da an mit allem gehalten, mit den greifbaren wie mit den immateriellen Dingen: Sie hatte alles entkernt und saniert und geputzt, bis es nicht mehr an die Vergangenheit erinnerte.

Der alte Tisch. Das Thanksgiving-Essen – ihr letztes Abendmahl, ha, ha. So lächerlich und übertrieben, dass sie es in ihrem Theaterworkshop in der Luft zerrissen hätte. Sind diese Figuren denn überhaupt glaubwürdig?, hätte sie gefragt. Ist diese Szene glaubwürdig? Sie hätte dem Verfasser oder der Verfasserin geraten, sich zu mäßigen, den Dialog zu verknappen und die Gefühlsduselei zu unterlassen, denn nur so ließen sich echte Gefühle erzeugen. Vielleicht hatte sie den Abend deswegen in Erinnerung als eine Art Aufführung, die sie aus der Ferne verfolgte. Sie analysierte die Szene, statt sie erneut zu durchleben. Sie wollte sie umschreiben, anpassen. Aber das war natürlich unmöglich.

Sie strich über die Tischplatte, wieder und wieder.

Das letzte Thanksgiving

Einakter

Zeit und Ort:
1991, ein Esstisch mit acht Plätzen

Figuren:
Adam Newell, 44
Rachel Fischer-Newell, 42
Dani Newell, 17
Iris Overton, 42
Paul Overton, 17
Jess Winters, 17
Maud Winters, 39

Erster Akt, erste Szene
Ein hell erleuchtetes Esszimmer. Im Hintergrund eine Terrassentür mit Blick in den Garten. Auf dem Tisch steht ein Truthahn. In der Küche rechts stapelt sich schmutziges Geschirr. Links eine Anrichte, auf der ein Kuchen abkühlt. Besteck klirrt auf Porzellan. ALLE essen außer PAUL, der auf seinem Teller herumstochert und JESS beobachtet. ADAM sitzt am Kopfende, ihm gegenüber sitzt RACHEL.

MAUD: Das ist köstlich, Rachel.
ALLE *(durcheinander)*: Ja, wirklich, vielen Dank, wunderbar, köstlich, ich kann nicht mehr.
ADAM: Ja, wirklich, Liebling.
(PAUL lässt seine Gabel auf den Teller fallen und ächzt geräuschvoll.)
RACHEL: Danke. Es ist noch jede Menge da, bedient euch.

DANI: Mein Gott, ich kann mich nicht mehr bewegen.
Ich bin so voll, ich platze gleich.

JESS *(hält sich den Bauch)*: Geht mir genauso. Ich platze gleich.

PAUL *(zeigt mit der Gabel auf Jess)*: Vor Glück?

IRIS: Paul?

JESS: Was ist dein Problem?

PAUL: Hab kein Problem.

JESS: Den ganzen Tag muss ich mir von dir irgendwelche beschissenen Sprüche anhören.

MAUD: Jess!

DANI: Paul, was ist denn?

JESS: Ich hab ihm nichts getan.

PAUL *(lacht)*: Du weißt also nicht, was du getan hast. *(Beugt sich vor.)* Was ist mit dir, Adam? Weißt du, was sie getan hat? Irgendeine Ahnung?

(ADAM lässt die Gabel sinken und wischt sich mit der Serviette über den Mund. Er trinkt einen Schluck Wasser.)

IRIS: Paul, also wirklich ...

RACHEL: Ich komme nicht mehr mit. Was ist denn los?

DANI: Paul?

PAUL *(steht auf, beugt sich vor und nimmt ein Brötchen aus dem Brotkorb; er zerreißt das Brötchen im Stehen, zerdrückt die Hälften und lässt sie auf den Teller fallen. Er sieht zur Decke hoch.)* Adam, wie läuft's oben in deinem Atelier? Hast du gestern gemalt, als Rachel schon im Bett war?

IRIS *(zupft an Pauls Ärmel)*: Setz dich wieder hin. Was soll das?

ADAM: Ja, ein bisschen.

PAUL: Ein bisschen. *(Lacht)*

ADAM *(legt die gefalteten Hände auf den Tisch)*: Junge, lass das, bitte.

PAUL: Ich bin nicht dein *Junge*.

DANI: Was ist hier los?

(JESS schiebt ihren Stuhl zurück und steht auf, ihre Hände zittern. MAUD sieht es und steht ebenfalls auf. Ihr Stuhl kippt um, hastig stellt sie ihn wieder hin.)

JESS: Paul, kann ich draußen mit dir reden?

PAUL: Draußen. Ja, du magst es draußen, hm?

RACHEL: Würde mir bitte mal jemand sagen, was hier vor sich geht?

MAUD: Ich glaube, sie fühlt sich nicht gut. *(Geht um den Tisch herum zu JESS.)* Wir sollten gehen. Komm, wir fahren nach Hause. Hol deine Jacke. Danke für das Abendessen, Rachel.

JESS: Ich muss erst mit Paul reden.

PAUL *(steht immer noch)*: Ich bleibe hier.

IRIS: Paul, setz dich hin. Was um alles in der Welt ist los mit dir?

Adam *(steht auf, sieht JESS an)*: Ist schon okay.

RACHEL: Würdet ihr euch bitte alle wieder hinsetzen? Ich mache uns einen Kaffee.

DANI: Mom, du meine Güte, niemand will jetzt einen Kaffee. *(Zu Paul:)* Sprich es aus. Sag es mir.

JESS: Nein. Es ist vorbei.

MAUD *(zieht Jess am Arm)*: Hol deine Jacke. Sofort. Wir gehen.

PAUL *(greift zum Buttermesser, zeigt damit auf ADAM)*: Willst du es ihnen sagen, oder soll ich?

ADAM: Bitte. Nicht so.

PAUL: Wie denn? So? *(Schleudert das Messer gegen die*

228

Wand. Dann dreht er sich um, nimmt den Kuchen, dreht ihn herum und klatscht ihn auf den Tisch.)

IRIS *(packt Paul beim Ärmel)*: Was zum Teufel machst du denn da?

MAUD: Jess, wir gehen. Jetzt.

PAUL: Er *(zeigt auf ADAM)* und sie *(zeigt auf JESS)*. Versteht ihr? Habt ihr es endlich kapiert? Dein Mann *(zeigt auf RACHEL)* und dein Vater *(zeigt auf DANI)* schleicht nachts über die Plantage und gesteht deiner Tochter *(zeigt auf MAUD)* seine unsterbliche Liebe. Deiner besten Freundin *(zeigt auf DANI)*. Er hat sie geküsst. Das ist los. Sind jetzt alle im Bilde? Wisst ihr jetzt, wie der Hase läuft?

(PAUL sackt auf seinem Stuhl zusammen. ADAM bleibt wie erstarrt stehen. MAUD zerrt an JESS' Arm, die jetzt weint.)

JESS *(zu DANI)*: Nichts ist passiert, ich schwöre.

(DANI rückt vom Tisch ab, legt die Stirn an die Tischkante und kotzt auf den Teppich. RACHEL bleibt sitzen, betrachtet den zerstörten Kuchen.)

RACHEL: Das war ein wunderbarer Kuchen. Ich war sehr stolz darauf. Gitterkuchen. *(Dreht sich zu ADAM um.)* Stimmt das?

ADAM: So nicht.

PAUL: Du beschissener Lügner. Ich habe euch gesehen.

ADAM *(zu JESS)*: Geh nach Hause. Ist schon okay. Ich regele das.

MAUD *(lässt JESS los, stürzt sich auf ADAM und schubst ihn, er torkelt zurück)*: Du hast ihr gar nichts zu sagen! Für wen hältst du dich? Sie gehört mir. Sprich sie nicht an. Du darfst sie nicht mal ansehen.

RACHEL *(zu MAUD)*: Schaff deine Tochter aus meinem Haus.

ADAM *(rappelt sich auf, rückt sich den Hemdkragen zurecht)*:
Es stimmt. Ich habe mich in sie verliebt.

JESS: Warte. Bitte, ich …

RACHEL *(lacht)*: Du hast dich verliebt. Ist das nicht schön.
Wie im Märchen.

ADAM: Es tut mir leid. Es ist nicht so, wie du denkst.

RACHEL: Du armer, kranker Mann. Sie könnte deine Tochter
sein.

JESS: Ich bin nicht seine Tochter.

DANI: *Ich* bin seine Tochter.

RACHEL *(langsam)*: Raus aus meinem Haus.

IRIS: Paul, wir gehen.

PAUL: Dani? *(Berührt ihren Rücken.)* Komm, wir gehen.
Verschwinden wir von hier.

DANI *(steht auf, wischt sich Mund und Augen ab; zu PAUL)*:
Fass mich nicht an!

JESS: Dani, warte, es ist nicht so, wie du denkst.

DANI: Wie ich denke. *(Lacht.)* Mein Vater liebt dich?
Willst du mich verarschen? Was soll ich denn mit dieser
Information anfangen?

ADAM: Dani, bitte, hör mich an.

JESS: Ich habe nichts gemacht. Das musst du mir glauben.

DANI: Tja, tue ich aber nicht. Ich glaube dir nicht.

(DANI geht ab.)

IRIS: Dani, warte!

RACHEL: Ach, Iris, halt die Klappe. Lass sie gehen. Raus aus
meinem Haus, alle! Der Abend ist vorbei. Alles ist vorbei.

*(MAUD nimmt eine rote Jacke von der Garderobe und zieht
JESS nach draußen. IRIS und PAUL gehen hinterher.)*

ADAM *(setzt sich neben RACHEL)*: Ich habe das nicht
gewollt. Es war keine Absicht.

RACHEL: Und das macht es besser, oder was? Sie ist
siebzehn!

ADAM: Nichts ist passiert.

RACHEL: Was soll das heißen, nichts ist passiert? Ganz
offensichtlich ist doch was passiert.

ADAM: Ich habe sie nicht angefasst. Nicht so.

RACHEL: Nicht so. Wie denn? Was willst du mir damit sagen?
Dass du sie nicht gevögelt hast? Dass du deinen Schwanz
nicht in eine Siebzehnjährige gesteckt hast? Dass du nicht
ihre kleine Teeniemöse geleckt hast?

ADAM: Du lieber Gott.

RACHEL: Was? Ist dir das zu viel? Ist das schlimmer,
als herauszufinden, dass der eigene Mann in eine
Siebzehnjährige verliebt ist? Du willst sie wohl alle
vernaschen, hier das süße kleine siebzehnjährige
Schnittchen und da den alten, vertrockneten,
zweiundvierzigjährigen Kuchen. Du, du, du. Mann, ich
hoffe, du erstickst daran!

ADAM: Könntest du mir mal für eine Minute zuhören?
Ich will es dir erklären. Nichts ist passiert. Ja, ich habe
Gefühle für sie. Ja, ich habe ein Problem. Aber es ist nicht
das, was du daraus machst. Wir können darüber reden.

RACHEL: Was gibt es da noch zu reden? Du bist angeblich
in ein siebzehnjähriges Mädchen verliebt. Du solltest mit
dem Staatsanwalt sprechen, nicht mit mir.

ADAM: Ich habe sie nicht angefasst. Außerdem ist sie fast
achtzehn.

RACHEL: Ach so, achtzehn. *(Lacht.)* Na dann.

ADAM: Rachel, bitte. Es tut mir leid. Ich wollte nicht, dass du
es auf diese Weise erfährst.

RACHEL: Du wolltest, dass ich es nie erfahre, Punkt.

ADAM: Nein. Es sollte nie so weit kommen. Das ist doch ...
Ich weiß nicht, was es ist.

RACHEL: Hat es was mit deiner Mutter zu tun?

ADAM: Nein, mein Gott, natürlich nicht. Warum fragst du?
Sei nicht albern.

RACHEL: Das ist nicht albern. Du hast nie ...

ADAM: Es hat nichts mit ihr zu tun. Du weißt gar nichts
über sie.

RACHEL: Tja, das stimmt.

ADAM: Es geht hier nicht um sie.

RACHEL: Hör dich nur an. Der arme Adam ...

ADAM: Rachel, lass das. Lass es einfach.

RACHEL: Wage es nicht, mir den Mund zu verbieten.

ADAM: Sorry. Meine Güte. Ich wollte nicht ... Ich hab das
nicht geplant. Ich schwöre, ich weiß nicht mehr,
was ich machen soll. Sag mir, was ich machen soll.

RACHEL: Wie die Vögel.

ADAM: Welche Vögel?

RACHEL *(zeigt zur Terrassentür)*: Bevor wir die Folie
angeklebt haben, sind sie ständig gegen die Scheibe
geflogen. Sie sind durch die Luft gesegelt und dann,
peng, Licht aus.

ADAM: Wovon redest du?

RACHEL: Nichts. Es geht dich nichts mehr an. Du bist
erbärmlich. Siebzehn! Hau ab, Adam, verschwinde.
Auf der Stelle. Ich will dich hier nie wieder sehen.

*(ADAM geht ab. RACHEL steht auf. Sie hält sich mit beiden
Händen am Tisch fest, sieht aus dem Fenster.)*

(Licht aus, Ende.)

Blinzelnd musterte Rachel den Tisch, die Kondenswasser-tropfen auf der Weißweinflasche. Dann stand sie auf, schob den Stuhl zurück. Sie klammerte sich an der Kante fest, ihre Fingerknöchel traten weiß hervor. Sie sah sich selbst vor achtzehn Jahren an diesem Tisch sitzen und in der Hitze des Gefechts den Giftbrief schreiben. *Liebe Freunde in Syca-more, ich habe euch etwas mitzuteilen. Adam und ich haben uns getrennt, weil er beschlossen hat, sich in eine Minderjäh-rige zu verlieben. Ich werde die Scheidung einreichen und mei-nen Mädchennamen wieder annehmen. Mit herzlichen Grü-ßen, Rachel Fischer.* Sie sah sich rachedurstig in Adress- und Telefonbüchern blättern und Umschläge adressieren, statt sich um ihre weinende Tochter zu kümmern, die sich in ihr Zimmer eingeschlossen hatte, oder um die beste Freun-din, die ganz in der Nähe allein im Bett lag. Immer wie-der strich sie seinen Namen aus dem gestempelten Absen-der, schmeckte die widerliche Süße der Briefmarken auf der Zunge.

Mama, bist du schon wieder da?

Ich bin an der Tür. Ich komme rein. Buh!

Die Ofenuhr piepte, es roch verraucht. Rachel rief nach Hugh, schaltete den Ofen aus und holte die blubbernde Lasagne mit den knusprigen Ecken heraus. Wo war er nur? Oh, dachte Rachel. Jetzt habe ich auch ihn verprellt. Sie lief ins Schlafzimmer, riss die Schranktüren auf, seufzte erleich-tert. Hughs Kleidung und Schuhe waren noch da, die Kof-fer ebenfalls. Ganz anders als an jenem Tag, als sie Adams Sachen aus den Fächern gezerrt und in den Vorgarten gewor-fen hatte. Als die kostbaren Gemälde von Frances Barnes aus dem Fenster der Dachkammer gesegelt und wie abgeschos-sene Gänse in der Einfahrt gelandet waren. Rachel stellte sich vor, wie sie damals ausgesehen haben musste, wahrscheinlich wie eine zerzauste Furie aus einem B-Movie, die das Set zertrümmert. Sie dachte an Adam, der vor Dani gekniet und sie angefleht hatte. *Bitte, Dani, bitte.* Sie wusste noch, dass sie gedacht hatte: *Warum bittest du mich nicht um Verzeihung?* Tief in ihrem Herzen ahnte sie, dass sie ihm verziehen hätte. Er hatte sie bloß nie darum gebeten.

In der Küche ging der Rauchmelder los. Rachel stieg auf einen Stuhl und versuchte, die Batterien zu entfernen. Als das nicht klappte, riss sie das komplette Gerät von der Decke und schleuderte es auf den Boden. Plastikteile schlitterten über die Fliesen. Rachel schaltete den Deckenventilator ein und schob die Glastüren auf.

»Rachel!«, rief Hugh.

Sie trat auf die dunkle Terrasse hinaus. Hugh stand am hinteren Ende des Gartens am Zaun und hielt ein Weinglas in der einen und eine Taschenlampe in der anderen Hand. Er leuchtete in ihre Richtung.

»Da bist du ja«, sagte sie. »Warst du die ganze Zeit hier draußen?«

»Ja. Ich habe auf dich gewartet, als sich im Garten etwas bewegt hat. Da dachte ich, ich schaue mal nach.« Er richtete den Lichtkegel der Taschenlampe auf einen Busch. »Komm, sieh dir das an. Oh, die Lasagne!«

»Hab sie schon rausgenommen«, sagte Rachel. »Tut mir leid, dass ich mich verspätet habe. Ehrlich.«

»Ist schon okay.« Er winkte sie lächelnd heran. »Sieh mal.«

Er leuchtete unter einen ausladenden Mesquitestrauch, wo trockenes Gras und Unkraut ein dickes Kissen gebildet hatten. »Da.«

Rachel hörte den Warnruf – *pit, pit, pit, pit* – und entdeckte ein Nest. Helmwachteln, eine ganze Familie, Henne und Küken. Der Hahn musste irgendwo in der Nähe sein.

»Wie seltsam, dass sie am Boden nisten«, sagte Hugh.

»Sie lieben den Boden. Sie nisten im Gebüsch und sind perfekte Tarnkünstler.« Das hatte Dani ihr einmal erklärt.

»Ist das nicht viel zu gefährlich?«

»Im Notfall flattern sie weg.« Wachteln flogen niedrig, Rachel war jedes Mal überrascht, wie schnell und elegant die plumpen Körper wirkten, sobald sie erst in der Luft waren.

Die Henne quakte ängstlich, Rachel berührte Hughs Hand. »Schalte die Taschenlampe aus, wir machen sie nervös.«

Hugh tat wie geheißen. Im letzten Abendlicht blieben sie noch eine Weile stehen, dann drehte sich Rachel zum Haus um. Küche und Esszimmer waren hell erleuchtet, und hinter der Glasscheibe war alles deutlich zu erkennen: der Tisch, die Weinflasche, der kaputte Rauchmelder am Boden, die Lasagneform auf dem Herd. Abendessen. Sie musste erneut an sich selbst an jenem Abend denken, wie sie den zermatschten Kuchen betrachtet hatte; wie sie Briefumschläge adressiert und immer wieder Adams Namen durchgestrichen hatte. Sie sah ihre Tochter auf den Teppich kotzen, als wäre das Leben zu Ende; ihr schönes, trauriges, hartes Gesicht, als ihr Vater bettelnd vor ihr gekniet hatte. Sie sah Maud daheim am Fenster stehen und warten, warten, warten.

Rachel hakte sich bei Hugh unter. »Ich muss Dani anrufen«, sagte sie. »Und Maud.«

»Ja.« Hugh legte ihr die Hand an den Rücken. »Gehen wir rein.«

Sie betrachtete sein Gesicht. Ihr junger, geduldiger, neurotischer Mann. Er wusste über ihre Vergangenheit Bescheid, aber sie hatten länger nicht darüber gesprochen.

Sie zeigte zum Haus. »Was siehst du im Fenster?«

Hugh runzelte die Stirn, drehte sich um. »Im Fenster? Oder dahinter?«

»Beides.«

Er legte den Kopf schief. »Ist das eine Falle?«

Rachel lachte. »Nein.«

»Ich weiß nicht … Ich sehe Glas. Ein Zuhause.« Er nahm sie in den Arm. »Es ist, wie nach Hause zu kommen.«

Rachel drückte ihr Gesicht an seine Schulter, atmete seinen warmen Körpergeruch ein.

Ich bin unterwegs. Ich stehe vor der Tür.

»Komm«, sagte sie, nahm seine Hand und zog ihn ins Haus.

Winterlichter

November–Dezember 1991

Als sie vom Thanksgiving-Essen nach Hause kamen, stellte Maud sich mit verschränkten Armen ans Wohnzimmerfenster. »Geh bitte in dein Zimmer, Jess. Ich brauche einen Moment.«

Es war fast komisch. Jess wurde auf ihr Zimmer geschickt wie ein kleines Kind, weil ein erwachsener Mann ihr seine Liebe gestanden hatte. Aber sie lachte nicht, und sie widersprach auch nicht. Sie ging.

Sie setzte sich aufs Bett, spürte die Anspannung im ganzen Körper, stellte die Füße auf den Boden und sah aus dem Fenster. Hinter den Black Hills ging die Sonne unter. Sie hatte die Jacke anbehalten; es war, als würden die Schuldgefühle sie niederdrücken wie Blei. Sie meinte Danis Kotze zu riechen und die gelben Brocken auf dem Teppich vor sich zu sehen und fragte sich, ob es nur eine Erinnerung war oder ob ihre Schuhe und Hosenbeine etwas abbekommen hatten. Sie brachte es nicht über sich nachzusehen.

Nach einer Weile kam ihre Mutter herein. Sie zog einen Stuhl ans Bett, setzte sich und schlug die Beine übereinander.

»Ich will alles hören«, sagte sie. »Und lüg mich nicht an, Jess. Schluss mit den Lügen. Erzähl mir alles, damit wir eine Lösung finden können.«

Jess zog die Daunenjacke enger. »Mom, da ist nichts passiert.«

»Oh doch. Los jetzt. *Wie* ist es passiert? Hat er dich bedrängt?«

»Nein, so war das nicht. Er hat nicht... Wir haben nichts Verbotenes getan.«

»Wenn er dich angefasst hat, muss ich das wissen. Abgesehen davon, dass es verwerflich ist, ist es illegal. Du bist minderjährig.«

»Nichts ist vorgefallen. Nichts Körperliches. Das schwöre ich.«

»Du hast nicht mit ihm geschlafen?«

»Nein!«

»Oralsex? Petting?«

»O Gott, Mom... Nein!«

Ihre Mutter seufzte. »Na, immerhin.« Trotzdem runzelte sie die Stirn. »Was ist dann los? Erzähl es mir, von Anfang an.«

Wo sollte Jess anfangen? »Ich weiß auch nicht, eines Nachts waren wir allein draußen auf der Terrasse und...«

»Warum warst du nachts mit ihm draußen?«

»Ich konnte nicht schlafen.«

»Lass mich raten: Er hat dir seine traurige Lebensgeschichte erzählt, wie unglücklich sein Leben ist, dass er sich mit seiner Frau nicht mehr versteht. Dass er sich eingesperrt fühlt.«

»Nein, so war es nicht. Ich weiß, dass du glaubst, er hätte mich manipuliert...«

»Ich *weiß*, dass er dich manipuliert hat, Jess, was denn sonst? Du siehst die Zusammenhänge nicht. Du bist noch zu jung, um das zu wissen, aber so etwas passiert ständig. Ständig. Und es läuft genau so ab. Durch dich will er sich wieder jung fühlen. Es gibt sogar eine Bezeichnung dafür: Midlife-

Crisis. Und wir haben es am eigenen Leib erlebt, denk nur an deinen Vater.«

»Er ist aber nicht wie mein Vater. Kein bisschen. Er hat keine Midlife-Crisis. Es gab keine Krise. Er hatte das nicht geplant.«

»Ich wette eine Million Dollar, dass es so war. Du hast nur die Signale nicht bemerkt, du konntest sie nicht einordnen.«

»Nein«, widersprach Jess, aber dann musste sie an die Nacht auf der Terrasse denken und an den Abend in der Garage. An den Brief und den Schlüssel, an das Treffen in dem leeren Haus, an seine Anrufe und den Zettel unter der Windschutzscheibe. »Nein.« Sie schüttelte den Kopf. »Er hat mich abgewiesen.«

»So sollte es aussehen. Aber dann hat er dir seine Liebe gestanden.«

»Ja.«

»Und das soll nicht manipulativ sein? Einem jungen, unerfahrenen Mädchen zu erzählen, was es hören will?«

»Ich wollte das doch gar nicht hören«, entgegnete Jess. »Ich weiß nicht, was ich will.«

Ihre Mutter schnaubte angewidert. »Was hast du denn geglaubt, was passieren würde, Jess? Dass er seine Frau und seine Tochter verlässt und dich an deinem achtzehnten Geburtstag heiratet?« Sie lachte auf. »Dass ihr ein neues Leben anfangt? Glücklich bis ans Ende eurer Tage?«

»Nein, ich habe nichts davon geglaubt. Ich dachte nicht, dass ...«

»Nein, du hast nicht gedacht.« Maud schrie inzwischen fast. »Er hat dich benutzt, Jess. Deine Jugend, deine Schönheit. Er ist ein Vampir, der dir das Leben aussaugen will. Bis du stirbst. Er wird dich aussaugen, bis du nichts mehr bist, und dann eines Tages wachst du auf, und es ist zu spät.«

Jess hielt sich die Ohren zu. »Schrei mich nicht an.«

»Ich schreie nicht!« Maud dämpfte ihre Stimme, atmete geräuschvoll aus. »Meine Güte. Bildet sich dieses Schwein tatsächlich ein, er könnte sich an mein Kind heranmachen.« Sie schüttelte den Kopf. »Nein, nicht solange ich da bin.«

Zunächst war Jess erleichtert. Ihre Mutter war auf ihrer Seite. Aber sie ärgerte sich über den Ton und wurde selbst giftig. »Solange du da bist? Wann bist du denn da?«

Maud kniff die Augen zusammen. »Es geht hier nicht um mich.«

»Und warum nicht? Warum darfst du dich benehmen, wie du willst, während ich mich an die Regeln halten muss? Weil du die sogenannte Erziehungsberechtigte bist? Du weißt doch gar nicht, was du tust! Liegst den halben Tag lang im Bett. Schaffst es nicht einmal, wach zu bleiben!«

Maud stand auf und stellte den Stuhl an den Schreibtisch zurück. »Es reicht. Wir reden später weiter. Ich muss noch mal los, ich brauche Aspirin, mein Kopf bringt mich um. Warum wohl?«

»Heute ist Thanksgiving«, sagte Jess. »Die Läden haben geschlossen.«

Maud fuhr herum. »Ich weiß!« Sie schlug sich auf das schlimme Ohr, steckte einen Finger hinein. »Verdammt noch mal, Jess, ich kann nicht glauben, was du getan hast. Wie konntest du nur so dumm sein?«

Jess' Wangen brannten, als hätte Maud sie geschlagen. So hatte sie ihre Mutter noch nie erlebt, mit knallrotem Gesicht und heiserer Stimme. Ihre Mutter hatte sie noch nie dumm genannt.

»Ich habe nichts getan«, heulte Jess. Das stimmte, aber tief in ihrem Herzen wusste sie, dass sie sich schuldig gemacht hatte. Sie ließ sich seitlich aufs Bett fallen und zog sich Jacke und Decke über den Kopf, wie um sich zu verstecken. Sie presste sich das Gesicht an die Knie, wurde von Schluchzern geschüttelt. Und sie wartete auf das Gefühl, wenn die Matratze sich absenkte, weil Maud darauf Platz nahm. Sie wartete darauf, dass ihre Mutter ihr über Kopf und Rücken strich und mit ihrer zu lauten Stimme sagte: *Ist schon okay, J-Bird. Zusammen finden wir eine Lösung.*

Stattdessen hörte sie, wie die Haustür geöffnet und wieder geschlossen wurde, und dann den Motor von Mauds Auto. Jess hörte, wie sie davonfuhr.

Wer würde ihr glauben, wenn nicht einmal ihre Mutter ihr glaubte?

Am Montag war Jess überzeugt davon, dass alle es wussten und ihr die Schuld gaben. Sie hatte ihn verführt, sie hatte eine Familie kaputtgemacht, sie war eine Schlampe. Das allein hätte sie ertragen, aber wirklich Angst hatte sie davor, Dani unter die Augen zu treten. Dani, die ihr die Schuld geben, die ihr kein Wort glauben und sie wie Luft behandeln würde. Die nie wieder mit ihr reden würde.

Jess weigerte sich, zur Schule zu gehen, und Maud ließ sie gewähren, vorerst, bis sie einen Schlachtplan entworfen hätten. Möglicherweise könnte Jess das Schuljahr in Camp Verde oder Prescott beenden? In ihrer Mittagspause schaute Maud vorbei und brachte Jess die Hausaufgaben. Abends aßen sie zusammen, danach saßen sie vor dem Fernseher. Jeden Tag fragte Maud in ähnlich kühlem Ton: »Hat er sich gemeldet?«, und wenn Jess den Kopf schüttelte, fügte sie hinzu: »Gut«, und ihr Ton entspannte sich ebenso wie ihr Gesicht. Nach einer Woche – sie saßen gerade auf dem Sofa – legte sie Jess steif den Arm um die Schultern. Jess wusste, wie enttäuscht, wütend und sauer ihre Mutter war. Sie weinte so viel, bis in ihrem rechten Auge ein Blutgefäß platzte und kleine Schnörkel den Augapfel überzogen.

Es stimmte, sie hatte nichts mehr von ihm gehört. Sie wusste nicht, wo er jetzt war, und sie wollte es auch gar nicht wissen. Sie wollte nicht mehr an ihn denken. Als am Nachmittag das Telefon klingelte, ging sie nicht ran. Der Anrufer hinterließ keine Nachricht. Warren rief nicht mehr an, wahrscheinlich hatte auch er es erfahren. Wahrscheinlich war ihre Beziehung beendet.

An einem Nachmittag nach der Schule schaute Ms Genoways vorbei, um Jess die Hausaufgaben zu bringen.

»Wie ich gehört habe, bist du krank«, sagte sie. »Du siehst gar nicht krank aus.«

Jess presste sich einen Finger auf das blutunterlaufene Auge. »Scharlachrotes Buchstabenfieber«, sagte sie.

Ms G lächelte. »Sehr lustig.«

»Sie haben es doch auch längst gehört, oder?«, fragte Jess.

Ms G kratzte sich an der Wange. »Nun … ja. Du steckst ganz schön in der Tinte, meine Liebe. Was aber nicht bedeutet, dass du dich zu Hause verstecken musst. Wir leben nicht mehr im neunzehnten Jahrhundert.«

»Ich verstecke mich nicht«, sagte Jess. »Ich will einfach bloß niemanden sehen, okay?«

»Okay, wie du meinst«, sagte Ms G. »Ich habe dir ein paar Bücher mitgebracht, die dich vielleicht interessieren.«

Jess betrachtete den Stapel. *House of Light* von Mary Oliver und *Die kleinen Widrigkeiten des Lebens* von Grace Paley.

»Danke.« Sie nahm der Lehrerin den Stapel ab. »Wissen es alle?«

»Manche«, sagte Ms G. »Die Erwachsenen. Aber mach dir keine Gedanken – sie reden über ihn, nicht über dich.«

»Ich habe mit niemandem darüber gesprochen.«

»Musst du auch nicht. Deswegen bin ich nicht hier.« Ms G seufzte. »Ich habe mir Sorgen gemacht. Das tue ich immer. Ich hatte immer gehofft, es würde sich mit zunehmendem Alter legen, aber weit gefehlt. Es wird schlimmer.«

»Ich habe nichts getan«, sagte Jess. Dann fügte sie zögerlich hinzu: »Aber ich wollte.« Zum ersten Mal hatte sie die Wahrheit laut ausgesprochen. »Fast wäre es so weit gekommen.«

»Ist es aber nicht«, sagte Ms G. »Und selbst wenn – du trägst hier nicht die Verantwortung, mein Kind.« Sie schüttelte den Kopf und murmelte ein Wort, das verdächtig nach »Wichser« klang.

»In Ihrem Unterricht haben wir so oft über die Liebe gesprochen«, sagte Jess. »Was macht die wahre, große Liebe aus? Auf die Antwort sind wir nie gekommen.«

»Weil es keine Antwort gibt. Es gibt kein Richtig oder Falsch. Deswegen ist es so kompliziert.«

»In der Literatur oder im Leben?«

»In beidem«, sagte Ms G, »immer.«

»Glauben Sie an die Liebe?«

Ms G drückte sich die Handtasche an die Brust. »Ich glaube, dass die Menschen daran glauben. Ich glaube, dass die Liebe, wenn wir daran glauben, Berge versetzen kann.«

»Er sagt, er liebt mich.«

Ms G lachte. »Ach, Schätzchen. Natürlich sagt er das. Wahrscheinlich glaubt er es sogar.«

Jess schüttelte den Kopf. »Es ist ein ewiges Hin und Her. Ja, nein. Ich glaube ihm, ich glaube ihm nicht. Er hat sich und

allen etwas vorgemacht, es hätte ohnehin niemals sein können… Aber ich habe alle verletzt. Das ist real. Was ist das
für eine Liebe?« Sie legte sich die Hände an die Brust, wo die
Beklemmung drückte. »Wie kann ich das wiedergutmachen?
Was soll ich tun?«

»Ich wünschte mir, ich wüsste es. Ich würde es dir sofort
verraten.«

»Und wenn Sie an meiner Stelle wären? Nehmen wir einmal an, Sie hätten etwas Ähnliches erlebt, und jetzt sind Sie
älter und denken daran zurück und wüssten, was zu tun
wäre.«

»Jess…«

»Bitte!« Jess kratzte sich über Kopfhaut und Hals, bis rote
Striemen erschienen. »Irgendwer muss mir sagen, was ich
tun soll!«

»Das kann ich nicht. Gedichte und Geschichten« – Ms G
tippte auf den Bücherstapel –, »die helfen mir, wenn ich mal
nicht weiterweiß. Was recht oft passiert.«

»Mein Gott, scheiß auf die Gedichte«, rief Jess. »Warum
können Sie mir nicht einfach meine Frage beantworten?
Wenn Sie mir schon nicht sagen können, was ich tun soll –
was würden *Sie* tun?«

Ms G schulterte ihre Tasche und sah Jess nachdenklich an.
»Ich würde meinen Schulabschluss machen, egal wie, und
dann von hier verschwinden. Aufs College gehen. Von vorn
anfangen und mein Leben leben.«

»Sie meinen weglaufen?«, fragte Jess.

»Nein, nicht *weg*. Auf etwas anderes *zu*.«

Eine Woche vor Weihnachten, als ihre Mutter abends wieder einmal vor zehn Uhr eingeschlafen war, schlich Jess aus

dem Haus, um sich die Festtagsbeleuchtung anzusehen. In Phoenix hatten sie das immer zu dritt gemacht, sie hatten sich ins Auto gesetzt oder waren zu Fuß losgezogen, um die Lichtinstallationen zu bestaunen, *aaah* und *oooh*. Manche fanden sie missglückt und zum Lachen – Bäumchen im Würgegriff von Lichterketten, Eiszapfen aus Plastik, die von Kakteen hingen. An diesem Weihnachtsfest – ihr erstes in Sycamore – hatten sie weder einen Baum im Wohnzimmer aufgestellt noch die Lichterketten aus dem Karton geholt. Früher, in Phoenix, hatten sie Stunden damit zugebracht, die Dinger zu entwirren und an der Regenrinne und den Verandapfosten aufzuhängen.

Jess lief über den Quail Run in Richtung Plantage. Iris schaltete die blinkenden Lichter auch nachts nicht aus; sie funkelten gespenstisch vor der Kulisse aus schwarzen Bäumen. Jess schlenderte weiter durch das Collegeviertel, bewunderte die bunten Glühbirnen an Büschen und Laternenmasten. Hinter manchen Fenstern sah sie Lametta an Weihnachtsbäumen glitzern. Danis Elternhaus am Piñon Drive war ungeschmückt. Kein Licht brannte, Veranda und Fenster lagen im Dunkeln. Im District zog Jess sich in einen dunklen Hauseingang zurück. Durch einen Schleier aus Tränen konnte sie die Festbeleuchtung der Woodchute Lodge erkennen.

Als sie gegen Mitternacht nach Hause zurückkam, trat ihr in der Einfahrt ein Mann entgegen. Jess stieß einen spitzen Schrei aus.

Der Mann hob die Hände. »Ich bin's, Adam«, sagte er. »Alles okay.«

»Mein Gott, hast du mich erschreckt«, sagte Jess. »Was machst du hier?«

»Du bist nicht ans Telefon gegangen.« Er hatte einen Dreitagebart und schwarze Augenringe. »Ich wohne eigentlich in einem Motel in Flagstaff, nur heute bin ich in der Woodchute Lodge untergekommen. Ich muss mit dir reden.«

»Ich gehe nicht mit dir ins Motel«, sagte Jess.

»Das habe ich auch gar nicht... Egal. Mein Auto steht dahinten«, sagte er. »Ich will nicht, dass es noch mehr Gerede gibt. Ich will es nicht noch schlimmer machen.«

Jess lachte. »Noch schlimmer?«

»Würdest du bitte...« Seine Stimme versagte.

»Okay«, sagte Jess.

Er leuchtete ihr mit einer Taschenlampe den Weg. Am Ende der Straße stand der alte VW. Jess nahm auf dem Beifahrersitz Platz, beugte sich frierend nach vorn. Der Fußraum war mit Müllsäcken vollgestopft, auch die Rückbank war voll davon. Jess schob einen der Beutel ein Stück von sich weg, spürte eine harte Kante unter der Folie.

»Sorry für die Unordnung«, sagte Adam.

Jess stieß mit der Schuhspitze gegen den Müllsack. »Was ist da drin?«

»Meine Sachen«, sagte er. »Was davon übrig ist. Ein bisschen Kleidung, die Bilder meiner Mutter. Sie lagen auf dem Rasen vor dem Haus. Seither war ich nicht mehr dort.«

»Warum fährst du Danis Auto?«

»Sie wollte es nicht mehr«, sagte er. »Sie sagt, und ich zitiere: ›Ich will nichts, was mich an dich erinnert.‹« Er ließ den Motor an und stellte die Heizung ein.

»Wie geht es ihr?«

»Ich habe sie seit jenem Abend nicht mehr gesehen. Meine Anrufe nimmt sie nicht entgegen.« Er zuckte mit den Schultern. »Sie hat nur gefragt: ›Warum?‹«

»Und was hast du geantwortet?«

»Dass ich es nicht weiß.«

Jess ließ das Bein gegen den Müllbeutel sinken, die Kante drückte sich schmerzhaft in ihre Haut. Sie hatte sich nie gefragt, was passieren würde, wenn die anderen davon erführen. Jetzt wusste sie es. Sie kotzten auf Teppiche, warfen mit Messern und zerdrückten Kuchen. Sie stopften Sachen in schwarze Müllsäcke und verzichteten auf Weihnachtsbeleuchtung. Alle litten, hatten verweinte Augen und versteckten sich vor der Welt. Heimlichtuerei, Untreue, Betrug. Falls das Liebe war, war die Liebe eine Katastrophe.

»Ich wollte das nicht«, sagte sie.

»Nein. Aber es wäre unweigerlich so gekommen, egal wie und wann ich es ihnen gesagt hätte.«

»Ich wollte es ihnen nie sagen. Wozu? Es gab nichts zu sagen.«

»Jess«, sagte er, »ich kann nicht in Sycamore bleiben. Ich muss umziehen. Ich hatte an das Haus meiner Mutter in Colorado gedacht, aber das ist baufällig und zu weit weg. Ich habe eine hübsche Blockhütte in Kachina Village gefunden, ganz in der Nähe von Flagstaff. Weit genug weg, aber nah genug, um Dani zu besuchen. Ich ziehe am Sonntag ein, am Zweiundzwanzigsten.«

»Winteranfang«, sagte Jess, beugte sich vor und hielt die Hände an die Lüftungsklappen.

Adam lachte leise. »Wie passend.«

Jess sah ihn an, lehnte sich an die Beifahrertür, spürte den Griff im Rücken. »Dann sehen wir uns nie wieder?«

»Das weiß ich nicht. Hängt von dir ab. Deswegen bin ich hier.«

Jess legte die Hände auf die Knie.

»Jetzt ist alles anders«, sagte er.

»Weil wir alles kaputtgemacht haben.«

»Ja, okay, aber die Frage ist doch: Wofür? Für nichts? Ist das hier nichts?«

Jess legte sich beide Hände an den Hals. »Nein. Aber etwas war es auch nicht.« Nichts, etwas, irgendetwas dazwischen. Sie lehnte den Kopf an die Scheibe und spürte das kalte Glas. »Ich bin komplett durcheinander. Ich weiß nicht mehr, was ich glauben soll. Und auch nicht, was ich tun soll.«

»Komm mit mir«, sagte er.

Die Worte schwebten durchs Auto und wurden vom warmen Luftstrom des Gebläses verwirbelt. Jess hörte die empörte Stimme ihrer Mutter: *Dass ihr ein neues Leben anfangt? Glücklich bis ans Ende eurer Tage?* Sie war selbst empört. Mit ihm zu gehen war keine Option. Oder doch?

»Hör zu«, sagte er. »In ein paar Monaten wirst du achtzehn. Du könntest in Flagstaff zur Schule gehen, weit weg von hier. Wir könnten noch einmal von vorn anfangen. Du könntest sogar studieren, Forstwirtschaft oder was immer du willst, die Uni dort hat einen hervorragenden Ruf. Du könntest deine Mutter regelmäßig besuchen. Und wir könnten herausfinden« – er trat aufs Gaspedal und ließ den Motor aufheulen –, »was wir wollen.«

»Es gibt kein Wir«, sagte Jess.

»Ich liebe dich«, sagte Adam. »Alle glauben, ich wäre verrückt geworden, aber es ist die Wahrheit. Egal was es mich kostet, wie Rachel sagt. Ich möchte mit dir zusammen sein. Ich hab nicht gewusst, wie das je hätte möglich sein können, aber jetzt weiß ich es.«

»Wir kennen uns nicht einmal«, sagte Jess.

Adam umklammerte das Lenkrad mit beiden Händen, ließ den Kopf darauf sinken. »Du liebst mich doch, oder?«

Jess' Herz hämmerte, als wäre sie einen steilen Hügel hinaufgesprintet. Ihr treuloser Unterleib kribbelte.

»Sollten wir es nicht zumindest ausprobieren?«, fragte er. »Es versuchen?«

Er griff nach ihrer Hand. Die Vibration des Motors war bis in die Sitze zu spüren, aus den Heizungsklappen strömte warme Luft. Die Wärme machte Jess müde, verträumt. Sie stellte es sich vor: die Blockhütte im Wald. Einen Mann, der sie liebt. Ein Studium, Besuche bei Maud. Ein glückliches Leben. Hatten sie so ein Glück verdient, nach allem, was sie den anderen angetan hatten? Ihr Vater hatte an ein Recht auf Glück geglaubt, er hatte alle Verbindungen gekappt und war in den Sonnenuntergang gestiefelt. Er hatte nichts zurückgelassen als verbrannte Erde.

Er legte sich Jess' Hand an die Wange, küsste ihr Handgelenk. »Es ist echt, Jess. Was kann ich sagen, damit du mir glaubst?«

»Sag nichts.«

Er zog sie an sich, sie atmete seinen holzigen Duft ein. Seine Bartstoppeln kratzten über ihre Wange, sie erschauderte und spürte den Schaltknüppel an ihrem Oberschenkel. Wieder spürte sie diese drängende, köstliche Wärme. Ihr Körper sagte ihr, dass es echt war. Glaub ihm, sagte er. Was, wenn es tatsächlich Liebe war? *Un*erwartet. *Un*konventionell. *Außer*gewöhnlich.

»Meine schöne Jess«, flüsterte er ihr leise ins Ohr, als fürchtete er, sie aus einer Trance zu reißen. »Meine hübsche Prinzessin.«

Bei diesen Worten zuckte Jess zurück und ballte die

Fäuste. Sie meinte die heisere Stimme ihres Vaters zu hören. Sie betrachtete ihre Schuhe, bohrte die großen Zehen in den dünnen Stoff. Die Schuhe waren abgetreten von ihren nächtlichen Ausflügen, aber ihre Füße waren noch immer jung und stark. Sie würden sie tragen, wohin sie wollte.

Sie legte die Hand an den Türgriff. »Ich kann nicht«, sagte sie. »Ich muss gehen, Adam.«

»Warte.«

Sie wusste, was sie ihm zu sagen hätte. »Ich liebe dich nicht, okay? Ich will das nicht. Ich will nicht mit dir zusammen sein.«

Er ließ sich zurücksacken. »Einfach so? So einfach ist das für dich?«

»Ja«, sagte sie.

Und es war einfach. Jess stieß die Beifahrertür auf, stieg aus und ging. Sie ging durch die Dunkelheit. Sie ging nach Hause.

Als sie nach Hause kam, saß ihre Mutter im Bademantel auf dem Sofa. Mutter und Tochter starrten einander an.

»Warst du bei ihm?«, fragte Maud.

»Ja. Wir haben nur geredet. *Er* wollte reden.«

»Worüber?«

Jess dachte kurz nach. Sie musste es sich selbst noch einmal sagen: *Es ist vorbei. Ich werde ihn nie wiedersehen.*

»Lüg mich nicht an«, sagte Maud. »Alles, nur das nicht.«

»Ich lüge nicht. Er wollte sich von mir verabschieden. Er geht weg von hier und hat mich gebeten mitzukommen. Ich habe Nein gesagt.«

»Dieses Schwein. Um Gottes willen. Komm her!«

Jess ließ sich aufs Sofa fallen und lehnte sich an Mauds Schulter.

»Ich bin stolz auf dich«, sagte Maud. »Du hast das Richtige getan.«

»Ja«, sagte Jess und wünschte sich, sie würde sich besser fühlen. Normaler. »Ich will, dass es endlich vorbei ist.«

»Ich weiß. Hey, keine Nachtwanderungen mehr! Wenn ich aufwache und du nicht da bist, erschrecke ich mich jedes Mal zu Tode.«

»Ich tue nichts Verbotenes! Ich gehe nur spazieren. Weil ich nicht schlafen kann.«

»Ja, aber du kannst nicht einfach so mitten in der Nacht durch die Gegend laufen. Das ist viel zu gefährlich. Du musst besser auf dich aufpassen, auch hier in der Kleinstadt. Schreib mir wenigstens einen Zettel.« Sie zog Jess an sich. »Was würde ich ohne dich machen, hm?«

Jess kuschelte sich an und wünschte sich, sie könnte einfach einschlafen und in einer heilen Welt wieder aufwachen, als Teenager mit glücklich verheirateten Eltern und einer besten Freundin, die gleich nebenan wohnt.

Am Freitagnachmittag fing es an zu regnen. Der Wetterbericht hatte ein zweitägiges Unwetter mit heftigen Regengüssen vorhergesagt, nördlich von Flagstaff sollte es sogar schneien. Jess und ihre Mutter fuhren zum Supermarkt und eilten mit über den Kopf gezogenen Kapuzen über den Parkplatz. Brot und Milch waren jetzt schon knapp geworden. Jess schob einen Einkaufswagen mit widerspenstigen Rollen vor sich her und meinte plötzlich zu sehen, wie sich am Ende des Gangs jemand wegduckte. Dani? Jess ließ den Wagen stehen und nahm die Verfolgung auf. Maud rief ihr verdutzt hinterher.

Jess schnitt die Kurve und riss ein paar Cornflakesschachteln aus dem Regal. Sie stellte die Schachteln zurück, eilte an der Fleischabteilung und der Käsetheke vorbei und suchte sämtliche Gänge nach Dani ab. Vergeblich. Sie lief zu den Kassen und sah hinaus. Jenseits der langen Reihe aus Einkaufswagen lief ein dunkelhaariges Mädchen auf ein wartendes Auto zu. Jess konnte nicht erkennen, ob es Dani war. Sie wollte gerade in den strömenden Regen hinauslaufen, als ihre Mutter sie am Ellenbogen packte.

Es regnete den ganzen Samstag. Jess und Maud blieben zu Hause, spielten Karten und tranken warmen Kakao. Ihr Atem beschlug die Fensterscheiben. Die ganze Nacht lang trommelte der Regen aufs Dach, der Krach fand den Weg in Jess' Träume und sorgte dafür, dass sie alle paar Stunden aufschreckte, mit Druck auf der Brust und der Frage im Kopf: *Wer ist da?*

Erschöpft von der unruhigen Nacht setzte sie am frühen Morgen Kaffee auf und beschloss ganz spontan, Pfannkuchen zu machen. Sie briet die Pfannkuchen in Butter und wärmte Ahornsirup im Wasserbad auf, genau wie sie es bei Maud gesehen hatte. Maud kam in die Küche. »Okay – wer ist gestorben?« Dann lachte sie und strich Jess übers Haar. Jess aß Pfannkuchen mit Butter und Sirup, bis ihr Magen schmerzte, danach räumte sie den Geschirrspüler ein. Sie würde von vorn anfangen. Zur Normalität zurückfinden.

Für den Rest des Nachmittags lag Maud auf dem Sofa und sah sich Nachrichten und alte Krimiserien an. Jess blieb in ihrem Zimmer. Der Raum war kühl und klamm, sie zog einen alten Wollpullover ihres Vaters über, den sie ganz hinten im Schrank gefunden hatte. Er reichte ihr fast bis an die Knie. Sie holte seine Postkarten aus der Schublade, breitete sie auf dem Bett aus, räumte sie wieder weg. Sie duschte heiß, bis das Wasser fast ihre Haut verbrühte. Am späten Nachmittag saß sie am Schreibtisch und sah zu, wie der Regen auf die Einfahrt fiel und die Äste des Jacarandabaumes verbog. Der tiefe graue Himmel löste jedes Zeitgefühl auf, und nach einer Weile glaubte Jess auf jemanden zu warten. Sie lauschte auf jedes Geräusch, und ihre Nackenhaare stellten sich auf. Sie wartete auf keinen willkommenen Gast, sondern auf einen Eindringling. Sie fühlte sich bedroht, als wäre jemand oder etwas hinter ihr her.

Sie saß über den Schreibtisch gebeugt da, spürte das Gewicht ihres Körpers, den fedrigen Atem in ihrer Kehle. Sie schrieb:

Am ersten Wintertag
Wartest du im Dunkeln auf das
was dich erwartet

Warte, warte, sag es nicht:
Du spürst das volle Gewicht deiner Entscheidung
Du wartest auf Erleichterung
Tja, warte nicht zu lange

Warte, ich bin noch nicht fertig.
Warte, hab ich das gewollt?
Wärter, meine Zelle ist kalt.
Warte, bis dein Vater nach Hause kommt.

Warte mal: Wie viel
wiegt die Welt?
Wie viel kannst du ertragen?
Ich warte auf deine Antwort

Sie strich den Text durch, Zeile für Zeile, bis er unleserlich war.

Sie stand auf und ging ins Wohnzimmer. Maud lag schlafend auf dem Sofa, ein Arm baumelte hinab, ihre Fingerspitzen berührten das schnurlose Telefon und den Teller mit Käse und Crackern. Jess stellte das Telefon in die Station zurück und den Teller in die Spüle. Sie atmete tief durch, tigerte unruhig in der Küche auf und ab. Die kleine Ofenuhr zeigte 16:35 an. Jess' Unwohlsein wuchs mit jeder Minute. Sie musste sich an der Arbeitsplatte abstützen. Sie wollte hinaus. Sie würde spazieren gehen.

Sie lief zurück in ihr Zimmer, holte die Daunenjacke aus dem Schrank, riss eine Seite aus ihrem Notizbuch und schrieb:

Mom,
ich gehe spazieren (es ist 16:45 Uhr). Ich muss nachden-
ken. Bin in ein, zwei Stunden zurück. Mach dir keine Sor-
gen.
Hab dich lieb
J-Bird

Sie schob den Zettel unter die Fernbedienung auf dem Sofatisch, schlüpfte in ihre Daunenjacke, steckte das Notizbuch in die Innentasche und zog den Reißverschluss zu. Der Pullover bedeckte ihre Oberschenkel wie ein Rock. Jess beugte sich hinunter, nahm Mauds Arm und legte ihn ihr auf die Brust. Anschließend deckte sie ihre Mutter zu. Maud seufzte, die Augen unter den Lidern bewegten sich. Jess trat einen Schritt zurück. Sie nahm den Regenschirm von der Garderobe – er hatte ihrem Vater gehört, schwarz mit schwerem Kunststoffgriff –, und verließ das Haus.

Sie eilte durch die Roadrunner Lane. Nach einer Minute waren ihre Turnschuhe durchweicht. Der Regen wurde stärker und schmerzte auf der Haut, doch solange sie in Bewegung blieb, fror sie nicht. Nur die Hand, die den Regenschirm hielt, wurde eiskalt; Jess ärgerte sich, weil sie ihre Handschuhe vergessen hatte. Trotzdem – die Angst schien sich mit jedem Schritt zu lockern und von ihr abzufallen.

In der ersten Senke blieb sie stehen. Ein Bach hatte sich gebildet, allerdings noch nicht allzu breit, einen guten Meter höchstens. Jess trat zurück, nahm Anlauf, sprang hinüber und landete sicher auf der anderen Seite. Sie lachte und freute sich ausnahmsweise einmal über ihre Größe, über ihre langen Beine, über die eigene Geschicklichkeit und den ewigen Drang zu springen.

In der nächsten Senke bog sie in den Quail Run ab und lief bis zur Plantage. Durch den Regen war die blinkende Festtagsbeleuchtung zu erkennen. Jess verlangsamte ihre Schritte, atmete angestrengt, ging weiter bis zum College Drive und den schmiedeeisernen Toren des Campus. Der Regen hatte ihre Jeans und den Wollpullover durchweicht, trotzdem war ihr unter der Daunenjacke warm. Die Campuspfade waren wie ausgestorben, weil die meisten Dozenten und Studierenden über die Feiertage verreist waren. Jess ließ den Piñon Drive links liegen und eilte über die Main Street weiter zum District. Die Fenster des Patty Melt waren hell erleuchtet, Jess lief darauf zu. Sie zog die Tür auf und trat in eine Wolke aus warmer, fettiger Luft. Sie seufzte erleichtert.

Sie verschwand in der Damentoilette und trocknete sich, so gut sie konnte, unter dem Gebläse und mit Papiertüchern ab. Danach setzte sie sich an den Tresen und bestellte bei

Rose Prentiss eine Portion Pommes frites und eine Cola. Das Restaurant war leer; Rose scherzte, die Leute hätten wohl Angst, fortgeschwemmt zu werden. Jess nahm ihre Cola und die Pommes entgegen und setzte sich in eine Nische am Fenster. Sie tunkte die Pommes in Ketchup und behielt die ganze Zeit über die Straße im Blick; ihr Unwohlsein hatte sich noch immer nicht vollends gelegt. Draußen waren nur wenige Autos unterwegs. Auf dem Parkplatz hatten sich Pfützen gebildet, Wasser lief an den Betonpollern zusammen. Auch an der Tankstelle gegenüber schien wenig los zu sein. Eine Straßenlaterne erwachte flackernd zum Leben, der Regen fiel in schrägen Schwallen durch den Lichtkegel. Jess drückte die Ausbuchtungen im Deckel ihrer Cola ein, zeichnete mit dem Daumennagel kleine Halbmonde ins Styropor. Sie warf einen Blick auf die Uhr über dem Tresen: kurz nach fünf am zweiundzwanzigsten Dezember. Heute war der kürzeste Tag des Jahres. Mit einem Mal spürte sie, wie hungrig sie war, sie stopfte sich die fettigen, salzigen Pommes in den Mund und schlang sie hinunter, fast ohne zu kauen. Die Anspannung ließ nach, und zum ersten Mal seit Wochen war ihr halbwegs leicht ums Herz. Vielleicht würde doch noch alles gut werden. Jess leckte sich die Finger ab, zupfte eine Serviette aus der Box.

Rose trat an ihren Tisch. »He, Jess, mein Chef sagt, ich soll heute früher abschließen. Du bist die erste Kundin seit Stunden.«

»Oh. Okay«, sagte Jess, aß die letzten Pommes frites, zog die Daunenjacke an und schlug den feuchten Kragen hoch. Sie zupfte an dem Gummiband an ihrem Handgelenk. Ihr war nicht danach, nach Hause zu gehen, aber ein anderes Ziel hatte sie nicht.

»Soll ich dich mitnehmen?«, fragte Rose. »Angie holt mich mit dem Auto ab, wir könnten dich nach Hause fahren.«

Jess lächelte. »Danke, ist schon okay. Meine Klamotten sind sowieso nass. Ich gehe lieber noch ein bisschen spazieren.«

»Sicher?«

Jess nickte und leckte sich das Salz von den Lippen. Sie zog den tropfnassen Regenschirm unter der Bank hervor. »Kein Problem.«

Zum ersten Mal überhaupt betrat Jess den Campus. Sie folgte den menschenleeren Wegen und rüttelte an der einen oder anderen Tür, aber wegen der Weihnachtsferien war alles verschlossen. Sie entdeckte eine Bank unter einem Vordach, setzte sich und zog die Knie an. Sie dachte an Botanik. Die Lehre von den Pflanzen. Sie stellte sich vor, über die Campuspfade zu schlendern, im Labor zu stehen, in ein Mikroskop zu schauen. Plötzlich musste sie wieder an die tote Krötenechse denken, an die Zellen aus dem Auge, an Dani. Würde Dani in Sycamore bleiben? Nein, wahrscheinlich würde sie irgendwo in einem anderen Bundesstaat studieren, an einer besseren Uni. Auf diesem Campus würde sie Dani wohl eher nicht begegnen. Vielleicht könnte sie wirklich noch einmal von vorn beginnen, eine andere Jess werden.

Der Regen trommelte auf das Vordach und klatschte auf die Betonpfade. Wenn sie jetzt losginge, könnte sie in einer halben Stunde zu Hause sein. Sicher machte sich ihre Mutter schon Sorgen. Jess tastete nach dem Notizbuch, spürte die harten Kanten an den Rippen, wischte sich mit dem kratzigen Pulloverärmel über das Gesicht. Allmählich wurde ihr kalt. Sie stand auf, hopste ein bisschen auf und ab, während der Regen weiter auf das Dach klapperte wie Hufgetrappel. Sie ließ den Blick schweifen, entdeckte ein Schild an der Tür: *Fachbereich für Darstellende Kunst.* Hier arbeitete Danis Mutter. Jess ging näher heran, berührte das Schild, hauchte auf die Glasscheibe in der Tür und zeichnete ein schiefes Herz hinein. Ihre Zuversicht verebbte. Beim Gedanken an ihre beste Freundin schnürte sich ihr die Kehle zu. Scham und Schuld überwältigten sie.

Sie klappte den Regenschirm auf, trat zitternd in den Regen hinaus und legte die zwei Blocks zu Danis Haus zurück. Adams Auto und das von Rachel standen Seite an Seite in der Einfahrt, doch im Haus war alles dunkel. Nur in der Scheibe neben der Tür war ein schwaches Glimmen zu sehen.

Jess schob das Gartentor auf und schlich um das Haus herum, immer am Zaun entlang. Die Rückseite des Hauses war hell erleuchtet. Dani saß am Esstisch über einem Buch. Rachel betrat den Raum, legte Dani die Hand auf die Schulter, küsste sie auf den Scheitel, verschwand wieder. Nach einer Weile wurde das Licht in der Dachkammer eingeschaltet.

Dani starrte auf die Buchseiten hinunter, ohne umzublättern. Aus der Ferne sah sie ihrem Vater ähnlich; das gleiche Profil, die gleiche Haltung.

Jess' beste Freundin las, als wäre heute ein ganz normaler Sonntag, als wäre nichts geschehen.

Mit klappernden Zähnen und einer weißen Atemwolke vor dem Gesicht näherte sich Jess dem Haus. Sie war wie hypnotisiert von dem warmen Glühen, das ihr wie ein Leuchtfeuer den Weg durch den Regen wies. Sie stieg die Treppe zur Veranda hinauf und ging auf die Terrassentür zu. Sie klappte den Regenschirm zu, zurrte das Band fest und legte ihn auf den Tisch. Dann trat sie an die Scheibe, legte beide Hände ans Glas und keuchte vor Schreck, als sie die Kälte spürte; sie hatte gehofft, sich hier wärmen zu können.

Bitte stillhalten, das tut jetzt kurz weh

Zugegeben, der Hund war schon tot. Dani war vorbeigekommen wie versprochen, um Captain Wasser und Futter hinzustellen, und da hatte er in der Küche auf den Fliesen gelegen. Es war ja nun nicht so, als hätte sie ihn lebendig in die Tiefkühltruhe gestopft. Es war Sommer – was hätte sie tun sollen?

»Du hättest den Tierarzt anrufen müssen«, kreischte ihre Mutter ins Telefon. »Oder uns!« In der Leitung rauschte und knackte es.

»Es ist am Wochenende passiert. Ich musste zur Arbeit. Und jetzt rufe ich ja an.«

»Drei Tage zu spät!«

»Ich wollte euch nicht stören bei eurem … *Pärchenwochenende.*« Ihre Mutter und Hugh waren in irgendein Kloster in den Bergen von Prescott gefahren, um sich, wie Hugh es genannt hatte, »zu sortieren«.

»Es hätte dich keine Mühe gekostet anzurufen und zu erzählen, dass unser Hund gestorben ist. Das ist doch keine Bagatelle.« Rachel schniefte. »Hast du geweint? Ich weiß, dass du nicht geweint hast.«

»Nein«, sagte Dani. Sie hasste es zu weinen. Sie *hasste* es, dieses Brennen in der Kehle zu spüren und die Fassung zu verlieren. »Aber was glaubst du eigentlich? Dass ich mich gefreut habe? Dass er gestorben ist, war doch kein Wunder – er war alt.« Das war noch untertrieben. Der blinde, runzlige Captain war zuletzt in einem gestreiften Babystrampler durchs Haus gehumpelt. Ihre Mutter hatte sich den Hund siebzehn Jahre zuvor angeschafft, kurz nachdem Dani Stanford hatte verlassen müssen. Captain Arschloch, der kleine Kläfferkönig, Zerstörer von Schuhen und Teppichkanten. Er hatte Dani ständig aufgelauert, um sie in die Waden zu beißen und in die Ecke zu drängen. Einmal hatte sie ihn getreten, obwohl er da schon keine Zähne mehr gehabt und sie ohnehin nur noch müde hatte zwicken können. Den kleinen Hundekadaver hatte sie mit der Schaufel in einen Müllsack geschoben; er war fast gewichtslos gewesen. Sie hatte eine Tiefkühlpizza und ein paar Gemüsebeutel aus dem Regal geräumt und Captain hineingelegt.

»Ich bringe ihn heute in die Tierklinik, okay?«, sagte Dani. »Ich fahre rüber und hole ihn ab. Heute ist mein freier Tag.« Sie hatte zwei Zwölfstundenschichten hinter sich. Gähnend schlug sie die Zeitung auf.

»Nein, lass nur. Ich kümmere mich darum. Ich bin morgen wieder zu Hause. Hugh bleibt länger, um noch ein bisschen mit Dr. Steve zu arbeiten.« Rachel seufzte. »Oh, Dani«, und Dani hörte: *Ich dachte, du hättest dein Leben im Griff. Was habe ich getan, um das zu verdienen?*

Sie überflog die Schlagzeilen. »O mein Gott, Mom...«

Aber Rachel hatte schon aufgelegt. Dani redete mit dem Besetztzeichen. »Sie haben Jess Winters gefunden. Beziehungsweise glauben sie, dass es Jess ist.« Aus dem Hörer drang ein Tuten. Dani legte auf.

Sie strich die Zeitungsseite glatt, holte eine Schere und schnitt den Artikel aus. Sie berührte das Foto – das alte Foto von Jess mit den braunen Locken und den schwarzen Kajalaugen. Dani spürte das warme Metall des Feuerzeugs am

Daumen, den schweren Eyeliner auf ihren Lidern, Jess' Atem auf den Wangen. *Jetzt nicht blinzeln.* Der Zeitungsausschnitt segelte auf den Tisch.

Bevor sie den Hund aus dem Tiefkühlschrank holte, lief Dani zum College und goss die Blumen in Rachels Büro. Sie hatte es ihrer Mutter versprochen und dann vergessen. Danach holte sie sich einen Kaffee bei Alligator Juniper. Sie war von ihrem Apartment neben der Klinik in ein Gästehaus in Campusnähe umgezogen. Es gehörte Esther Genoways, ihrer ehemaligen Englischlehrerin, die vor ein paar Jahren gekündigt und die Yum Bakery eröffnet hatte. »Nenn mich Esther«, hatte sie gesagt, aber für Dani war sie immer Ms G geblieben. Das Gästehaus war klein, aber sauber und gemütlich. Es stand unter einer riesigen Platane und hatte einen steinernen Gartenpfad und einen niedrigen Holzzaun. Früher hatte hier Mr Manning gewohnt, ihr alter Geschichtslehrer, aber der hatte vor ein paar Monaten seinen Freund geheiratet und war nach San Francisco gezogen. Dani wusste noch nicht genau, ob sie das Häuschen als ihr neues Zuhause würde betrachten können, aber immerhin hatte sie das Gefühl, sie würde es hier länger aushalten als sechs oder zwölf Monate. Vielleicht würde sie sich sogar ein neues Boxspringbett anschaffen. Die Hitzewelle der letzten Wochen war abgeebbt, überall in der Stadt blühten Seidenpflanzen, Phlox und Malven als bunte Tupfer am Straßenrand. Bei jedem ihrer Schritte knisterte das trockene Gras, das aus den Rissen im Gehweg wucherte. Mit einem Mal hatte Dani einen Singsang im Ohr, den sie vor Jahren aufgeschnappt hatte; ein paar Mädchen hatten beim Seilspringen in einer Einfahrt gerufen: *Eins, zwei, gleich kommt Jess vorbei, drei, vier, sie steht vor deiner Tür.*

Dani flüsterte den Vers im Rhythmus ihrer Schritte und versuchte, nicht auf die Fugen zu treten.

Die meisten Studierenden des Sycamore College waren über die Sommerferien verreist. Die Campusgehwege waren verwaist, auf den kühlen Gängen herrschte Ruhe. Der Fachbereich für Darstellende Kunst roch vertraut nach Farbe, Sägemehl und Staub. An der Tür zum Büro ihrer Mutter klebte das alte Schild: *Prof. Rachel Fischer (ehemals Fischer-Newell)*, an den Wänden hingen *Playbill*-Cover und Poster der Inszenierungen, an denen Rachel mitgewirkt hatte. Auf dem Schreibtisch stand ein gerahmtes Foto der zehnjährigen Dani, wie sie auf der Veranda vor dem Haus stand und die Arme an den Körper presste. Damals, als sie noch eine vielversprechende Schülerin gewesen war. Der Schatten des Fotografen fiel auf die Verandatreppe – ihr Vater? Rachel? Dani goss den schlaffen Philodendron und unterhielt sich in Gedanken mit ihrer Mutter: Selbstverständlich hatte sie ihr Leben im Griff. Ja, sie hatte das Studium geschmissen und ihren Abschluss erst nach zehn Jahren gemacht, und nein, sie hatte immer noch keinen Doktortitel, aber sie war eine gute Venenärztin und arbeitete nun schon seit gut zwei Jahren in derselben Klinik. Ihre schlanken, langen Finger – die Finger einer Chirurgin, hatte Rachel früher immer gesagt –, führten die Nadeln mit schlafwandlerischer Sicherheit, und obwohl Dani mit manchen Kollegen ihre liebe Not hatte – die anderen tuschelten über sie, nannten sie hochnäsig und unterkühlt –, wurden ihre Leistungen stets als überdurchschnittlich bewertet. *Immer freundlich zu den Patienten, ein Naturtalent bei der Blutabnahme.* Das stimmte, sie kam mit den schwierigsten Fällen zurecht, auch mit dehydrierten Senioren und Leuten, deren Venen kaum zu finden waren.

Manche fielen während der Blutabnahme in Ohnmacht oder schlugen wild um sich. Sie kam sogar mit Jess' Mutter zurecht. Immer knapp am Gesicht vorbeisehen, alle Emotionen unterdrücken. Manche Kolleginnen gurrten und trällerten und behandelten die Patienten wie Kleinkinder. Doch es war kein Zeichen von Gefühllosigkeit, einen guten Job zu machen, Abstand zu wahren und nüchtern zu sagen: »Bitte stillhalten, das wird jetzt kurz wehtun.« Auf den reglosen Captain hatte sie professionell reagiert. *Toter Hund – Sommer – Kadaver kühlen.*

Dani wollte gerade den Coffeeshop betreten, als sie Paul Overton am Tresen stehen sah. Sie wich zurück, ließ sich gegen die Außenmauer sinken und hielt die Luft an. Ihre Mutter hatte ihr erzählt, dass Pauls Frau vor Kurzem an Brustkrebs gestorben war, und von ihrer Postbotin Luz Navarro wusste sie, dass er derzeit mit seinem kleinen Sohn in Sycamore war. Luz hatte ihr allerdings nicht sagen können, ob für immer oder nur auf Besuch. Sie hatte Dani die Post überreicht und gesagt: »Ist das nicht tragisch? *Hijole*, wie die Zeit vergeht.« Dani hatte genickt, aber in diesem Augenblick hatte sie eher das Gefühl, als wäre die Zeit zurückgedreht worden. Das alles war so lange her, sie hatte sich jahrelang bemüht, nicht daran zu denken, und auf einmal schoben sich sämtliche Erinnerungsbilder übereinander wie Diapositive. Farben, Gerüche und Klänge zerfielen und fügten sich zu einer traurigen, schiefen Girlande neu zusammen.

Sie versteckte sich neben dem Gebäude, spähte immer wieder um die Ecke und wartete, bis Paul mit einem Kaffee in der einen und dem Autoschlüssel in der anderen Hand herauskam. Er war es wirklich, groß und schlank und mit rundem Mondgesicht, nur ohne die schwarzen Locken. Vielleicht hatte er sich den Kopf rasiert? Seine Ohren wirkten dadurch noch größer, gegen die Sonne leuchteten die Muscheln rot. Selbst nach so langer Zeit spürte Dani wieder die alte Erregung, als wäre sie in ihren Zellen gespeichert gewesen. Im Lauf der Jahre hatte sie andere Männer kennengelernt, einmal hatte sie sich sogar bei einem Datingportal angemeldet, um Männer von außerhalb zu treffen; aber keine Beziehung hatte länger gehalten als ein paar Monate. Sie hatte niemanden in ihr Herz gelassen. Dani knetete den Saum ihres T-Shirts. Paul Overton, ihre erste große Liebe, der viel zu ehrliche Junge, der den Stift aus der Familiengranate gezogen hatte.

Benommen und mit weichen Knien steuerte Dani ihr Elternhaus an. *Fünf, sechs, da kommt die Hex, sieben, acht, nimm dich in Acht.* Sie bückte sich nach der Zeitung, die in der Einfahrt lag, stieg die Treppe zur Haustür hoch und warf einen Blick durch das Seitenlicht. Es war wie Zeitreisen, nur dass die Möbel ihrer Kindheit und Jugend verschwunden waren, verkauft oder verschenkt oder eingelagert – alle außer dem Esstisch und den mit blauem Stoff neu bezogenen Sesseln. Hugh hatte ein riesiges Ledersofa, Büchervitrinen und ein paar bunte Teppiche mitgebracht. Dani schob die Tür auf und hielt inne. Kurz hatte sie vergessen, dass Captain ihr nicht mehr auflauern konnte.

Sie legte Zeitung und Schlüssel auf den Küchentresen, trat an den Gefrierschrank, holte tief Luft und machte die Tür auf. Nebelschwaden kamen ihr entgegen, der Müllsack war immer noch dort, wo sie ihn hingestopft hatte. Dani streckte sich nach der schwarzen Folie aus, dann machte sich Panik in ihr breit. Sie riss die Hand zurück und schlug die Klappe zu.

Zitternd ließ sie sich in einen der beiden Sessel sinken – in den rechten, den ihres Vaters. Obwohl Adam nun schon seit achtzehn Jahren nicht mehr hier wohnte, gehörte der Sessel immer noch ihm. Sie hatte ihn seither nur selten gesehen, meistens in den Ferien, wenn er unangemeldet vor der Tür gestanden hatte, und nie hatte sie ihm ins Gesicht blicken können – in *ihr* Gesicht, wie damals alle betont hatten. *(Adam, sie sieht aus wie du!)* Dunkle Haare, blaugraue Augen, spitzes Kinn. Glücklicherweise hatte Dani nicht seine Nase geerbt, sondern die ihrer Mutter. Früher hatte sie sein Gesicht über alles geliebt. Ihr lustiger, gut aussehender Vater, der ihr das Mittagessen gekocht, auf dem Dachboden Aquarelle gemalt und an den Wochenenden ihr Auto auf Vordermann gebracht hatte. Der sie mit Büchern und Musik versorgt und ihre wichtigen Schultermine rot im Kalender markiert, der sie zu Lernpausen gedrängt und ihr Poker und lässige Taschenspielertricks beigebracht hatte. Der ihr die Weltkarte und die Reißzwecken überreicht hatte mit den Worten: »Bitte sehr. Geh auf Reisen, Dani. Sieh dir so viel von der Welt an, wie du kannst.« In den Tagen vor seinem Auszug war sie seinem Blick ausgewichen. »Bitte, Dani, sieh mich an«, hatte er sie angefleht, »bitte, lass es mich erklären«, aber sie hatte nicht gekonnt, sie hatte sich die Ohren zugehalten und sich auf seine rechte Wange konzentriert, auf die kurzen Koteletten, auf den gelben Bleistift hinter seinem Ohr. Sie hatte ihn gebeten, sie nie zu besuchen und die Sache nie wieder anzusprechen. Was geschehen war, war geschehen. Seine Anrufe ignorierte sie bis heute, aber sie las seine Briefe, die er immer noch alle paar Wochen schrieb. Darin schilderte er sein trauriges Leben in der Blockhütte in Kachina Village. Er legte jedes Mal einen Scheck bei, den Dani einlöste, um ihre Miete zu bezahlen. Vielleicht wollte er auf diese Weise Buße tun, ihr sollte es egal sein. Sie schrieb nicht zurück und bedankte sich nie.

Sie stand auf und trat ans Wohnzimmerfenster. Die hohen Pappeln, die zotteligen Katzenkrallen und Wacholderbüsche passten nicht mehr zu ihren Erinnerungen. Hugh hatte eine Reihe von Ocotillobüschen vor den Maschendrahtzaun gepflanzt, um Captain an der Flucht zu hindern. In den unteren Maschen des Zauns klebte trockenes Gras.

Sie ging durch den Flur in ihr altes Zimmer, das Hugh und ihre Mutter für Captain umgestaltet hatten: Hundekörbchen, Wasser- und Futternapf, quietschende Spielzeugtiere, sogar ein kleiner Fernseher, den sie ständig hatten laufen lassen und den Dani abgeschaltet hatte, als sie den toten Hund in der Küche gefunden hatte. Sie schaltete ihn wieder ein. Ein blonder Teenager kämpfte gegen einen Vampir mit deformierter Stirn. Das Mädchen durchbohrte den Vampir mit einer Lanze, er verwandelte sich in eine Puderwolke und explodierte. Asche zu Asche, Staub zu Staub. Die Blondine schwitzte nicht einmal. Dani schaltete den Fernseher wieder aus und sah sich um. Ihr kleiner Schreibtisch war verschwunden, ebenso die Weltkarte mit den bunten Reißzwecken. Und auch das Mikroskop, unter dem sie ihr eigenes Blut untersucht hatte; sie hatte sich in den Finger gestochen, die wunderlichen Zellserpentinen bestaunt und beschlossen, Ärztin oder Forscherin zu werden. Die beiden alten, auf Armeslänge Abstand stehenden Betten, auf denen sie und Jess mit nackten Beinen herumgesprungen waren und wo sie Geheimnisse ausgetauscht hatten, waren längst nicht mehr da. Dani erinnerte sich wieder an jenen Nachmittag im Frühling, als sie Paul Overton heimlich ins Haus gelassen und auf einem dieser Betten ihre Jungfräulichkeit verloren hatte. Einmal war sie mitten in der Nacht aufgewacht, hatte das leere Bett gesehen und sich gefragt: *Wo ist Jess?* Sie war wieder eingeschlafen in dem festen Glauben, Jess wäre bloß auf der Toilette oder holte sich nur ein Glas Wasser. Später hatte sie auf demselben Bett gesessen und in den Papierkorb gekotzt, weil sie das Bild von Jess und ihrem Vater nicht mehr aus dem Kopf bekommen hatte. Nebenan hatte Rachel im Wohnzimmer herumgeschrien. Sie hatte in dem Bett oft wach gelegen, besonders nach Jess' Verschwinden. Nach der Befragung durch die Polizei.

Dani durchquerte den Flur und ging ins Bad. Cremeweiße Kacheln, dieselben wie damals, glänzten im Licht der Neonröhre. Die Gästehandtücher neben dem Waschbecken waren taupe, was jetzt viel moderner war als Rosa. Dani schaltete das Licht ein und aus. Dunkel, hell, dunkel, hell. Sie schloss die Augen und sah winzige Funken.

Dani hatte Jess gegen Ende des vorletzten Schuljahres kennengelernt, im Frühling. Natürlich hatte sie sie schon zuvor gesehen und auch ihren Namen gekannt. Anfangs hatte Jess viel Zeit mit Angie Juarez verbracht, die beiden waren ständig in Angies Oldtimer durch die Gegend gekurvt. Ach, die ist auch eine Lesbe, hatten die Jungs gesagt und sich maßlos geärgert, weil sie bei der hübschen Neuen keine Chance hätten, und die Mädchen hatten über sie gelästert, weil die sich angeblich für etwas Besseres hielt. Nach einer Weile war Angie wieder die Einzelgängerin mit den ölverschmierten Klamotten und den dreckigen Fingern gewesen, aber mit Jess wollte trotzdem niemand etwas zu tun haben. Auf ihrem Spind die Schmierereien: *Jess Winters macht die Beine breit,* was so nicht stimmte, denn das Gerücht – Jess Winters geht mit dem Vater ihrer besten Freundin ins Bett – kam erst viel später auf.

Dani hatte sich nichts aus dem Klatsch und Tratsch gemacht, sie hatte gar nicht hingehört. Selbst als Ms G Jess einlud, die Pausen in ihrem Unterrichtsraum zu verbringen, hatte Dani sie kaum beachtet. Zunächst einmal hatte sie genug damit zu tun gehabt, Dani Newell zu sein, Bücher zu verschlingen, von Mathe und Biologie zu träumen, für den nächsten Test zu lernen, an die nächste Bewerbungsfrist zu denken. Gegen das Augenverdrehen und Getuschel der Mitschüler war sie da längst immun. Sie blendete es einfach aus; wenn sie mit den Büchern unter dem Arm durch die Schule lief, stellte sie sich vor, von Panzerglas geschützt zu sein, so wie der Papst, außer dass sie den anderen – anders als der Papst – in Gedanken den Mittelfinger zeigte. Sie war eine Streberin und der Liebling aller Lehrer. Irgendwann fing sie an, Paul Overton Nachhilfe zu geben, der, wie sie wusste, für die Schülerzeitung schrieb und alle möglichen Leichtathletikrekorde gebrochen hatte – nicht dass sie je einen der Wettkämpfe gesehen hätte. Eigentlich war er in Mathe kaum schlechter als sie, aber sein Vater war gestorben und er hatte den Anschluss verpasst. Ein paar Wochen später war sie verliebt. Dann hatte sie so viel Sex mit ihm – heimlich, in ihrem Bett, auf dem Rücksitz ihres Autos, auf einer Decke inmitten der Nussplantage, die seiner Mutter gehörte –, dass sie nichts anderes mehr zur Kenntnis nahm. Als hätte man ihre Linsen ausgetauscht, sah sie nur noch Pauls blaue Augen und sein schwarzes, krauses Haar. Sie klammerte sich an seine großen Ohren, als hinge ihr Leben davon ab. Sie hatte nicht gewusst, dass ihr Herz so etwas fühlen konnte, geschweige denn ihr

Körper – es war übersinnlich, eine glühende Flamme in der Sonnenkorona.

Irgendwann stellte Pauls Mutter Jess als Aushilfe auf der Plantage ein. Eines Nachmittags fuhr Dani hin, um Paul Nachhilfe zu geben. Ihre Unterwäsche hatte sie da schon ausgezogen und in ihre Tasche gestopft. Jess stand hinter dem Tresen, warf lachend die langen braunen Haare in den Nacken, und Paul lachte mit und beugte sich vor, als wären sie beste Freunde. Dani zögerte und fragte sich, ob sie wütend sein sollte, aber im selben Moment entdeckte Paul sie. Er ließ Jess einfach stehen, nahm Dani in die Arme und hob sie hoch, sodass ihr die Ballerinas von den Füßen fielen und die Brille verrutschte. Ein Lufthauch fuhr unter Danis Rock und streifte ihren nackten Hintern, die feuchte Stelle zwischen ihren Beinen, und sie erschauderte. Sie, Dani Newell, in den Armen dieses wunderschönen Jungen. Ihr ganzer Körper schien zu vibrieren und wurde weich.

Paul setzte sie ab. Mit glühenden Wangen strich sie sich den Rock wieder glatt, drehte sich verschämt zu Jess um und machte irgendeinen Kommentar über die idiotischen Mädchen von der Schule. Jess reagierte mit einem Witz. *Sie* war offensichtlich kein Idiot.

Paul nahm Danis Hand und zog sie hinter sich her, zu seinem Schreibtisch und in sein Bett.

»Wir sehen uns in der nächsten Mittagspause«, hatte Dani gerufen und zum Abschied gewinkt. Jess hatte mit leuchtenden Augen zurückgewinkt, und Dani hatte Pauls Hand gedrückt. Wenn sie einen Freund haben konnte, konnte sie vielleicht noch mehr haben. Eine beste Freundin.

Und so war es gekommen. Sie wurden Freundinnen, beste Freundinnen. In Jess' Gegenwart war Dani in der Lage, sich auszuprobieren und zu tun, was ihr niemand zugetraut hätte. Plötzlich war sie ein Mädchen, das in Mexiko zelten ging und Salz in den Haaren hatte, das sich die Augen mit Kajal schminkte und coole Musik hörte. Wenn sie mit Paul und Jess zusammen war, war Dani mutig. Sie sah ein neues, wildes Leben vor sich, wenn auch vom Beifahrersitz aus. Das hätte sie sich selbst nie zugetraut. Bislang war ihr Leben immer in sicheren, vorherbestimmten Bahnen verlaufen. Die Zukunft lag in ihrer Hand, nur dass sie ihr plötzlich viel glamouröser und aufregender erschien.

Wie sich herausstellte, hatte sie eine Granate in der Hand gehalten.

In den Tagen und Wochen nach Thanksgiving, als Paul das Geheimnis ihres Vaters ausposaunt hatte, hatte Dani – anders als ihre Mutter – nicht weinen oder schreien oder vor Wut toben können. Sie hatte alles von sich gewiesen, was warm und schön gewesen war. Sie hatte sich erneut hinter das Panzerglas zurückgezogen, bloß dass es sich diesmal anfühlte, wie in einem Eisblock zu sitzen. Die Außenwelt war noch erkennbar, aber fern, arktisch, blau gefärbt – ihr um Verzeihung flehender Vater mit den vom Weinen geschwollenen Lidern; ihre Mutter, die seine Sachen aus dem Fenster warf; ihr alter VW, in dem er schließlich davonfuhr, weil sie nichts mehr anfassen wollte, was er je berührt hatte; die Sechsen, die sie im ersten Studienjahr schrieb. Von hundert auf null binnen eines Jahres, weil sie sich, statt die Vorlesungen zu besuchen, in der Bibliothek verkroch oder mit dem Bus durch San Francisco fuhr und die Straßen erkundete, über die sie so viel gelesen hatte. Die Heimatbesuche, später dann das alte Kinderzimmer; die verstohlenen Blicke und das Getuschel, wenn sie Regale einräumte oder Böden wischte.

Dani knipste das Badezimmerlicht aus, kehrte in die Küche zurück und schenkte sich einen großen Whiskey aus Hughs Vorrat über dem Herd ein. Auf Eiswürfel verzichtete sie, die lagen hinter dem toten Captain. Nicht einmal den Türgriff wollte sie noch anfassen. Sie sah am Gefrierschrank vorbei, wie sie beim Blutabnehmen an Mauds Gesicht vorbeigesehen hatte.

Dani setzte sich ans Fenster und lehnte die Stirn an das warme Glas. Der Garten war in spätnachmittägliches Licht getaucht, lange Schatten fielen über den Rasen. Dani ließ den Blick in die Ecke schweifen. *Neun, zehn, gleich kannst du sie seh'n. Eins, zwei, gleich kommt Jess vorbei ...*

Dani trank den Whiskey aus, ging zum Gefrierschrank, hielt die Luft an, öffnete die Tür und holte Captain heraus. Selbst in gefrorenem Zustand wog er nicht mehr als ein kleines Weihnachtsgeschenk.

Sie ging in den Garten. Der Tag war immer noch warm, die letzten Sonnenstrahlen fielen auf das vertrocknete Gras vor dem Zaun. Dani legte den gefrorenen Kadaver ab und rieb sich über die kalten Innenseiten ihrer Arme, über die weiche Haut, auf die sie klopfte, bevor sie die Nadel einstach. Sie ging in die Hocke, tastete den Müllbeutel ab, spürte die Konturen des Hundes. Die Luft war so warm wie ein Vollbad. Trotzdem zitterte sie.

An jenem letzten Abend hatte Dani am Esstisch den Kopf gehoben und Jess hinter der Glastür entdeckt. Ihre Freundin hatte auf der Terrasse gestanden und die Hände an die Scheibe gelegt. Ihre braunen Locken waren nass vom Regen und hingen in Strähnen hinab, Wimperntusche und Eyeliner liefen ihr über die Wangen. Seltsamerweise erschrak Dani kein bisschen. Sie hatte den Kopf gehoben, als hätte sie ihre Freundin hinter der Terrassentür erwartet, und da stand Jess nun. Danis spontanes Gefühl war Freude – sie lächelte. Dann fiel ihr alles wieder ein.

Sie stand auf, trat an die Scheibe und starrte nach draußen. Jess ließ die Hände sinken. Das Verandadach schützte sie vor dem Regen, aber ihre Schultern zuckten, und ihre Lippen bebten. Dani schob die Tür auf, und eisiger Wind fegte herein.

»Na, sieh mal an, wer da ist«, sagte sie. »Meine beste Freundin.« Sie lachte. »Lass mich raten. Du warst zufällig in der Gegend.«

Jess schob die Hände in die Jackentaschen. »Ich wollte nur nachsehen, ob bei dir alles okay ist.«

Dani lachte. »Mir ging es nie besser. Ich fühle mich super. Wie im siebten Himmel.«

Jess griff nach Danis Handgelenk. »Es tut mir so leid. Bitte, verachte mich nicht. Ich wollte das alles nicht.«

Dani machte sich los. »Es ist trotzdem passiert. Du hast es trotzdem getan.«

Jess setzte nach, erwischte Danis Ärmel, zerrte daran. »Bitte«, sagte sie, »du musst mir glauben.«

Wie durch blaues Eis sah Dani Jess' klappernde Zähne. Insgeheim wollte sie sie ins warme Haus hereinholen, aber dann riss sie sich los und drückte die schlotternden Knie durch. »Glaub bloß nicht, ich hätte Mitleid mit dir. Mein Gott, geh nach Hause. Du siehst furchtbar aus. Sieh zu, dass du aus dem Regen rauskommst und dich aufwärmst.«

Jess schwankte, stützte sich am Türpfosten ab. »Er hat mich gefragt, ob ich mit ihm mitgehe. Ich habe Nein gesagt. Ich kann das nicht.«

»Wohin?«

»Mit ihm.« Jess schlug den Blick nieder. »In sein neues Zuhause.«

Dani starrte sie an. »Er hat dich gebeten, bei ihm einzuziehen?«

Jess nickte.

Dani lachte erneut. »Du sollst bei meinem Vater einziehen und meine... Was? Meine Stiefmutter sein?«

»Nein! Ich habe Nein gesagt. Ich will das nicht.« Jess zog aufgeregt ihre Jacke auf, holte das Notizbuch heraus.

Dani lachte noch lauter. »Wie nett von dir. Wie *rücksichtsvoll*. Du bist eine wahre Freundin.«

»So war es nicht«, sagte Jess.

»Mich interessiert nicht, wie es war«, sagte Dani und fing an zu weinen. Endlich brachen sich heiße, salzige Tränen Bahn, und Dani wurde wütend. Sie trat über die Schwelle und versetzte Jess mit beiden Händen einen kräftigen Stoß. Jess taumelte rückwärts gegen einen Liegestuhl, fing sich wieder. Das Notizbuch fiel Dani vor die Füße.

Dani bückte sich und hob es auf. Regentropfen stachen sie in Hände, Arme und Nacken. Sie schlug mit der flachen Hand darauf. »Oh, dein kostbares Notizbuch! Deine ach so kostbare Literatur! Hast du auch was über ihn geschrieben? Hast du ihm Liebesgedichte geschrieben?«

»Nein«, antwortete Jess.

Dani schlug das Buch auf und blätterte darin herum. Regentropfen fielen auf das Papier, die Tinte verschwamm. Wieder wurden ihre Augen feucht, und ihre Kehle schnürte sich schmerzhaft zu.

»Hast du über mich geschrieben? Über meine Mutter?«

»Nein«, sagte Jess.

»Das rate ich dir auch. Wehe, du schreibst auch nur ein

Wort über uns. Ich will deine Wörter nicht.« Sie trat ans Geländer, riss einzelne Seiten aus dem Buch und warf sie in den Garten. Sie zerknüllte sie, schleuderte sie in die Dunkelheit und warf die leeren Buchdeckel hinterher wie eine Frisbeescheibe.

Keuchend und schluchzend stand sie am Geländer. Mit tropfnassen Haaren und durchweichter Kleidung betrachtete sie die Papierbälle auf dem Rasen. Der Eisblock war geschmolzen, und jetzt war sie den heftigen Schluchzern ausgeliefert, dieser hemmungslosen, rasenden Wut.

»Ich weiß, dass du mir nicht glaubst«, sagte Jess. »Und dass du mir nicht verzeihen kannst.«

Dani drehte sich um. »Woher willst du wissen, was ich kann und was nicht? Du hast keine Ahnung, was ich tun kann.« Sie ballte die Fäuste, spreizte dann die Finger. »Du hast keine Ahnung, wozu ich imstande bin.«

In diesem Moment wusste Dani es selbst noch nicht. Sie blickte sich um, sah Jess' Regenschirm auf dem Tisch liegen. Nahm ihn in die Hand, wägte sein Gewicht. Er war schwer vom Regen.

»Dani«, sagte Jess.

Dani machte einen Schritt auf sie zu und nahm den Regenschirm wie einen Baseballschläger in beide Hände.

Jess hastete an ihr vorbei die Holztreppe hinunter. Auf der letzten Stufe rutschte sie aus und landete bäuchlings auf dem Rasen. Dani hörte trotz des lauten Regens, wie die Luft schlagartig aus Jess' Lunge entwich.

Sie stieg die Treppe hinunter.

Jess rappelte sich auf und rannte los. Offenbar war ihr Gleichgewichtssinn gestört, sie torkelte. Sie fiel abermals hin, landete auf Händen und Knien.

Dani sprang von der Treppe und lief ihr nach. Fast wäre sie selbst auf dem nassen, glitschigen Gras ausgerutscht. Sie hatte Jess eingeholt, noch bevor die wieder auf den Beinen war.

Jess hob den Kopf und blickte zu Dani empor. Die Wimperntusche hatte ihr schwarze Streifen auf die Wangen gezeichnet. Jess kniete sich hin, reckte das Kinn vor, riss die Augen auf. Unwillkürlich musste Dani an die alten Griechen denken. Wie sie ihre Götter angefleht hatten. Sie musste daran denken, wie ihr Vater vor ihr gekniet und sie angebettelt hatte. *Bitte, Dani.* Sie wartete auf eine Entschuldigung.

»Schlag zu«, sagte Jess stattdessen. »Du willst mir was antun? Bitte sehr.«

»Sag mir nicht, was ich tun soll.« Dani hob den Schirm mit beiden Händen über ihren Kopf. Sie starrte auf Jess hinab, konnte deren Gesicht kaum noch erkennen.

»Wie konntest du nur? Wie konntest du mir das antun?«

»Hab ich doch gar nicht«, sagte Jess.

»Er liebt dich!«, schrie Dani und holte aus.

»Dani!«, rief Rachel. »Wo bist du?«

Dani und Jess sahen einander stumm an.

»Hier, Mom.« Dani ließ die Arme sinken, warf den Regenschirm ins Gras und ging zum Haus zurück.

Jess stand auf. Ihre Jeans war an den Knien zerrissen, ihre Kleidung schlammverschmiert. Sie setzte sich in Bewegung, hastete mit langen Schritten über das Grundstück. Sie rutschte immer wieder aus, balancierte mit ausgestreckten Armen.

Unterdessen stieg Dani die Verandatreppe hoch. Ihre Mutter stand in der Balkontür.

»Du bist klatschnass«, sagte sie. »Was in aller Welt hast du draußen gemacht?«

»Ich habe Rehe gesehen«, sagte Dani. »Fünf Stück. Sie sind weggelaufen.«

Rachel streckte die Hand aus und wischte Dani die Regentropfen von der Wange. »Komm rein. Zieh die nassen Klamotten aus, ich hole dir ein Handtuch und deinen Bademantel.«

Später am Abend, als Rachel längst im Bett lag, holte Dani ihre Klamotten und das Handtuch aus dem Wäschetrockner. Die Tür zur Garage stand offen. Dani ging hinein und legte den Lichtschalter um. Über der Stelle, wo ihr Vater früher den alten VW geparkt hatte, hing ein Gummiball an einer Schnur von der Decke. Über dem Betonboden verliefen Ölspuren. Dani meinte in den schwarzbraunen Flecken etwas zu erkennen: ein Schiff mit Masten, einen Seismografen, Zytoplasma, ein menschliches Profil. Blinzelnd blickte sie ins Licht und fragte sich irgendwann, wie lange sie schon hier stand. Auf der Werkbank ihres Vaters lagen eine Taschenlampe und eine Rolle mit Müllsäcken.

Mit einem Müllsack in der Hand schob Dani die Glastür auf. Der Regen hatte sich in Nebel verwandelt. Dani schlich über den Rasen, es quietschte bei jedem Schritt. Sie las die nassen Papierbälle auf, zerdrückte sie und warf sie in den Beutel. Den Regenschirm steckte sie ebenfalls hinein, die metallene Spitze bohrte sich durch die schwarze Folie. Die Buchdeckel lagen am Zaun unter tropfenden Wacholderzweigen. Dani packte alles ein, verknotete den Müllbeutel und ließ ihn später unter ihrem Bett verschwinden.

Sie erzählte niemandem, dass sie Jess an dem Abend gesehen hatte, nicht mal der Polizei, die sie mehrfach befragte. Auch nicht ihrer Mutter oder Paul. Abgesehen davon sagte sie die Wahrheit: Bei ihrer letzten Begegnung habe Jess Winters noch gelebt. Nein, sie habe Jess nichts angetan, auf keinen Fall, das schwöre sie. Mehr wisse sie nicht. Und sie wusste tatsächlich nicht, wohin Jess an jenem Abend gegangen war oder mit wem. Das Bild der vor ihr knienden Jess, die das Gesicht in den Regen hielt, verschwand unter blauem Eis.

Im Lauf der folgenden Tage, Wochen, Monate und Jahre malte Dani sich immer wieder aus, was in jener Nacht geschehen sein mochte. In ihrer Vorstellung ging es Jess immer gut, sie platschte durch Pfützen, hielt sich durch die Bewegung warm. Die nasse Kleidung klebte ihr am Leib, sie hielt vor einer großen Wasserlache inne und wusch sich den Dreck von Händen und Knien. Sie fuhr per Anhalter nach Phoenix, ihre Jeans durchnässte den Beifahrersitz. Sie stahl ein Auto, sie stieg in einen Bus oder nahm den Zug – dabei gab es im Umkreis von fünfzig Meilen weder einen Bahnhof noch Fernbushaltestellen. Dani glaubte nicht, dass ihr Vater oder sonst jemand etwas mit Jess' Verschwinden zu tun hatte. Jess war ohne fremde Hilfe losgezogen und hatte Sycamore hinter sich gelassen, genau wie sie es immer gewollt hatte. Oder zumindest eine Zeit lang gewollt hatte. Dani zog sich in den Eisblock zurück und blendete die Welt rundherum aus.

Zum zweiten Mal in ihrem Leben ging Dani in die Garage, um eine Schaufel zu holen. Sie berührte die gebogene Metallkante, kratzte trockene Erdklumpen ab. Gehörte die Schaufel Hugh oder Adam? War es dieselbe wie damals? Dani hob ein Loch aus, gleich neben der Stelle, wo sie fast zwanzig Jahre zuvor schon einmal gegraben hatte. Gleich neben dem Geheimnis, das sie hatte verschwinden lassen müssen, um sich selbst zu beschützen.

Sie mühte sich keuchend mit der harten, trockenen Erde

ab, und dann überkam sie ein Zittern, das sie in die Knie zwang. Dani sank auf den Rasen. Ihre Zähne klapperten, sie presste sich das Gesicht an die Knie und umschlang ihre Unterschenkel. Sie kniff die Augen zusammen, kämpfte gegen das Brennen an. Nein, ermahnte sie sich, so wie damals, als sie Mauds Blick ausgewichen war. Sie erinnerte sich an den Teenager, der sie gewesen war, und wie sie die Aufgabe bewältigt hatte, ruhig und mit Abstand: Loch ausheben, Notizbuchreste und Regenschirm aus dem Müllbeutel holen, hineinwerfen, Loch zuschütten, Erde festtrampeln. Der Boden war damals nass und weich vom Regen gewesen, Erde hatte an der Schaufel geklebt. Dani sah den gelben Bleistift hinter dem Ohr ihres Vaters. Sie sah längliche Zellklumpen unter dem Mikroskop. Sie sah sich eine Armbeuge abtupfen und die Spritze heben, hörte ihre eigene, fremde Stimme: *Bitte stillhalten, das tut jetzt kurz weh.* Immer hatte sie den Blick in die ängstlichen, angespannten Gesichter vermieden und sich stattdessen voll und ganz auf die Aufgabe konzentriert.

Dani versuchte aufzustehen, aber ihre Knie gaben nach. Sie versuchte, im Sitzen weiterzugraben, aber es gelang ihr nicht, genug Druck auf die Schaufel auszuüben. Sie legte sie beiseite und grub mit bloßen Händen weiter.

Der Boden war so trocken, dass sie die schlanken Finger zu Krallen verbiegen und kratzen musste. Erde sammelte sich unter ihren kurz geschnittenen Nägeln, einer riss ein, trotzdem machte sie weiter. Bis die Sonne unterging, hatte sie ein Loch in der Breite und Länge des kleinen Hundeleichnams gegraben, allerdings war es nur wenige Zentimeter tief. Die Erde wurde kälter, klumpiger und feuchter, aber nicht weich. Der Himmel verfärbte sich von Grau nach Schwarz, und

Danis Finger schmerzten. Ihre Augen gewöhnten sich so weit an die Finsternis, dass sie ihre Hände erkennen konnte, aber nicht mehr; der Garten war nur mehr eine Kohlezeichnung seiner selbst. Sie richtete sich auf, drückte den Rücken durch, grub weiter. Sie scharrte und kratzte und fragte sich, ob sie auf die Metallspitze des Schirms stoßen würde, auf Reste von Papier. Die Erde gab nur langsam nach, Zentimeter für Zentimeter. Dani hatte keine Ahnung, wie lange sie noch graben müsste, bis das Loch tief genug wäre.

Draußen vor dem Fenster

15. August 2009

Liebe Dani,

immer wenn ich versuche, dir zu schreiben, weiß ich nicht, wo ich anfangen soll, und am Ende lasse ich es ganz. Schon viel zu oft habe ich dir nicht gesagt, was ich dir sagen wollte. Ich habe die Seiten zu lange leer gelassen.

Gestern habe ich die Nachrichten gesehen. Sogar hier stand es in der Zeitung, auch im Radio wurde es erwähnt.

Dani, es tut mir leid, falls die Nachricht bei dir alte Wunden aufreißt. Als wären sie je verheilt! Ich bin der Erste, der sagt, dass er mit diesem Teil der Vergangenheit abschließen will. Natürlich ist es meine Schuld, nicht deine. Und auch nicht die von Jess. Ich allein trage die Verantwortung, das weiß ich. Ich hatte achtzehn Jahre lang Zeit, darüber nachzudenken.

Wir haben nie darüber gesprochen, was damals eigentlich passiert ist. Ich habe deinen Wunsch respektiert und mich von dir ferngehalten. Ich nehme an, dass du meine Briefe liest, auch wenn du nie zurückschreibst. Ich sehe ja, dass du die Schecks einlöst, was vollkommen in Ordnung ist. Ich hoffe, dass ich dir mit dem Geld ein wenig helfen kann.

Was du nicht wissen kannst, weil ich die Seiten nie abschicke: Ich schreibe dir jeden Morgen. So beginne ich den Tag, erst danach fahre ich zur Arbeit. Ich erzähle dir, was ich draußen vor dem Fenster sehe und was der Tag bereithält. Gestern habe ich dir den morgendlichen Halbmond beschrieben und die aktuelle Temperatur gemeldet. (Heute sind es übrigens siebzehn Grad.) Vor ein paar Tagen gab es zu berichten, dass nur wenige Schritte vor dem Fenster Rehe standen, sie waren so nah, dass ich sehen konnte, wie sich beim Schlucken das Fell an ihrem Hals bewegt hat. Sie haben Eicheln aus dem Gras gezupft. Immer wieder habe ich dir die Kiefern und die kahlen Eichen im Winter beschrieben, deren Silhouetten sich im Morgengrauen vor dem Himmel abzeichnen, und die unbewegte Luft. Manchmal ist es hier, als würde die Zeit stillstehen. Das alles ist banal, aber es mit dir zu teilen macht es irgendwie realer. Manchmal habe ich das Gefühl, die Welt aus weiter Ferne zu betrachten.

Heute wurde mir schlagartig klar, dass ich in diesem Haus mit dem anfangs so unvertrauten Blick schon länger wohne als mit dir zusammen. Siebzehn Jahre mit dir, achtzehn hier. Als ich ging, war ich vierundvierzig, heute bin ich zweiundsechzig. Abgang im zweiten Akt, erneuter Auftritt im dritten, würde deine Mutter sagen. Ich wohne in einer Blockhütte und arbeite in Flagstaff als Makler, allerdings nur in Teilzeit. In den wärmeren Monaten streiche ich Hausfassaden, außerdem male ich mittelmäßige Bilder, in meinem Atelier, in dem die Fenster nach Südwesten hinausgehen. So ein Leben hätte ich mir früher nie vorgestellt.

Aber so ist es jetzt.

Ich weiß immer noch nicht, wo ich anfangen soll, also schildere ich zunächst, was ich draußen vor dem Fenster sehe.

Es ist noch nicht ganz hell; obwohl ich mir angewöhnt habe, früh aufzustehen, schlafe ich meistens schlecht. Heute Morgen ist der Himmel über den Kiefern blau. Da ist eine dicke weiße Wolke in Form einer Narbe. Sie erinnert an einen Reißverschluss oder an eine Wirbelsäule. Abgesehen davon ist der Himmel leer. Das Fenster steht offen, es riecht nach Kiefernnadeln. Ein leichter Wind ist aufgekommen, die Baumwipfel wiegen sich. Was noch? Heute kommt die Müllabfuhr, mein Nachbar rollt gerade die Tonne an die Straße. Er trägt immer eine rote Wollmütze, auch im Sommer. Sein Name ist Errol Jorgenson, früher war er Sergeant bei der Armee. Auf einem großen Findling links vom Fenster ist ein Rotkehlchen gelandet, aus seinem Schnabel hängt ein Wurm. Die Vogelbrust ist rostrot.

Kannst du dich noch an deinen alten VW erinnern? Als ich ihn gekauft habe, waren Türen, Motorhaube und Heck von einer dicken Rostschicht überzogen. Ich habe das Blech abgeschliffen und grundiert, das Originalgrün gefunden und den Wagen neu lackiert. Das mag jetzt seltsam klingen, aber in meinem Leben hat mich wenig so erfüllt wie diese Arbeit. Vor ein paar Jahren habe ich das Auto einem jungen Mann verkauft, der per Anhalter nach Albuquerque unterwegs war. Ich habe es nicht mehr gefahren, es stand nur noch neben der Hütte. Ich fahre jetzt einen ganz normalen Pick-up, auf den Straßen hier braucht man im Winter Allradantrieb. Die Fahrt nach Flagstaff dauert etwa eine halbe Stunde, inzwischen mag ich die Strecke sehr. Ich nutze die Zeit, um nach der Arbeit runterzukommen. Hier in der kleinen Siedlung kennt jeder jeden, aber wir lassen einander in Ruhe. Was gibt es sonst zu berichten? Die Küche könnte einen neuen Anstrich gebrauchen, Ironie des Schicksals, immerhin arbeite ich als Maler. Im Frühjahr habe ich das Dach neu decken lassen. Das Haus hat keine Klimaanlage, aber es gibt einen Holzofen.

Das Haus … Ich lebe allein.

Ach, Dani, wo soll ich anfangen? Wo aufhören?

Ich sehe ihr Foto in der Zeitung und staune darüber, dass ich heute beim Aufwachen etwas anderes gesehen habe als ihr Gesicht. Dass ich an manchen Tagen überhaupt nicht mehr an sie denke. Eine Zeit lang habe ich geglaubt, sie für den Rest meines Lebens sehen zu müssen, überall. Dass ich beim Aufwachen für immer ihr Gesicht auf der Netzhaut hätte. Dass ich auf ewig hoffen würde, dass sie eines Tages einfach vor der Tür steht. Ich will dich nicht verletzen, aber es ist die Wahrheit, und ich finde, dass wir zwei mehr Wahrheit vertragen können.

Als ich ging, hast du gefragt: Warum? Warum sie? Was soll das? Damals wusste ich keine Antwort. Ich weiß es nicht, habe ich immer wieder gesagt. Natürlich hat deine Frage mich beschäftigt. Warum? Warum sie? Ein junges Mädchen, die beste Freundin meiner Tochter? Wer würde sich freiwillig auf so ein Minenfeld begeben? Wer sollte so etwas tun?

Als sie zum ersten Mal vor unserem Haus stand und ich ihr die Tür aufmachte, sah ich zunächst nicht sie, sondern mich. Ich musste an meine eigene verkorkste Jugend denken. Als Teenager bin ich für meine Nase gehänselt worden, Zinken und so weiter. Ich war mager und schlaksig und habe ständig die Arme vor dem Körper verschränkt, wie um mich selbst am Auseinanderfallen zu hindern. Zunächst sah ich Jess nur im Licht dieser Erinnerung, als mein früheres Ich. Ich fühlte mit ihr und spürte eine gewisse Zuneigung. Am liebsten hätte ich ihr Mut zugesprochen.

Ich weiß nicht mehr, ab welchem Moment sich alles veränderte oder wie es zu dem wurde, was es dann war.

Ich habe deine Mutter geliebt. Bist du denn immer noch

verliebt in sie?, haben alle gefragt. Oder nicht mehr? Ein, aus, als könnte man einfach einen Schalter umlegen. Ich habe Rachel immer geliebt, auch wenn ich ehrlich sagen muss, dass aus unserer Liebe eine tiefe Freundschaft geworden war. Du kennst unsere Geschichte. Wir haben uns im College kennengelernt, weil sie aus einer Laune heraus beschlossen hatte, einen Zeichenkurs zu belegen. Sie hat sich selbst immer als furchtbar schlechte Malerin bezeichnet, aber das stimmte nicht. Sie hatte ein gutes Auge. Hat sie wahrscheinlich immer noch. In gewisser Hinsicht sind wir zusammen erwachsen geworden, in New York, wo sie endlich ihrer Familie im Mittleren Westen entkommen konnte und ich meiner einsamen Jugend. Theater, Kunstausstellungen, Clubs – wir haben gekellnert, um über die Runden zu kommen, und uns von Dosensuppen, Kräckern und Takeout vom Chinesen ernährt. Du warst nicht geplant. Wir waren alt genug, um Eltern zu werden, aber eigentlich noch nicht bereit, denn wir wollten Karriere machen. Trotzdem, Dani: Es war der glücklichste Tag meines Lebens, als ich dich zum ersten Mal im Arm hielt. Wir wussten, dass wir nicht ewig in unserem Loft in der Wooster Street in SoHo bleiben und uns von Junkfood ernähren konnten. In der Kunstszene war damals eine Menge los, aber uns war klar, dass wir uns verändern müssten. Rachel bekam die Festanstellung in Sycamore, wir haben das hübsche Häuschen am Piñon Drive gekauft, und das war's. Sie hatte einen guten, sicheren Job, und ich hatte – was? Ich wusste es nicht. Ich hatte dich. Ich habe die Umschulung zum Makler gemacht, um etwas beizutragen. Ich habe mir ein Atelier unterm Dach eingerichtet, um meine bescheidenen Bilder zu malen. Zumindest haben sie meine Sehnsucht gestillt, eine Zeit lang. Dabei war ich nicht unglücklich.

Warum schreibe ich nicht einfach, ich sei glücklich gewesen? Tja, ich war nicht unglücklich, aber glücklich war ich auch nicht. Ich war irgendwo dazwischen und immer in Bewegung. Wie du sicher längst weißt, ist das Erwachsenenleben voller unangenehmer Momente. Glück ist kein Dauerzustand, sondern kommt und geht, wie eine Welle. Im Nachhinein würde ich sagen, dass ich mich gut geschlagen habe. Ich habe dich großgezogen, was jeden Tag aufs Neue eine Freude war. Ich konnte Rachel den Rücken freihalten, weil sie immer viel zu tun hatte und vom Unterrichten manchmal so kaputt war, dass sie nach einer Aufführung tagelang nicht mehr aus dem Bett kam. Oft hatte ich das Gefühl, der Fels in der Brandung zu sein. Mein Job war es, Rachel – und dich – zu unterstützen und über Wasser zu halten. Was auch bedeutete, dass ich mir keine Schwäche erlauben durfte. Ich musste die Stellung halten. Aber vielleicht ist der Vergleich unfair. Ich weiß nicht, ob ich es damals schon so wahrgenommen habe oder erst in der Rückschau. Ich bin mir nicht sicher, ob ich bereit gewesen wäre zuzugeben, dass wir ein Problem hatten. Ein echtes Problem.

Wie ich heute weiß, bestand ein Teil dieses Problems in Rachels Sicht auf mich. Beziehungsweise darin, dass sie mich gar nicht mehr sah. Es hatte eine Zeit gegeben, in der sie bei meinem Anblick zu strahlen anfing. Wir waren Künstler – nicht eine Künstlerin mit einem Ehemann, der sich bemühte beziehungsweise irgendwann gescheitert war. Früher hatte ich meine Bilder nur deswegen beendet, weil ich noch nicht gewusst hatte, dass keins davon je gut genug wäre. Rachel hatte es nie ausgesprochen, aber ich hatte es spüren können: Sie hatte mich aufgegeben. Ich konnte es ihr vom Gesicht ablesen, und ihr Gesicht kannte ich gut. Wie sie es verzog, wenn ich erzählte, ich hätte ein neues Aquarell begonnen; wie ihre Nasenflügel bebten, wenn ich sagte, ich müsse noch mal hoch in mein Atelier. Ich hatte ihr Vertrauen in mich verloren, wenn nicht gar ihre Liebe. Natürlich war es allein meine Schuld, aber die Erkenntnis war niederschmetternd. Und es kam noch schlimmer – mein Versagen trug zu ihrem Erfolg noch bei. Unsere Symbiose war nur schwer zu durchschauen, und ich will deiner Mutter keine Vorwürfe machen. Bitte vergiss das nicht. Ich allein trage die Verantwortung für mein Handeln. Trotzdem gab es Dinge, über die wir hätten reden müssen. Die *ich* hätte ansprechen müssen.

Lass mich eins klarstellen: Probleme hin oder her, ich habe an unseren Lebensentwurf geglaubt. Ich hatte ihn so klar und deutlich vor Augen wie einen hochwertigen Tisch – stabil, belastbar, gemütlich, ein Ort der Zuflucht und des Friedens. Ich hatte nicht vor, ihn zu verlassen. Bevor ich Jess kennenlernte, hatte ich höchstens den Wunsch zu reisen und mehr von der Welt zu sehen.

Aber auch das ist nur die halbe Wahrheit.

Als bei dem Thanksgiving-Essen alles eskalierte, fragte Rachel mich, ob es etwas mit meiner Mutter zu tun habe. Ich verneinte. Nein, natürlich nicht, habe ich gesagt. Warum auch? Wahrscheinlich kennst du die Geschichte, obwohl wir früher nie darüber gesprochen haben: Meine Mutter hatte meinen Vater, meinen großen Bruder und mich verlassen, als ich vierzehn gewesen war. Als ich der Junge mit der Hakennase und den verschränkten Armen gewesen war. Sie war Malerin gewesen, und in den Jahren nach ihrem Auszug wurde sie berühmt. Sie hatte den Kontakt zu uns abgebrochen – keine Briefe, keine Karten, keine Anrufe. Heute glaube ich, dass dies die einzige Möglichkeit für sie war, irgendwie weiterzuleben – sie musste sich und ihre Arbeit über alles stellen, auch über ihre Kinder. Mein Bruder war damals siebzehn und praktisch auf dem Sprung in sein eigenes Leben; möglicherweise hatte sie gedacht, wir wären keine Kinder mehr, die eine Mutter brauchten, ich weiß es nicht. Ich weiß nur, wie sehr wir damals mit der Situation zu kämpfen hatten. Mein Bruder hat sich wütend von ihr abgewendet und sie vergessen, während ich verzweifelt versucht habe, sie zurückzugewinnen – mit Briefen, Karten und Anrufen, die sie ignorierte. Nach ein paar Jahren gab ich es auf, aber ihre Karriere verfolgte ich weiter. Ihre Werke hingen im Museum of Modern Art, im Art Institute von Chicago und in anderen Museen. Ich wusste, dass sie New York verlassen hatte und auf einer kleinen Ranch in Colorado lebte, keine zehn Fahrstunden von Sycamore entfernt. Wenn ich an sie denke, sehe ich ein Foto, das zehn Jahre nach ihrer Flucht aufgenommen wurde, als sie Ende vierzig war. Sie sitzt auf einem Baumstumpf vor ihrem Haus, der Wind zerzaust ihr dunkles Haar, sie blickt an der Kamera vorbei. Frances Barnes. Meine Mutter, die schöne Fremde. Sie gehörte mir nicht. Ich habe das Bild aus einer Zeitschrift ausgeschnitten und in meinem Kleiderschrank versteckt.

Ich habe sie nie wiedergesehen. Ich war überzeugt, ihr eines Tages noch einmal zu begegnen, aber dazu ist es nicht mehr gekommen.

Als sie starb, war sie erst vierundsechzig. Sie wohnte allein in dem kleinen Haus auf dem riesigen Grundstück, man fand sie erst drei Tage später. Sie besaß nicht viel Geld, aber da waren noch ein paar Bilder. Ich habe sie jahrelang aufbewahrt, irgendwann haben mein Bruder und ich sie verkauft und uns den Erlös geteilt. Das Geld, das ich dir schicke, stammt aus den Verkäufen, ich habe es für dich angelegt.

Die Ironie entgeht mir nicht: Da bin ich nun, allein in einer Blockhütte im Wald, ohne Kontakt zu Frau und Kind. Die Geschichte wiederholt sich.

Würde man mir die Frage, ob meine Mutter eine Rolle gespielt habe, heute noch einmal stellen, fiele meine Antwort ziemlich kleinlaut aus. Denn selbstverständlich hatte es mit ihr zu tun. Was sonst? Sie ist der Grund, warum ich Maler werden wollte. Ihretwegen glaube ich, nie gut genug zu sein. In gewisser Hinsicht ist sie die unglückliche Liebe meines Lebens.

Das alles ist wahr, aber ich will damit nicht mein Verhalten von damals entschuldigen. Ich könnte sagen, dass ihre Abwesenheit mich traumatisiert und beschädigt hat und dass ich meine Mutter in einer neuen Liebe gesucht habe. Aber das stimmt nur zum Teil.

Da ist noch mehr.

Wenn man die Liebe beschreiben will, muss man unweigerlich auf Klischees zurückgreifen, oder? Die Sprache der Liebe leidet, wie die Sprache des Mitgefühls, an inflationärem Gebrauch, Vagheit und Ungenauigkeit. *(Mein Beileid. Ich wünsche dir viel Kraft in dieser schwierigen Zeit.)* Über die Seele zu reden ist lächerlich, naiv und sentimental. Ich habe nach den richtigen Worten gesucht, ich suche sie immer noch, um meine Gefühle für Jess zu beschreiben – diese unpassende, unkluge, unmoralische Liebe. Ich werde es trotzdem versuchen.

Man sagt, ein Mensch könne einem anderen verfallen. Fallen. Die Kontrolle verlieren. Sich der Schwerkraft unterwerfen. Auf den Boden zustürzen, sich Schrammen und

Knochenbrüche einhandeln, wenn nicht etwas – oder jemand – den Aufprall bremst. Wasser, eine weiche Matratze, offene Arme.

Zugleich ist Fallen ein bisschen wie Fliegen, und fliegen können wir nur im Traum.

Jess gab mir das Gefühl, aus großer Höhe zu fallen. Mein Gott, was bin ich gefallen. Ich habe den Boden auf mich zurasen sehen und konnte nichts dagegen tun.

Warum? Warum sie?

Weil sie mein Himmel war.

Herrgott, und was soll das heißen? Ich kann dir nichts anbieten als überstrapazierte Metaphern. Ich meine es so: Ich habe aufgeblickt, und da war sie – strahlend blau, Sonne und Schatten, Luft und Wolken und Blitze, die ganze Palette der Natur, unberührt und verletzlich und doch stark und stolz. Ich war wie gebannt von ihrem Schillern.

Um ehrlich zu sein, das Gefühl wurde intensiver, als ich begriff, wie sie mich sah. In ihrem Blick lag ein Verlangen, das nur zum Teil körperlich war. Ihr Blick war so nackt, direkt, schutzlos. Mehr noch, in ihren Augen sah ich eine Version von mir, die ich selbst kaum kannte. Sie ahnte nicht, dass ich als Künstler gescheitert war oder dass meine Mutter mich verlassen hatte und ich niemals etwas Besonderes sein würde. All das konnte ich vergessen, wenn sie mich ansah.

Willst du die ganze Wahrheit hören, Dani? Ich habe mich auch nach ihrem Körper gesehnt. Nein, ich habe sie nie angefasst, aber ja, ich wollte es. Ich war bereit zu warten, aber nicht aus Anstand oder weil ich geduldig gewesen wäre. Die Ausmaße meines Verlangens haben mich verrückt, verzweifelt und unbesonnen gemacht. Es ging über Sex und Freuden hinaus, davon hatte ich im Leben genug. Ich entsprach nicht dem Klischee des frustrierten Mannes in der Midlife-Crisis. Ich habe mich eher wie ein Teenager gefühlt, der sich nicht mehr unter Kontrolle hat. Jess – clever, frech, witzig, wunderschön –, hat Kräfte in mir freigesetzt, die ich selbst nicht verstand. Ich war völlig überwältigt und hatte all dem nichts entgegenzusetzen.

Ich kann nicht für sie sprechen und folglich auch nicht erklären, was sie in mir sah. Eine Frage drängt sich natürlich auf: Hat sie in mir eine Art Vaterersatz gesehen? Das einfach abzustreiten wäre verkehrt. Selbst damals war ich mir dieser Tatsache bewusst. Ich wusste, wie verletzt und verwirrt sie war; ich wusste, wie sehr der Verlust sie schmerzte und dass sie ihn lindern wollte – und sei es unbewusst. Ich hätte es besser wissen müssen, ich wusste es besser. Es hat mich trotzdem nicht abgehalten.

Warum, warum, warum, warum, warum? Die Frage verfolgt mich. Sie quält mich, ehrlich. Nachts jagt sie heulend ums Haus und hält mich wach.

Heute würde ich Folgendes antworten: Weil ich sie geliebt habe, weil meine Mutter mich verlassen hatte, weil meine Ehe nicht gut war, weil ich nicht unfehlbar bin, weil ich gierig war und mitten im Leben stand. All das ist wahr.

Und es hatte nichts mit dir zu tun.

Wenn ich von Liebe spreche, meine ich nicht meine Liebe zu dir, denn die ist kostbar und einzigartig. Ihr wart im selben Alter, doch sie war nicht meine Tochter; ich habe sie mit anderen Augen gesehen als dich. Immer. Ich habe keine seltsamen Vorlieben und keine verbotenen Gelüste. Es war Zufall. Ich habe sie nicht gesucht, genauso wenig, wie sie mich gesucht hat. Ich wusste, es war unverzeihlich – ich war verheiratet und sie siebzehn, deine Freundin –, aber da war es. Ein einziges Mal im Leben habe ich auf diese Weise geliebt, und zwar sie. Daran glaube ich, wie ich an die Schwerkraft glaube.

Bis zu dem Zeitpunkt war ich nicht gerade ein Mensch, der Grenzen überschreitet. Meine beste Ausrede ist die, dass Jess mir den Zugang zu einem Teil meiner selbst eröffnete, der mir bis dahin unbekannt gewesen war. Mein Leben war eine gerade Linie gewesen, und urplötzlich war ich auf einen Kreis gestoßen. Das eine ist gerade, das andere rund, und beide sind im Prinzip unendlich. Beide sind in Ordnung, beide tragen auf ihre Weise zur Geometrie der Welt bei. In Wahrheit wollte ich mich nicht entscheiden. Ich wollte beides leben, den Kreis und die Linie.

Ich wusste nicht, was ich tun sollte. Ich habe versucht, meine Gefühle zu verstehen. Das Ganze war unheimlich und sehr bedrohlich. Es war unglaublich. Ich kann Paul keine Vorwürfe machen, es war sein gutes Recht, dich und deine Mutter zu beschützen, ihm blieb keine Wahl – hätte er das Geheimnis für sich behalten sollen? Wohl kaum. Er war ein guter Junge, und ich unterstelle ihm keine bösen Absichten. Trotzdem wünschte ich mir, die Sache wäre anders ans Licht gekommen. Heute weiß ich natürlich, dass es so oder so nicht gut geendet hätte. Im Grunde war mir das damals schon klar. Es wäre nicht einfach geworden, selbst wenn mein Traum sich erfüllt hätte. Wenn sie mit mir mitgekommen wäre.

Eins musst du wissen: Als sie meinte, nichts sei geschehen, hat sie die Wahrheit gesagt. Nichts Körperliches. Sie hat mir auch nicht nachgestellt; ich habe sie belästigt, nicht umgekehrt. Ja, sie fand mich attraktiv, aber sie hatte sich von mir zurückgezogen. Als ich die Stadt verließ, bat ich sie, mich zu begleiten. Sie lehnte ab. Sie wollte mich nicht. Ich weiß nicht, ob sie mich jemals geliebt hat. Ich weiß nur, dass meine Gefühle echt waren.

Es versteht sich vielleicht von selbst, aber ich möchte es dir dennoch sagen: Ich hoffe, dass sie nicht die Tote aus dem Canyon ist. Ich möchte, dass sie lebt. Am Abend ihres Verschwindens steckte ich in Flagstaff im Schnee fest. Ich saß allein in einem Motelzimmer und war vollkommen verzweifelt. Draußen vor dem Fenster sah ich ein Pärchen, das auf Turnschuhen über die gefrorene Straße schlitterte. Ich habe das Bild nie vergessen: Sie rutschen über den menschenleeren Asphalt, lachen und rudern mit den Armen. Wenn sie nicht hier bei mir sein kann, soll sie da draußen sein – eine hübsche junge Frau, die lacht und irgendwo auf der Welt über eine gefrorene Straße schlittert.

Dani, dies ist die Wahrheit: Ich bereue es, dir und deiner Mutter solche Schmerzen zugefügt zu haben, aber ich habe Jess zweifelsfrei geliebt. Der offene Kreis – ich kann ihn bis heute fühlen. Hätte ich es ignorieren sollen? Ja, vielleicht. Viele Leute schaffen das. Ich nicht. Alles Mögliche wurde mir unterstellt, man hat mich als verrückt, destruktiv, widerlich, verachtenswert, kriminell, dumm, egoistisch, kurzsichtig, naiv und jämmerlich beschimpft. All das haben die Leute mir an den Kopf geworfen, und vielleicht gibst du ihnen recht. Ja, vermutlich bin ich so. Ob es geklappt hätte, wenn sie mitgekommen wäre? Wer weiß. Wahrscheinlich nicht. Trotz allem, Gott helfe mir, ich habe es mir gewünscht.

Ich wusste allerdings nicht, was es bedeuten würde, mit so einer Schuld zu leben und die Konsequenzen zu tragen. Dich zu verlieren. Mir war klar, dass ich Leid und Chaos verursacht hatte; ich habe eine Familie zerstört. Irgendwie habe ich immer geglaubt, die Trennung von dir wäre nur vorübergehend. Ich habe mir eingeredet, du könntest mir eines Tages verzeihen. Ich konnte mir ein Leben ohne dich nicht vorstellen. So habe ich mir unsere Beziehung nie vorgestellt. Ich hätte nie gedacht, dass ich die Fehler meiner Mutter wiederholen könnte.

Inzwischen bin ich ein anderer Mensch. Von dem Mann von damals habe ich mich so weit entfernt, dass ich manchmal den Eindruck habe, all das wäre einem Fremden zugestoßen. Den Mann mit der glühenden Hoffnung im Herzen kenne ich nicht mehr, und doch bin ich er. Ich kenne den jungen Maler mit den großen Träumen nicht mehr, die sich nie erfüllt haben, aber auch der bin ich. Ich kenne den Makler nicht mehr, der am Wochenende Hausbesichtigungen durchgeführt und am Auto seiner Tochter herumgebastelt hat. Oder den Jungen, der als Teenager seine Mutter verlor – und dann noch einmal, als erwachsener Mann. Aber natürlich bin ich all das, und ich trage die Verantwortung für mein Handeln. Ich versuche zu verstehen, was die Zeit mit uns macht. Ich kenne mich selbst nicht mehr.

All das klingt falsch. Ich finde die richtigen Worte nicht.

Als du ein Kleinkind warst, ertrank der Sohn unserer Nachbarn in einem Planschbecken. Er war zwei Jahre alt, der Babysitter, ein Junge von sechzehn Jahren, hatte ihn nur für eine Minute aus den Augen gelassen. Wenn ich an jenen Tag zurückdenke, habe ich sofort wieder seine unmenschlichen, schrillen Schreie im Ohr. Wie aus einer anderen Welt, das Geheul eines Irren.

Das höre ich, wenn ich daran denke, wie sehr ich dich verletzt habe.

Du und ich, wir sind nicht mehr dieselben Menschen wie damals. Ja, ich bin immer noch dein Vater, aber der Mann von einst existiert nicht mehr. Du bist immer noch meine Tochter, aber nicht mehr der Teenager, der mir nicht in die Augen sehen wollte. Vielleicht meidest du meinen Blick immer noch, aber jetzt tust du es als junge Frau mit einem eigenen Leben und einer eigenen Karriere, mit eigenen Vorlieben und Fehlern. Ich wünschte mir, ich würde diese Frau kennen. Du bist so weit weg, Dani. Ich weiß, wer du warst, die Erinnerungen an deine Kindheit hängen über mir wie der Mond am Morgenhimmel. Er sieht aus wie eine angeknackste Eierschale und strahlt so hell, dass ich nicht wegsehen kann. Ich möchte wissen, wer du heute bist.

Ich wäre gern ein anderer Mensch. Ein anderer Vater – ein Vater, den du gern besuchst. Ich hätte so gern eine neue Gestalt.

Ich habe dich nie gefragt, weil ich überzeugt war, die Antwort zu kennen, aber inzwischen ist mir klar, wie wenig ich weiß. Und so frage ich dich: Dani, würdest du mich besuchen kommen? Würdest du deinem alten Vater die Freude machen?

Ich würde dir gern die Aussicht zeigen.

In Liebe
Dad

Nach Hause
22. Dezember 1991

Jess stieß das Gartentor auf, verließ das Grundstück und rannte los, immer entlang der Mittellinie des Piñon Drive. Wasser spritzte aus knöcheltiefen Pfützen in die Höhe, und Hände und Knie schmerzten von ihrem Sturz, aber Jess scherte sich nicht darum. Sie wusste nicht mehr, wie spät es war oder wie lange ihr Ausflug schon dauerte. Eben noch hatte sie gefroren, jetzt schwitzte sie in der dicken Daunenjacke. Der Regen hatte aufgehört, nur hier und da klatschte noch ein fetter Tropfen aus einem Baum auf die Straße. Auf dem College Drive blieb sie unschlüssig vor den Campustoren stehen. Links herum ging es nach Hause, bergauf und etwa eine Meile weit. Zwei Straßen weiter zur Rechten begann der District; Jess konnte die Lichter der Tankstelle in der Ferne sehen. Sie schob die Hand in die Hosentasche, klimperte mit ihrem Kleingeld. Sie könnte ihre Mutter von einem Münztelefon aus anrufen und sich abholen lassen. Maud würde ihr den Gefallen sicher erweisen, sie würde kommen, und Jess könnte sich ins warme Auto setzen. Möglicherweise würde sie schimpfen, weil Jess so lange draußen durch den Regen gelaufen war, aber das war jetzt auch schon egal. Sie würde sich an der Tankstelle einen heißen Kaffee kaufen und auf ihre Mutter warten.

An der Kreuzung zur Main Street hielt Jess inne. Ein Auto näherte sich, und als Jess das verschwommene Scheinwerferlicht sah, beschlich sie wieder die Angst. Fast meinte sie, eine fremde Hand auf der Schulter zu spüren. *Hab ich dich.* Jess rannte los, immer auf die Tankstelle zu, die Pfützen reichten bis an den Saum ihrer Hosenbeine. Sie warf sich gegen die Tür und merkte im selben Moment, dass die Innenbeleuchtung gedimmt war. Im Fenster hing ein Schild. *Wegen Unwetters geschlossen.* Jess legte die hohle Hand ans Glas, spähte hindurch. Aber da war niemand. Sie schlug mit der flachen Hand gegen die Scheibe.

Das Telefon befand sich an der Gebäudeseite. Jess schlurfte durch die Pfützen, tastete nach dem Kleingeld in ihrer Tasche. Im selben Moment hörte sie Bremsen quietschen, auf der Straße wendete ein Wagen. Wie in Zeitlupe scherte das Auto nach rechts aus, rollte über Bordstein und Gehweg, und dann wurde das Steuer nach links gerissen. Der Wagen schoss quer über beide Spuren und hielt mit einem Ruck. Jess stand im Scheinwerferlicht, hinter sich die angeleuchtete Tankstelle.

Sie keuchte vor Schreck. Das Auto rollte im Rückwärtsgang auf die Straße und bog dann auf den Parkplatz der gegenüberliegenden Woodchute Lodge ein. Jess wandte sich dem Apparat zu und warf eine Münze in den Schlitz. Sie wählte, hörte das Tuten, zeichnete mit dem Finger Rauten auf den Metallkasten.

Niemand meldete sich. Entweder schlief ihre Mutter noch oder stand unter der Dusche, oder der Fernseher war zu laut. Jess legte auf, bevor der Anrufbeantworter sich einschalten und die Stimmen von Mutter und Tochter abspielen konnte: *Sie haben den Anschluss von Jess und Maud Winters erreicht. Sie wissen, was zu tun ist, nur zu!* Dann Jess' Lachen – das Lachen ihres Vaters. Die Münzen klapperten durch, landeten in der Schale, Jess hob die Klappe an und fischte sie heraus.

Sie betrachtete den Ziffernblock, dachte an die Karten ihres Vaters, die zu Hause in ihrer Schreibtischschublade lagen. *Ruf an, falls du irgendetwas brauchst.* Was sollte sie ihm sagen? *Bitte hol mich ab. Jemand muss mich nach Hause fahren.* Sie hatten nicht mehr dasselbe Zuhause. Er lebte jetzt fünfhundert Meilen entfernt mit seiner neuen Familie zusammen, mit einer kleinen Tochter, die inzwischen sicher schon laufen konnte. Seine kleine Prinzessin. Bald würde er sie morgens zur Schule begleiten, sie trüge bunte Turnschuhe, die er ihr gekauft hätte. Beim Skilanglauf würde sie ihren Blick immer auf seinen Rücken heften. Wenn sie im Meer schwämme, hielte sie nach seiner Gestalt am Strand Ausschau.

Jess warf sämtliche Münzen ein, die sie hatte, und wählte seine Nummer. Sie kannte sie auswendig.

Ihr Vater meldete sich nach dem zweiten Klingeln. Sie erkannte seine Stimme sofort wieder, selbst nach all der Zeit.

»Hallo?«, sagte er. »Hallo?«

Sie atmete in die Muschel. Die Worte blieben ihr im Hals stecken. *Ich bin es, Jess.*

»Hallo?«, fragte er. »Ist da jemand?«

Ja, ich. Ich bin da. Ich bin, du bist, sie ist.

Eine automatische Ansage unterbrach die Verbindung und forderte Jess auf, Münzen nachzuwerfen.

Sie hängte den Hörer auf die Gabel. Beide Stimmen verstummten.

Sie ließ sich gegen die Mauer sinken. Sie war so müde, dass sie am liebsten auf der Stelle eingeschlafen wäre. Sie wollte ins Bett. Sie beugte sich vor, betrachtete den Riss in ihrer Jeans und berührte das aufgeschlagene Knie. Ihr war warm, sie schwitzte. Bis nach Hause wäre es eine Meile, sie würde zu Fuß gehen müssen.

Im Motel gegenüber ging eine Tür auf, ein Lichtstreifen fiel auf den Parkplatz. Jess war überrascht zu sehen, wie Angie Juarez und Rose Prentiss das Zimmer verließen. Sie sah zu dem Auto hinüber, das eben auf der Straße gewendet hatte – Angies Impala. Sie hatte den Wagen nicht wiedererkannt. Rose sagte etwas und zog die Tür zu, sie und Angie lachten und gingen zum Auto.

Angie. Ihre alte Freundin. Ihre erste Freundin. Angie würde sie nach Hause bringen. Jess lief über die Tankstelle und überquerte die Straße. Angie und Rose stiegen auf der Beifahrerseite ein.

»Halt!«, rief Jess. »Wartet auf mich!«

Das Hungerjahr

Um vier Uhr morgens stieg Roberto Navarro aus dem Bett. Die Matratzenfedern quietschten, und er hielt inne. Die junge Frau lag zwischen den verdrehten Laken, sie hatte die Arme ums Kopfkissen geschlungen und schnarchte leise. Die Ofenuhr warf ein schwaches Glühen in die Einzimmerwohnung. Roberto schlich auf den Schrank zu. Der Teppichboden dämpfte seine Schritte. Er zog eine Kunststoffkiste voller alter Schulhefter heraus, trug sie ins Bad, setzte sich auf den Badewannenrand unter die sirrende Glühbirne und den Deckenventilator. Er roch nach fremdem Schweiß, kaltem Rauch und verschüttetem Bier, doch er war nicht zum Duschen hier. Er wühlte in den Ordnern und losen Blättern, bis er einen ganz bestimmten gefunden hatte. »Wunderbar«, hatte Esther gerade erst vor ein paar Stunden in der Bar zu ihm gesagt. Er überflog die Seite, suchte den Satz, den sie gemeint hatte.

Da war er. »Das Schiff glitt über den Himmel.« Roberto las weiter. »Der Himmel war mit Sternen, Kometen und hellen Objekten übersät, die den Piloten an bunte Glasscherben erinnerten. Er drehte sich um und warf einen Blick durch die Heckscheibe, um seinen Heimatplaneten noch einmal zu sehen, als kleine Murmel, aber er war schon zu weit entfernt. Das Schiff glitt lautlos durch das funkelnde, schimmernde Universum. Auf einmal meinte er die bitteren Tomatensträucher im Garten seiner Mutter zu riechen, er sah die Kiefern, die ihre Äste von sich streckten wie Strichmännchen, und hörte die sonntägliche Kirchenorgel.«

Robertos Finger fuhr bis an eine unterstrichene Stelle auf der Mitte der Seite. »Wahnsinn, Beto!«, hatte Jess Winters geschrieben. »Ich bin sprachlos!« Während der Gruppenarbeit war Jess seine Partnerin gewesen. Sein Finger lag auf ihrer Handschrift, die Härchen an seinen Unterarmen stellten sich auf. Er erinnerte sich wieder an das Gedicht, das sie ihm an jenem Tag gezeigt hatte; darin hatten Himmel und Erde die Plätze getauscht. Er hatte nichts an den Rand geschrieben, sondern zu Jess gesagt: »Es ist perfekt.« Ihre Anmerkung war lieb gemeint gewesen, aber schon im nächsten Absatz war seine Geschichte ins Lächerliche abgerutscht. Er hatte darin die technischen Details des Raumschiffs beschrieben und den Krieg zwischen Menschen und Maschinen, der die Erde zerstört hatte. Roberto lächelte. Damals war er vom Weltraum besessen gewesen. Er hatte sich in den Carport gesetzt, wo Tomás an seinem Auto geschraubt hatte, und endlose Vorträge über Sternenkonstellationen und den Start des Hubbleteleskops gehalten. Im Fernsehen hatte er einen Dokumentarfilm über explodierende Sterne, den Kometen Levy und die aufgefächerten Nebel des Orion gesehen. »Erde an Beto«, hatte Tomás gelacht, »reich mir mal den Schraubenschlüssel, *hombrecito*.« Kleiner Mann, so hatte Tomás ihn genannt und ihn in die dralle Wange gekniffen. Damals hatten alle ihn nur Beto genannt, zu Hause und draußen. Er war überall der Kleine gewesen.

Roberto rieb sich den Nacken, nahm den Geruch der jungen Frau an seinen Händen wahr. Er wusch sich das Gesicht mit kaltem Wasser, sein Magen knurrte. Eine Zeit lang hatte er pausenlos gegrummelt; mit sechzehn war Roberto fast zehn Zentimeter in einem Jahr gewachsen. Im selben Jahr hatten zwei Uniformierte mit der traurigen Nachricht vor der Tür gestanden, und keine zwei Monate später war Jess Winters in Sycamore aufgetaucht. Damals hatte es sich angefühlt, als wollte sein Magen sich selbst verdauen. Morgens hatte er Zeitungen ausgetragen, danach war er zurück nach Hause gelaufen, wo Luz am Herd gestanden und Rühreier gebraten hatte. Milch hatte er direkt aus dem Karton getrunken. »Meine Güte, Beto, nicht so schnell«, hatte sie gesagt, »die muss bis Freitag reichen.« Wenn sie nicht hinsah, nahm er sich eine Extraportion Mortadella oder Putenbrust aus dem Kühlschrank, wickelte sie in ein Küchentuch und steckte sie ein. Er verschlang das Fleisch auf dem Schulweg in der Hoffnung, der Schmerz und das Knurren würden aufhören.

Mittlerweile war es Viertel vor fünf. Die junge Frau rührte sich immer noch nicht. Er musste daran denken, wie sie seinen Namen gestöhnt hatte – seinen vollständigen Namen, Roberto. Er strich ihr kurz über die Schulter, zog dann Jeans, Stiefel und Arbeitshemd an. Er stellte ihr Kaffee und einen Blaubeermuffin hin und klebte ein Post-it mit einem Smiley an den Teller. Seit einigen Jahren fühlte er sich endlich wohl in seinem Körper. Aus ihm war ein Mann geworden, nach dem sich die Frauen umdrehten, und er holte die verlorene Zeit nach. Alle paar Wochen lernte er eine Neue kennen. Er nahm Studentinnen mit nach Hause, manchmal auch nur in die Gasse hinter der Bar, wo er sie im Stehen vögelte, an der Betonmauer. Er war jetzt vierunddreißig, eigentlich sollte man in dem Alter etwas Besseres zu tun haben, als durch die Betten zu springen, aber anscheinend konnte er nicht anders.

Draußen hing ein trübgelber Mond über den Black Hills. Der Himmel fing schon zu leuchten an, doch es war immer noch so dunkel, dass Roberto das Flattern der letzten Fledermäuse aus dem Augenwinkel sehen konnte. Die Nachtschwalben saßen trillernd in den Büschen und verstummten, sobald er vorbeikam. Zum ersten Mal seit langer Zeit legte er den Kopf in den Nacken und betrachtete den sommerlichen Sternenhimmel. Vega. Kleiner Bär. Es war August – Sternschnuppenzeit. Er suchte den Himmel ab, konnte aber keine Meteoren erkennen.

Roberto ging den gewohnten Weg zur Werkstatt, über die Main Street und durch den District. Die Stadt war so klein, dass er nur selten Auto fahren musste – zum Glück. Jeder in Sycamore wusste, dass Roberto ein begnadeter Mechaniker, aber ein furchtbar schlechter Fahrer war. Schon die allererste Fahrstunde hatte ihm sechs verbogene Stoßstangen und Blechschäden eingebracht. »Bremsen! Bremsen!«, hatte Mr Valenzuela gerufen; stattdessen hatte Beto Gas gegeben und die preisgekrönten Rosen der Nachbarin umgepflügt. Wann immer es ihm möglich war, ging er zu Fuß oder nahm das Fahrrad; er hielt den Kopf gesenkt, ignorierte den Spott und die aus vorbeifahrenden Autos geworfenen Pappbecher. Die Cops ließen ihn in Ruhe, weil sie ihn kannten – Gil Alvarez war ein Freund der Familie –, trotzdem zog Roberto immer die Hände aus den Hosentaschen und starrte geradeaus, wenn er irgendwo einen Streifenwagen sah.

Um diese Uhrzeit war es auf der Main noch still, nur in der Woodchute Lodge und der Bäckerei von Ms G brannte Licht. Wie immer blieb er gegenüber der Bäckerei stehen, um einen Blick in die helle Backstube zu werfen. Ms G – Esther – knetete Teig. Ihre Locken steckten unter einem grünen Piratentuch, die weite Hose warf Falten. Weil es noch dunkel war, konnte sie ihn hier draußen nicht sehen; dies war sein kurzer magischer Moment vor dem Morgengrauen. Sein Magen knurrte lauter, und er wünschte sich, er könnte eine warme Zimtschnecke aus dem Ofen bekommen. Er wünschte sich, sie würde ihm wie zu Schulzeiten die Tür öffnen: Komm rein, komm rein, was ist denn los? Er erinnerte sich noch gut an ihre Worte: Du kannst meine Gedanken nicht sehen und auch nicht mein Herz. Mein Herz könnte eine Mördergrube sein. Am liebsten hätte er zu ihr gesagt: Meins nicht. Nein, seins war Stein, Asche, selbst wenn er sich beim Sex ins Zeug legte, bis die Laken durchgeschwitzt waren. Auch wenn sie ihn nicht sehen konnte, winkte er. Er spürte ein Frösteln, hielt sich den Hemdkragen zu.

In der Werkstatt setzte Roberto sich ans Steuer des alten blauen Jeep Cherokee von Iris Overton. Er knetete das Lenkrad wie einen nassen Lappen. Er hatte es nie vollends begriffen – er kannte sich mit Autos und Motoren aus, wie ein guter Koch die Gewürze oder ein Mathematiker die Zahlen oder ein Pianist die Noten kennt. Er brauchte einen Motor nur zu hören, um zu wissen, ob das Problem eine Dichtung, eine lose Mutter oder der Vergaser war. Doch all das war vergessen, sobald er sich ans Steuer setzte. Er wusste, sein Problem hatte etwas mit Tomás' Tod zu tun, dabei war es nicht so, als hätte er ständig Tomás in dem verunfallten Humvee vor Augen (obwohl es manchmal so war, meistens kurz vor dem Einschlafen; dann dachte er an verbogenes Metall und durchbohrtes Blech, an Blutlachen auf einer staubigen Straße). Auf dem Fahrersitz verließen ihn Wissen und Intuition. Es war, als hätte er nie zuvor ein Auto gesehen – verdammt, es war, als hätte er noch nie gesessen oder seine Hände und Füße bewegt.

Er stellte den Lokalsender ein, griff nach dem Zündschlüssel und sagte sich sein Mantra auf: *Du bist eins mit dem Auto. Du und das Auto seid eins.* Das war peinlich, funktionierte aber aus unerfindlichen Gründen. Seit er sich das Mantra aufsagte, hatte er keinen einzigen Unfall mehr gehabt. Im Radio liefen Nachrichten. Ein Waldbrand auf dem Mogollon Rim. Stau auf der I-17. Neuigkeiten im Fall Jess Winters. Roberto zuckte zusammen und drehte das Radio lauter. Für heute wurden Forensiker erwartet; Detective Gil Alvarez warnte vor voreiligen Schlüssen. Er bat die Medien, Geduld zu haben und die Familie in Ruhe zu lassen.

Roberto sah zu den Prüfständen hinüber. Vor dem vordersten stand Angie; unter ihrer Baseballkappe ragten weiße Haare heraus. Roberto hatte tags zuvor keine Gelegenheit mehr gehabt, mit ihr zu sprechen, und heute Morgen war er so abgelenkt gewesen, dass er sie nicht einmal richtig begrüßt hatte. Er stieg aus und schlug die Tür des Jeep zu. Angie sah auf, ihre Blicke begegneten sich. Er kannte sie seit zwanzig Jahren und sah sofort, wenn sie geweint hatte.

Beto hatte Jess bei Allen's Thrift kennengelernt. Obwohl er damals kaum Geld gehabt hatte, hatte er das Wochenende am liebsten dort verbracht. Er war durch die Gänge geschlendert oder hatte Sachen anprobiert. Die älteren Verkäuferinnen mochten ihn und steckten ihm Karamellbonbons aus den Gläsern neben der Kasse zu. Jess war mit Angie Juarez da und durchforstete die Kleiderständer in der Männerabteilung. An dem Tag war es kalt, Roberto trug einen alten Anzug aus Wolle, mit dem Tomás früher in die Kirche gegangen war. Seit seinem Wachstumsschub waren ihm die Jacken und Hosen zu kurz, den Anzug hingegen füllte er noch nicht ganz aus. Die Manschetten hingen ihm bis über die Hände, die Fingerspitzen ragten heraus, die Hose hielt er mit einer Sicherheitsnadel zusammen. Das Jackett roch immer noch nach Tomás: eine Mischung aus Pfefferminz, Malzkaffee und Schweiß.

Er kannte Jess aus dem Englischunterricht und vom Pausenhof. Mädchen aus Phoenix, so wurde sie genannt. Angie kannte er ebenfalls; sie waren zusammen zur Grundschule gegangen, redeten aber nur selten miteinander. Angie redete zu jener Zeit ohnehin kaum. Roberto sah zu, wie Angie und Jess einander Bügel hinhielten.

Als Jess ihn bemerkte, winkte sie ihn heran, statt wie die anderen Mädchen aus der Schule eine Grimasse zu ziehen oder wegzusehen.

»Hey, Slim«, sagte sie, »wie findest du das?« Sie hielt ein tailliertes schwarzes Hemd mit schmalem Kragen in die Höhe und strahlte bis über beide Ohren. Beto wäre ihr am liebsten um den Hals gefallen.

»Hübsch«, sagte er. »Sieht aus wie eine Uniform aus *Star Trek*.« Und mit einem Mal hatte er Tomás' Stimme im Ohr. *Nein, nein, nein, kein Gerede über* Star Trek*, Junge.* Schluss mit dem Unsinn. Reiß dich zusammen. Er lief rot an.

»Cool«, sagte Jess und zeigte auf den Gürtel in Betos Hand. »Kaufst du dir den?«

»Vielleicht«, sagte er. Er spürte das Leder an seiner Hand und seine glühenden Wangen. Der Gürtel kostete einen Dollar, Beto hatte nur fünfzehn Cent in der Tasche. Beim Zeitungsaustragen verdiente er praktisch nichts, und zu Hause war das Geld knapp; Papis Rücken war kaputt, Abuela im Pflegeheim, und seit Tomás' Beerdigung lag Mami den halben Tag im Bett, neben der zusammengelegten Flagge auf dem Nachttisch. Luz hatte zwei Jobs, sie kellnerte und saß bei HealthCo an der Kasse. »Ich bin neunzehn Jahre alt, und sieh mich an«, hatte sie jüngst erst gesagt, auf ihr fleckiges T-Shirt gezeigt und die schwieligen Hände gehoben. »Ich finde dich schön«, hatte er geantwortet, worauf Luz ihn umarmt hatte. »Ja, tust du, Beto.«

»Hey«, sagte Jess zu Angie, »wenn wir noch ins Kino wollen, müssen wir uns beeilen.« Sie betrachtete Beto, legte den Kopf schief. »Willst du mitkommen? Wir wollen im Patty Melt was essen und dann ins Palace gehen, um uns zum fünfzigsten Mal denselben Film anzusehen. Gott bewahre, dass die mal ihr Programm ändern! Aber was soll man in dieser Stadt sonst machen? Der Farbe beim Trocknen zuschauen?«

Beto verstärkte den Griff um den Gürtel. Weder dachte er an den dunklen Saal, wo sie sich womöglich eine Armlehne teilen und Jess' lange Locken seinen Arm streifen würden, noch an den Film, einen Sci-Fi-Streifen. Er dachte an einen Cheeseburger mit Bacon, an Ketchup, der ihm über die Finger lief, an einen gefrorenen Schokomilchshake, den er durch einen Strohhalm trank, bis er Kopfschmerzen bekam. An dicke Würstchen auf dem Rollrost, an Popcorn mit Butter, an rote Lakritzschnüre und Bonbonschachteln, die unter dem Glastresen ausgestellt wurden wie kostbare Juwelen. Sein Magen knurrte heftig.

Anstatt sich eine Ausrede auszudenken, sagte er: »Ich habe kein Geld.«

Jess runzelte die Stirn. »Oh.« Dann hellte sich ihr Gesicht auf, und sie lächelte. »Ach, was soll's, ich lade dich ein. Komm!« Sie nahm ihm den Gürtel aus der Hand, ließ ihn in ihrem Rucksack verschwinden und schlenderte grinsend zum Ausgang.

Beto und Angie starrten ihr nach. Er sah Angie ratlos an, aber sie lachte nur. Noch nie hatte er Angie Juarez so lachen hören. Ihre volltönende Stimme hallte durch den Laden wie ein Echo durch einen Canyon. Ihre Augen strahlten, als hätte jemand einen Schalter umgelegt, und die silberne Strähne in ihrem Haar schien zu leuchten.

Kurze Zeit später musste zwischen Angie und Jess irgendetwas vorgefallen sein. Roberto wusste bis heute nicht, was zu dem Bruch geführt hatte, aber er hatte einen Verdacht. (Die Liebe. War der Grund nicht immer die Liebe?) Etwa zur selben Zeit war der See verschwunden, daran konnte er sich noch erinnern, denn er war damals mit dem Fahrrad hingefahren, um sich den Krater anzusehen, und hatte Angies roten Impala gesehen. Er hatte auf dem Weg geschwitzt und Tomás dicke Jacke trotzdem nicht ausgezogen. Sie hatte angefangen zu stinken wie ein Handtuch, das im Wäschetrockner liegen geblieben war. Angie hatte allein auf dem Steg gesessen und die Beine baumeln lassen.

Er fuhr zu ihr, die Fahrradreifen holperten über Steine und Bärengrasbüschel. Die Lokalzeitung hatte schon zwei Tage zuvor über das Phänomen berichtet; inzwischen war der Schlamm getrocknet und rissig. Roberto musste an Fotos der Dürre in Äthiopien denken, die Ms Genoways der Klasse im Unterricht gezeigt hatte. Wenn er Hunger hatte, dachte er oft an die Babys. Großer Kopf, geschwollener Bauch. Immerhin bekam er zu essen. Worüber wollte er sich beschweren?

Angie winkte kurz, sagte aber nichts. Sie zog die Beine an, kauerte sich darauf.

Beto stellte sein Fahrrad ab und zeigte in die leere Senke. »Verrückt, was?«

Angie nickte.

»Wo ist Jess?«

Sie zuckte mit den Schultern.

Beto setzte sich neben sie und wünschte sich, er wüsste etwas zu sagen. Tomás wäre garantiert etwas eingefallen. Beto hatte ihm nicht nur Vorträge über Sternennebel und Supernovas gehalten, er hatte sich auch über die Mädchen beschwert, die seine Einladungen ausschlugen und sein Lächeln ignorierten. Bei solchen Gelegenheiten hatte Tomás eine Kaugummiblase platzen lassen und den Kopf geschüttelt. »Du bemühst dich zu sehr«, hatte er gesagt. »Mädchen können deine Verzweiflung riechen. Entspann dich. Sei einfach du selbst.«

»Alles in Ordnung?«, fragte Beto.

Angie nickte, doch dann sagte sie nach einer Weile: »Mein Auto springt nicht mehr an.« Sie strich sich den Pony aus der Stirn. »Ich glaube, es liegt an der Batterie. Oder am Anlasser. Ich bin mir nicht sicher.«

Bevor Tomás sich zum Militärdienst verpflichtet hatte, war er oft draußen im Carport gewesen, um an seinem Truck herumzuschrauben. Wenn Beto nicht gerade über das Hubble geredet hatte, hatte er ihm zugesehen und die Namen und Funktionen von Motorenteilen aufgeschnappt. Er hatte Tomás Werkzeug gereicht oder die Taschenlampe gehalten. Er mochte das Geräusch von Metall auf Metall, den Geruch von Öl und Auspuffgasen.

»Soll ich es mir mal ansehen?«, fragte er.

»Klar«, sagte sie.

Sie gingen zu dem Impala, Beto schob sein Rad neben sich her. Angie öffnete die Motorhaube und versuchte, den Motor zu starten.

Beto beugte sich über den Motorblock und lauschte. Er zog

an den Zündkerzenkabeln, rüttelte an der Verteilerklappe. »Ich glaube, die hat sich gelockert. Hast du einen Kreuzschlitz?«

Angie öffnete den Kofferraum und hob einen Werkzeugkasten heraus. Sie reichte Beto lächelnd den Schraubendreher und beugte sich über seine Schulter, während er die Klappe festzog.

»So«, sagte er. »Versuch es noch einmal.«

Angie versuchte es – und der Motor sprang an. Sie strahlte wie an jenem Tag im Kaufhaus. Beto warf den Schraubendreher in die Höhe, fing ihn lässig wieder auf, und Angie lachte. Dann verzog sie das Gesicht und fing an zu weinen.

Beto zog die Seitentür auf und setzte sich auf den Beifahrersitz. »Was ist los? Was ist passiert?«

Angie Juarez redete so gut wie nie, deshalb war es vielleicht gar kein Wunder, dass jetzt alles nur so aus ihr heraussprudelte. Vielleicht hatte es sich zu lange aufgestaut. Sie lehnte die Stirn ans Lenkrad und weihte Beto in ihr Geheimnis ein. Sie mochte Mädchen lieber als Jungs. Sie hatte das so lange vor allen geheim gehalten, dass es an ein Wunder grenzte, dass es sie innerlich nicht zerrissen hatte wie den See.

»Ist doch in Ordnung. Du kannst lieben, wen du willst. Ich werde niemandem etwas sagen«, versicherte er ihr, noch bevor sie ihn darum bitten konnte. »Außerdem – wem sollte ich es auch erzählen?«

Angie lächelte, bekam einen Schluckauf. »Danke. Danke fürs Zuhören.«

Beto nickte. Er schlug den Jackenkragen hoch und schniefte. Er meinte, Pfefferminz zu riechen.

»Ich vermisse meinen Bruder«, sagte er. Das hatte er nie zuvor ausgesprochen.

»Es tut mir so leid, Beto«, sagte sie. »Ehrlich.«

»Ja. Danke.« Er legte den Schraubendreher auf das Armaturenbrett.

»Willst du mich in die Werkstatt begleiten?«, fragte sie. »Komm, ich stelle dir meinen Vater vor. Der sucht gerade einen Automechaniker, weißt du? Wahrscheinlich braucht er jemanden, der Vollzeit arbeiten will, aber wer weiß? Vielleicht könntest du dort nach der Schule aushelfen?«

»Ich habe schon einen Job«, sagte er.

»Dann an den Wochenenden«, sagte Angie. »Komm schon. Leg dein Rad in den Kofferraum.«

Beto wuchtete das Fahrrad hinein, die Kofferraumklappe fixierten sie mit einem Spanngurt. Er ließ sich auf den Beifahrersitz fallen.

»Wir könnten ein bisschen durch die Gegend fahren«, schlug Angie vor. »Willst du – du hast ihn schließlich repariert?«

»Ich habe noch keinen Führerschein.«

»Wann wirst du sechzehn?«

»Bin ich schon. Ich habe bloß noch keinen Führerschein.« Er ließ den Kopf hängen. »Ich bin kein guter Fahrer.«

»Macht doch nichts. Vielleicht brauchst du nur ein bisschen Übung.«

»Vielleicht«, sagte er.

Angie ließ den Motor aufheulen, und Beto hatte wieder Tomás' Stimme im Ohr: *Sei einfach du selbst.* Hier auf dem Beifahrersitz konnte er er selbst sein. Es ging ihm gut. Besser als gut. Seine neue Freundin Angie saß am Steuer, sie unterhielten sich. Über alles Mögliche. Es war, als hätten sie eine Kerkertür aufgestoßen und sich ins Freie gerettet. Die Schatten waren vergessen, die Sonne schien. Beto vergaß sogar seinen knurrenden Magen. Er hielt den Arm aus dem Fenster, tauchte die Hand in den Wind und stellte sich vor, Sternenstaub zu berühren. In diesem Moment fühlte er sich, wie Ms Genoways gesagt hätte, wie im siebten Himmel.

Fortan half Beto nach der Schule und an den Wochenenden in der Werkstatt aus. Er erledigte Öl- und Reifenwechsel und wich Mr Juarez nicht von der Seite. Manchmal lud Angie ihn zum Abendessen ein. Mr Juarez bereitete einfache Mahlzeiten zu, Enchiladas oder Hamburger, dazu gab es Beilagen aus Tüten und Dosen: Reis, Bohnen, Makkaroni mit Käsesoße, Kartoffelgratin, Nudeln mit Butter. Beto aß und aß, und Mr Juarez lachte. »Du wächst noch, Junge«, sagte er und schlug Beto kräftig auf den Rücken, trotzdem konnte Beto die Tränen in seinen Augen sehen. Er wusste, es hatte etwas mit Tomás zu tun.

Nach dem Abendessen, wenn das letzte Tageslicht schwand und die Fledermäuse ihre Kreise zogen, gaben Angie und Mr Juarez Beto Fahrunterricht in Angies Impala. Beto hatte nicht mehr am Steuer gesessen, seit Tomás ihm die Gangschaltung erklärt hatte. Sie waren durch die Gegend geruckelt, nach ihrem Ausflug hatte der Truck qualmend in der Einfahrt gestanden, und Tomás hatte sich vor Lachen gekrümmt. Mr Juarez blieb geduldig, selbst als Beto fast ein Wohnmobil rammte und rückwärts auf den Rasen der Nachbarn rollte. »*Esta bien*«, sagte er und tätschelte Betos Arm, »entspann dich. Lass dir Zeit.« Doch Beto konnte sich nicht entspannen. Seine Gelenke fühlten sich an wie eingerostet, er hielt das Lenkrad umklammert wie ein alter Mann und knirschte mit den Zähnen.

Wenn sie die Runde geschafft hatten, kam Beto noch auf

einen Nachtisch mit ins Haus. Manchmal aß er ein halbes Blech Muffins und eine ganze Packung Schoko-Minz-Kekse, bevor er zu Fuß seinen Heimweg antrat. Er wohnte nur vier Straßen weiter. Er hielt am Winterhimmel nach Orion und dem Großen Wagen, den Plejaden und Aldebaran Ausschau – und nach Sirius, dem hellsten Stern der Galaxie. Er wünschte sich, er könnte jemandem davon erzählen. Zu Hause holte er Luz' Hackbraten aus dem Kühlschrank, wickelte ihn aus der Folie, stellte sich auf die hintere Treppe und aß im Stehen und mit Blick in den funkelnden Himmel. Wo war Hubble gerade? Welche Bilder sendete es nach Hause? Und dort draußen in der Winterkälte war ihm der Satz eingefallen: *Das Schiff glitt über den Himmel.* Am selben Abend hatte er seine Kurzgeschichte geschrieben: am Küchentisch, neben sich die Schüssel mit den Hackbratenresten. Für ein paar Stunden hatte er den Hunger vergessen und in Gedanken davonfliegen können, einer unbekannten Zukunft entgegen.

Seltsam, in welchem Tempo sich Verhältnisse und Freundschaften damals neu anordneten; wie Karten, die alle paar Monate neu gemischt und ausgeteilt wurden. Jess schloss sich mit Dani Newell und Paul Overton zur Heiligen Dreifaltigkeit der coolen Streber zusammen, und zur selben Zeit suchte Rose Prentiss, das stolze Mädchen mit den Korkenzieherlocken und den blauen Puppenaugen, die Nähe von Angie und Beto. Wenn Rose nicht gerade im Patty Melt jobbte, musste sie nachsitzen. Um ehrlich zu sein, bekam sie nur deswegen regelmäßig Ärger, weil sie sich immer wieder für ihre Schwester Stevie einsetzte. Rose war zierlich, aber gegen die Lästermäuler ging sie mit vollem Körpereinsatz zur Sache. Einmal hatte sie im Erste-Hilfe-Kurs einen Jungen mit einer Wiederbelebungspuppe zusammengeschlagen. Wenn Rose im Orbit war, lachte Angie ihr Canyonlachen, und ihre Augen strahlten wie eine Galaxie.

Die Wochenenden verbrachten die drei im Motel von Roses Eltern, der Woodchute Lounge. Rose besaß einen Schlüssel zum Büro; sobald Stevie Dienstschluss hatte und in ihrem Zimmer verschwand, schlich Rose hinter den Rezeptionstresen und nahm einen Zimmerschlüssel an sich. Während andere Teenager Partys am Peck's Lake und in der Wüste feierten, gemeinsam ins Lagerfeuer starrten oder zu zweit im Gebüsch verschwanden, saßen die drei in einem warmen Motelzimmer, tranken Minzlikör, den Rose aus der Hausbar ihrer Eltern stibitzt hatte, und schauten Kabelfernsehen. Angie und Rose tauschten intensive Blicke, und Beto hatte verstanden; dieses Gefühl brauchte man ihm nicht zu erklären. Auch sie waren hungrig.

Er schrieb jetzt oft und füllte lose Blätter mit albernen Geschichten über sprechende Raumschiffe, Doppelgängerplaneten und Liebesbeziehungen zwischen Menschen und Robotern. Einmal wagte er es, Ms G nach Schulschluss sein Werk zu zeigen. Er klopfte an, trat ein und merkte zu spät, dass sie gar nicht da war. Auf ihrem Schreibtisch sammelten sich Klassenarbeiten, benutzte Kaffeebecher und Bleistiftstummel. Beto ging hin, legte die zusammengetackerten Seiten oben auf einen Papierstapel und schlich zurück zur Tür, als hätte er etwas Verbotenes getan. Er hörte einen Schlüsselbund klimpern, bekam Panik und sprang hinter einen Garderobenständer voller vergessener Jacken, Schirme und Taschen.

Ms G ging einfach an ihm vorbei. Sie zog eine Wolke aus Vanille, Kaffee und Pommesduft hinter sich her und ließ sich seufzend am Schreibtisch nieder. Beto stand hinter dem Garderobenständer und war wie erstarrt. In seiner Kehle kitzelte ein Hustenreiz. Er hielt die Luft an, spähte zwischen den Mänteln hindurch. Mr G hatte sich ihre Brille aufgesetzt und hielt seine Geschichten in der Hand. Sie lächelte, einmal lachte sie sogar kurz auf. Betos Magen knurrte so laut, dass sie den Kopf hob und stirnrunzelnd die Klimaanlage musterte.

Er wusste nicht, wie lange er dort stand. Sie machte sich eine Notiz, nahm ihre Tasche, klemmte sich ein paar Klassenarbeiten unter den Arm, ging an Beto vorbei und schaltete im Hinausgehen das Licht aus.

Beto stand im schwindelerregenden Halbdunkel und atmete den Mief ungewaschener, fremder Kleidung ein. Er verließ sein Versteck. Seine Ohren klingelten, er spürte ein Kribbeln in Armen und Beinen. Sie hatte seine Geschichte auf dem Schreibtisch liegen lassen, er überflog die erste Seite. Neben den Satz »die Solarwinde heulten und warfen sich gegen die Fenster des Raumschiffs wie ein Monster, das Einlass verlangt«, hatte sie geschrieben: »Wunderbar! Einfach wunderbar formuliert.« Beto presste sich die Seiten an den knurrenden Bauch.

Am zweiten Tag des Dezembersturms fuhr Beto zum ersten Mal alleine Auto. Er war jetzt fast siebzehn und hatte die Führerscheinprüfung immer noch nicht bestanden. Straßen und Parkplätze waren überschwemmt, und das Wasser rauschte in den Gräben, was Angie und Rose nicht davon abhielt, zur Woodchute Lodge zu fahren. Rose hatte im Patty Melt früher freibekommen als sonst. Angie parkte vor dem Motel, Rose stieg aus und rannte durch den Regen zur Rezeption. Noch bevor Angie sich zu ihm umdrehte, wusste Beto, dass seine Anwesenheit heute nicht erwünscht wäre.

»Nimm das Auto«, sagte sie und hielt ihm den Schlüssel hin. »Macht mir nichts aus.«

»Ich habe keinen Führerschein«, sagte er. »Ich bin schon wieder durch die Prüfung gefallen.«

»Na und? Es ist niemand draußen unterwegs, dir wird schon nichts passieren. Fahr vorsichtig. Hol dir ein paar Pommes oder so.«

»Okay«, sagte er, obwohl das unmöglich wäre, weil er kein Geld dabeihatte. Er wollte sich nichts leihen, nicht einmal von der besten Freundin. Aber er nahm den Schlüssel. »Wann soll ich wieder hier sein?«

»Keine Ahnung. In einer Stunde? Lass dir Zeit.«

Beto warf einen Blick auf die Uhr. Es war halb sechs. »Um halb sieben?«

»Ja«, sagte Angie, ohne ihn anzusehen. Sie hatte nur Augen für das hell erleuchtete Zimmer 7, wo Rose am Fenster stand. Angie stieß die Fahrertür auf und rannte durch die spritzenden Pfützen hinüber. Die Tür ließ sie offen stehen.

Beto schob sich auf den Fahrersitz und zog die Tür zu. Der Regen trommelte aufs Autodach. Die Windschutzscheibe war beschlagen, er wischte mit dem Ärmel von Tomás' Jacke darüber. Inzwischen waren die Ärmel zu kurz, Betos knochige Unterarme ragten heraus wie knotige Seile. Er ging sämtliche Schritte in Gedanken durch: P einlegen, Fuß auf die Bremse, Blick in die Spiegel. Zündschlüssel herumdrehen, Licht und Scheibenwischer ein. Getriebe auf D, Bremse loslassen, Gas geben.

Das Auto machte einen Satz nach vorn, Beto trat abwechselnd auf Gas und Bremse. An der Einfahrt zur Main Street blieb er stehen, schaute drei Mal in beide Richtungen, obwohl die Straße leer war, und gab wieder Gas. Und dann fuhr er über die Main, ganz allein durch den Regen, und von den Reifen spritzte das Wasser aus den Pfützen auf die Gehwege. Es fühlte sich gut an. Beto fühlte sich gut. Er hörte Tomás' Stimme: *Entspann dich. Sei einfach du selbst.* Beto drückte die Schultern nach unten, dachte an Ms G und flüsterte: »Mein Herz könnte eine Mördergrube sein.« Sein Herz glühte wie eine Supernova und drohte ihn innerlich zu verbrennen, und niemand wusste es. Beto lächelte.

Er blieb auf der Main Street. Die meisten Geschäfte hatten wegen des Unwetters geschlossen und waren dunkel. Der Regen klopfte auf die Motorhaube, die Scheibenwischer arbeiteten in einem stetigen Rhythmus. Beto fuhr keine zwanzig Meilen pro Stunde und pendelte zwischen der Auffahrt zum Highway und dem Motel hin und her, hin und her, vierzig Minuten lang.

Gerade als er glaubte, den Bogen rauszuhaben, sprang etwas Kleines, Schmales – eine Katze? – in sein Sichtfeld. Er riss das Lenkrad nach rechts, der Impala raste über den Gehweg. Beto riss das Lenkrad nach links – viel zu weit, und der Wagen schoss quer über die Fahrbahn. Die Karosserie scharrte über den Bordstein, Beto trat auf die Bremse. Mit einem Ruck kam der Wagen zum Stehen. Betos Herz hämmerte, er klammerte sich am Lenkrad fest, starrte geradeaus auf die hell erleuchtete Tankstelle. Im selben Moment sah er eine Gestalt im Regen. Jess Winters, würde er der Polizei später sagen.

Sie stand unter dem Vordach am Münztelefon. Sie trug eine rote Daunenjacke, einen viel zu langen Pullover und Jeans. Haare und Kleider waren nass.

Das erzählte er später Detective Alvarez. Nein, er habe nicht mit ihr gesprochen. Nein, er wisse nicht, wohin sie wollte.

»Woher willst du wissen, dass sie es war?«, fragte Alvarez. »Es war dunkel, mal abgesehen vom Regen. Woran hast du sie erkannt?«

»An ihrer Jacke«, sagte Beto. »Und an ihren Haaren. Wie sie dastand. Ich weiß auch nicht, ich wusste es einfach.«

»Sicher, dass sie es war?«

»Ganz sicher«, sagte Beto. »Zu neunundneunzig Prozent.«

»Warum warst du mit Angie Juarez' Auto unterwegs?«, fragte Detective Alvarez.

»Sie hatte es mir geliehen«, antwortete Beto. »Ich arbeite für ihren Vater.«

»Das Wetter an dem Abend war scheußlich. Wieso warst du draußen?«

Weil Beto nicht wollte, dass Angie Ärger bekam oder ihr Geheimnis aufflog, dachte er sich eine Lüge aus. Es war seine einzige.

»Ich habe geübt.«

»Bei dem Wetter? Auf überfluteten Straßen?«

»Ich hatte Hunger«, sagte er. »Ich wollte mir Pommes frites holen.«

»Aber du hast nicht mal einen Führerschein, Beto. Und sämtliche Läden waren geschlossen.«

»Ich weiß.« Beto zog Tomás' Jackett enger. »Bekomme ich jetzt Ärger?«

Der Detective seufzte. »Fahr bitte nicht draußen herum, wenn im Radio vor einer Sintflut gewarnt wird. Das ist gefährlich, insbesondere wenn du dich erwischen lässt. *Entiendes?* Denk doch mal nach – was, wenn dir etwas passiert wäre? *Dios.* Wo war Angie?«

Zu Hause, wollte er sagen, aber ihm war klar, dass sie es so oder so herausfinden würden. »Im Motel, bei Rose.«

»Warum im Motel?«

»Wir hängen da manchmal rum. Zum Fernsehen.«

Detective Alvarez betrachtete ihn über den Rand seiner Lesebrille hinweg. Er nahm die Brille ab, hakte sie in den Ausschnitt seines Hemds und fuhr sich durchs Haar. »Geh nach Hause, Beto«, sagte er. »Und lass dich nie wieder ohne Führerschein erwischen.«

»Ja, Sir«, sagte Beto.

Aber das kam erst später. An jenem Abend sah er Jess, wendete und holte seine Freundinnen vom Motel ab. Er wartete im Auto, hüllte sich in Tomás' Jacke. Stevies Auto stand ebenfalls auf dem Parkplatz, und in ihrem Zimmer brannte Licht. Kurz darauf kamen Rose und Angie aus Zimmer 7. Sie setzten sich auf die Rückbank, umarmten einander.

»Fahr, Beto«, sagte Angie.

Nach dem Beinahe-Unfall zitterten Beto immer noch die Knie. Seine Kleidung war nass und kalt, und er hatte wie immer Hunger. Beim Anblick ihrer glühenden Gesichter wurde er wütend; er verstand selbst nicht, warum.

Er legte den Rückwärtsgang ein und gab zu viel Gas. Der Wagen schoss zurück, Beto stieg auf die Bremse. Er legte den Vorwärtsgang ein, das Auto ruckte an, und alle wurden nach vorn geschleudert.

»Beto!«, rief Angie. »Anhalten!«

»Hab ich doch«, sagte er.

»Was war das?«, fragte Rose. »Was war das für ein Geräusch?«

Nun da drei Personen im Auto saßen, waren die Scheiben noch beschlagener. Sie verrenkten sich die Köpfe.

»Haben wir etwas gerammt?«, fragte Angie.

»Keine Ahnung«, gab Beto zurück. »Ich kann nichts sehen.«

»Mist«, sagte Rose. »Fahr einfach. Ich will nicht, dass Stevie uns sieht. Los, fahr!«

Beto fuhr an. Der Wagen schoss über den Parkplatz, streifte fast einen Verandapfosten.

»Beto, pass auf!«, rief Angie. »Mein Gott, Papa wird mich umbringen.«

Rose kicherte. »Meine Güte, Beto«, sagte sie. »Du bist der schlechteste Fahrer der Welt.« Sie lachte, und Angie lachte ebenfalls, laut und befreit.

»Sorry«, sagte er. Seine Hände waren schweißnass, er nahm kaum mehr wahr als den Gestank von Tomás' Wolljackett und trat abermals zu fest aufs Gaspedal. Der Wagen schlitterte auf die Straße und zerteilte eine gigantische Pfütze. Die Mädchen kreischten vor Schreck, und weil sie ein bisschen betrunken waren und verliebt, lachten sie umso lauter.

Beto lachte nicht. Er zitterte und schwitzte und konnte nicht weiter sehen, als das Licht der Scheinwerfer reichte. Er wollte nur noch nach Hause. Er war am Verhungern.

Im Büro der Werkstatt riss Roberto ruckartig den Kopf hoch. Er sah aus dem Fenster und dann auf seine Armbanduhr. Es war acht Uhr, Zeit zum Abendessen. Sein Magen knurrte, er hatte heute nichts als das Putensandwich gegessen, das Angie ihm mittags vorbeigebracht hatte. Seine Hände zitterten. Er schob es auf zu viel Kaffee, aber insgeheim kannte er den wahren Grund. Angie hatte um sechs Schluss gemacht, er hatte ihr angeboten, den Laden abzusperren. Er wollte einfach nicht nach Hause in seine leere Wohnung mit dem von einer weiteren Fremden zerwühlten Bett. Er hatte es sich in Mr Juarez' Sessel bequem gemacht und den Gedanken nachgegangen, die ihn im Lauf des Tages beschlichen hatten. Nun stemmte er sich aus dem Sessel. Seine Knie waren weich, er rang um Gleichgewicht.

Er lief nach Hause. Der Tag kehrte sich um, aus dem Morgengrauen war eine Abenddämmerung geworden. Auch Roberto war auf gewohnten Bahnen unterwegs, über die Main und an Esthers geschlossener Bäckerei vorbei. In den anderen Geschäften war noch einiges los, die Straße war voller Autos und Lichter. Aus dem Casa Verde zogen Grillfleischschwaden. Er könnte dort ein paar Tacos essen und sich eine Portion für später einpacken lassen, die Besitzerin würde ihn wie immer fragen: »*Hijole, mi hijo,* wo lässt du das nur?« Doch dann blieb er stehen und sah hinüber zu dem dunklen Fenster von Esthers Bäckerei. Die Fledermäuse waren herausgekrochen und auf Futtersuche, nach einem Tag Ruhe schlugen sie kraftvoll mit den Flügeln. Roberto legte den Kopf in den Nacken und sah, wie sie ihrer unsichtbaren Beute nachjagten.

Er dachte an den Jungen zurück, der er gewesen war – Beto, der Teenager mit den Träumen vom Weltall. Der seinen Bruder verloren hatte, dessen Freundin verschwunden und dessen Körper zu schnell gewachsen war. Aus irgendeinem Grund hatte er sein Herz und seinen Verstand abgeschottet und dem unersättlichen Körper die Kontrolle überlassen. Aus reinem Selbstschutz, ja, aber wohin hatte es ihn geführt? Er verschlang jedes Essen, hatte drei Jobs, lief oder radelte durch die Gegend, statt Auto zu fahren, verabredete sich zu anonymem Sex auf Parkplätzen. Trotzdem ließ er sich nicht abstellen, dieser Hunger, dieser nagende Schmerz.

Wie immer in solchen Momenten hörte er Tomás' Stimme: *Entspann dich, hombrecito. Sei einfach du selbst.* Der kleine Mann war jetzt herangewachsen, aber zu wem? Roberto wünschte sich, er würde die Antwort kennen. Vielleicht war es an der Zeit, es herauszufinden.

Vor der Bäckerei starrte er in die Luft. Es war noch nicht vollends dunkel, aber es waren schon Sterne und Planeten im trüben Himmelsaquarium zu sehen. Im Osten leuchtete ein Objekt hell auf, und Roberto kniff die Augen zusammen. Ein Meteor? Nein, ein Satellit. Oder ein Raumschiff, das über den Himmel glitt. Roberto schwankte vor und zurück. Jemand hupte, rief: »Beto, whooooo!« Er grüßte reflexhaft und sah erneut zur Bäckerei, und ein Satz fiel ihm ein: *Er war reines Mondlicht, reiste auf seinem eigenen Strahl.* Mit langen Schritten eilte er los. Er lief am Restaurant vorbei und direkt nach Hause. Das würde er aufschreiben müssen, bevor er es wieder vergaß.

Sag, du siehst die Welt

Man hat dich gefunden. Zumindest besagen das die Gerüchte. Eine halbe Meile nördlich des Motels, im Canyon, wo ich Steine für den See sammele. So nah warst du uns die ganze Zeit. Die ganze Zeit hätte ich diejenige sein können, die dich findet.

Bald stehen sie vor meiner Tür, da bin ich mir sicher. Um alles noch einmal durchzukauen. Aber ich kann ihnen auch nicht mehr sagen als damals. Ich bin die Letzte, die dich lebend gesehen hat. Ich weiß nicht, wohin du gegangen bist. Falls du wirklich dort im Canyon warst, habe ich keine Ahnung, wie du dort hingekommen bist.

Ich weiß nur, dass es ein Winter der Abstürze war. So hat er sich in mein Gedächtnis eingebrannt. Die Jahreszeit der Ausrutscher und Fehltritte, des freien Falls. Ich und der Apotheker.

Ich hatte die Highschool hinter mir und sollte eigentlich mit einem Stipendium an der Arizona State Kunst studieren; stattdessen saß ich im Motel fest. Nachdem man meiner Mutter beide Brüste abgenommen hatte, musste ich meinen Eltern helfen. Ich war aus dem Kinderzimmer, das ich mit Rose geteilt hatte, in die Nummer 11 in der Woodchute Lodge gezogen. Doppelbett, Küchenzeile, verstaubte Goldvorhänge, einheimische Kunst in Pink und Türkis. Was soll ich sagen – wenigstens hatte ich jetzt ein eigenes Zimmer.

Ich stopfte meine Klamotten in den Kleiderschrank, brachte mein Waschzeug ins Bad und schob meine Bilder und angebrochenen Farbtuben und Blöcke unter das Bett – zusammen mit einem Schuhkarton voller Ersparnisse.

Der erste Absturz erfolgte im Oktober, meine ich. Ich erinnere mich noch an die gelben und roten Farbtupfer auf den Black Hills. Ich war im Motel und schleppte gerade eine Ladung Bettwäsche aus einem Zimmer. Ich war in den Himmel mit den rebellischen Wolken vertieft, die Schatten über den Mingus Mountain warfen. Vertieft, so fühlte ich mich. So ist es für mich bis heute. Rose sagt *Aussetzer* dazu. Ich kann es nicht besser beschreiben als eine Erleuchtung – wie wenn man plötzlich ein Ziffernblatt in aller Klarheit sieht oder eine Motorhaube oder eine Radkappe am Grund eines Flusses. Vor meinen Augen steigen Farben und Formen auf, und ich kann nicht anders als innezuhalten und hinzusehen. Dazu noch mein Gesicht, und alle ziehen den gleichen Schluss: Ich muss verrückt sein oder zumindest zurückgeblieben, möglicherweise autistisch, auf jeden Fall *nicht ganz richtig im Kopf*. Die Leute sprechen so etwas sogar laut aus. Sicher haben sie sich in deiner Gegenwart ebenso wenig zurückgehalten. *Spinnerin. Prentiss Dementis. Knutschfleckface. Spasti. Deformo.* Sie starren auf meine Wange, aber meinem Blick weichen sie aus; sie fangen an zu tuscheln, wenn sie mich sehen, und in ihren Augen blitzen Bosheit und Mitleid. Meine Eltern haben meine Gegenwart nie wahrgenommen, spätestens nicht mehr, seit Rose auf die Welt kam, das Wunder, die makellose Tochter. Ich bin entweder unsichtbar oder bloßgestellt, ein seltsames Gefühl, um dauerhaft darin zu leben.

Wie dem auch sei, an jenem Tag im Motel stolperte ich über einen hinabhängenden Lakenzipfel, und – zack – lag ich auf dem Gehweg, mit übel aufgeschlagenen Knien und Ellenbogen. Der erste Sturz.

Und der Tag unserer ersten Begegnung.

Ich stand bei HealthCo in der Warteschlange am Apothekertresen, mit einem Korb voller Jod und Pflaster im Arm, als ich mich umdrehte und deinen Blick auffing. Du hattest dir die Hand an die Wange gelegt, genau an die Stelle, an der mein Mal ist. Ich kannte dich vom Sehen. Seit dem Frühling besuchtest du unsere Highschool, außerdem wusste ich, du bist das Mädchen, das nachts spazieren geht. Ich wusste vor allen anderen von dir und dem Mann und dem leer stehenden Haus. Ich habe mit niemandem darüber gesprochen. Ich bin gut darin, Geheimnisse für mich zu behalten, auch unaufgefordert.

»Ist nicht ansteckend«, sagte ich zu dir. Aus reiner Gewohnheit klang es schroff und weniger scherzhaft, als es gemeint war. Deine Hand zuckte weg, als hättest du dich verbrannt. Dabei war deine Haut so makellos, sicher kanntest du diese Art von Schmerz gar nicht.

»Sorry«, hast du gesagt, und deine Stimme klang überraschend weich.

Ich blickte zu Boden, schon tat es mir leid, dir die Röte ins Gesicht getrieben zu haben. Ehrlich gesagt spürte ich eine gewisse Verbundenheit zwischen uns, obwohl wir uns nie vorgestellt hatten. Nachts warst du draußen und ich auch, wobei ich mit dem Auto unterwegs war oder auf dem Moteldach saß, wo niemand mich sehen konnte und ich alles. Du hattest einen älteren Mann kennengelernt, und auch ich würde jemand Älteren brauchen, zumindest hatte das meine Mutter gesagt, als ich während des Abschlussballs daheim vor dem Fernseher saß. Ich schob mir metallisch schmeckenden Apple Crumble in den Mund, und meine Mutter sagte: »Ältere Männer achten nicht so aufs Aussehen.«

Ich wollte noch etwas zu dir sagen, aber da warst du schon weg, zusammen mit Dani Newell. Sie war das schlaueste Mädchen in der ganzen Schule. Alle wussten, dass sie später mal an einer Elite-Uni studieren würde. Dani hatte mich nie gehänselt, aber besonders nett war sie auch nicht gewesen. Sie hielt sich für etwas Besseres. Wie sich herausstellte, lag sie falsch. Auch sie ist letztlich in Sycamore hängen geblieben.

Ich berührte mein Feuermal. »Wie eine Weltkarte«, hast du später gesagt. Was ich darin sah, hing von meiner Stimmung ab. Eine Flechte. Einen Tintenklecks. Den Abdruck einer Hand. Ein Eichenblatt. Schleim. Wenn ich besonders heiter und verträumt war, erkannte ich Frankreich: Paris saß auf meinem Kiefer, Marseille am Hals, und die Ausläufer der Bretagne reckten sich der Nordsee meines rechten Auges entgegen. Doch meistens versuchte ich, nichts darin zu sehen.

»Der Nächste, bitte«, sagte der Apotheker.

Das war der Moment, in dem ich Tom Donahue zum ersten Mal sah, den Apotheker. Er tauchte hinter dem Linoleumtresen auf, und sein strähniges schwarzes Haar fiel ihm bis auf den Kragen des weißen Kittels. Sein Adamsapfel hüpfte auf und ab wie eine Maus in einem zu kleinen Käfig. Er war an die zehn Jahre älter als ich. Seine Wangen waren von Aknenarben gezeichnet, von der rechten Schläfe zog sich eine Narbe bis zum Mundwinkel hinunter. Sicher hatte auch er die Frage schon oft gehört: *Was ist denn mit Ihrem Gesicht passiert?* Ich schwor mir, ihn niemals zu fragen.

Ich blickte an mir hinab und sah die eingerissene rote Jogginghose, die Kaffeeflecken auf dem T-Shirt. Ich fuhr mir mit der Hand durchs ungewaschene Haar und über die Wange und dachte an all das, was die Leute über mich wussten oder zu wissen glaubten. Ich dachte: Er weiß nichts davon. Ich bedeckte das Feuermal mit Haaren, und dort in dem Gang zwischen Wattestäbchen und Hämorrhoidensalbe dachte ich: Du könntest jede sein.

Tom kassierte lächelnd ab. »Ist das alles?«

Ich reichte ihm meine Kreditkarte, unterdrückte einen keuchenden Husten und verschluckte mich fast an meinem Kaugummi. »Sind Sie neu hier?«

Er nickte. »Bin vor ein paar Monaten zugezogen.« Er nahm die Karte, las meinen Namen. »Stevie Prentiss.«

»Ich nenne mich nur Prentiss. Ist ein Künstlername.«

Wie war ich auf so was gekommen? Ich hatte mich nie Prentiss genannt. *Konnte* ich aber. Ein Künstlername? Ich hatte seit meinem Schulabschluss nicht mehr gezeichnet, aber egal. Alles war besser, als ein heruntergekommenes Motel zu leiten. Vielleicht konnte ich wirklich Künstlerin sein. Urplötzlich hatte ich das Gefühl, dass sich alles ändern würde.

»Prentiss.« Tom Donahue rieb sich übers Kinn und lächelte. Seine Narbe erinnerte an ein Seepferdchen, ich sah einen spitzen Schnabel an der Schläfe und den gekringelten Schwanz am Mundwinkel. »Klingt hübsch. Irgendwie französisch.«

Ich unterdrückte den Impuls, das Mal an meiner Wange zu berühren, mein imaginäres Land. Ich schluckte das Kaugummi hinunter, spürte das Menthol in meiner Kehle brennen. »Waren Sie schon mal in Frankreich?«

»Ein Mal. Früher«, sagte er.

»Früher?«

»Ach, das ist lange her. Das war in einem anderen Leben.« Er lachte heiser, räusperte sich. »Was ist mit Ihnen?«

Ich nickte. Immerhin hatte ich es vor, eines Tages.

»Na dann, *bonjour*, Prentiss«, sagte er.

Ich hörte meinen Namen aus seinem Mund und musste lächeln.

Während ich redete, sah Tom mir die ganze Zeit in die Augen, was ich nur über die wenigsten Menschen sagen kann. Die meisten glotzen oder starren durch mich hindurch, als wäre ich eine Erinnerung. Nicht Tom. Er hat nicht bloß in meine Richtung gesehen, er hat *mich gesehen*.

Bevor ich Tom Donahue, den Apotheker, kennenlernte, hatte mein Leben sich fast ausschließlich im Motel abgespielt. Morgens richtete ich das Frühstück an, danach kam meine Mutter und löste mich für eine Stunde ab, damit ich Dinge erledigen und Vorräte einkaufen konnte. Nachmittags saß ich am Telefon, nahm Reservierungen entgegen, erledigte die Buchhaltung, putzte Zimmer und wusch, falls sich ein Angestellter krankgemeldet hatte, die Wäsche. Montags hatte ich frei, da wurde ich von einem College-Studenten vertreten.

Abends besuchte ich meine Eltern, half in der Küche und räumte den Geschirrspüler ein. Ich bin mir sicher, dass meine Eltern mich geliebt haben – immerhin ist Stevie eine Kombination aus ihren Vornamen, Steve und Marie –, und ich habe sie auch geliebt, trotzdem habe ich mich oft gefühlt wie ein Hintergrundrauschen. Manchmal redeten sie, als wäre ich nicht im Zimmer. Mein Vater beklagte sich über seinen idiotischen Boss in der Zementfabrik, wo er Überstunden schob, um die Arztrechnungen meiner Mutter begleichen zu können, und endlich seien die Benzinpreise gesunken. Dieser verdammte Saddam, sagte er. Meine Mutter erzählte, was im Basha's gerade im Angebot war, aber meistens war sie müde und legte sich die Hände dorthin, wo früher ihre Brüste gewesen waren. Rose war meistens nicht da, weil sie im Patty Melt arbeitete oder mit ihren Freunden unterwegs war, Angie Juarez und Beto Navarro. Ich wusste, dass sie sich heimlich im Motel trafen. Als ich Rose einmal darauf ansprach, flehte sie mich an, unseren Eltern nichts zu erzählen. »Bitte, Stevie, tu es für mich«, sagte sie, wie so oft, wenn sie ihren Willen durchsetzen wollte, also immer eigentlich. Ich sagte niemandem etwas. Ich mochte vieles gewesen sein, aber eine Petze war ich nicht. Ich konnte ein Geheimnis für mich behalten, denn obwohl Rose manchmal ganz schön nervte, war sie immer noch meine kleine Schwester. Seit sie auf der Welt ist, will ich sie beschützen. Als meine Eltern mit ihr nach Hause kamen, dem kleinen, quiekenden Bündel, umarmte ich sie ungeschickt und viel zu fest. Sie nahmen sie mir sofort wieder weg. Einmal dachte ich, sie könnte frieren. Ich deckte sie von Kopf bis Fuß zu, sie wäre fast erstickt. Mein Vater versohlte mir den Hintern und schrie: »Fass sie nicht an, hörst du? Fass sie nicht an!« Also ließ ich es bleiben. Wenn wir abends im dunklen Kinderzimmer lagen, erzählte ich ihr Geschichten: wie wir ins All fliegen und auf dem Mond rollerskaten würden. Sie lachte und sagte: »Stevie, auf dem Mond *kann* man nicht rollerskaten«, und ich sagte: »Doch, kann man, du wirst schon sehen.« Seltsam, dass sie in der Highschool hauptsächlich damit beschäftigt war, mich zu verteidigen. Eins zweiundfünfzig groß, mit blonden Locken und rebellischen Fäusten, hell wie ein Schweißerfunke. Baby Rose, so nenne ich sie bis heute.

Wie dem auch sei. Mein Leben sah damals kaum so aus, wie ich es mir vorgestellt hatte. In meinen Träumen nahm ich zehn Kilo ab, indem ich mich einen Sommer lang von Bananen-Joghurt-Shakes ernährte, dann bestieg ich einen

Greyhoundbus und ließ meine Eltern und meine Schwester in dem Haus hinter der Highschool zurück. Ich verließ das verschlafene Sycamore mit dem trägen, dunklen Fluss und machte mich auf zu den breiten Straßen von Phoenix und Tempe. In meinen Träumen zeichnete ich, schrieb Essays und aß in Cafés zu Mittag. Ich teilte mir in einem fünfzehnstöckigen Studentenwohnheim mit einem Mädchen namens *Laurel* oder *Traci mit i* ein Zimmer oder mit *Renée*, die einen Akzent über dem E hatte, aus der Großstadt kam und mir zeigte, wie man Eyeliner auftrug und Feuermale überschminkte. Außerdem durfte ich ihre beste Jeans tragen. Ich trank Bier aus Humpen und ließ mich von einem Jungen namens Dylan entjungfern oder von Alex oder Ryan, smarten, älteren Jungs, Kunststudenten wahrscheinlich, die nichts über mich wussten und genug über die Welt, um das Mal zu übersehen; sie streichelten mein Gesicht und sagten, ich sei wunderschön, nicht trotzdem, sondern deswegen. In den Semesterferien reiste ich mit dem Rucksack durch Europa, wo ich Gauloises rauchte und schwarzen Kaffee trank, denn davon hatte ich in den Büchern aus der Bibliothek gelesen, oder ich hatte es im Fernsehen gesehen oder im einzigen Kino der Stadt. Meine Träume erschienen mir so real wie der träge Fluss, wie das Kohlestück in meinen Fingern. Als meine Mutter operiert wurde und mein Vater im Krankenhaus in Flagstaff übernachtete, entwichen die Träume aus meinem Leben wie Luft aus einem kaputten Reifen.

Damit will ich nur sagen, dass mir durchaus klar war, dass mein Leben nicht meinen Träumen entsprach, und das sorgte für eine gewisse Ruhelosigkeit. Ich habe mich oft gefragt, ob es dir genauso erging; dieses Gefühl, das Gegenteil von dem zu leben, was man sich wünschte. Was trieb dich nachts auf die Straße? Warum bist du an jenem letzten Abend durch den Regen gelaufen?

Im Sommer klemmte ich mir eine Decke unter den Arm und kletterte über eine Leiter aufs Moteldach. Niemand hat es je bemerkt. Ist dir schon mal aufgefallen, dass die Leute nie nach oben schauen? Du auch nicht. Zum ersten Mal gesehen habe ich dich, als du dich in dem Eingang des leeren Gebäudes gegenüber versteckt hast. Wir schauten beide zu, wie sich unsere Mitschüler an der Tankstelle trafen. Sie lehnten an Motorhauben und tranken verstohlen ihre Weißweinschorlen. Wir schauten zu, wie die Studenten den Campus verließen und in der Pickaxe Bar oder im Patty Melt oder im Casa Verde verschwanden – all die Laurels und Tracis, Renées, Dylans, Peters und Ryans. Wir sahen Jeromes winziges Lichternetz und die turmalinhelle Milchstraße und den angeleuchteten Rauch über der Zementfabrik.

In anderen Nächten zog mich dieselbe Ruhelosigkeit hinaus, und ich kurvte durch die Stadt. Ich fuhr auf der Main Street auf und ab, vorbei an den einstöckigen Ladenzeilen; ich fuhr zur Festwiese und kletterte auf den riesigen Schlackehügel, spürte die scharfkantigen, glänzenden Steine an Händen und Füßen und dachte an Mordor. Ich fuhr den College Drive entlang und durch das schmiedeeiserne Tor bis auf den Campus, der nur auf der anderen Straßenseite lag und doch in einer anderen Welt, wo im Sommer junge Männer und Frauen mit Büchern unterm Arm über die akkurat getrimmten Rasenflächen spazierten. Ich fuhr die Wohngebiete ab, parkte in dunklen Wendehämmern. Dort sah ich dich eines Nachts im Spätsommer. Du bist zu einem Haus mit *Zu-verkaufen*-Schild gelaufen. Ich habe mich tiefer in den Sitz rutschen lassen und zugesehen, wie du zur Tür gegangen bist und sie aufgeschlossen hast, als wärst du dort zu Hause. Als stünde dir alles offen.

Es war wie im Traum. Ich wollte aussteigen und dir folgen, aber ich war wie gelähmt. Ich konnte nur dasitzen und warten. Ein Streifenwagen hielt vor dem Haus, mit Licht, aber ohne Sirene. Ich hatte Angst, Ärger zu kriegen, rutschte noch tiefer und fürchtete, ein Officer könnte an die Scheibe klopfen. Aber als ich den nächsten Blick riskierte, stand er an der Haustür und redet mit jemandem. Mit einem Mann. Er war älter, ich kannte ihn nicht. Er schob die Tür wieder zu, und der Officer fuhr weiter. Kurz darauf sah ich dich wieder: Du bist über die Verandatreppe gesprungen, durch den Garten gestolpert und über die dunkle Straße davongerannt. Der Mann blieb auf der Veranda stehen. Er hat dir nachgeschaut. Er war ein gutes Stück weg, die gierigen Augen konnte ich trotzdem sehen. Er klammerte sich ans Verandageländer, als würde er jeden Moment umkippen.

Als ich an diesem Abend zum Motel zurückfuhr, war es, als hättest du in mir ein Feuer entfacht. Ich wollte dein Geheimnis zu meinem machen. Ich kletterte aufs Moteldach, und weil ich verrückt bin, berührte ich mich, schob die Hände über meine vollen Brüste und in meinen Slip, dachte an dich und den Mann in dem Haus und an Tom Donahue mit der Seepferdchennarbe, bis mein Blick verschwamm und der Himmel über mich hinwegschwappte. Als ich an diesem Abend ins Bett kroch, musste ich an die Bilder und die Farbtuben unter dem Bett denken, an all die Orte, die ich nicht gesehen hatte. Ich zitterte vor Einsamkeit, sie schwoll immer weiter an und drohte mich zu verschlingen.

Ich stürzte erneut, als ich Einkäufe aus dem Auto lud und in ein kleines Schlagloch trat. Ich knickte um, die Tüten segelten durch die Luft, und ich fiel auf mein Handgelenk. Ich hatte es mir verstaucht, zumindest war es übel geschwollen. An jenem Tag kam es zu Tom Donahues Berührung. Er holte Verbandsmaterial und legte mir eine Schiene an. Dani Newell war ebenfalls in der Drogerie. Sie erkundigte sich nach meiner Mutter. Ich wusste damals noch nicht, dass ihr Vater der Mann gewesen war, der auf der Veranda vor dem dunklen Haus gestanden hatte. Niemand wusste das. Nur du.

Eine Woche später stürzte ich schon wieder. Ich stolperte über die Bordsteinkante vor dem Motel und schrie so laut vor Schmerz, dass die Gäste aus Nummer 10 in ihren Bademänteln herausstürzten. Bei HealthCo ging Tom vor mir in die Hocke und tastete mein geschwollenes, aufgeschlagenes Knie ab.

Er holte Desinfektionsmittel, Schmerztabletten und Watte. Währenddessen stellte ich mir vor, er zöge mich in den Pausenraum.

Er würde nah an mich rankommen – so nah, wie der Mann in dem dunklen Haus dir gekommen sein musste –, und sagen: In Wahrheit war ich gar nicht im Ausland. Ich habe meinen Job in Phoenix verloren, und meine Großtante wohnt hier in Sycamore. Die Narbe habe ich von einer Schlägerei. Wie du siehst, bin ich alles andere als perfekt.

Macht nichts, hätte ich gesagt. Und dann hätte ich gefragt: Wo gehen wir jetzt hin?

Egal, hätte er gesagt. Wohin du willst.

Wenn ich einmal nicht gestürzt war, schützte ich Halsschmerzen oder eine Lebensmittelvergiftung vor. Oder ich behauptete, ich bräuchte dies und das für meine Eltern:

Rheumasalbe, Vitamin B, Glucosamin, Kortisoncreme gegen Ausschlag. Ich erzählte ihm von meiner Mutter, er sprach mir sein Mitgefühl aus und wirkte dabei sehr überzeugend; er schüttelte den Kopf, rieb sich nachdenklich übers Kinn. Er gab mir immer irgendeine Probe mit oder berechnete nicht alle Produkte, oder er löste Rabattcoupons ein, die ich gar nicht dabeigehabt hatte. Er sah mir jedes Mal in die Augen, und jedes Mal glühte mein Herz, und ich fühlte mich, nun ja, beinahe hübsch.

Ich fühlte mich, wie du dich bei dem Mann in dem Haus gefühlt haben musst.

Aber dann eines Tages unterhielten sich meine Eltern über einen Brief, der in unserem Briefkasten gelandet war und in dem stand, Dani Newells Vater Adam habe sich in eine Minderjährige verliebt. Sie wussten nicht, dass es dabei um dich ging, aber ich konnte eins und eins zusammenzählen.

Dich sah ich erst an jenem letzten Abend wieder, aber ihm begegnete ich früher. Er kam ins Motel. Er checkte am späten Abend ein, trug dabei eine Sonnenbrille. Er war unrasiert, sein Auto komplett zugemüllt. Er bedankte sich mit einem Nicken, nahm den Schlüssel an sich und verschwand in seinem Zimmer. Ich wollte die ganze Zeit etwas sagen. Ich wollte ihm sagen, dass ich ihn verstand, dass die Liebe manchmal wehtat. Als hätte ich eine Ahnung gehabt! Und natürlich hielt ich den Mund. Ich hörte, wie er noch einmal losfuhr und erst gegen Mitternacht zurückkehrte. Als ich um sechs Uhr am nächsten Morgen die Rezeption öffnete, war er schon wieder weg.

Du bist am Wochenende vor Weihnachten verschwunden. Normalerweise haben wir zu der Zeit immer viele Touristen aus Phoenix da, die sich die Festbeleuchtung von Tlaque-paque ansehen wollen, aber wegen des Unwetters hatten die meisten abgesagt. Am Sonntag verabschiedete ich die letzten beiden, stellte das Notfallschild ins Fenster und schloss ab. Ich fuhr zu meinen Eltern, und zwar sehr langsam, weil der Regen die Straßen überschwemmt hatte. Ich versuchte, immer auf der Mittellinie zu fahren, wo die Pfützen nicht ganz so tief waren. Bei meinen Eltern wärmte ich mir eine Portion Thunfischauflauf auf.

»Wo ist Rose?«, fragte ich.

»Schläft heute bei Angie«, antwortete meine Mutter. »Morgen ist schulfrei.«

»Stimmt«, sagte ich. Ich wusste intuitiv, dass Rose im Motel war, zusammen mit Angie und Beto.

Mein Vater stellte den Fernseher lauter. »Neuschnee in Flagstaff von bis zu zwanzig Zentimetern.«

»Der Flusspegel soll schon die Brücke erreicht haben«, ergänzte meine Mutter.

Ich stand am Küchentresen, betrachtete ihre Hinterköpfe.

»Ich habe jetzt einen neuen Namen«, sagte ich. Sie reagierten nicht. Im Fernseher zeigten sie das Symbol einer grauen Regenwolke. »Ich sagte«, wiederholte ich lauter, »ich habe jetzt einen neuen Namen.«

Meine Mutter fuhr im Sessel herum und sah mich an.

Ich hielt mich an der Tresenkante fest. »Ich heiße jetzt Prentiss. Das ist ein Künstlername.«

Meine Mutter sah meinen Vater an, der sich nun ebenfalls umdrehte. Fast berührten sich ihre Füße. Er fuhr sich übers Gesicht.

»Ist das nicht ein bisschen merkwürdig?«, fragte sie. »Den eigenen Nachnamen zum Vornamen zu machen?«

»Nein. Das ist kein bisschen merkwürdig.«

»Was stimmt mit dem Vornamen nicht, den wir dir gegeben haben?«

»Er ist in Ordnung.« Ich berührte meine Wange. »Aber ich brauche eine Veränderung. Außerdem habe ich jemanden kennengelernt«, fügte ich hinzu. »Er heißt Tom Donahue und ist Apotheker.«

»Tom Donahue«, wiederholte meine Mutter. »Der von HealthCo?«

»Ja.«

»Ihr seid zusammen?«

»Noch nicht.«

Sie wechselten einen vielsagenden Blick. »Verstehe.«

»Hört sofort auf damit.« Ich warf meine Gabel in die Spüle. »Ich stehe hier. Ich kann euch *sehen*.«

»Still jetzt«, sagte mein Vater und hob die Beine vom Fußhocker.

»Nein, du bist jetzt still.« Ich schlug auf den Tresen. »Ich bin euretwegen hiergeblieben.«

»Und wir sind dir sehr dankbar für deine Unterstützung, Stevie«, sagte meine Mutter. »Aber du sollst auch ein eigenes Leben haben.«

»Ein eigenes Leben!« Ich lachte. »Ich könnte immer noch weg. Jederzeit.«

»Wohin denn?«, fragte mein Vater.

»Ich könnte zum Beispiel Kunst studieren. Ich hatte ein gottverdammtes *Stipendium*.«

»Nicht in diesem Ton.« Er sah meine Mutter an. »Was in aller Welt ist los mit ihr?«

Meine Mutter zuckte mit den Schultern. »Keine Ahnung. Wahrscheinlich ist sie einfach nur müde.«

»Hallo? Ich stehe hier!«, rief ich. »Könnt ihr mich überhaupt sehen?« Ich strich mir die Haare aus dem Gesicht. »Ist es so besser?« Ich zeigte wütend auf mein rotes Mal. »Euer Geschenk an mich. Von Geburt an gezeichnet.«

Meine Mutter runzelte die Stirn. »Stevie, Schätzchen, beruhige dich. Warum bleibst du heute Nacht nicht einfach hier?«

Ich schaltete den Ofen aus und schnappte mir meine Handtasche. »Ich heiße *Prentiss*. Das ist französisch.« Dann knallte ich die Tür hinter mir zu.

Ich fuhr auf der Main hin und her, hielt an zwei roten Ampeln, sah das Wasser auf die Gehwege schwappen. Wegen des Sturms waren sämtliche Parkplätze leer. Keine kreuz und quer abgestellten Autos, an denen junge Leute lehnten, plauderten, lachten und sich mit ihrem Leben schmückten, als wäre es ein teurer Seidenschal.

Ich fuhr weiter und hielt auf der Brücke. Der Regen hatte nachgelassen, aber der Fluss war angeschwollen und toste nur wenige Handbreit unter der Brücke hindurch. Ich ließ die Scheinwerfer eingeschaltet und starrte auf die brodelnde Wasseroberfläche hinab. Am Ufer hatten sich Äste verfangen. Es regnete und regnete und hörte gar nicht mehr auf. Ich strich mir über das schmerzende Knie und über die aufgeschrammten Handflächen. Früher hatte ich viel Zeit dort unten am Ufer verbracht und die Zehen in den Schlamm gebohrt. Jetzt lagen meine Hände am Lenkrad. Sie waren trocken und spröde vom Putzen, die Nägel kurz und eingerissen. In den Falten sah ich titaniumweißen Staub, das Mitleid meines Vaters, den verschwindenden Körper meiner Mutter. In den Sommersprossen auf meinen Handrücken sah ich meine kleine Schwester Rose, die ich ein Mal zu fest umarmt und mit meiner Liebe erdrückt hatte. In den Fingerknöcheln steckten meine sonnengelben, verblassten Träume vom College in der Großstadt. In meine Handflächen hatten sich Namen, Gerüchte und die dunklen Geheimnisse meiner Existenz eingegraben. Die Liebeslinie teilte sich am Handgelenk und verlor sich zwischen den Adern, aber das war in Ordnung, denn sie war herrlich rot, dunkelrot, tief verwurzelt, urwüchsig.

Ich fuhr zum Motel und parkte vor meinem Zimmer. Der Parkplatz war leer, aber in Nummer 7 brannte noch Licht. Die kleine Rose. Verdammt sollte sie sein. Ich holte den Zweitschlüssel und lief unter dem Blechvordach hinüber. Der Regen hatte sich in dichten Nebel verwandelt. Ich klopfte an, rief Roses Namen. Drinnen lief der Fernseher. Rose machte nicht auf. Ich rüttelte an der Tür, sie war abgeschlossen.

Ich trat ans Fenster und spähte durch einen Spalt zwischen den Vorhängen. Sie lagen im Bett, hatten die Laken zu Boden gestrampelt. Rose und Angie Juarez. Nicht Beto, wie ich immer vermutet hatte, sondern Angie, das stille Mädchen mit der weißen Strähne im Haar. Sie war splitterfasernackt. Ich stand am Fenster und hielt den Atem an. Sie schauten nicht in meine Richtung. Sie hatten nur Augen füreinander. Ich wandte mich ab.

Auf der anderen Straßenseite stand jemand am Münztelefon der Tankstelle. Die Gestalt wurde in Scheinwerferlicht getaucht und drehte sich um, und da erkannte ich dich, die Neue, das Mädchen aus der Drogerie, das nachts durch die Gegend lief, das Mädchen aus dem dunklen Haus. Ich lief in mein Zimmer und beschloss, auf Angie und Rose zu warten.

In diesem Moment habe ich dich zum letzten Mal gesehen, auf der anderen Straßenseite. Gegen halb sieben muss das gewesen sein, ja. Nein, ich habe nicht gesehen, wo du hingegangen bist. Nein, du bist zu niemandem ins Auto gestiegen. Das habe ich der Polizei auch gesagt.

Es war nicht das letzte Mal, aber den Rest habe ich nie jemandem verraten. Ich habe mit niemandem darüber gesprochen.

Du kennst die Wahrheit.

Ich wartete, bis ich ein Auto im Hof hörte. Die Tür zu Nummer 7 wurde zugeschlagen. Ich verließ mein Zimmer und stellte mich unter das Vordach. Rose und Angie liefen auf den Impala zu, der im Licht der Straßenlaterne leuchtete wie ein Granatapfelkern. Auf dem Fahrersitz saß Beto Navarro, das wusste ich, auch ohne hinzusehen. Ich holte tief Luft und wollte die kleine Rose rufen. *Hey! Komm mal bitte her!* Ich wollte ihr sagen: Verdammt noch mal, ihr müsst vorsichtiger sein! Ich wollte ihre Schulter drücken und lächeln und ihr sagen, dass Angie ein nettes Mädchen sei. Dass ich ihr Geheimnis bewahren würde.

Dann habe ich dich gesehen. Du bist über die Straße gerannt und unter der Straßenlaterne stehen geblieben. Deine Haare, deine rote Jacke, dein Pullover und die Jeans waren tropfnass, dein Atem stand als Rauchsäule in der Luft. Du hast mit den Armen gerudert und gerufen: »Hey! Wartet auf mich!«

Aber sie haben dich weder gehört noch gesehen. Rose und Angie sprangen ins Auto, der Motor heulte auf.

Du bist auf den Impala zugelaufen, im selben Moment leuchteten die weißen Rücklichter auf.

Sie haben dich nicht gesehen.

Das Auto raste zurück, die Reifen quietschten.

Du bist gestürzt.

Du bist auf dem Rücken gelandet, in einer riesigen Pfütze. Ich habe den Aufprall nicht gesehen, aber ich konnte ihn am ganzen Körper spüren. Dein Kopf knallte auf den Asphalt, der Impala machte einen Satz nach vorn und hätte um ein Haar einen Pfosten umgerissen, und dann rollte er auf die Straße, mit meiner kleinen Schwester auf der Rückbank, die nicht ahnte, was sie getan hatte. Der Impala wippte über den Bordstein auf die Straße, und die roten Rücklichter verschwanden in der Finsternis.

Ich rannte zu dir, ging neben dir in die Hocke. Die Pfütze war tief, dein Gesicht fast unter Wasser. Ich zog dich an der Jacke hoch, schob dir meine Hand in den Nacken.

»Alles okay?«, fragte ich und rüttelte dich an der Schulter. »Jess, hey, ist alles in Ordnung?«

Du hast die Augen aufgeschlagen, hast mich gesehen und gefragt: »Wie spät ist es?«

»Alles in Ordnung? Jess?«

Du hast geblinzelt, Regen tropfte auf dein Gesicht. Du hast versucht, dich hinzusetzen.

»Alles okay«, hast du gesagt, deinen Kopf berührt und gewinselt. Aber deine Hand war sauber, kein Blut.

»Soll ich einen Krankenwagen rufen?«

»Nein«, hast du gesagt. »Ich glaube, mir fehlt nichts.«

»Die haben dich nicht gesehen«, sagte ich.

Du hast leise gelacht. »Ja, das habe ich gemerkt.« Du konntest gar nicht mehr aufhören zu lachen. »Was für ein Tag.«

»Kannst du aufstehen? Komm, ich helfe dir.« Ich schob die Hände unter deine Achseln, um dich hochzuziehen. Die Daunenjacke quietschte. Du hast nach nasser Wolle gerochen und nach Schweiß und einem Hauch von Weichspüler oder Körperlotion.

»Ich muss nach Hause«, hast du gesagt. »Wie spät ist es?«

»Keine Ahnung, halb sieben oder so.«

Du hast dich aufgerichtet und an meine Schulter gelehnt. Du hast einen Fuß vor den anderen gesetzt, die Arme ausgestreckt, wie um deinen Gleichgewichtssinn zu testen.

»Siehst du? Alles okay«, hast du gesagt. »Ich muss nach Hause. Wie spät ist es?«

»Ich hab keine Uhr«, habe ich gesagt. »Warte, ich schaue drinnen nach.«

Du bist mir gefolgt. Du hast gehumpelt, aber du hast dich aufrecht gehalten. Du konntest stehen, gehen, sprechen. Neben meinem Auto bist du stehen geblieben. »Ich muss nach Hause«, hast du gesagt und plötzlich sehr aufgebracht geklungen. Du hast mit den Händen gewedelt, wie um sie trocken zu schütteln.

»Ich fahre dich, wenn du willst. Ich bringe dich nach Hause.«

Ich habe dir die Beifahrertür aufgehalten, du hast dich hingesetzt, ohne die Füße vom Asphalt zu heben. »Ich bin ganz nass«, hast du gesagt.

»Kein Problem. Ist schon okay.«

»Ich hab meinen Regenschirm verloren. Er gehört meinem Vater.«

»Bleib sitzen«, sagte ich, »ich hole meine Schlüssel.«

Du hast den Blick gehoben und mich angesehen und dir die Hand an die Wange gelegt. »Wie eine Weltkarte«, hast du gesagt. »Die Welt in deinem Gesicht. So sehe ich es. Ich hoffe, das ist okay. Hoffentlich ist das nicht unhöflich.«

Ich habe dich angesehen. Sämtliche Farben verschwanden in einem Regenwirbel.

Du hast gelächelt und deine Hände betrachtet und den Kopf geschüttelt, und deine Haare wippten. »Schon gut«, sagtest du, »sorry.«

Ich wollte mich bei dir bedanken. Ich wollte dir sagen, dass ich gern mit dir getauscht hätte. Stattdessen sagte ich: »Meine Schlüssel sind drinnen. Bin gleich zurück.«

Ich lief in mein Zimmer, schnappte mir meine Handtasche und die Schlüssel, und erst da fiel mir wieder ein, wie nass du warst. Ich holte ein paar Handtücher aus dem Bad, zog die Tagesdecke vom Bett und warf sie mir über die Schulter. Ich würde dich wärmen und zudecken, ohne dich zu ersticken. Vor dem Spiegel blieb ich noch einmal stehen und berührte mein Feuermal, zeichnete den Umriss mit dem Finger nach, die fransigen Kanten, Buchten und Wirbel. Eine Weltkarte.

Als ich zum Auto zurückkam, warst du nicht mehr da. Ich stand davor, starrte die geschlossene Beifahrertür an und den leeren Sitz. Zum ersten Mal im Leben zweifelte ich an meinem Verstand; ich fragte mich, ob ich mir das alles nur eingebildet hatte. Ich ließ die Decke und die Handtücher fallen und trat ans Auto, und da sah ich deine rote Jacke auf dem Sitz. Ich zog die Tür auf, nahm sie in die Hand. Du warst echt, ich hatte dich nicht geträumt. Ich lief an die Straße, suchte die Main Street in beide Richtungen ab, blinzelte in den Nebel. Ich konnte dich nirgends sehen. Ich rief deinen Namen. Ich lief bis zum College Drive und sah um die Ecke, immer auf der Suche nach einer Gestalt im Dunkeln. Aber ich konnte dich nirgends sehen. Deine Daunenjacke presste ich mir an die Brust.

Heute weiß ich natürlich, dass ich mich sofort ins Auto hätte setzen müssen. Ich hätte dich suchen müssen. Ich hätte die Polizei anrufen müssen – und deine Mutter. Ich hätte mir bewusst machen müssen, dass du nicht ganz klar im Kopf warst. Ich hätte mehr tun müssen. Ich redete mir ein, ich müsste Rose beschützen, die sicherlich Ärger bekommen hätte. Aber die schreckliche Wahrheit ist, dass ich in jenem Moment gekränkt war. Anscheinend wolltest du doch nicht von mir nach Hause gebracht werden, von der Verrückten mit der Welt im Gesicht. Na schön, dann geh doch zu Fuß, mir doch egal. Deine nasse Jacke nahm ich mit in mein Zimmer und hängte sie im Bad zum Trocknen auf. Ich war fest entschlossen, sie dir nicht hinterherzutragen. Du solltest sie selbst abholen.

Zwei Tage später las ich den Zeitungsartikel. Du wurdest vermisst. Du bist an dem Abend nicht zu Hause angekommen.

Die Polizei kam und sagte, du seist in der Nähe des Motels gesehen worden, ob ich etwas bemerkt hätte?

Für ein Geständnis war es zu spät. Ich stopfte deine frisch gewaschene und im Trockner aufgeplusterte Jacke unter mein Bett, neben die Zeichnungen und Farbtuben. Ich hatte einen gelben Bleistift in der Tasche gefunden und in den Becher auf meinem Schreibtisch gestellt. Ich hatte die Gelegenheit verpasst, die Wahrheit über Rose, Angie, Beto und das Auto zu sagen, über Roses und Angies Treffen im Motel, über deinen Sturz, von dem du dich scheinbar erholt hattest. Jetzt hätte es so ausgesehen, als hätte ich etwas zu verbergen gehabt. Denn was, wenn mir keiner glaubte? Ich glaubte mir ja selbst kaum: Du warst angefahren worden. Du bist hingefallen und hast dir den Kopf gestoßen, aber dann bist du wieder aufgestanden. Du konntest stehen, gehen, sprechen. Du saßt in meinem Auto. Ich warf eine Decke darüber und drückte zu, bis meine Erinnerung nicht mehr zuckte.

Ich erzählte ihnen, ich hätte dich, als ich von meinen Eltern zum Motel zurückkam, an der Tankstelle gegenüber gesehen. Gegen halb sieben.

Sie fragten, ob ich mit dir gesprochen hätte.

Nein, sagte ich, und vor meinem geistigen Auge sah ich die kleine Rose, in eine Decke gewickelt, vor mir. Ich hörte deine Stimme: *Wie spät ist es? Ich muss nach Hause.*

Nach der Befragung ging ich in Zimmer 11. Mein Zimmer. Mein Leben. Ich schaltete das Licht ein und setzte mich aufs Bett, zog die Knie an die Brust und betrachtete die tristen Wände mit den Bildern von Kakteen und Kojoten. Und dann sah ich plötzlich mehr. Farben. Formen.

Ich nahm die hässlichen Bilder von der Wand und holte meine Farben und Pinsel heraus. Ich bearbeitete die weißen Wände mit deinem Bleistift. Als die Sonne aufging, riss ich die Goldvorhänge herunter und die Tür auf, und die frische Luft tat weh, wie ein Bach im Frühling. Seit drei Tagen regnete es nicht mehr. Der Guss hatte sich in einzelne Tropfen verwandelt, die sofort in der porösen Erde versickerten, und dann plötzlich ging die Sonne auf, als hätte sie den Weg durch einen langen Tunnel gefunden. Alles war wieder normal. Ich machte mir nicht die Mühe, die Rezeption zu öffnen, stellte stattdessen nur das Schild ins Fenster, aber es rief ohnehin niemand an. Ich malte, bis meine Schultern und Arme schmerzten.

Am späten Nachmittag setzte ich mich aufs Bett und betrachtete mein Werk. Die Farben waren strahlend und sanft zugleich, ich sah Rot, Violett und Gold. Eine Frau steht allein an der Kante eines kleinen Canyons. Daneben ein Koffer. Sie ist groß, hat rundliche Hüften und kehrt dem Betrachter ihr Profil zu. Der Canyon ist von Schatten zerklüftet und hat einen Riss an der tiefsten Stelle. Die Frau blickt darüber hinweg in den orangeroten Himmel mit den schwarzen und braunen Schlieren. Nein, sie sah am Himmel vorbei in die Ferne.

Als ich einige Zeit später den Drogeriemarkt betrat, stand Tom hinter dem Apothekentresen.

»Du liebe Güte, ist alles in Ordnung?«, fragte er. »Sind Sie verletzt? Was kann ich für Sie tun?«

Ich sah mein Gesicht im Überwachungsspiegel. Ich hatte mir die Haare zu einem Dutt gedreht und mit einem Pinsel festgesteckt, mein Gesicht war entblößt. Ich hatte überall auf der Haut rote Streifen und Striemen, Farbkleckse bedeckten meine Arme und Beine und sogar die Füße in den Flipflops. Der ausgeleierte Kragen meines T-Shirts stand ab, meine Brustwarzen zeichneten sich unter dem dünnen Stoff ab.

»Ich habe gearbeitet. Gezeichnet und gemalt.«

»Ist Ihnen nicht kalt?«, wollte Tom wissen.

Ich lachte und sah ihm in die Augen. »Hier nicht.«

»Oh.« Er blickte zu Boden. Dann sah er mich wieder an und lächelte milde. Im selben Moment erkannte ich das Mitleid in seinen Augen. Ich konnte nicht glauben, dass ich es bis zu dem Tag übersehen hatte, so klar und unmissverständlich war es. Aber auf einmal kapierte ich es.

»Was die Leute behaupten, stimmt nicht«, sagte ich. »Ich bin nicht verrückt.«

Er schüttelte den Kopf. »Nein.«

Sag es ihm, dachte ich. Erzähl ihm von dem Auto, von der Jacke. Bitte ihn um Rat.

Stattdessen reckte ich das Kinn vor und zeigte auf meine Wange. »Was sehen Sie da? Was erkennen Sie?«

Bitte, sieh die Welt, dachte ich. Sag, dass du die Welt siehst.

»Stevie«, sagte er, »ist alles in Ordnung?«

»Ich habe gefragt, was Sie sehen«, wiederholte ich. »Schauen Sie überhaupt hin?«

»Ich sehe Sie«, sagte er. »Sie sehen prima aus. Aber Sie sollten jetzt nach Hause gehen. Kümmern Sie sich um sich.«

»Ich gehe ja schon.« Ich rückte mir den BH-Träger zurecht. Aus unerfindlichem Grund – möglicherweise dachte ich an die Frau mit dem Koffer, die ich an die Wand gemalt hatte –, fügte ich hinzu: »Ehrlich gesagt werde ich die Stadt noch heute verlassen. Sie werden mich nie wiedersehen.«

Eine Sekunde lang hoffte ich, er würde sagen: Nein, warten Sie, oder: Ich komme mit. Aber das tat er nicht. Natürlich nicht.

Meine Nase fing an zu laufen, ich wischte mir mit dem Handrücken übers Gesicht. Ich war wütend auf mich selbst, und ich hatte panische Angst vor meinem Wissen, vor der Jacke unter meinem Bett und vor dir, die immer noch vermisst wurde. Ich zeigte auf seine Seepferdchennarbe: »Was ist mit Ihrem Gesicht passiert?«

Er schlug den Blick nieder. »Gehen Sie nach Hause, Stevie.«

»So heiße ich nicht.«

Er wiederholte: »Gehen Sie.«

Vor dem Laden sah ich das erste der Vermisst-Plakat. Da warst du, du hast im Wind geflattert, transparentes Klebeband auf deiner makellosen Wange.

Ich weiß nicht mehr, wie lange ich zitternd in meinem Auto auf dem Parkplatz der Drogerie gesessen habe. Als die Sonne den Horizont berührte, drückte ich den Rücken durch und betrachtete die Farben, die ineinanderschwebten und verschwammen. Ich dachte an die Farben an meiner Wand, an den Canyon. Dann dämmerte mir, dass ich die Felsspalte kannte. Ich hatte sie schon einmal gesehen. Es gab sie wirklich.

Ich fuhr zum alten See und betrat die leere Fläche. Da war ein Riss in der Senke, genau wie in meinem Wandbild. Ich betrachtete die nackte, rissige Erde und wollte sie irgendwie beschützen, für ihre Sicherheit sorgen, sie verschönern. In meiner Vorstellung ordneten sich die Steine zu Mustern an. Ich stieg hinunter und fing in der Mitte an, im Herzen, und von dort aus arbeitete ich mich immer weiter nach außen vor. An jenem Tag legte ich drei Steine ab, einen für jeden Tag, an dem ich geschwiegen hatte. Für die Tage, an denen ich dich nicht gesucht hatte, an denen die verräterische rote Daunenjacke unter meinem Bett gelegen hatte. An denen ich mir gewünscht hatte, ich könnte es irgendwie ungeschehen machen, dich zum Bleiben überreden, dich nach Hause fahren. Seither lege ich täglich einen Stein hinzu. Man kann sie zählen, letzte Woche waren es sechstausendsechshundertneunundsechzig, angefangen an jenem Tag, als uns die Nachricht erreichte. Ich zog Kreise, immer weiter, und mein Herz wurde weit, obwohl mein Leben beengt blieb.

Wie traurig, dass ich zur Kunst gefunden habe, indem du verschwunden bist. Ich habe den See mit sechstausendsechshundertneunundsechzig Steinen geschmückt und jedes Zimmer des Motels unter einem eigenen Motto gestaltet: Herbst, Winter, Frühling, Sommer, Erde, Feuer, Wasser, Luft, Sonnenauf- und Sonnenuntergang. Die Türen habe ich in hellen Zitrusfarben gestrichen, ich habe alte Gartenmöbel aus Metall restauriert, Vorhänge genäht und Bettzeug gekauft, damit kein Zimmer dem anderen gleicht. Mein Auto ist ein Mosaik aus Kronkorken und bunten Glasscherben. Ich bin in einem Artikel namens »Das beste aller Indie-Motels« in der jüngsten Ausgabe von *Arizona Highways* zu sehen. Ich stehe auf dem Dachgarten, streiche mir eine lila Haarsträhne aus der Stirn und zeige der Welt mein Gesicht.

Im Lauf der Jahre ist das Wandbild in meinem Zimmer verblasst, die Farben sind weicher geworden und strahlen nicht mehr. Aber es ist immer noch da. Immer noch steht die Frau am Abgrund und schaut in die Ferne. Bist du das? Oder ich? Ich wusste nie, was ich damit ausdrücken wollte. Was sieht sie dort im feurigen Himmel? Worauf wartet sie?

Heute habe ich einen Filzstift genommen und das Bild in der rechten unteren Ecke signiert, gleich neben dem Fuß der Frau. *Prentiss.* So habe ich mich seit Jahren nicht genannt. Nicht seit dem Tag, als das Bild entstand. Nur Tom Donahue nennt mich noch so. Aus dem Apotheker wurde ein Pfarrer. Der Mann, von dem ich geglaubt hatte, er hätte mich als Erster gesehen, sieht mich immer noch, im Supermarkt winkt er mir freundlich zu, denn freundlich war er immer schon.

Dabei warst du es, die mich zuerst gesehen hat.

Heute bedeutet das Bild etwas anderes. Die Frau schaut nicht länger am Himmel vorbei in die Ferne, sie sieht sich selbst darin. Es ist der Ort, an dem ihre alten Träume und Begierden weiterleben.

Ich betrachte die Frau an der Wand. Ich sehe mich selbst, wie ich die Schubkarre loslasse, die meinen Rücken niederzieht und deren Griffe Abdrücke und Splitter in meinen Handflächen hinterlassen. Ich lasse die Steine los, die ich vorsichtig in der Armbeuge getragen habe. Ich höre auf, die Tage zu zählen. Ich versuche nicht mehr, die verletzte Erde zu bedecken. Ich will sie nicht mehr verändern, retten, ihr zu neuer Schönheit verhelfen. Ich sehe mich selbst, wie ich mich von der Kante ab- und einem neuen Horizont zuwende.

Gehen Sie, hat Tom an jenem Tag zu mir gesagt.

Vielleicht kann ich das. Vielleicht kann ich jetzt gehen.

Danke für den Anruf

Maud wartete. Zum ersten Mal seit Jahren hatte sie Urlaub eingereicht und ließ sich vertreten. Zum ersten Mal seit Jahren fühlte sie keine Ruhelosigkeit. Sie wollte sich nicht mehr bewegen. Seit zwei Wochen saß sie nun auf dem Sofa. Saß, lehnte, lag. Manchmal stand sie auf, um zur Toilette zu gehen oder sich aus der Küche etwas zu essen zu holen, wo sich Tupperdosen von den Nachbarn stapelten; aber meistens hielt sie still. Sie deckte sich zu, schlief ein, strampelte die Decke weg, wachte auf. Sie sah fern. Sie starrte die Wände an. Sie betrachtete ihre Hände und Füße. Sie behielt die Einfahrt im Blick, wartete auf Neuigkeiten von Gil Alvarez. Sie betrachtete die Wolken, den Briefkasten, den Ölfleck unter dem Auto. Sie betrachtete das Fenster, wo in der Ecke die Überreste eines Insekts in einem Spinnennetz hingen. Dasselbe Fenster, an dem sie seinerzeit die ganze Nacht gestanden hatte.

Damals war sie mit einem Ruck aus dem Schlaf hochgefahren und hatte sich im grauen Wohnzimmer erst orientieren müssen. Draußen war es fast dunkel gewesen. Die Ofenuhr hatte 17:10 angezeigt. Immerhin hatte der Regen nachgelassen, es nieselte nur noch. Maud fand Jess' Zettel und setzte sich seufzend aufs Sofa. In ihren Ärger mischte sich Erleichterung; zumindest hatte ihr Jess diesmal eine Nachricht hinterlassen. Ihre eigensinnige, unabhängige Tochter. Morgen würden sie einen Weihnachtsbaum besorgen. Der Weihnachtsschmuck steckte irgendwo in einer Kiste im Schuppen.

Maud hatte immer noch keine Geschenke gekauft; sie war zu aufgebracht und abgelenkt gewesen, um shoppen zu gehen. Sie schaltete die Außenbeleuchtung ein und ging duschen, um sich aufzuwärmen. Sie nahm sich sogar die Zeit, sich die Locken mit dem Diffusor zu trocknen.

Um halb sieben holte sie die Zutaten fürs Abendessen heraus. Käsetoast und Tomatensuppe. Warmes Essen an einem regnerischen Abend. Sie kippte die Suppe aus der Dose in den Topf und stellte ihn auf den Herd. Den Toast belegte sie mit dicken Käsescheiben; den für Jess bestrich sie vorher mit extra viel Butter. Irgendwann warf sie einen Blick aus dem Fenster. Der Regen war jetzt so fein, dass er mehr schwebte als fiel. Maud verschränkte die Arme vor der Brust. Jess war jetzt seit zwei Stunden draußen. Sie hätte längst zu Hause sein müssen. Mauds Magen grummelte schon vor Sorge. Sie versuchte, sich wieder zu beruhigen. Komm schon, Maudly. Bestimmt geht es ihr gut. Sie ist ein schlaues Kind. Sie geht bloß spazieren. Vielleicht ist sie bei einer Freundin.

Bloß dass Jess keine Freundin mehr hatte.

Um sieben griff Maud zum Telefon. Sie rief im Patty Melt an, aber das war schon geschlossen. Sie rief Hector Juarez an. Nein, bei Angie sei Jess nicht, Angie sehe sich gerade zusammen mit Rose einen Film an. Aber Moment, Rose habe Jess gesehen, im Patty Melt, da habe Jess sich Pommes frites gekauft. Gegen fünf Uhr sei das gewesen. Maud rief Esther an. Nein, Esther hatte nichts von Jess gehört, versprach aber anzurufen, falls Jess sich meldete. Maud rief Iris an. Auf der Plantage war Jess auch nicht, aber Iris würde die Augen offen halten.

Um halb acht nahm Maud die Suppe vom Herd, wickelte die vorbereiteten Käsesandwiches in Folie ein und suchte ihre

Autoschlüssel. Aus dem Magengrummeln waren Krämpfe geworden, obwohl Maud sich einredete, sie sei übervorsichtig, paranoid und grundlos besorgt. Sicher werde Jess jeden Moment zur Tür hereinkommen. Maud hinterließ ihrerseits eine Nachricht.

J-Bird, bin draußen und suche dich. Mensch, ich mache mir Sorgen! Warte auf mich!

Sie nahm die kurze Route in die Stadt über die Roadrunner Lane und den Quail Run. Normalerweise fuhr sie, um den Stau vor dem Campus zu meiden, einen Umweg, der jenseits des District bei der Post endete. Maud fuhr bergab, trat kurz vor der Senke auf die Bremse. Im Scheinwerferlicht tauchte eine riesige Pfütze auf. Maud schaltete das Fernlicht ein. Eine Art Bach hatte sich gebildet, mehr Schlamm als Wasser. Wahrscheinlich war er zuvor noch höher gewesen und hatte sich jetzt, da der Regen nachgelassen hatte, schon wieder zurückgebildet. So war es immer mit Springfluten: Sie waren ebenso schnell vorüber, wie sie gekommen waren. Maud gab leicht Gas und fuhr behutsam hindurch. Wasser spritzte in die Höhe, doch die Reifen hielten Bodenkontakt.

In der Stadtmitte fuhr sie langsam über die überschwemmten Straßen und beugte sich über das Lenkrad, um besser sehen zu können. Draußen war kein Mensch unterwegs. Maud fuhr an der Highschool und am College vorbei und wendete auf dem Parkplatz der Woodchute Lodge, auf dem ein einziges Auto stand. Sie stellte den Wagen ab und lief hinüber zur Pickaxe Bar, obwohl Jess dort eigentlich nicht sein konnte. Weder der Barkeeper noch die drei Gäste, die vor ihren Drinks am Tresen saßen, hatten Jess gesehen. Maud fuhr weiter zum einzigen geöffneten Schnellrestaurant am Highway. Auch dort hatte niemand ihre Tochter gesehen. Sie klapperte die Wohnviertel ab, hielt vor dem Haus der Newells. Keine Verandalichter, keine Weihnachtsbeleuchtung. Das Haus lag vollkommen im Dunkeln. Es wäre sinnlos auszusteigen und zu klingeln.

Also fuhr Maud nach Hause, schloss die Tür auf, rief Jess' Namen. Keine Antwort.

Das Lämpchen des Anrufbeantworters blinkte nicht, Maud hörte ihn trotzdem ab. Bevor sie die Polizei rief, wartete sie bis Mitternacht. Da musste Jess üblicherweise zu Hause sein. Jess hatte vor sieben Stunden das Haus verlassen und hätte vor fünf wieder da sein müssen.

Um Mitternacht zog Maud die Haustür auf, trat auf die Veranda und rief Jess' Namen.

Keine Reaktion.

Nie wieder.

Während Maud nun auf dem Sofa saß und wartete, klingelte das Telefon praktisch pausenlos. Nein danke, ich brauche nichts, sagte sie den Anrufern. Danke fürs Nachfragen, danke für den Anruf. Zu den Reportern sagte sie: Kein Kommentar. Als Gil sich mit dem Ergebnis der rechtsmedizinischen Untersuchung meldete, sagte sie: Verstehe. Gut zu wissen. Vielen Dank, Gil. Danke für den Anruf. Manchmal hielt sie sich den Hörer an ihr taubes Ohr und spürte die Stimme des Anrufers als leichte Vibration an der Wange. Sie dachte an all die Telefonate, die sie damals in jener Nacht geführt hatte, die besorgten Anrufe von Esther, Iris und Hector. Wie sehr das Telefonieren sich seither verändert hatte. Rufnummernanzeige, Voicemail, individuelle Klingeltöne und Telefone so klein, dass man sie in die Hosentasche stecken konnte. Sie dachte an den alten, klobigen Anrufbeantworter mit der blechern klingenden Ansage. *Sie wissen, was zu tun ist, nur zu!* Maud wusste es tatsächlich. Sie wartete.

Die meisten Leute waren der Meinung, dass es nun, nachdem sie achtzehn Jahre gewartet hatte, auf ein paar Tage auch nicht mehr ankäme; Maud erlebte das außerdem nicht zum ersten Mal. Wann immer in Arizona oder in einem anderen Bundesstaat ein Leichnam gefunden worden war, war Jess' Eintrag in der Datenbank aufgetaucht. Meistens konnte ein Treffer schon nach den ersten Untersuchungen ausgeschlossen werden, weil Geschlecht oder Alter nicht übereinstimmten. Einmal hatte Maud sich den Schmuck einer jungen Toten ansehen müssen, eine Kette mit Anhänger, ein halbes Herz aus Gold. Nein, das Schlimmste hatte sie hinter sich: die jahrelange Ungewissheit, wo sie tief in ihrem Herzen doch längst Gewissheit hatte. Jahre des Hoffens und der Träume, obwohl ihr Bauchgefühl das Gegenteil besagte. Die Hoffnung: größte Stärke der Menschen und zugleich ihre größte Schwäche. Die Hoffnung hatte Maud gerettet und zugleich in eine Zwischenwelt verbannt. Sie hatte nichts verändert und war immer hier geblieben, um zu warten.

Aber eigentlich wartete Maud nicht mehr. Eigentlich wusste sie es bereits. Sie wusste es, seit sie neben Gil in dem Canyon gestanden und den aus der Erde ragenden Knochen gesehen hatte. Seit sie später noch einmal hingegangen und in der kleinen Schlucht auf- und abgelaufen war. Ein Teil von ihr hatte es immer gewusst. Jener Teil vielleicht, der wusste, dass die Sonne jeden Morgen auf- und am Abend wieder untergeht; dass die Erde sich um eine Achse dreht, auch wenn man es nicht sehen kann.

Jess wäre niemals ausgerissen. Das hatte Maud immer gewusst. Natürlich war sie immer in der Nähe gewesen.

Gil hatte ihr gesagt, dass man die Leiche möglicherweise nicht mehr würde identifizieren können. Zu viel Zeit war vergangen, die Witterung war extrem – die heiße Sonne, heftiger Regen –, die Mineralien in der Erde waren sauer, Tiere gruben Knochen aus und verschleppten sie; er war sich durchs Haar gefahren und hatte gesagt: »Wir wissen nicht, ob wir die Wahrheit jemals herausfinden.« Er hatte ihre Schulter berührt, um sie zu beruhigen.

Maud hatte ihre Wahrheit, egal was die Untersuchung ergeben würde. Sie hatte es immer gewusst.

Jess wäre niemals ausgerissen.

Das Telefon klingelte wieder. Maud sagte das Immergleiche, ja, nein, danke fürs Nachfragen, danke für den Anruf. Sie nahm sich einen Blaubeermuffin aus der Schachtel, die Esther am Vortag vorbeigebracht hatte. Sie betrachtete die Regenwolken am Horizont. Es wurde Nachmittag; die Wolken wirkten schwächlich, immerhin war es Ende August. Der Monsun würde abklingen und der Himmel trocknen wie ein Laken an der Leine, im September würde er wochenlang blau bleiben.

Das Postauto hörte sie, noch bevor sie es sah. Zu vertraut war das leise Brummen. Anfahren, abbremsen, anfahren, abbremsen. Maud lief nach draußen und winkte Luz Navarro zu, die anhielt und rief: »Hey, *mamí*, wie geht's? Hältst du durch?«

»Ja, Luz, danke. Alles in Ordnung.«

»Wir sind alle in Gedanken bei dir. Der Bibelkreis meiner Mutter betet für dich«, sagte sie, »und Pfarrer Tom auch.«

»Danke. Das ist wirklich sehr nett.«

»Sag Bescheid, wenn du etwas brauchst.«

»Ja, mache ich.«

Im Briefkasten lagen zwischen Rechnungen und Werbeprospekten Karten von Kollegen und Kunden. Bald würde er überquellen vor Beileidskarten, und die Blumenboten würden sich die Klinke in die Hand geben. Auch das wusste Maud. Sie wusste es längst.

Das Telefon klingelte. Maud hob den Hörer ab, aber da war niemand.

»Hallo? Ist da jemand?«

Als sie gerade auflegen wollte, meldete sich eine Männerstimme. »Maud?«

»Wer ist da?«

Nach einer Weile sagte der Mann: »Adam Newell.« Er zögerte. »Bitte, leg nicht auf.«

Maud sagte nichts, seufzte nur. »Wahrscheinlich war ich längst darauf eingestellt. Mir war klar, dass du früher oder später anrufen würdest.«

»Ich habe es immer wieder versucht.«

»Ich weiß. Was willst du?«

»Ich verspreche dir, nie wieder anzurufen. Ich werde dich in Ruhe lassen. Aber es gibt da eine Frage, die mich quält. Ich muss einfach mit dir darüber sprechen. Ich muss die Antwort hören. Okay?«

»Schieß los«, sagte Maud.

Er seufzte. »Sie ist meinetwegen weggelaufen, richtig? Es war meine Schuld.«

Maud hielt den Hörer von sich weg. Sie betrachtete die Löcher in der Muschel, starrte aus dem Fenster. Am Himmel ballten sich graue Wolken zusammen. An jenem Nachmittag damals war der Himmel noch viel dunkler gewesen. Sie hatte auf demselben Sofa gesessen.

»Maud? Hallo?«

»Ich bin hier.«

Nach einer Weile sagte er mit weicher, kaum hörbarer Stimme: »Es ist meine Schuld. Das weiß ich. Ich wollte nur, dass du es auch weißt.«

Maud nickte stumm.

»Maud?«

»Ja.«

Seine Stimme war jetzt dünn und zittrig. »Ich weiß, dass es nicht ausreicht, sich zu entschuldigen. Das ist mir klar.«

»Sie ist nicht ausgerissen«, entgegnete Maud.

»Das verstehe ich nicht, ich dachte immer, sie sei weggelaufen?«

»Nein. Sie war draußen, aber sie wollte zurückkommen. Sie hatte mir einen Zettel hinterlassen.« Maud hatte die Nachricht in eins von Jess' Notizbüchern geklebt, sie kannte sie längst auswendig. *Ich gehe spazieren. Ich muss nachdenken. Bin in ein, zwei Stunden zurück. Mach dir keine Sorgen. Hab dich lieb. J-Bird.*

»Ich weiß.« Adam schwieg, atmete geräuschvoll aus. »Aber ich bin einfach immer davon ausgegangen, sie hätte sich spontan anders entschieden.«

»Wie typisch von dir. Du bist einfach davon ausgegangen.«

»Ich will doch nur sagen, dass ich mich schuldig fühle, weil sie sich meinetwegen umentschieden hat.«

»Nein, hat sie nicht. Sie wollte nicht weglaufen. Sie wollte spazieren gehen und ein, zwei Stunden später zurück sein. Sie war auf dem Weg zu mir, nicht zu dir.«

Adam schwieg. Stille breitete sich durch die Leitung aus.

»Ich wünschte mir«, sagte er schließlich, »du hättest mit mir geredet. Ich wünschte mir, ich hätte mehr gewusst.«

»Verzeihung – bin ich dir etwas schuldig? Glaubst du ernsthaft, ich wäre dir eine Erklärung schuldig?«

»Ich wünschte mir« – Adam hob die Stimme –, »du hättest es mir erzählt. Meine Güte, und ich hab all die Jahre geglaubt, sie sei meinetwegen weggelaufen!«

»Zur Hölle mit dir, Adam. Ja, sie war auf der Flucht, innerlich. Sie hatte keine Ruhe mehr, nach allem, was du getan hast.« Maud ließ den Kopf an die Sofalehne sinken.

Adam atmete in den Hörer.

Maud nahm sich einen weiteren Muffin aus der Schachtel, zerquetschte ihn und wischte sich die Finger an einem Sofakissen ab. Auf dem Stoff blieben Krümel und ein Fettfleck zurück.

»Ich habe geschlafen«, sagte sie. »Als sie aus dem Haus ging, habe ich geschlafen. Ich habe nichts davon mitbekommen. Ich bin aufgewacht und habe mir nicht einmal Sorgen gemacht. Ich war höchstens genervt. Weißt du, was ich gedacht habe? Ich dachte: Morgen holen wir uns einen Weihnachtsbaum und schmücken ihn mit allem, was wir haben. Mit allem!« Erst jetzt hörte Maud, dass sie ihn inzwischen anbrüllte. Sie verstummte.

»Es ist nicht …«

»Nein«, sagte Maud, »sei still, ich will kein Wort mehr hören.«

Adams Stimme war brüchig. »Aber es war nicht deine Schuld, Maud.«

»Natürlich nicht.« Doch, war es. Tief in ihrem Herzen hatte sie es immer gewusst, und sie hatte sich der Wahrheit nie stellen wollen. Sie war die Mutter, sie hatte versagt. Sie hatte es nicht einmal geschafft, das Minimum zu leisten und wach zu bleiben. Am liebsten hätte sie Adam angeschrien und ihm gesagt, es wäre seine Schuld, was es auch irgendwie war, aber sie bekam kein Wort über die Lippen.

»Maud, ich habe sie geliebt«, sagte er.

»Nein«, sagte Maud, »*ich* habe sie geliebt.«

»Kann nicht beides stimmen?«, fragte er. »Können wir sie nicht beide geliebt haben?«

Geliebt haben. Vergangenheitsform.

»Ich muss jetzt auflegen«, sagte sie.

»Maud, warte. Bitte. Ich weiß, ich habe kein Recht, das zu fragen. Wirklich nicht.«

Maud hielt den Hörer fest umklammert. »Frag.«

»Wirst du es mir sagen? Wirst du mich anrufen und es mir sagen? Nicht weil du mir etwas schuldig wärst, so meine ich es nicht.«

Maud wischte sich die fettigen Finger an der Hose ab. Er hatte also immer noch Hoffnung. Der Mann, der ihre Tochter geliebt hatte, der sie in seinen Armen hatte halten wollen.

»Okay.«

»Danke.«

»Und danke für den Anruf«, sagte Maud reflexhaft, dann legte sie auf.

Das Telefon klingelte noch einmal. Diesmal ging Maud nicht ran. Sie zog den Stecker aus der Wand und deckte sich zu. Sie zappte durch die Kanäle, döste ein. Der Arm, auf dem sie lag, wurde taub, sie schüttelte ihn aus. Sie las die Überreste des zerquetschten Muffins vom Teppich auf und warf sie in den Müll. Sie aß einen anderen, Krümel fielen zu Boden. Sie zog

Alufolie von einer Auflaufform, angelte mit den Fingern ein paar Nudeln heraus.

Dann klingelte es an der Tür. Maud drehte sich blinzelnd um. Okay. Okay. Das war es. Sie klopfte sich Krümel von der Brust, wischte sich die Nudelfinger an der Hose sauber. Das Warten war vorbei.

Als sie die Tür aufmachte, standen dort Esther, Iris und Rachel. Die Frauen waren mit Tüten, Schachteln und Flaschen beladen.

»Die Gang ist da«, verkündete Esther. »Was für eine Gang wir genau sind, weiß ich nicht, aber wir haben jede Menge Alkohol dabei.«

Maud musste unwillkürlich lächeln. Eigentlich hätte sie dankend ablehnen wollen, nein, das ist wirklich nicht nötig, ich brauche keine Gesellschaft, danke für euren Besuch. Doch noch bevor sie die Stimme wiedergefunden hatte, waren die drei schon hereingekommen. Sie steuerten die Küche an, packten Tüten aus, entkorkten Weinflaschen, schalteten den Ofen ein. Sie spülten Geschirr, putzten die Arbeitsflächen, trugen den Müll hinaus. Iris holte einen Besen und fegte Krümel zusammen, erst in der Küche und dann im ganzen Haus. Rachel hatte bei den Proben für eine kranke Studentin einspringen müssen und trug immer noch ihr Big-Mama-Kostüm inklusive Perlenkette, dick aufgespachteltem Make-up und dramatischem Eyeliner. Sie reichte Maud ein Glas Chablis. Esther arrangierte Aufschnitt und frische Brötchen auf einer Servierplatte. »Heute essen wir mal was Richtiges. Nicht immer nur Süßkram aus der Bäckerei. Von wem hast du das ganze Zeug eigentlich?«

Iss, sagten sie. Trink.

Erzähl, sagten sie, aber nur, wenn du möchtest. Oder

schweig. Heute sind wir nur für dich da, Maud, und morgen und übermorgen auch. So leicht wirst du uns nicht los.

Maud nickte. Niemand erwartete ihren Dank. Sie kannte diese Frauen nun schon so lange, wie sie ihre Tochter gekannt hatte. Sie sah die Fältchen auf ihren Wangen und Hälsen und Händen, die rundlichen Bäuche, die knittrige Haut unter den Augen. Sie hatte diese Frauen altern sehen, und sie war mit ihnen gealtert. Ihre Locken hatten graue Strähnen bekommen, inzwischen war sie fast weiß. All die Jahre lang hatten die Frauen sie nicht aus den Augen gelassen, und sie hatte nichts davon bemerkt. Auch sie hatten gewartet.

»Danke«, sagte Maud, obwohl niemand ihren Dank erwartete.

Kein Problem, sagten sie. Wir stehen das zusammen durch, hörst du?

Du bist nicht allein, sagten sie.

Natürlich war sie allein, aber sie wusste, wie es gemeint war. Es war gut gemeint. Diese Frauen hatten ein Herz aus Gold, jede einzelne.

Ein paar Stunden später, als Maud gerade kurz vergessen hatte zu warten und Ausschau zu halten, schlug in der Einfahrt eine Autotür zu. Alle eilten ans Fenster, nur Maud nicht. Sie kehrte dem Fenster stumm den Rücken zu.

Sie wusste auch so, dass Detective Alvarez gekommen war. Sie wusste, dass sein silberweißer Schopf im Licht der letzten Sonnenstrahlen leuchtete. Sie hatte seine gebeugten Schultern vor Augen, die Erschöpfung, die sich tief in sein Gesicht eingegraben hatte nach so vielen Jahren, in denen er traurige Dinge hatte mitansehen müssen. Sie stellte sich vor, wie er sich durch die Haare fuhr. Sie wusste, er würde ihr in die Augen sehen und sagen: Maud, kann ich kurz mit Ihnen sprechen?

Sie wusste es, wie sie bei ihrem zweiten Besuch in der Schlucht gewusst hatte, was passiert war; als sie auf den warmen Steinen ausgerutscht und anschließend in die Roadrunner Lane zurückgelaufen war, wo sie an jenem verhängnisvollen Abend die Wassermassen und den Schlamm in der Senke gesehen und an eine Springflut gedacht hatte. Sie hatte immer gewusst, dass die Rinnen im Wüstenboden sich in Flussbetten verwandeln konnten und die Strömung stark genug war, einen Laster umzureißen. Sie kannte die Warnschilder: *Bei Regen nicht betreten. Durchgang verboten, Lebensgefahr.* Sie kannte die Geschichten von Autofahrern, die die Warnung ignoriert hatten und sich kurz darauf auf dem Dach ihres Wagens wiederfanden, das vom Wasser davongetragen wurde. Sie hatte von Wanderern gehört, die meilenweit von ihrem Zelt erdrückt von Schlamm und Steinen aufgefunden wurden.

Sie hatte all das gewusst.

Die Sonne war auf dem Weg nach Westen. Sie würde unter- und morgen wieder aufgehen. Die Welt drehte sich weiter. Sie drehte und drehte sich, während Maud hier stand.

Die Freundinnen flüsterten miteinander. Sie strichen Maud über Rücken und Arme. Sie fluchten leise.

Maud spürte warme Haut. Als ihr die Knie nachgaben, fingen die Freundinnen sie auf und stützten sie. Sie ließen sie nicht fallen. Wir sind hier, sagten sie.

Maud schaffte es trotzdem nicht, sich umzudrehen. Sie blieb mit dem Gesicht zur Wand stehen und dachte: Nein, wartet, noch nicht, ich bin noch nicht bereit.

Masse und Schwerkraft

22. Dezember 1991

Jess ging wieder nach Hause. Sie nahm den vertrauten Weg über den College Drive, ließ den Campus rechts liegen und links den Piñon Drive mit den dunklen Wohnhäusern. Sie erreichte den Quail Run und lief an der Plantage vorbei. Ihre Zähne klapperten nicht mehr, dafür hatte ein pochender Kopfschmerz eingesetzt. Als wäre da ein Knoten hinter ihrer Stirn, groß wie eine Mandarine. Der nasse Pullover ihres Vaters hing ihr bis über die Knie. Sie schwitzte. Am Anfang der Roadrunner Lane – sie war fast zu Hause, hatte es praktisch schon geschafft! –, zog sie den Pullover aus und band ihn sich um die Hüften. Erst jetzt fiel ihr wieder ein, dass sie ihre Daunenjacke in Stevie Prentiss' Auto vergessen hatte. Warum hatte sie überhaupt beschlossen auszusteigen und zu Fuß zu gehen? Stevie hatte nur kurz die Schlüssel holen wollen, und Jess hatte sich gedacht: Ich muss nach Hause, sofort. Sie war aus dem Auto gestiegen und losgelaufen. Auf dem College Drive war sie kurz stehen geblieben, weil der Kopfschmerz wieder einsetzte.

Wie spät war es? Sie hatte nur mehr verschwommene Erinnerungen an den Abend. Sie erinnerte sich an Dani, die mit einem Regenschirm in der Hand vor ihr gestanden hatte. Mit Jess' Regenschirm. Nein, mit dem Regenschirm ihres Vaters. Sie erinnerte sich an die Rücklichter eines Autos und dass sie in einer Pfütze gelegen und hoch über sich das gelbe

Motelschild gesehen hatte. Sie stampfte auf; ihre Zehen waren vor Kälte taub, aber der Rest ihres Körpers schien zu glühen. Sie wollte sich nur noch hinlegen, zudecken, einschlafen. Sie wollte, dass ihre Mutter sich auf die Bettkante setzte und ihr die kühle Hand auf die Stirn legte.

Als sie sich der Senke näherte, die sie auf dem Hinweg mit einem Schritt übersprungen hatte, hörte sie das Wasser schon von Weitem rauschen. Ein stetes Tosen, als drehte man einen Wasserhahn bis zum Anschlag auf. Es war jetzt vollkommen dunkel, Jess blinzelte und versuchte, die Breite des Bachlaufs abzuschätzen. Zwei Meter? So breit wie ein Auto und von unbekannter Tiefe.

Mist. Jess blieb stehen, hielt nach einer schmaleren Stelle Ausschau. Wenn sie jetzt kehrtmachte und einen anderen Weg nach Hause wählte, verlöre sie mindestens eine halbe Stunde. Sie fing an zu weinen. Warum suchte ihre Mutter sie nicht? Wie spät war es?

Es ist höchste Zeit, hörte sie eine Stimme in ihrem Kopf.

Sie hatte einen salzigen Geschmack im Mund. Okay. Sie würde es schaffen. Sie holte tief Luft, presste sich die Handballen vor die Augen. Sie richtete sich gerade auf, strich sich das nasse Haar aus dem Gesicht. Okay.

Noch einmal versuchte sie, die Entfernung einzuschätzen. Wenn sie genug Anlauf nähme, könnte sie es schaffen.

Sie trat ein paar Schritte zurück, atmete tief durch. Ein einfacher Sprung. So weit war sie im Leben bestimmt schon millionenmal gesprungen – über Pfützen und Bäche, von Treppen und Kanten. Weil es sein musste und aus reinem Vergnügen. Im Sprung konnte sie die Schwerkraft für einen winzigen Moment überwinden.

»Nicht lange überlegen«, sagte sie.

Sie rannte auf das tosende Wasser zu. An der Kante sprang sie mit links ab und warf das rechte Bein und den ganzen Körper nach vorn.

Sie hatte nicht an den Schlamm gedacht, an die gefährlich glitschige Schicht unter der Wasseroberfläche. Sie kam zwar mit den Füßen auf, rutschte dann aber sofort weg. Ihre Beine wurden unter ihr weggerissen, sie landete seitlich im Wasser. Noch im Fall schrie sie: »Nein!«, weil sie augenblicklich Bescheid wusste. Sie hatte oft genug in den Nachrichten gesehen, wie Autos und Menschen von der Strömung davongetragen wurden. Sie suchte panisch nach einem festen Halt, streckte die Arme nach dem Asphalt aus, aber das Wasser war stärker. *Davongetragen* war das falsche Wort; das Wasser stieß, schubste, schob und zerrte sie von der Straße weg und in einen schmalen Canyon hinein.

Jess ruderte hektisch mit den Armen und versuchte blindlings, sich an Felsvorsprüngen festzuhalten, den Sturz abzubremsen, während sie von den Strudeln hin- und hergeworfen wurde. Auf den Rücken legen, sagte die Stimme. Ihr Vater hatte das früher zu ihr gesagt, wenn eine zu große Welle anrollte. Und auf einmal meinte sie ihn zu hören, seine vertraute Stimme, die sie eben noch am Telefon gehört hatte. Wehr dich nicht. Lass dich tragen. Und halte den Blick immer auf den Strand gerichtet.

Bloß dass es hier keinen Strand gab, nur Dunkelheit und spitze Steine und brüllendes Wasser, das ihr in den Mund schwappte. Jess spürte den Sand in den Augen und zwischen den Zähnen.

Als Nächstes hörte sie die Stimme ihrer Mutter, so vertraut wie keine andere: Reiß dich zusammen, J-Bird. Du hast dein ganzes Leben noch vor dir.

Ich versuche es doch, dachte sie und machte den Mund auf, weil sie dachte, sie wäre von Luft umgeben, aber da war nur das Wasser. Der Himmel war verschwunden und die Erde auch; die Welt stand Kopf. Das Wasser beugte sich nicht ihrem Willen. Es scherte sich nicht darum, dass sie atmen musste. Es wusste nichts von ihren Träumen und Wünschen und Ängsten. Genauso wenig wollte es ihr schaden. Hier ging es nicht um Strafe, Gerechtigkeit oder Moral. Das Wasser gehorchte den Naturgesetzen. Je größer die Masse, umso stärker die Schwerkraft. Jess' junger, schlanker Körper hatte den Naturgewalten nichts entgegenzusetzen. Sie atmete Wasser ein statt Luft. Achtzehn Jahre später würden die Rechtsmediziner die Kieselalgen in ihren Knochen finden und wissen, dass sie ertrunken war. Dass es ihre Knochen waren, hätte ein DNA-Test ergeben. Sie würden herausfinden, dass Jess in eine Felsspalte gedrückt und unter Tonnen von Schlamm begraben worden war. Der Schlamm hatte sie erst wieder freigegeben, nachdem Wind und Wasser ihn abgetragen hatten. Neben dem Leichnam fand man die Überreste eines Turnschuhs und einen silbernen Ohrring.

Am Ende dachte sie nicht mehr in Worten. Ihre geliebten Worte konnten sie nicht retten. Weder *Liebe* noch *Zuhause*, *Freundschaft*, *Schönheit* oder *Wahrheit*, auch wenn das sicher ihre letzten Worte gewesen wären. Jess dachte auch nicht in Bildern; anders als viele Leute behaupten, zog ihr junges Leben nicht blitzschnell an ihr vorbei. Keine Maud mit Popcorn auf den Knien, die so laut lacht wie ein Güterzug. Kein Vater, der Jess an ihrem sechzehnten Geburtstag zuprostet: *Meine kleine Prinzessin. Zeig es ihnen allen!* Keine kichernde Dani in einem Zelt am Strand. Kein Adam, der um Liebe bettelt.

Stattdessen sah Jess ein Licht: Tausende Funken unter geschlossenen Lidern. Bevor sie das Bewusstsein verlor, wusste sie, dass diese Funken ein galaktisches Licht waren, sie waren Sternenstaub. Uraltes Licht, das Jahrmillionen gereist war und sie erst jetzt in diesem Moment erreichte. Das Licht der Träume. Das Licht der Vergangenheit und der Zukunft. Ein namenloses, rätselhaftes Licht, und für diesen einen Moment gehörte es ihr allein.

Abenddämmerung auf der Plantage

Am Tag der Trauerfeier für Jess Winters dämmerte der Morgen hell und klar. Die Luft war immer noch warm, aber nicht mehr schwül; es roch nach Herbst. Draußen auf der Plantage stellten Iris und Paul die letzten Stühle und Tische auf der breiten Holzveranda auf. Esther hatte zusammen mit Rachel, Hugh und überraschenderweise auch Dani kalte Platten vorbeigebracht und in Küche und Wohnzimmer verteilt. Maud wünschte sich keine große Feier. So schlicht wie möglich, hatte sie gesagt. Danke, vielen Dank, sagte sie immer wieder. Ihre Hände flatterten, sie verschränkte die Arme vor der Brust, um sie ruhigzuhalten. Iris stand auf der Veranda und sah sich um. Sie würden den Sonnenuntergang sehen, vielleicht sogar den Vollmond. Wenigstens müssten sie sich um das Wetter keine Gedanken machen. Sie konnten Maud einen schönen Abend bereiten, ihr Beileid bekunden, sich von Jess verabschieden. Endlich.

Paul sah auf seine Armbanduhr. »Wir müssen zum Baseballtraining. Kommst du mit, Mom?«

»Diesmal nicht. Ich muss die Bewässerungsanlage im Blick behalten«, sagte Iris. In diesem Sommer hatte es wenig geregnet, aber die Bäume brauchten Wasser, damit die Schalen sich füllten. Bald würde die Erntezeit wieder beginnen. Bald hätten sie zwölf Stunden täglich zu tun, für drei Monate am Stück. So viele Nüsse. Nach der Ernte würde Iris sich selbst fühlen wie eine leere, verschrumpelte Hülle. Zum allerletzten Mal.

Paul beugte sich vor, griff zu seinem Kaffeebecher und grunzte. Seine linke Hand war verheilt, aber den Schultergurt würde er noch für einige Wochen tragen müssen. Iris hatte irgendwann aufgehört, ihn zu fragen, wie es ihm gehe. Es ging ihm gut. Sein Haus in Phoenix stand zum Verkauf. Er hatte bei der Zeitung gekündigt und Sean an der hiesigen Grundschule und zum Baseball angemeldet. Er würde nach Sycamore zurückziehen. »Fürs Erste«, sagte er. Für wie lange, wusste er noch nicht. Bei der *Sycamore Sun* war eine Redakteursstelle frei. »Für die Hälfte meines alten Gehalts.«

»Willst du die Plantage übernehmen?«, hatte Iris gefragt.

»Das weiß ich noch nicht«, hatte er geantwortet. »Mal sehen. Aber ich helfe dir, so gut ich kann.«

Iris hatte genickt. Es war egal; wenn er die Plantage nicht wollte, würde sie sie eben verkaufen. Sie hatte ihm noch nichts von ihren Plänen erzählt.

Paul rief Sean zu: »Hol deinen Handschuh, Sportsfreund«, und Sean rannte zum Haus, so schnell er nur konnte. Paul lachte. »Es ist, als würde er nur ein Tempo kennen: schnell.«

»Er ist gewachsen«, stellte Iris fest. »Das kann ich sehen.«

»Ja. So ist das mit Kindern.«

Iris tätschelte seinen unverletzten Arm. »Er wird so groß wie du. Wie Beau.«

Sie lehnten sich nebeneinander ans Verandageländer und betrachteten die Bäume.

»Es war schön, Dani wiederzusehen«, sagte Iris.

»Ja«, sagte Paul. »Ich hatte es mir irgendwie ... Ich weiß auch nicht. Ich hatte es mir anders vorgestellt. Aber es war nett, sie zu sehen. Sie sieht gut aus. Wie früher.«

Aber sie ist nicht mehr dieselbe wie früher, dachte Iris. Sie alle hatten sich mit den Jahren verändert. Ein Unfall, hatten die Rechtsmediziner gesagt. Kein Mord. Aber irgendwie machte die Erkenntnis es kaum erträglicher. Iris musste immer wieder an Jess' Ohrring denken. Der Silberschmuck hatte die ganze Zeit unter der Erde neben ihr gelegen, während ihr Fleisch verrottet war.

»Nächstes Wochenende muss ich nach Phoenix, um mich um den Hausverkauf zu kümmern«, sagte Paul. »Kannst du so lange auf Sean aufpassen?«

»Natürlich.« Iris' Herz machte einen Hüpfer. »Gerne.«

»Dabei bin ich noch gar nicht so weit«, sagte er. »Ich will den Haushalt noch nicht auflösen. Ich weiß nicht, was ich machen soll.«

Iris musste an die Wochen und Monate nach Beaus Tod denken. Sie hatte sich den Kopf rasiert, als wollte sie in eine Schlacht ziehen, und irgendwie hatte sie genau das getan. Sie hatte sich durch die Tage gekämpft, Paul versorgt, auf der Plantage gearbeitet und den Alltag bewältigt, denn wenn sie innegehalten und nachgedacht hätte, wäre sie womöglich zusammengebrochen.

»Mach es trotzdem«, sagte sie.

»Danke.« Paul legte seine Hand auf die von Iris. »Ohne dich würde ich es nicht schaffen.«

»Mach dir keine Gedanken. Ich kümmere mich gern um Sean.«

»Ich weiß nicht, wie du das damals durchgestanden hast«, sagte er kopfschüttelnd.

Iris lächelte. »Ich hatte dich.«

Paul lächelte ebenfalls und strich seiner Mutter über den Kopf. Dann legte er sich die Hand an die schmerzende Schulter und drehte sich zum Haus um. Der Rest seines Körpers war unversehrt. Er war groß und hatte lange, muskulöse

Beine, genau wie Beau. Die Morgensonne schien auf seine Glatze und seine großen, abstehenden Ohren. Iris fasste sich in den Nacken, spürte die weichen Stoppeln. Vielleicht würde sie sich die Haare heute nicht nachschneiden. Vielleicht würde sie den Rasierer einfach in der Schublade lassen. Vielleicht sollte sie sich die Haare eine Weile wachsen lassen und mal sehen, wie es sich anfühlte.

Sie rückte ein paar Stühle gerade, klemmte einen heruntergerutschten Draht hinter einen Haken, bückte sich, um Unkraut zwischen den Verandaplanken herauszuzupfen. Sie richtete sich wieder auf, betrachtete die langen, schattigen Baumreihen. Ihr ganzes Erwachsenenleben lang hatte sie diesen Anblick vor Augen gehabt. Im nächsten Herbst würden die Bäume jemand anderem gehören, sie würde sich eine neue Aussicht suchen müssen.

Sie hatte weder Paul noch Esther davon erzählt. Nur Beau. Sie hatte es ihm während eines ihrer lauschigen Abende auf der Veranda gesagt. *Alter Junge, es ist so weit.* Sie hatte ihm erzählt, dass sie in diesem Winter den letzten Sonderverkauf ausrichten und sich dann ein Häuschen in der Nähe des College kaufen wollte, mit einem Kinderzimmer für Sean. Nach so viel Land, so viel Weite fand sie die Vorstellung, sich zu verkleinern, sehr anziehend. Sie würde noch einmal das College besuchen. Sie! Ha, ha. Sie hatte noch keine Ahnung, was sie studieren wollte, aber es würde sich ergeben. Sie hatte Zeit.

Ja, selbstverständlich würde sie das Leben auf der Plantage vermissen. Und wie. Sie würde es vermissen, wie sie Beau vermisste. Aber sie würde trotzdem fortgehen, denn sie hatte nur dieses eine Leben und wusste nicht, wie viel Zeit ihr noch blieb.

Auf dem Weg zum Stadion warf Paul einen Blick in den Rückspiegel. Sean saß im Kindersitz, seine rechte Hand steckte in
einem kleinen Baseballhandschuh aus Leder. Der Handschuh
war noch steif, er würde ihn erst eintragen müssen. Paul
fragte sich, wo sein eigener alter Handschuh war; er durfte
nicht vergessen, später Iris zu fragen. Wahrscheinlich lag er
irgendwo im Schrank. Paul dachte an sein Haus in Phoenix,
an die Schränke mit Caryns Kleidung, und sofort meinte
er den Duft von Vanille zu riechen. Seans Ellenbogen und
Knien waren verheilt, die Haut war zwar noch gerötet, aber
frei von Schorf. Sean sah verträumt aus dem Fenster, wie so
oft beim Autofahren. Die Strecke war kurz, aber Sean schaffte
es jedes Mal, binnen Minuten einzuschlafen. Paul stellte ihm
irgendwelche Fragen, um ihn wach zu halten. Er erkundigte
sich nach der Vorschule, nach dem letzten Spiel, nach der Ei-
dechse, die Sean am Morgen im Garten entdeckt hatte. Er sah
sich selbst im Rückspiegel, entdeckte einen schwarzen Fleck
an seinem Hemdkragen und rubbelte daran.

Sie hatte genau so ausgesehen wie früher, das war sein erster Gedanke gewesen. Es war, als wäre die Zeit stehen geblieben. Schlanker und moderner, als er erwartet hatte. Das
dunkle Haar trug sie jetzt kürzer, die Fransen des Bobs zeigten auf ihr spitzes Kinn, und statt einer Brille trug sie Kon-
taktlinsen. Ihr schwarzer Lidstrich endete in einem kleinen
Schwung nach oben. Wenn sie lächelte, bildeten sich kleine
Fältchen an ihren Augen und an den Mundwinkeln. Abgesehen davon hatte sie sich kein bisschen verändert.

»Dani, du siehst toll aus«, hatte er gesagt. »Wie früher.«

»Du auch«, hatte sie lächelnd gesagt. Sie hatten ein bisschen geplaudert, unter anderem über das Wetter. Dani hatte
auf Sean gezeigt und gesagt: »Wow, er sieht aus wie du.«

»Ja«, hatte Paul erwidert, »er hat sogar meine Ohren geerbt, der Ärmste.«

Danis Lächeln war verblasst, und unvermittelt hatte sie
angefangen zu weinen. Sie war näher gekommen und hatte
ihre Arme um Paul geschlungen. Sie hatte den Abstand über-
wunden, den räumlichen und den anderen, der noch quälen-
der war. Sie schlang ihre Arme um Pauls Rippen und drückte
zu. Pauls Schulter schmerzte, aber er sagte nichts. Er rührte
sich nicht und sagte nichts, und auch die anderen verstummten. Dani hielt Pauls unversehrte Schulter fest umklammert,
stellte sich auf Zehenspitzen. Er beugte sich hinunter.

»Das mit deiner Frau tut mir leid«, flüsterte sie ihm ins
Ohr. »Ehrlich.«

»Danke.« Er legte einen Arm um sie. »Mir tut es auch leid.
Und wie.«

Da standen sie nun am Rand der Plantage, am Rand ihrer
Vergangenheit. Er umarmte Dani und spürte ihr Zittern,
und auch er selbst zitterte. Seit dem Tod seiner Frau hatte
er niemanden mehr so innig umarmt, höchstens Sean. Dani
Newell, seine erste große Liebe, der er das Herz gebrochen
hatte, die er alleingelassen hatte, die an jenem Thanksgiving-
Abend ihr Essen auf den Teppich gekotzt hatte. Jetzt standen
sie wieder hier, miteinander verbunden durch die Zeit und
die Erinnerung und alles, was sie einander einst versprochen
hatten, und auch durch all das, was sie nie gesagt hatten. Ich
liebe dich, hatten sie gesagt. Ich liebe dich so sehr, wieder und
immer wieder hatten sie es zueinander gesagt, und sie hatten
es ehrlich gemeint, während ihre Körper unter dem nackten
Himmel verschmolzen waren. Damals hatten sie es nicht besser gewusst. Sie hatten noch gar nichts gewusst.

Am Sportplatz löste Paul mit der unversehrten Hand den Kindersitzgurt. Er beugte sich vor, betrachtete sich im Außenspiegel. Seine Augen waren gerötet und leicht geschwollen, ansonsten sah er okay aus. Er könnte sich mal wieder rasieren. Er grüßte die anderen Eltern, manche kannte er noch aus der Schule. Warren Harmon aus der Leichtathletikmannschaft hatte jetzt einen Bauch und hielt einen drallen Jungen an der Hand. »Schön, dich zu sehen«, sagte er zu Paul und schlug ihm die fleischige Hand auf den Rücken.

Paul lernte Seans Baseballtrainerin kennen, Coach D, mit der er jüngst ein paar E-Mails gewechselt hatte. Er hatte nicht gewusst, dass das D für Drennan stand und er ihr schon ein paarmal beim Joggen begegnet war. Sie war die neue College-Dozentin, die Jess' Knochen gefunden hatte. Laura Drennan.

Laura rief ihre Schützlinge zusammen, die Eltern warteten hinter dem Zaun. Laura ging in die Hocke, um auf Augenhöhe mit den Kindern zu sprechen, und sagte mit lauter, fröhlicher Stimme: »Wir werden hier eine Menge über Baseball und sportliches Verhalten lernen. Aber das Allerwichtigste ist, dass ihr Spaß habt, okay? Meint ihr, wir schaffen das?«

Die Jungen und Mädchen applaudierten und hopsten aufgeregt auf und ab. Sie versuchten abwechselnd, mit einem Plastikschläger einen Ball von einem Pfosten zu schlagen. Coach D zeigte ihnen, wie man den Schläger richtig hielt und sich auf der Home Plate positionierte. »Augen immer auf den Ball«, sagte sie und lobte die Kinder nach jedem Schlag. Als Sean an der Reihe war, sah er sich nach Paul um. Paul winkte ihm zu. Tränen stiegen ihm in die Augen. Zum ersten Mal lernte der Junge etwas Neues, ohne dass Caryn dabei war. Sean landete einen Treffer, der Ball kullerte über den Rasen.

»Gut gemacht, Junge!«, rief Paul. Anstatt zur ersten lief Sean direkt auf die dritte Base zu, sprang ab und landete mit beiden Füßen. Die anderen applaudierten trotzdem, Coach D nahm ihn an der Hand und führte ihn zur ersten Base zurück.

Nach dem Spiel erfrischten sich die Kinder mit Orangenschnitzen und Trinktüten. Coach D gab den Trainings- und Snackplan an die Eltern aus. Irgendwie sah sie verändert aus, auch wenn Paul nicht wusste, woran das lag. Sie wirkte irgendwie entspannter. Aufgeschlossener. Wenn er ihr beim Joggen begegnet war, hatte sie immer ausgesehen wie kurz vor dem Kreislaufkollaps.

Jemand fragte, wie sie sich am College eingelebt habe.

»Gut«, antwortete sie mit ihrer Trainerinnenstimme. »Ich habe jede Menge zu tun.« Sie klatschte in die Hände. »Okay, wir sehen uns beim Training am Mittwoch!«

Die meisten brachen sofort auf. Paul wartete noch am Spielfeldrand, weil Sean zusammen mit einem anderen Jungen auf dem Hügel stand und Steinchen auf die Home Plate warf. Paul stellte sich der Trainerin vor und gab ihr die Hand. Ihr Händedruck war fest.

»Ich glaube, wir kennen uns vom Sehen«, sagte er. »Vom Uferweg?«

Laura legte den Kopf schief. »Ach ja, Sie sind der Jogger!« Plötzlich schien sie zu erröten. Vielleicht fürchtete sie, er könnte sie auf die Knochen ansprechen. Sie ließ seine Hand los, zeigte auf die Schulterschlinge. »Schlechten Tag gehabt?«

»Ich habe den Kampf gegen eine Leiter verloren«, sagte er.

»Mit Leitern ist nicht zu spaßen. Hinterhältige Dinger.«

Paul lachte. Er nickte zum Spielfeld hinüber. »Danke für Ihr Engagement. Bestimmt hätten Sie auch so genug um die Ohren.«

Laura zuckte mit den Schultern. »Ist mir lieber so. Ich habe gern viel um die Ohren.«

»Ich habe Sie länger nicht mehr spazieren gehen sehen.«

»Nein«, sagte sie, schlug den Blick nieder und schob die Spitzen ihrer Turnschuhe zusammen.

»Kommen Sie heute Abend auch auf die Plantage?«, fragte er.

»Zu der Trauerfeier? Ach, ich glaube nicht. Ich kannte sie doch nicht einmal«, entgegnete Laura. »Da würde ich mich fehl am Platz fühlen.«

»Ich fühle mich ständig fehl am Platz«, sagte Paul, »und ich bin hier geboren.«

Laura lächelte. »Ehrlich gesagt würde ich Maud ganz gern mein Beileid aussprechen. Sie ist so nett. Sie war die Erste, dich mich hier willkommen geheißen hat.« Laura strich sich über den Pferdeschwanz. »Es ist schon seltsam. So viele Leute hier wissen, wer ich bin, aber ich kenne fast niemanden.«

»Ich könnte Ihnen ein paar Leute vorstellen«, sagte er. »Es gibt hier kaum jemanden, den ich oder meine Mutter nicht kennen.«

»Danke. Mal sehen. Es wäre nett, ein paar Bekanntschaften zu schließen. Der Sommer war lang.« Sie angelte einen Baseball aus ihrer Shortstasche, knetete ihn in der rechten Hand und warf ihn dann kraftvoll über das Feld. Er flog bis an den Zaun gegenüber.

Paul stieß einen kleinen Pfiff aus. »Nicht schlecht, Coach D.«

Laura grinste, zeigte übers Feld. »Ich glaube, wir sind die Letzten.«

Sean saß allein auf dem Hügel und verscharrte Orangenschalen in der Erde. »Wir müssen los«, stellte Paul fest.

»Ich auch.« Laura nickte. »Schön, Sie kennenzulernen. Bis später. Oder bis Mittwoch.«

»Sicher«, sagte Paul.

Er sah zu, wie Laura Drennan in Richtung Wohnviertel hinter dem Spielfeld verschwand. Ihr Pferdeschwanz wippte bei jedem Schritt. Paul rief nach Sean, der sofort aufsprang und angerannt kam. Seine Hände und Knie waren schwarz vom Dreck. Paul vergaß seine Schulter und schwang den Jungen herum, zuckte zusammen, spürte den Schmerz, trotzdem setzte er Sean nicht wieder ab. Sein Sohn roch nach Orange. Paul drückte ihn fest an sich.

»Das hast du super gemacht«, sagte er. »Ich bin stolz auf dich. Ich bin im siebten Himmel.«

Laura Drennan trat durch das Metalltor des Sportplatzes und berührte kurz den Riegel mit den Fingern. Ihr Magen knurrte, und ihr fiel der halbe Burrito wieder ein, der noch zu Hause im Kühlschrank lag. Sie dachte an die Hausarbeiten, die sie noch benoten müsste, außerdem sollte sie noch eine Vorlesung vorbereiten. Sie überquerte die Fußgängerbrücke und den Kiesweg, der in ihrem Viertel endete. Die Strecke legte sie mittlerweile zwei Mal täglich zurück. Vor jeder Abzweigung sagte sie sich in Gedanken den Namen der nächsten Straße auf. Inzwischen konnte sie alle auswendig, sie brauchte nicht einmal mehr auf die Schilder zu schauen. Auch die Namen ihrer Studenten kannte sie nach vier Wochen. Sie kannte die Namen ihrer Kollegen, der Gebäude auf dem Campus, selbst der umliegenden Berge und der häufigsten Baumarten. Sie kannte den Namen der Postbotin und den der Tochter, deren Überreste sie im Canyon gefunden hatte. Sie kannte den Namen der Frau aus der Bäckerei. Und jetzt kannte sie die Namen ihrer Baseballkinder und auch die der Eltern. Der Vater, der bis zum Schluss geblieben war, war der Jogger mit den sexy Beinen. Laura kannte sogar die Automechanikerin und ihre redselige Frau – just in diesem Moment fuhren die beiden in einem Oldtimer vorbei, am Lenkrad saß die Tochter, ein Mädchen im Teenageralter. Laura winkte, die Frauen winkten zurück.

Bevor sie in ihre Straße einbog, drehte Laura sich noch einmal um. Der Wind strich in sanften Wogen über das Gras. Paul Overton ging auf sein Auto zu. Er hielt seinen Sohn auf dem Arm. Lächelnd setzte Laura ihren Weg fort. Bald würde es Herbst werden. Sie trainierte eine Little-League-Mannschaft. Die Sonne schien. Sie spürte den Asphalt unter ihren Sohlen, sprang in die Höhe. Wie kindisch. Was würde sie als Nächstes tun, Hüpfkästchen auf den Gehweg malen? Ach, sei still, sagte sie zu sich selbst, freu dich einfach, unter den Lebenden zu sein. Sie hüpfte weiter, die Gummisohlen ihrer Turnschuhe scharrten über den Asphalt, sie hörte nichts als den eigenen schnellen Atem. Laura hüpfte den ganzen Weg bis nach Hause.

Rose saß auf dem Beifahrersitz. »Hände auf zehn vor zwei, Hazel. Und sitz nicht so krumm.«

Hazel umklammerte das Lenkrad. »Ich sitze nicht krumm, der Sitz ist zu glatt.«

Angie saß in der Mitte der Rückbank und gab die Richtung vor. Hazel war eine gute Fahrerin – sie war aufmerksam, vorsichtig und defensiv, viel besser als Rose, so viel stand jetzt schon fest; Rose hatte einen Bleifuß und konnte selbst beim Autofahren nicht den Mund halten. Wobei sie immer noch mehr Talent besaß als Beto, der arme Kerl. Ihre besonnene

Art hatte Hazel vermutlich von ihrem Vater, aber sicher wissen konnte Angie es nicht, schließlich hatte sie ihn nie getroffen. Was Rose während der zwei Jahre in Phoenix getrieben hatte, wusste Angie bis heute nicht, aber sie erinnerte sich noch an Roses heimliche Besuche, an ihre Treffen im Motel, in den dunklen Gassen von Jerome, in der Wüste und auf dem Schlackenhaufen hinter der Festwiese, wo sich die spitzen Steine in ihre Haut gebohrt hatten. Angie wusste nur, dass Rose am Ende zu ihr zurückgekehrt war. Zusammen mit Hazel.

Rose drehte sich auf dem Beifahrersitz um.

»Stevie, hab ich gesagt, was soll das denn jetzt? Was willst du plötzlich in Paris?«

»An der nächsten Ecke musst du aufpassen«, sagte Angie zu Hazel, »da fahren die Leute immer zu schnell.«

»Okay«, sagte Hazel, trat auf die Bremse, schaute nach rechts und links.

Rose schlug mit der flachen Hand aufs Armaturenbrett. »Sie hat nicht mal ein Ticket für den Rückflug! Sie hat nur die Hinreise gebucht, im Internet. Angeblich kommt sie in ein paar Monaten wieder. Gott, Mom wird ausrasten, wenn sie es erfährt.«

»Ich glaube«, sagte Hazel, »Tante Stevie ist cleverer, als alle denken.«

»Das glaube ich auch«, pflichtete Angie ihr bei.

»Ich wollte damit doch gar nicht sagen, sie wäre nicht clever! Kein Geschäft in dieser Stadt läuft besser als das Motel. Aber es besteht ein Unterschied zwischen clever und vernünftig. Sie ist ... Ach, was weiß ich! Was, wenn sie in Paris mitten auf der Straße einen ihrer Aussetzer hat? Was machen wir dann?«

»Es wird schon alles gut gehen«, sagte Angie. »Sie schafft das.«

»Und was, wenn nicht? Was, wenn wir nie wieder von ihr hören?«

»Das wird nicht passieren.«

»Das wissen wir aber doch nicht.« Auf einmal war Rose den Tränen nahe. »Du weißt genau, wie sie ist. Alle wissen das. Denk daran, was Jess zugestoßen ist.«

Hazel hielt vor dem Stoppschild an der Arrowhead. »Und jetzt? Rechts oder links?«

»Links«, sagte Angie. »Und dann nach rechts auf die Main.«

»Wo fahren wir überhaupt hin?«, fragte Hazel.

»Nicht nach Paris«, sagte Rose und verschränkte die Arme. Angie lachte. »Ich habe eine Überraschung für dich. Eigentlich wollte ich es dir erst heute Abend nach der Trauerfeier zeigen, aber dann habe ich es mir anders überlegt.«

»Eine Überraschung?«, fragten Hazel und Rose wie aus einem Mund.

»Verhext! Du schuldest mir eine Cola«, sagte Hazel grinsend zu ihrer Mutter und boxte sie sanft in den Oberarm.

Rose verzog in gespieltem Schmerz das Gesicht und strich Hazel eine Haarsträhne hinters Ohr. »Guck auf die Straße«, sagte sie.

»Mach ich doch.«

Auf Höhe des Motels sagte Angie: »Hier links abbiegen.«

»Hier? Beim Motel?«

»Jawohl.«

Hazel steuerte das Auto langsam auf den Parkplatz und hielt vor der Rezeption.

Rose starrte geradeaus. Hinter dem Tresen saß ein Student. »Ich kann es nicht fassen, sie hat es wirklich getan. Ich kann nicht fassen, dass sie nicht hier ist. Sie ist doch immer hier.«

»Ab jetzt wird sich einiges ändern, mein Schatz«, sagte Angie. »Und in ein paar Monaten ist sie wieder da.«

Rose drehte sich wieder um. In ihre blauen Augen, in ihre süßen, schelmischen blauen Augen hatte Angie erstmals im Patty Melt geblickt, als sie beide noch Teenager und als Augenfarbe, Locken und Schönheit wichtiger gewesen waren als alles andere. Seit neunzehn Jahren blickte sie nun in diese Augen, die mal wütend und mal lachend blitzten oder wie jetzt vor Angst und Kummer schier überliefen.

»Und wenn sie nicht zurückkommt?«

Diese Augen, dachte Angie, sind wie ein blauer Winterhimmel in der Dämmerung. Eines Tages würden sie sich für immer schließen. Wie die ihres Vaters. Oder vielleicht würde Rose sie überleben? Nicht jetzt. Noch nicht.

»Ich liebe dich, Rose. Weißt du das?«

Rose nickte, wischte sich die Tränen von den Wangen. »Ich dich auch.«

Hazel seufzte. »Mein Gott, warum nehmt ihr euch nicht gleich ein Zimmer?«

»Gute Idee«, sagte Angie, stieg aus und ging auf Nummer 7 zu. Sie schloss die Tür auf, sah die Dekorationen, das Banner, die Flugtickets und die Hotelreservierungen auf dem Bett. Sie drehte sich um und sah noch einmal in Rose Prentiss' Augen. Beide grinsten. Ihr Zimmer. Das verrückte, heiße Mädchen. Irgendwie hatten sie es geschafft, sie hatten die Äußerlichkeiten, das Verlangen, die Unreife, die Scham und Heimlichtuerei hinter sich gelassen. So weit waren sie gekommen.

Hazel japste. »Disneyland! Willst du mich verarschen? Das

ist ja so cool! Wow!« Sie warf sich Angie an den Hals, und Angie musste daran denken, wie sie in den Schlamm gerutscht war und ihr Vater sie herausgezogen und in Sicherheit gebracht hatte. So viel hatte er getragen. Die Liebe schwebte als Glaskugel über Hazels Schulter. Angie musste husten.

»Schließlich wirst du nicht jeden Tag sechzehn«, sagte sie und hielt den Autoschlüssel in die Höhe. »Es ist an der Zeit, dass der Impala wieder eine junge Fahrerin bekommt.«

Hazel fing an zu kreischen. Sie umarmte Angie und Rose und sprang durchs Zimmer und dann hinaus auf den Parkplatz.

Rose setzte sich auf die Bettkante und sah Angie ernst an.

»Ich habe mich hier immer eingesperrt gefühlt. Ich wollte immer raus.«

Angie nickte. »Ich weiß.«

»Woher? Ich wusste es selbst nicht. Nicht so richtig.«

»Ach, komm schon, Rose. Ich kenne dich.«

Rose streckte die Arme aus. »Ich möchte verreisen. Ich will mehr. Es hat nichts mit dir oder unserem Leben zu tun.«

»Ich weiß«, sagte Angie und setzte sich neben sie. »Ich wollte das früher auch. Aber wir hatten immer zu viel zu tun – mit Hazel, der Werkstatt, dem Motel, der Familie. Mit allem. Irgendwie haben wir es aus den Augen verloren.«

»Ja«, sagte Rose, »*verloren* ist das richtige Wort.«

Sie hatten so viel verloren. Angie dachte an herzförmige Kieselsteine, an Knochen in der Erde. Dann wiederum hatten sie so viel gefunden.

»Brenn mit mir durch«, sagte sie und holte zwei weitere Tickets heraus. »Im Dezember fliegen wir nach Paris, nur du und ich. Deine Mutter kümmert sich um Hazel. Und wir besuchen Stevie.« Sie schlug sich die Tickets auf die flache Hand.

Rose starrte erst Angie, dann die Tickets an. Sie nahm sie, legte sie sich auf die Knie. »Angela Juarez, du bist einfach zu viel. Verdammt noch mal zu viel.«

Vom Parkplatz aus rief Hazel: »Jetzt kommt schon! Wir drehen eine Runde in meinem neuen Auto!«

»Rollerskaten auf dem Mond«, sagte Rose mit einem verträumten Blick zur Tür.

»Wie bitte?« Angie zupfte an ihren Locken.

Rose lächelte. »Ach, nichts. Das hat Stevie früher immer gesagt.« Sie legte den Kopf an Angies Schulter. »Jetzt verstehe ich, wie sie das gemeint hat.«

Im meilenweit entfernten Phoenix saß Stevie Prentiss angeschnallt auf einem Fensterplatz. Sie führte die Hand an den Geldgürtel unter dem Bund ihrer neuen Jeans. Darin steckten mehrere Hundertdollarscheine. Sie hatte die ausgedruckte Hotelreservierung dabei und ein neues Handy, das auch in Europa funktionieren würde. Sie hatte ein Nackenkissen, eine Schlafmaske und einen Gutschein über ein Freigetränk. Ein Koffer lag im Gepäckfach über ihrem Kopf, ein zweiter tief unten im Bauch des Flugzeugs. Ganz unten in dem zweiten Koffer lag eine rote Daunenjacke. Was Stevie darüber hinaus benötigte, würde sie sich vor Ort besorgen. In Paris. Sie streckte den Arm aus und drehte die Lüftung auf. Es roch nach Kerosin, unter der Tragfläche liefen Männer mit neonorangen Warnwesten hin und her.

Stevie wandte sich an die Frau auf dem Gangplatz. »Ich bin noch nie geflogen.«

Die Frau nickte lächelnd. »Ach, Liebes, machen Sie sich keine Sorgen. So viele Menschen fliegen jeden Tag.«

»Ich mache mir keine Sorgen«, sagte Stevie. Sie wusste

nicht genau, was sie fühlte. War sie nervös? Euphorisch? Sie berührte den Knopf des Klapptisches, dann ihre Wange.

Daheim in Sycamore verabschiedeten die anderen sich gerade von dem Mädchen, bekundeten der Mutter ihr Beileid. Stevie hatte sich längst verabschiedet. Sie hatte vor dem Wandbild auf dem Bett gesessen und es dem Mädchen zum letzten Mal erklärt: Es war ein Unfall. Niemand wusste davon. Tut mir leid, dass ich dich nicht retten konnte. Sie sagte: Deine Jacke nehme ich mit nach Paris. Ich werde sie tragen, wenn ich an der Seine spazieren gehe. Dann wandte sie sich an die Frau in dem Wandbild, die, wie Stevie jetzt wusste, die Mutter war. Die Mutter stand am Rand des Canyons, blickte in die Ferne und wartete auf ihre Tochter. Zu ihr sagte Stevie: Tut mir leid, dass ich ihr nicht gefolgt bin. Dass ich keine Hilfe geholt habe. Es tut mir leid, dass Sie so lange warten mussten.

Das Flugzeug setzte sich in Bewegung, entfernte sich vom Terminal und rollte auf die Startbahn zu.

Stevie schloss die Augen. Das Flugzeug nahm Fahrt auf, die Trägheitskraft drückte Stevie in ihren Sitz. Sie schlug die Augen erst wieder auf, als die Reifen den Kontakt zum Boden verloren und das Flugzeug abhob.

Sie sah aus dem kleinen Fenster. Häuser, Autos, Bäume, Swimmingpools und Bergzüge flimmerten in der Wüstenhitze und wurden immer kleiner. Das Flugzeug gewann an Höhe, dann und wann erwischten sie ein Luftloch, und Stevies Magen flatterte. Sie schaute abermals hinaus und sah dichte Wolken – und im nächsten Moment waren sie mittendrin, und da war nichts mehr als grauer Nebel.

So etwas hatte Stevie noch nie gesehen. Nie. Anscheinend hatte sie ihr ganzes Leben auf diese Aussicht gewartet. Sie lachte.

Die Frau auf dem Gangplatz beugte sich herüber und zeigte hinaus. »Wirklich hübsch, oder?«

»Ja«, sagte Stevie.

Sie legte die Hand an die Scheibe, und alle Farben hielten still. Sie konnte die strahlende Welt klar und deutlich erkennen.

Am Samstag um fünfzehn Uhr schloss Esther die Bäckerei. Normalerweise sah sie zu, dass sie schnell hinauskam; immerhin wusste sie, dass sie schon am Montagmorgen wieder am Backtisch stehen müsste. Doch dieses Mal blieb sie noch eine Weile und überlegte, frisches Bananenbrot zu backen und es am Abend mit auf die Plantage zu nehmen. Bereits jetzt waren Iris' Küche und Esszimmer mit Kuchenplatten aus der Bäckerei und Kannen für Tee und Kaffee zugestellt. Hugh hatte Minipizzen und Lasagnehäppchen gebacken, kein Trauergast würde hungrig nach Hause gehen. Esther dürfte die Plastikschalen nicht vergessen. Maud mochte Bananenbrot am liebsten, und heute, ja, heute würde sie Bananenbrot gebrauchen können. Und bei Gott, wenn Esther etwas konnte, dann backen.

Sie mischte Eier und überreife, zerdrückte Bananen mit weicher Butter und Zucker und schaltete das Rührgerät ein, die alte Schreckschraube. Sie sah zu, wie die Quirle sich drehten. Das Rührgerät, das treue alte Mädchen. Esther musste lachen. *Altes Mädchen.* Was für ein Ausdruck.

Jemand klopfte an die Schaufensterscheibe, und Esther zuckte zusammen. Sie seufzte und bereute nicht zum ersten Mal, sich seinerzeit für eine zur Straße hin offene Backstube entschieden zu haben. Sie genoss das Tageslicht, nicht aber die Idioten, die sich vor dem Fenster den Hals verrenkten.

Vielleicht sollte sie ein Schild ins Fenster hängen: *Achtung, klimakterische Schonzeit! Bitte nicht an die Scheibe klopfen!* Trotzdem setzte sie ein Lächeln auf und drehte sich um.

Beto Navarro stand auf dem Gehweg, zwischen den Beinen ein Fahrrad. Roberto. Er nannte sich jetzt Roberto. Er lachte und winkte, Esther winkte zurück. Sie zeigte zur Tür, komm doch rein, und ging in den Verkaufsraum hinüber.

»Hallo, Esther.«

»Selber hallo.« Esther legte den Kopf schief und betrachtete Robertos schmales, kantiges Gesicht. Wieder spürte sie diese Wärme im Unterleib, wie zuvor in der Bar. »Seit wann bist du eigentlich so groß?«

»Schon seit einer ganzen Weile.« Er lachte.

»Vielleicht habe ich es in der Bar nicht gesehen, weil ich gesessen habe. Außerdem war ich sturzbetrunken.«

Roberto lächelte und zeigte auf die Straße. »Ich war in der Werkstatt, aber heute haben wir ein bisschen früher Schluss gemacht. Normalerweise sind Sie nicht mehr hier, wenn ich vorbeikomme.«

»Nein. Ich bin länger geblieben«, sagte Esther und dachte: Was will er? Sie zog die Tür ein Stückchen weiter auf. »Willst du reinkommen? Hast du Hunger? Ich habe noch Gebäck übrig, das ich einfrieren wollte.«

»Ich habe immer Hunger«, antwortete Roberto.

»Dann bist du bei mir genau richtig.«

Er lächelte, und Esther sah die feine blaue Ader an seiner Schläfe. Auf einmal kam ihr der befremdliche Gedanke, einen Finger auf die Stelle zu legen. O Gott, was stimmte mit ihr nicht? Er war ein ehemaliger Schüler.

Sie setzten sich im Pausenraum an den Tisch, und Esther packte die vom Tag übrig gebliebenen Bärentatzen, Apfeltaschen und Blaubeermuffins aus. Roberto nahm sich ein Stück von jeder Sorte. Staunend sah sie zu, wie er eins nach dem anderen verdrückte.

»Köstlich«, sagte er.

»Das freut mich.«

Roberto schluckte, wischte sich den Mund mit einer Papierserviette ab. »Eins wollte ich Sie immer schon fragen. Warum unterrichten Sie nicht mehr?«

Esther winkte ab. »Ach, es war höchste Zeit. Den Job hatte ich dreiundzwanzig Jahre lang gemacht. Praktisch mein halbes Leben. Ich hatte einfach genug. Ich brauchte eine Veränderung. Dann habe ich nachgedacht, und mir wurde klar, dass ich mich nach etwas komplett anderem umsehen musste.«

»Sie waren eine gute Lehrerin«, sagte er. »Die beste der ganzen Schule. Und Sie waren noch so jung.«

»Danke«, sagte sie. »Das höre ich gern. Das mit der Lehrerin, nicht das mit dem Alter. Obwohl auch das ein schönes Kompliment ist.«

»Es ist die Wahrheit.« Roberto aß das letzte Stück Muffin. Er kaute, sah Esther an, schlug den Blick nieder. »Ich habe im Lauf der Jahre oft an Sie gedacht.«

»Wirklich?« Esthers Herz schlug schneller. Sie fasste sich an den Hals. »Wie nett von dir.«

»Also ...« Roberto atmete zittrig aus, sah auf die Uhr. »Ich muss dann wohl. Die Trauerfeier fängt in zwei Stunden an, und ich muss noch unter die Dusche.«

»Okay. Das Bananenbrot ist auch noch nicht fertig.«

Keiner von beiden rührte sich.

Roberto kratzte sich im Nacken, sah Esther an. Sie erwiderte seinen Blick, spürte die Wärme in ihrem Bauch.

»Du bist«, sagte sie, »dreizehn Jahre jünger als ich, oder?«

»Ja«, sagte er.

Esther stützte die Ellenbogen auf den Tisch. Roberto tat es ihr gleich, sah die zerknüllte Serviette vor sich. Er nahm sie in die Hand, zupfte daran herum. Er schluckte, Esther sah seinen Adamsapfel auf- und niederrutschen.

»Ich komme jeden Morgen hier vorbei«, sagte er, »wenn ich mit dem Rad die Zeitungen austrage. In aller Frühe. Ich sehe Sie immer, weil die Backstube so hell erleuchtet ist. Sie sehen mich nie.«

»Du hättest mal anklopfen können.«

»Sie sind dann bei der Arbeit. Und ich auch.« Er zuckte mit den Schultern. »Als Sie in die Bar kamen, dachte ich: Vielleicht ist das ein Zeichen.«

Esther lächelte. Früher hatte sie auch an Zeichen geglaubt.

»Du warst mein Schüler«, sagte sie.

»Das ist lange her.«

»Die Leute würden über uns reden«, sagte Esther und lachte verkrampft. »Aber was soll's, oder? Was interessiert es mich, was die Leute reden?«

Die Frage war rhetorisch gemeint, trotzdem kannte Esther die Antwort. Es interessierte sie sehr wohl. Sie hatte die Stimme ihrer Großmutter im Ohr: Wenn du nicht aufpasst und dich weiter so gehen lässt, wirst du als fette alte Jungfer enden, die niemanden hat als ihren schwulen Freund. Du wirst einsam und allein sterben.

Sie beugte sich vor, wurde ernst. »Schön, dich zu sehen, Roberto.«

Er nickte, wurde rot, sah zur Tür. Dann stand er auf. Seine langen Beine schienen zu schlottern. »Ich muss.«

Esther sah weg, blinzelte ein paarmal.

Doch statt zur Tür zu gehen, kam Roberto um den Tisch herum und kniete vor ihr nieder. Sie hörte seine Kniegelenke knacken. Er legte ihr eine Hand an die Wange, und Esther schnappte vor Überraschung nach Luft.

»Dein Herz ist keine Mördergrube«, sagte er.

Esther ließ seufzend den Kopf hängen. Wie nett von ihm. Es war schön, von einem anderen Menschen berührt zu werden. »Stammt das aus einem Gedicht?«

»Nein«, sagte er und lachte dann. »Das ist von dir. Du hast das gesagt.«

»Wirklich? Ach was. Und du kannst dich daran erinnern?«

»Klar. Du hast mich damals sehr beeindruckt.« Er strich ihr über den Hals, berührte ihr Schlüsselbein.

»Beto ...«

»Roberto«, sagte er. »Esther, ich bin kein Junge mehr.«

»Nein.« Das war er wirklich nicht. Er war kein verliebter, staunender Teenager, sondern ein erwachsener Mann mit Wünschen, von denen sie keine Ahnung hatte. So gesehen wusste sie nichts über ihn, genauso wenig, wie er über sie wusste. Ihre gemeinsame Vergangenheit war jetzt so lange her, dass sie einander fremd geworden waren.

Er rückte näher heran. »Du riechst nach Butter. Und nach Bananen.«

»Das ist doch verrückt«, sagte sie.

Er küsste sie auf den Hals.

»O Gott«, murmelte Esther.

So etwas hatte sie auch noch nicht erlebt – sie knutschte in der Bäckerei mit einem ehemaligen Schüler herum. Roberto stand auf, zog Esther hoch und an seinen starken, jungen Körper. Sie verlor das Gleichgewicht, streckte die Arme von sich, riss ein Metalltablett vom Tisch.

»Warte mal«, keuchte sie, »das geht nicht.«

»Warum nicht?«

Ja, warum eigentlich nicht? Es mochte ein Fehler sein – na und? Na und?, hatte Iris damals über Sam gesagt. Jetzt, im mittleren Alter, wusste Esther eigentlich nur, wie wenig sie wusste.

Roberto beugte sich vor, schlang seine Arme um ihre Taille und hob sie hoch. »Nicht!«, rief Esther, aber im nächsten Moment saß sie auf dem Tresen.

»So«, sagte er, »jetzt sind wir auf Augenhöhe.«

Esther blinzelte. Sie betrachtete sein Gesicht, seine Stirn. Sie streckte die Hand aus und legte einen Finger an die Stelle an seiner Schläfe, ließ die Hand auf seine Schulter sinken. Nie im Leben hätte sie sich das träumen lassen. Sie beugte sich vor, ihr Herz schien zu husten. Na bitte, altes Mädchen, dachte sie. Sie musste lachen. Was für ein Ausdruck. Was für ein Leben.

Dani zog für die Trauerfeier das Kleid an, ein schlichtes Baumwollkleid, dessen zu lockerer Ausschnitt nur mithilfe doppelseitigen Klebebands an Ort und Stelle blieb. Sie zog sich die dünne schwarze Strumpfhose über Zehen und Beine und hoffte, nicht mit dem Fingernagel darin hängen zu bleiben. Dann stieg sie in ihre schwarzen Pumps, deren Scheuerstellen sie am Morgen mit Filzstift ausgebessert hatte.

Beim Blick in den Spiegel erschrak sie. Diese neuen, kinnlangen Haare. Die ungewöhnlich geschminkten Augen – sie hatte den Lidstrich in einem Modemagazin gesehen, als sie beim Friseur auf ihren Termin gewartet hatte. Am Morgen hatte sie einen Kajalstift genommen, ihn über einer Streichholzflamme erwärmt und sich die schwarze Farbe auf die

Lider geschmiert. Der Schwefelgeruch hatte in der Nase gebrannt.

Jetzt nicht blinzeln, Dani.

Jess hatte gelacht. »Hör auf zu blinzeln! Sonst ist alles im Eimer.« Dani hatte die Augen aufgerissen und wieder zugekniffen, bis sie den feuchten Eyeliner an Wangen und Brauen gespürt hatte. Die lachende Jess, ihr warmer Pfefferminzatem. »Super gemacht, du Waschbärgesicht«, hatte sie gesagt und Dani den Spiegel vorgehalten, und Dani hatte ebenfalls gelacht, über die dunklen Ringe um ihre Augen und über das aufregende Gefühl, eine beste Freundin zu haben. Ein normales Mädchen zu sein. »Jetzt du«, hatte sie gesagt und den Eyeliner genommen, »und nicht blinzeln«, und Jess hatte geantwortet: »Nein, mache ich nicht«, und die Augen weit aufgerissen.

Trotzdem hatte Dani alles falsch gemacht.

Sie blinzelte, strich sich das Kleid glatt, betrachtete sich von der Seite. Sie hatte heute schon einmal ihr Make-up ruiniert, auf der Plantage, wo sie sich ohne Vorwarnung und hemmungslos an Pauls Schulter ausgeweint hatte. Die Tränen waren aus ihr herausgekommen wie eine Springflut. Dani hatte Kajalstift und Streichhölzer herausgeholt und versucht, den Schaden zu beheben. Jetzt tupfte sie sich die Flecken unter den Augen weg, drückte den Rücken durch.

Es war an der Zeit.

Sie stieg die Stufen zur Haustür hoch, stand im Beerdigungskleid auf der Veranda ihrer Kindheit und spähte durch das schmale Fenster neben der Haustür. Hugh war in der Küche, er holte ein Blech aus dem Ofen und trug es zur Spüle. Ihre Mutter stand im Wohnzimmer am Fenster und sah in den

Garten hinaus. Dann drehte sie sich um und lächelte, vermutlich hatte Hugh irgendetwas gesagt.

Für einen Moment hatte Dani sie kaum wiedererkannt. Aus diesem Winkel sah sie, was sie im Alltag nie zu Gesicht bekam: die Zeit. Die weiche Haut an Rachels Kiefer, die vollen Wangen, den leicht gebeugten Rücken, die silbrigen Schläfen. Ihre Mutter war alt geworden, und Dani hatte es nicht mitbekommen.

Dani wollte gerade anklopfen, als Rachel sich umdrehte und sie im Fenster entdeckte. Im selben Moment veränderten sich ihr Gesicht und ihre Körperhaltung vollkommen. Auf einmal konnte Dani in Rachels Gesicht ihr eigenes erkennen, wenn sie sich übers Mikroskop beugte und sich ihr die winzige, ungesehene Welt in aller Pracht und Schärfe offenbarte. Oh! Sieh mal! Sieh dir das an!, schien das Gesicht ihrer Mutter zu sagen. Und mit einem Mal war ihr klar, dass ihre Mutter sie immer mit diesen Augen betrachtet hatte; auch das hatte sie übersehen.

Lächelnd öffnete Rachel die Tür. »Dani, du bist zu früh.«

»Aber ich bin da«, sagte Dani.

»Das ist schön. Hugh«, rief sie, »Dani ist da!«

Hugh war nur fünfzehn Jahre älter als Dani, aber er hatte immer schon älter gewirkt, als er tatsächlich war; er hantierte in der Küche herum und trug peinliche Schürzen mit Aufdruck wie »Küss den Koch« oder »Achtung, Lebensgefahr: Mann am Herd!« Er war so aufregend wie Scheibenkäse, aber im Grunde harmlos. Außerdem schaffte er es immer wieder, Rachel zum Strahlen zu bringen, so wie jetzt in diesem Moment.

»Da ist sie ja«, sagte Hugh. »Hübsch siehst du aus.«

Er legte Rachel einen Arm um die Schulter, und Rachel

schmiegte sich an. Dani hatte sich auch nach all den Jahren nicht daran gewöhnt, ihre Mutter zusammen mit einem anderen Mann zu sehen. Die alten Kindheitserinnerungen hatten sich zu tief eingegraben und ließen sich nicht einfach so wieder abschütteln. Vater, Mutter, Kind. Eine Einheit. Seltsamerweise musste sie an die Fotos aus Hiroshima denken, die sie erstmals in der Schule gesehen hatte; die Explosion der Atombombe hatte eine solche Hitze erzeugt, dass sie Schatten in den Asphalt gebrannt hatte. Genau so fühlte es sich manchmal an; es gab da immer noch diese Verbindung zu dem, was einmal gewesen war. Es hatte sich eingebrannt, und Dani trug es mit sich herum wie einen Dauerschatten.

Ihre Mutter lächelte immer noch. »Du siehst wirklich wunderschön aus, Schätzchen. Besonders deine Haare. Eine tolle Frisur! Steht dir.«

Wenn Rachel mit ihrer Tochter sprach, rutschte ihre Tonlage jedes Mal ein wenig in die Höhe. Dani hatte immer vermutet, dass sich dahinter eine gewisse Kritik verbarg, aber jetzt dämmerte ihr, dass Rachel lediglich verunsichert war und die Distanz überwinden wollte, die Dani gewaltsam geschaffen hatte. Ihre Mutter war diejenige gewesen, die ihr den Umgang mit dem Mikroskop gezeigt hatte. Die ihr die geheime Welt ringsum erschlossen hatte.

Dani tat, was sie zuvor auf der Plantage getan hatte: Sie warf sich einem anderen Menschen an den Hals und weinte.

»Okay«, sagte Rachel und umarmte sie. »Okay.«

»Ojemine«, sagte Hugh und tätschelte Danis Schulter. »Ich habe eine Idee. Ich mache uns einen Tee.«

»Ich kann nicht mehr aufhören«, schluchzte Dani. »Ich kann nicht mehr aufhören zu weinen.«

»Ist schon okay«, sagte Rachel. »Ich weiß.«

»Ich bin gescheitert«, sagte sie. »Ich bin eine Versagerin. Ich, die Klassenbeste! Wahrscheinlich lachen sich alle über mich kaputt.«

»Niemand lacht über dich. Und du bist keine Versagerin.« Dani hob den Kopf. »Was für ein Durcheinander.«

»Na ja«, lachte Rachel, »höchstens in deinem Gesicht.«

»Ich weiß.« Sie brach erneut in Tränen aus. »Siehst du? Ich kann nicht mehr aufhören.«

»Dann wein doch«, sagte ihre Mutter. »Hör nicht auf. Ist doch okay.«

»So kann ich unmöglich zur Plantage gehen. Kannst du Maud sagen, dass es mir leidtut?« Dani bekam einen Schluckauf. »Sag ihr, es tut mir leid. Sag ihr … Ach, ich weiß auch nicht.«

»Ich sage es ihr.«

»Sie war meine beste Freundin.« Dani drückte ihr Gesicht an Rachels Schulter und schmierte ihr schwarze Schminke auf die Bluse. »Sie war meine erste echte Freundin.«

»Ja, das war sie.« Rachel streichelte ihr den Rücken. »Vielleicht wäre es gut, sich von ihr zu verabschieden?«

Aber Dani hatte sich schon verabschiedet.

Als sie sich, bevor sie das kleine Gästehaus verließ, zum zweiten Mal an diesem Tag die Augen geschminkt hatte, war ihr ein Gedanke gekommen. Aber wo sollte sie anfangen?

Sie hatte so viel vor sich.

Ich wohne hinter dem Haus von Ms G, sagte sie zu ihrem Spiegelbild. Weißt du noch, wie wir uns gefragt haben, ob sie und Mr Manning ein Paar sind? Äh … nein!

Ich wohne immer noch in Sycamore, sagte sie. Ich verdiene meinen Lebensunterhalt damit, den Leuten Blut abzuzapfen. Das hättest du wohl nicht gedacht, was?

Damals habe ich dich gehasst für alles, was du getan hast. Ich habe dich gehasst. Ich wollte, dass du weiterlebst, nur damit ich dich noch mehr hassen und dir weiterhin die Schuld geben könnte. Dir und meinem Vater. Aber ehrlich gesagt ist die Rechnung nicht aufgegangen. Ich habe mir immer vorgestellt, wie ich dich eines Tages zusammenstauchen, meine Wut an dir auslassen würde. Ich wollte, dass es dir leidtut. Ich habe ehrlich geglaubt, dass du noch lebst und eines Tages nach Hause kommst.

Woraufhin Dani sich zum dritten Mal hatte neu schminken müssen.

»Jetzt nicht blinzeln, Jess«, hatte sie gesagt. »Wenn du blinzelst, geht alles schief.«

Zu viel ist schiefgegangen, sagte Dani.

Ich weiß nicht, sagte sie, ob ich ihm immer noch ähnlich sehe. Ich weiß gar nicht mehr, wie er aussieht.

Auf der Veranda machte sich Dani von Rachel los. Sie verabschiedete sich, lief die Treppe hinunter und zurück zu ihrem Gästehaus im Collegeviertel ihrer Heimatstadt, die sie kannte wie ihre Westentasche.

Sie brauchte keinen weiteren Abschied.

Wo sollte sie anfangen?

Um diese Tageszeit malte er normalerweise am liebsten. Das zum Atelier umgebaute Schlafzimmer ging nach Südwesten hinaus, aber die Eichen und Kiefern brachen das Licht. Nachmittags war es besonders weich. Heute war er spazieren gegangen. Er hatte draußen sein wollen. Sie war auch immer gern draußen gewesen, und weil er nicht dort sein und sich verabschieden konnte, hatte er beschlossen, es hier zu tun.

Fast wäre er nach Sycamore gefahren. Maud hatte ihn angerufen und ihm die Nachricht überbracht, genau wie sie es ihm versprochen hatte. Er hatte nicht einmal fragen müssen, sie hatte von sich aus gesagt: »Es gibt eine Trauerfeier, draußen auf Iris' Plantage.« Eingeladen hatte sie ihn nicht. Er hatte Datum und Uhrzeit der Zeitung entnommen und in den Kalender über seinem Schreibtisch eingetragen. Er hatte sich überlegt hinzufahren, sich in die letzte Reihe zu stellen, klammheimlich, aber dann war ihm klar geworden, dass er dort nicht erwünscht war. Er hatte Maud versprochen, sie nie wieder zu belästigen, und er würde sein Versprechen halten. Er würde sich nicht in Angelegenheiten einmischen, die ihn nichts mehr angingen.

Er hatte jetzt ein eigenes Leben.

Er stapfte durch den Wald hinter dem Blockhaus. Kiefernnadeln knisterten unter seinen Sohlen. Er hatte kein konkretes Ziel, wollte einfach nur im Freien sein. Er erreichte den Griffith Spring Trail und überlegte sich, dass dieser Ort ebenso gut wie jeder andere wäre für das, was er vorhatte. Er wollte auf einem Stein sitzen und zusehen, wie die Sonne hinter den Bäumen versank. Eigentlich war egal, wo er saß oder wann, nicht einmal der Tag war von Bedeutung. Er war sich nicht sicher, ob sich hiernach irgendetwas verändern würde, aber er sehnte sich nach einem Ritual. Er wollte trauern, in aller Feierlichkeit. Sie zur letzten Ruhe betten, im übertragenen Sinne.

Er wanderte bis zur Quelle und setzte sich auf einen schräg aus der Erde ragenden Findling. Seine Hüfte und sein linkes Knie schmerzten, und er wusste jetzt schon, er würde Mühe haben, wieder aufzustehen. Nach den Unwettern sprudelte die Quelle munter aus dem Boden; ihr Wasser füllte den Oak Creek und lief über den Pumphouse Wash gen Süden. Später wurde ein kleines Rinnsal daraus, das irgendwann ganz versiegte.

Er hatte keine Rede vorbereitet. Er hätte nicht gewusst, was er sagen sollte. Er saß einfach nur da und starrte ins Wasser. Eigentlich starrte er hindurch, auf vermooste Steine und Schlick. Das Wasser war so klar, so ruhig.

Er zog Schuhe und Strümpfe aus, rollte sich die Hosenbeine hoch und hielt die Füße ins Wasser. Er japste, stützte sich an dem Findling ab und watete über glitschige Steine auf die Quelle zu, mit weit ausgebreiteten Armen und zaghaften Schritten. In der Mitte blieb er stehen und sah sich um, strich sich die Haare aus der Stirn. Ein gelber Bleistift, den er ganz vergessen hatte, fiel ins Wasser. Er bückte sich, fischte den Stift heraus, steckte ihn sich wieder hinters Ohr. Wasser tropfte ihm in den Nacken.

Hier hätte es dir bestimmt gefallen, sagte er. Kann sein, dass du nicht hier hättest leben wollen; aber du hättest alt genug werden sollen, um es mal zu sehen.

Er lauschte dem Wind in den Wipfeln, seinem eigenen Atem.

Mehr gab es nicht zu sagen. Mehr hatte er nicht.

Offenbar hatte sich nichts verändert. Er lebte nun schon so lange mit der Trauer, dass sie ein Teil von ihm geworden war.

Er stieg aus dem Wasser, krempelte die Hosenbeine runter, stieg in seine Schuhe und machte sich auf den Rückweg zu seinem Haus. Zu seinem Zuhause. Das Licht war immer noch gut, vielleicht könnte er doch noch ein wenig malen. Oder er würde etwas kochen, Steak mit Salat, dazu ein Glas Wein, malen könnte er anschließend immer noch. Vielleicht wäre das eine Möglichkeit, den Tag zu beschließen.

Als er die Blockhütte erreichte, stand die Sonne dicht über

dem Horizont und warf lange Schatten auf das Haus. Zuerst bemerkte er sie gar nicht. Sie saß auf einem der beiden Schaukelstühle auf der Veranda. Und selbst als er sie bemerkte, weil sie aufstand und ans Geländer trat, begriff er es nicht gleich. Was machte die Frau mit den dunklen, kurzen Haaren auf seinem Grundstück? Hatte sie sich verlaufen, wollte sie zu einem Nachbarn?

Sie hob die Hand, und er verstand es immer noch nicht.

Als er sie dann endlich wiedererkannte, als ihm endlich dämmerte, dass seine Tochter vor ihm stand, ballte er die Fäuste und bohrte sich die Fingernägel in die Haut. Um Gewissheit zu haben. Um sich zu beweisen, dass er wirklich hier stand. Und sie auch.

Sie ging um den Verandapfosten herum und stellte sich an die Treppe. Ein Sonnenstrahl brach durch die Bäume und fiel über sie. Sie sah ihm direkt in die Augen. Sie war das Kind, das er einmal gekannt hatte. Die Frau, die er nie kennengelernt hatte. Sie war beides zugleich.

Er wusste nicht, was er sagen sollte. Er machte den Mund auf und wieder zu. Es schnürte ihm die Kehle zu. Sie trat einen Schritt vor, und er erschauderte. Was, wenn sie gekommen war, um ihn zu beschimpfen? Um endlich die jahrelang gehegten Vorwürfe loszuwerden? Tja, dann wäre es eben so. Er richtete sich gerade auf, schluckte angestrengt. Sie stand nur mehr wenige Meter vor ihm, war vollkommen ruhig und musterte ihn aus dunkel geschminkten Augen.

»Hallo, Dad«, sagte sie.

Fast hätte er gelacht, so überrumpelt war er von der knappen Begrüßung. »Hallo, Dani.«

Sie lächelte, er lächelte auch.

Er räusperte sich. »Du bist gekommen.«

»Ja.«

»Ich dachte, du gehst zu der Trauerfeier.«

»Das dachte ich auch.« Sie legte den Kopf schief. »Du bist grau geworden.«

Er berührte sein Haar. »Ja, schon vor einiger Zeit.« Seine Finger stießen an den Bleistift. »Gut siehst du aus«, sagte er. Seine Tochter sah erwachsen aus. Sehr erwachsen. Eigentlich traf *perfekt* es besser. Er sprach es aus: »Perfekt.«

Sie strich sich übers Haar, schob es sich hinters Ohr. »Ich weiß nicht, was ich sagen soll. Ich hab nichts geplant, ich hab mich einfach nur ins Auto gesetzt und deine Adresse ins Navi eingegeben, und hier bin ich.«

Er nickte. »Hast du Hunger? Wir könnten in der Stadt etwas essen gehen. Oder wir bleiben hier, und ich mache uns Steak mit Salat. Ich habe auch Wein da.«

»Okay. Lass uns hierbleiben. Warum nicht. Abendessen. Wir fangen mit einem Abendessen an.« Sie sah zu Boden, biss sich auf die Lippe. Er konnte ihr ansehen, dass sie mit den Tränen kämpfte. Er wollte ihre Schulter streicheln, sie trösten, aber er fürchtete, sie mit einer Berührung zu vertreiben. Er stieg auf die Veranda und zog die Haustür auf. »Komm doch rein.«

Sie folgte ihm hinein. Er zeigte ihr sein Schlafzimmer und das Atelier, die Küche und das winzige Bad, die Nische, in der sein Schreibtisch stand und wo er sich jeden Morgen zum Schreiben hinsetzte.

»Nicht gerade ein Palast«, sagte er.

Dani setzte sich an den Schreibtisch und sah aus dem Fenster. Kehrte ihm den Rücken zu. »Es ist so, wie du es beschrieben hast. Genau so.«

»Wirklich? Das freut mich.«

Das Licht draußen war jetzt verschwommen, der Himmel leuchtete in sanftem Rosa.

»Die Sonne geht unter«, stellte sie fest.

Weit weg von hier begann gerade eine Trauerfeier.

»Ja«, sagte er.

»Ich will nicht darüber reden«, sagte sie. »Ich bin immer noch wütend auf dich. Ich weiß immer noch nicht, wie ich euch vergeben soll. Wo ich anfangen soll. Ich habe dir viel zu sagen.«

»Okay«, sagte er. »Ich bin froh, dass du hier bist.«

Dani faltete auf der Tischplatte die Hände. Als sie den Kopf schüttelte, wippten die kurzen Haare. »Wo sollen wir anfangen?«

Er holte einen Stuhl aus der Küche, schob ihn an den Schreibtisch und setzte sich neben sie. Er legte den Bleistift auf den Tisch.

»Da«, sagte er und zeigte aus dem Fenster. Das Licht war so gut wie zu keinem anderen Moment des Tages. »Erzähl mir, was du siehst.«

Immer mehr Autos rollten auf den Parkplatz, dabei hatte die Trauerfeier längst begonnen. Sie holten Klappstühle, um die zusätzlichen Gäste unterzubringen, aber es reichte nicht. Die Leute lehnten am Verandageländer, stellten sich in die Türen. Manche standen unten auf dem Rasen. Der Strom aus Fahrzeugen riss einfach nicht ab, Scheinwerferlicht erhellte die Dämmerung. Die Wagen parkten unten auf der Einfahrt und auf dem Quail Run mit den Reifen halb im Graben. Im letzten Sonnenlicht näherten sich die Leute der Plantage, angelockt von den funkelnden Lichtern über der Veranda, von den Bäumen, die in der lauen Brise zu seufzen schienen.

»Wir haben uns heute hier versammelt, um Jess Winters zu gedenken«, sagte Pfarrer Tom. »Wir sind zusammengekommen, um eine der Unsrigen zu verabschieden und ihrer Familie in dieser schweren Zeit Beistand zu leisten. Lasst uns beten.«

Maud neigte den Kopf, ohne die Augen zu schließen. Sie war nicht religiös, geschweige denn katholisch, aber Tom hatte ihr versprochen, keine Messe zu halten. Bloß eine Andacht, hatte er gesagt, mit einer kleinen Ansprache.

Maud betrachtete die Autos und die vielen Leute. Alle hielten die Augen geschlossen. Die alten Gesichter. Manche waren im buchstäblichen Sinn alt. Ihre Eltern saßen direkt neben ihr, die Schultern ihrer Mutter waren gebeugt, die Wangen des Vaters eingefallen. Gegenüber saß ihr Ex-Mann, Stuart. Er war allein gekommen und hatte seine Frau und die Tochter, die inzwischen aufs College ging, in Kalifornien zurückgelassen. Seine Hängebacken waren glatt rasiert, sie hatte ihn nie zuvor ohne Bart gesehen. Sie sah Esther und Beto und Luz Navarro, Angie Juarez und Rose Prentiss und deren Tochter Hazel, Iris und Paul mit dem kleinen Sean, Rachel und Hugh. Sie sah Laura Drennan, die neue Dozentin. Sie sah Gil Alvarez, der ihren Blick erwiderte und ihr zulächelte und nickte. Die Frau mit den Metallskulpturen im Vorgarten war gekommen, der Metzger vom Basha's und die Frau, die den Kiosk neben dem Sportplatz betrieb. Manche von ihnen hatte sie seit Jahren nicht mehr gesehen, manche hatte sie schon ganz vergessen, andere begegneten ihr täglich.

Maud legte die gefalteten Hände in den Schoß. Die Feier galt auch diesen Menschen; Jess war ihre Tochter gewesen, aber irgendwie hatte sie allen gehört. Sie war über sich selbst hinausgewachsen und viel mehr als das Mädchen, das Maud einst im Arm gehalten hatte. Die Geschichte von Jess Winters gehörte allen, sie bildete einen Teil von Sycamore, so wie die Landschaft, die Jess verschluckt hatte. Jess Winters stand für ihre schlimmsten Ängste – sie bewies, dass sich von einem Moment auf den anderen alles verändern konnte. Jess Winters war ihr Phantom. Jess Winters war eine Metapher für den Verlust, für Geheimnisse, Schuld und Versagen. All das vereinte sich in diesem strahlenden Mädchen mit den langen Locken.

Aber sie war Mauds Tochter, Maud allein würde sie bestatten.

Aber nicht hier.

Nach der Trauerfeier standen Maud und Stuart am Rand der Veranda und schüttelten Hände. Gute Nacht, danke, dass ihr gekommen seid. Ja, ich gehe in Rente, ich kann es selbst kaum glauben. Nein, ich weiß noch nicht, was ich mache. Du hast recht, ein Urlaub wäre schön. Danke. Es war schön, dich zu sehen. Gute Nacht. Maud hatte auf Autopilot geschaltet. Der schwierigste Teil war noch immer nicht geschafft. Der würde jetzt kommen. Natürlich würde sie nie ganz darüber hinwegkommen. Natürlich nicht. Manchmal träumte sie, dass sie mit dem linken Ohr hören konnte, dass all ihre Sinne wiederhergestellt waren. Wenn sie dann aufwachte, ging alles von vorn los. Du bist fast taub, altes Mädchen.

Du wirst sie nie wiedersehen.

Die Trauerfeier war vorbei und Maud wieder zu Hause. Auf dem Küchentresen stapelten sich die Tupperdosen, der Gefrierschrank war voller Auflaufformen, der Schreibtisch von Beileidsschreiben bedeckt. So viele Briefe und Karten und gepolsterte Umschläge. An manchen Tagen vergaß sie, den Briefkasten zu leeren, sodass er überquoll. Sie erwartete keine wichtige Post mehr.

Es klingelte an der Tür. Maud hatte keine Lust auf Besuch, aber dann erkannte sie Gil Alvarez' Auto in der Einfahrt.

Sie machte ihm auf. »Gil. Alles in Ordnung? Kommen Sie rein.«

»Nein, nein, ich möchte nicht stören.«

»Kann ich Ihnen helfen?«

»Nein, danke. Ich bin gleich wieder weg. Ich wollte nur kurz nach Ihnen sehen.« Er lächelte schief. »Aus reiner Gewohnheit vielleicht.«

»Danke.« Maud schüttelte den Kopf. »Danke für alles, was Sie für uns getan haben. Sie haben die Suche nie aufgegeben. Ich weiß gar nicht, ob ich mich jemals dafür bedankt habe.«

Er seufzte. »Es tut mir so leid, Maud. Das wissen Sie.« In der gewohnten Geste fuhr er sich durchs Haar.

Maud zog die Tür weit auf und winkte in Richtung Wohnzimmer. »Wollen Sie wirklich nicht reinkommen?«

»Heute nicht. Vielleicht ein andermal.«

»Klar. Gern.«

»Falls Sie irgendetwas brauchen …« Er streckte die Hand aus.

Maud ergriff sie, Alvarez nahm ihre Hand zwischen seine. Sein Händedruck war warm und tröstlich. Er ließ los, nickte und ging zu seinem Auto zurück. Maud blieb in der Tür stehen und betrachtete die Straße, noch lange nachdem er verschwunden war.

Irgendwann rief sie Esther an. »Kannst du rüberkommen?«, fragte sie mit leiser, heiserer Stimme.

»Maud! Ich bin schon unterwegs.«

Maud legte auf und ließ sich erschöpft aufs Sofa sinken. Ich werde, dachte sie, die Rente auf dem Sofa verbringen. Sie musste lachen. Die Rente. Zwei Monate musste sie noch arbeiten, was danach kam, wusste sie nicht. Sie brauchte dringend einen Plan. Das hier – essen, aus dem Fenster starren –, durfte nicht ewig so weitergehen. Sie besaß ein Haus, würde eine anständige Pension beziehen. Ihre Eltern wünschten sich, dass sie in die alte Heimat zurückkehrte. Komm nach Hause, hatten sie gesagt. Du kannst eine Weile bei uns wohnen, bis es dir besser geht. Aber die alte Heimat gab es nicht mehr; Maud war jetzt in Sycamore zu Hause, ob sie es wollte oder nicht.

Sie hatte das nicht so geplant. Sie war damals so unglaublich wütend auf Stuart gewesen, der Trennungsschmerz hatte sie überwältigt und die neue Freiheit überfordert. Sie hatte sich gefühlt, als hätte man ihr ein lebenswichtiges Organ entfernt – das Gehirn möglicherweise, denn sie hatte ziemlich unbesonnen gehandelt. Sie hatte sich nach Sycamore versetzen lassen, ihren ganzen Hausrat und die Tochter eingepackt und die Flucht ergriffen. Sie hatte sich in dieser kleinen Stadt im Norden Arizonas versteckt. Wenigstens haben wir hier unsere Ruhe, hatte sie gedacht. Es ist nur vorübergehend. Bald habe ich einen Plan, dann ziehen wir noch einmal um. Es ist nur für jetzt.

Das ewige Jetzt.

Hier war sie nun und blickte der Zukunft entgegen, ob sie wollte oder nicht.

Am nächsten Morgen brach Maud nach Mexiko auf. Die kleine rote Balsaholzkiste mit Jess' Asche stand auf dem Beifahrersitz. »Ich muss das auf meine Weise regeln«, hatte sie zu Stuart gesagt, und er hatte nicht widersprochen. Sie hatten sich ohnehin schon lange nicht mehr gestritten; zwischen ihnen gab es keine Streitthemen mehr. In Calexico hielt Maud an einer Tankstelle. Die Sonne glühte auf den Motorhauben der Fahrzeuge, die vor der Grenze im Stau standen. Auspuffgase waberten über den Asphalt. Die Tankstelle war noch ein gutes Stück vom Meer entfernt, aber Maud meinte jetzt schon den Tang und das Salz zu riechen.

Zwei Stunden später steuerte Maud ihren Pick-up über eine Schotterstraße zu einer abgelegenen Bucht ganz in der Nähe ihres alten Ferienortes bei San Felipe. Seit über einer Stunde war ihr kein anderes Auto mehr entgegengekommen. Meilenweit war nichts weiter zu sehen als der endlose Strand auf der einen und die Wüste auf der anderen Seite. Vereinzelt ragten Kakteen und Ocotillobüschel aus der knochentrockenen Erde – zu klein, um Schatten zu spenden. Mauds Top und der Bund ihrer Baumwollshorts waren schweißnass. Der Schweiß sammelte sich unter ihren Brüsten und im Badeanzug. Sie wischte sich die nassen Locken aus der Stirn, legte die Hand auf die rote Kiste. Als sie den Blick über den endlosen, blaugrauen Golf von Kalifornien schweifen ließ, schien die Beklemmung in ihrer Brust erstmals abzunehmen. »Wir sind da, J-Bird«, murmelte sie.

Am Ufer streifte Maud Flipflops, Shorts und Top ab. Den alten Badeanzug hatte sie ganz unten in einer Schublade wiedergefunden, Träger und Beinausschnitte waren ausgeleiert. Sie drückte sich die kleine Kiste an die Brust. Sie sah nichts als den Strand, den Himmel und das Meer. Warmes Wasser umspielte ihre Knöchel; je weiter sie hineinwatete, umso kälter wurde es. Maud ließ sich japsend in eine Welle sinken, kühles Wasser bedeckte ihre überhitzte Haut und die steifen

Muskeln. Sie legte sich auf den Rücken, setzte sich die Kiste auf die Brust und strampelte mit den Beinen, immer dem Horizont entgegen.

Nach einer Weile hielt sie inne, ließ sich unter der gleißend hellen Sonne treiben, schloss die Augen. Das Salzwasser hielt sie oben, trug ihr Gewicht. Nach Tagen der Schlaflosigkeit und der langen Fahrt über staubige Straßen konnte sie endlich durchatmen.

Ich wünschte mir, ich könnte dir ein Gedicht schreiben, J-Bird. Ich würde dir so gerne sagen, was ich empfinde. Wie schwer es ist. Wie schwer es ist, dich loszulassen.

Also gut, mein Stern. Mein Mädchen mit den blauen Flügeln. Es ist an der Zeit, dich gehen zu lassen.

Maud richtete sich auf, hielt die Kiste über die Wasseroberfläche. Dann setzte sie sie aufs Wasser, gab ihr einen kleinen Schubs. Die Balsaholzkiste trieb davon wie ein trauriges Schiffchen mit Schlagseite. Nach einer Weile drang Wasser hinein, die nasse Asche wurde schwer, und dann versank sie. Kurz kräuselte sich die Oberfläche, als hätte ein Fisch daran genippt; die kleine Welle funkelte wie ein Glühwürmchen.

Maud kehrte an den Strand zurück, der ausgeleierte Badeanzug klebte an den Oberschenkeln. Sie fuhr ins Hotel, zog sich aus, duschte, wickelte sich in ein Handtuch und trat auf den Balkon. Sie war an ihrem sicheren Ort. Sie musste an die nette Therapeutin von damals denken, die ihr durch die dunkle Zeit geholfen hatte. *Wie stellen Sie sich Ihre Zukunft vor, Maud?*

Maud hatte sich vorgestellt, in Mexiko auf einem Hotelbalkon zu stehen. Nicht auf dem aus den Flitterwochen, als sie noch jung und schlank gewesen war und sich mit weit aufgerissenen Augen dem Himmel entgegengereckt hatte. Nein, sie sah sich erst jetzt, keine Stunde nachdem sie die kleine Holzkiste im Meer versenkt hatte.

Sie ließ das Handtuch fallen und stand nackt da und sah aufs Wasser, mit hängenden Brüsten und weichem Bauch, auf dem Kopf und im Schritt ergraut, faltig und mit einer dicken Krampfader in der Kniekehle. Sie hob die Arme, von denen die Haut hinabhing – Flughörnchenflügel, sagte Rachel dazu. *Flapp, flapp!* Maud sah ein Schimmern, ein Aufblitzen am Horizont. Wer hätte das gedacht? Dort draußen lag die ganze weite Welt. Sie war immer noch da und wartete.

Danksagung

Zu tiefem Dank verpflichtet bin ich dem Alabama State Council on the Arts, der Universität von North Carolina in Charlotte und der Universität von Montevallo, die meine Arbeit an diesem Buch finanziell unterstützt haben. Ein großer Dank geht an die Poets & Writers und den Maureen Egen Writers Exchange Award für Literatur und an die Jentel Artist Residency, wo ich die erste Fassung des Romans geschrieben habe.

Zwei Kapitel dieses Buches sind in veränderter Form als Kurzgeschichten erschienen: »Die Neue« in *The Fourth River* und »Sag, du siehst die Welt« (als »In meinem früheren Leben«) in *Cutbank*. Ich bin dankbar für diese erste Chance und für die Literaturzeitschriften dieser Welt.

Ich danke meinem Agenten Henry Dunow für sein Vertrauen, seinen Zuspruch, seine Geduld, seinen kritischen Blick, den guten Rat und die gute Laune. Dank auch an die Mitarbeiter von Harper, die dieses Manuskript betreut haben, insbesondere meine Lektorin Emily Griffin. Du bist eine brillante Leserin mit Adleraugen, riesigem Herzen und einer Liebe für Bücher. Danke, dass du meinem Buch auf die Welt geholfen hast.

Ich danke der Dozentenschreibgruppe der Universität von Montevallo, die den ersten Entwurf durchgearbeitet und mich auf den richtigen Weg gebracht hat. Timothy Winkler und Elizabeth Wetmore, denen ich mein Leben und meine

Worte anvertraue, haben das Manuskript mehrfach von der ersten bis zur letzten Zeile gelesen und mich vor mir selbst bewahrt. Alle übrig gebliebenen Fehler gehen auf mich zurück, nicht auf sie.

Mein Werdegang als Autorin wurde durch unzählige Kontakte und Freundschaften beeinflusst. Ich danke meinem Schutzengel von der Vanderbilt für Lorraine López, Tony Earley, Nancy Reisman, Peter Guralnick, Kate Daniels, Mark Jarman, Rick Hilles, Mark Schoenfield, Dana Nelson, Teresa Goddu und Margaret Quigley. Ein lieber Gruß geht an all meine talentierten, netten und humorvollen MFA-Kommilitonen, insbesondere an Meredith K. Gray und Alex Moody. Meinen bemerkenswerten Lehrern Ron Carlson, Maxine Clair, Pam Houston, Jill McCorkle, Richard Bausch, Bret Lott und Ann Cummins bin ich zu großem Dank verpflichtet. Ein grenzenloses Dankeschön auch an die wunderbare Tayari Jones, an Joy Castro, Kevin Wilson, Toni Jensen, Matthew Pitt, Mike Croley und Mare Biddle. Side Hugs Forever: Marjorie Sa'adah, Justin Quarry, Nickole Brown, Jessica Jacobs, Nina McConigley, Derek Palacio, Jennine Cápo Crucet, Alejandro Nodarse, Stephanie Pruitt, Lee Conell, BG Cross, David Roby, Amy Arthur und Robie Jackson. Tonnenweise Dank an meine tollen Studenten, Kollegen und Freunde in Charlotte und an der Uni Montevallo. Besondere Grüße an Stephanie Batkie, Matt Irvin, Betsy Inglesby, Jen Rickel, Glenda Conway und Steve Forrester.

An meine alte Gang, Nikki, Missy, Gigi, Brando, Beth, Jorge, Tiffy Sue, Rick, Case, Dr. JJ und die Kids dazwischen: So viele Jahre sind vergangen, Freunde. Ich liebe und vermisse euch.

An meine Familie, die leibliche und die hinzugewonnene,

die Chancellors, Winklers, Cowans, Dozemans und Skaggses: Ihr seid stets in meinem Herzen. An meine Mutter Cathy: Du bist mein Leuchtturm. Meinen verstorbenen Vater Alan trage ich immer in meinem Herzen.

Und wieder, wie immer, Dank an Timothy Winkler: Du sorgst dafür, dass meine Welt sich dreht.

Sollte diese Publikation Links auf Webseiten Dritter enthalten,
so übernehmen wir für deren Inhalte keine Haftung,
da wir uns diese nicht zu eigen machen, sondern lediglich auf
deren Stand zum Zeitpunkt der Erstveröffentlichung verweisen.

Dieses Buch ist auch als E-Book erhältlich.

Die Sonnettverse von Edna St. Vincent Millay auf Seite 97
zitieren die Übersetzung von Günter Plessow, in:
Edna St. Vincent Millay: »ich lebe, ich vermute«,
hrsg. von Günter Plessow, 2018.

Verlagsgruppe Random House FSC® N001967

1. Auflage
Deutsche Erstveröffentlichung Mai 2020
btb Verlag in der Verlagsgruppe Random House GmbH,
Neumarkter Str. 28, 81673 München
© der Originalausgabe 2017 by Bryn Chancellor. All rights reserved.
Covergestaltung: semper smile, München
Covermotiv: © Getty Images / Winslow Productions; Getty Images /
JoeRosh; Shutterstock/
Satz: Uhl + Massopust, Aalen
Druck und Bindung: GGP Media GmbH, Pößneck
cb · Herstellung: sc
Printed in Germany
ISBN 978-3-442-71957-0

www.btb-verlag.de

www.facebook.com/btbverlag

Elizabeth Strout

Mit Blick aufs Meer

Roman

352 Seiten, btb 74203
Aus dem Amerikanischen von Sabine Roth

Ausgezeichnet mit dem Pulitzerpreis

In Crosby, einer kleinen Stadt an der Küste von Maine,
ist nicht viel los. Doch sieht man genauer hin, ist
jeder Mensch eine Geschichte und Crosby die ganze Welt.
Die amerikanische Bestsellerautorin fügt diese Geschichten
mit liebevoller Ironie und feinem Gespür für
Zwischenmenschliches zu einem unvergesslichen Roman.

»Warmherzig, anrührend, lebensklug.«
Frankfurter Allgemeine Zeitung

»Dieses Buch ist ein Schatz!«
Freundin

btb